HEYNE BÜCHER

Fantasy

Herausgegeben von Friedel Wahren

Von DAVE LUCKETT erschienen in der Reihe
HEYNE SCIENCE FICTION & FANTASY:

DIE TENEBRA-TRILOGIE:

1. *Dunkler Winter* · 06/9143
2. *Dunkle Reise* · 06/9144
3. *Dunkler Sieg* · 06/9145 (in Vorb.)

Dave Luckett

DUNKLE REISE

Zweiter Roman der Tenebra-Trilogie

Deutsche Erstausgabe

WILHELM HEYNE VERLAG
MÜNCHEN

HEYNE SCIENCE FICTION & FANTASY
Band 06/9144

Titel der Originalausgabe
A DARK JOURNEY
THE TENEBRA TRILOGY
BOOK TWO
Übersetzung aus dem australischen Englisch
von Walter Brumm
Das Umschlagbild malte Jon Sullivan

Umwelthinweis:
Dieses Buch wurde auf chlor- und säurefreiem Papier gedruckt

Deutsche Erstausgabe 9/2001
Redaktion: Joern Rauser

http://www.heyne.de
Printed in Denmark 2001
Umschlaggestaltung: Nele Schütz Design, München
Technische Betreuung: M. Spinola
Satz: Schaber Satz- und Datentechnik, Wels
Druck und Bindung: Nørhaven A/S, Viborg

ISBN 3-453-18823-3

Zur Erinnerung an John Beasley
1927–1997
Schwiegervater, Freund, Bewunderer

MOORLAND
DAS BRUCHFALTENGEBIRGE
West-
licher
Ozean
Ctersi
100 Seemeilen
MOORLAND
Orimentpass
Hoppelinmoor
Die westlichen M
Sperrfeste
Das Pachtgut
Tanana
Cordel
Die Zähne
von Ys (Riff)
Barriereinseln
LEGENDE
Schwester Winterridges
Weg nach Tenabra
Weg von Tenabrans
Gruppe nach Ys
Poststraße
Schlachtfeld
30 Seemeilen
Vorherrschende
Winde im
Sommer
Winter
Camarg
(trockene
Hochebene)

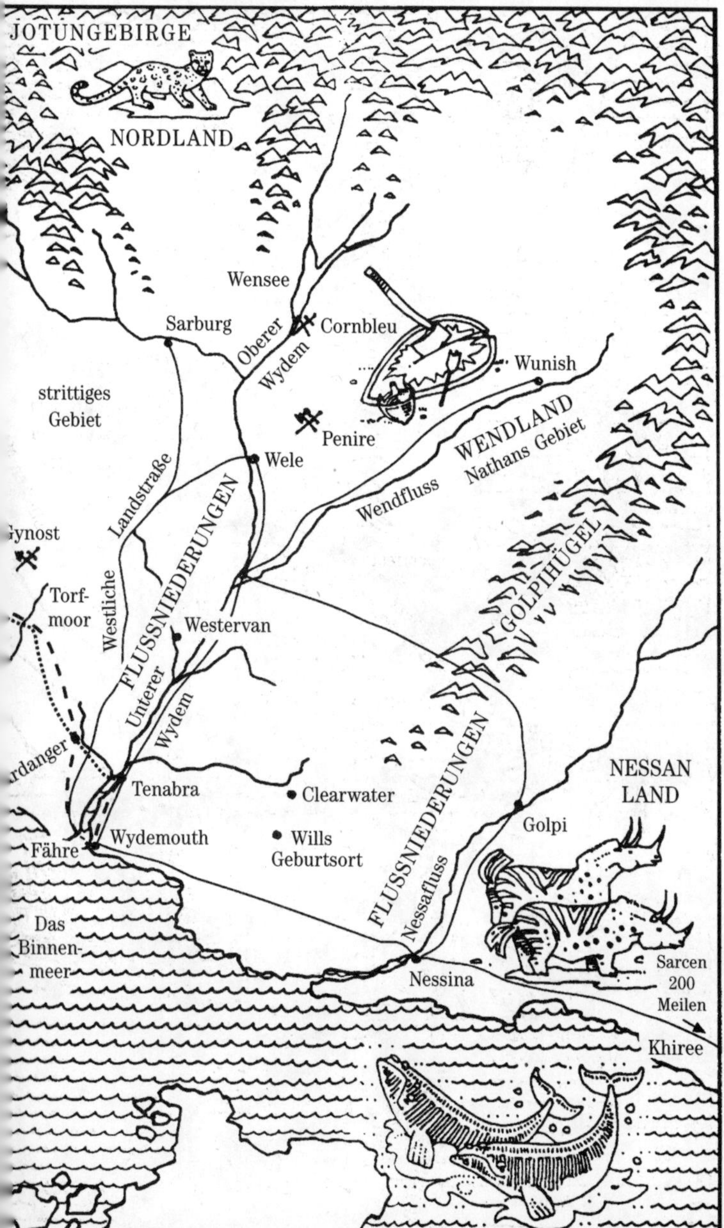
JOTUNGEBIRGE
NORDLAND
Wensee
Sarburg
Oberer Wydem
Cornbleu
Wunish
strittiges Gebiet
Penire
WENDLAND
Nathans Gebiet
Wele
Landstraße
Wendfluss
FLUSSNIEDERUNGEN
ynost
GOLPIHÜGEL
Torf-
moor
Westliche
Westervan
Unterer Wydem
rdanger
Tenabra
NESSAN LAND
Clearwater
Golpi
Fähre
Wydemouth
Wills Geburtsort
FLUSSNIEDERUNGEN
Nessafluss
Das Binnen-
meer
Nessina
Sarcen
200
Meilen
Khiree

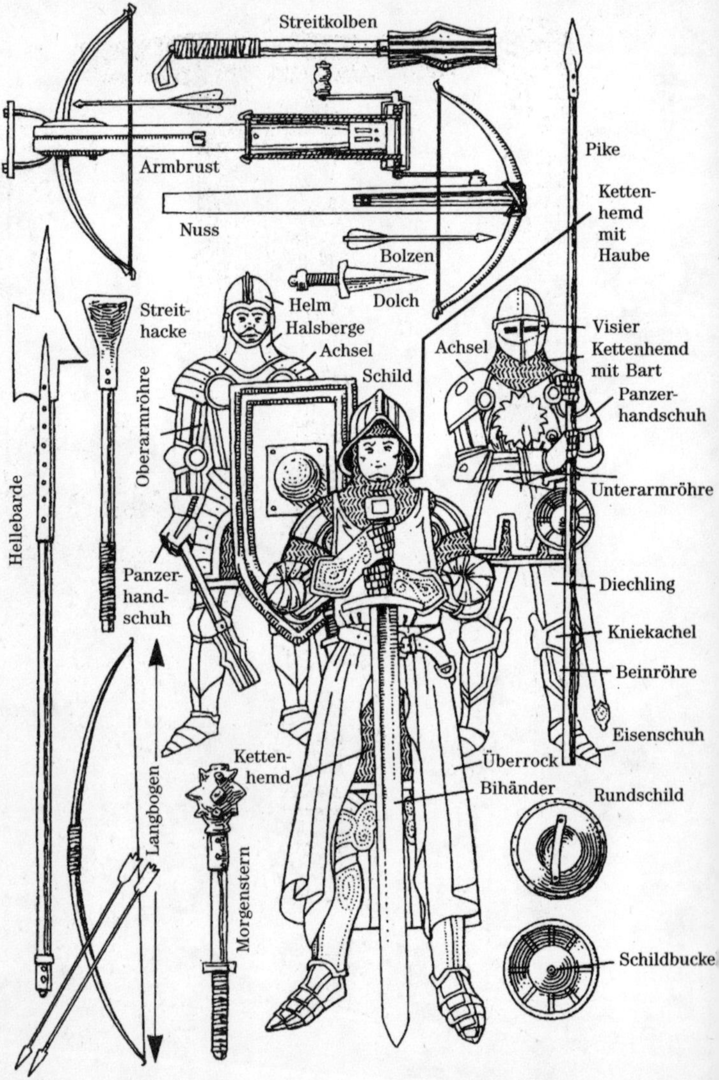

Streitkolben
Armbrust
Pike
Nuss
Ketten-
hemd
mit
Haube
Bolzen
Dolch
Helm
Streit-
hacke
Halsberge
Visier
Achsel
Achsel
Kettenhemd
mit Bart
Schild
Panzer-
handschuh
Oberarmröhre
Unterarmröhre
Hellebarde
Panzer-
hand-
schuh
Diechling
Kniekachel
Beinröhre
Eisenschuh
Ketten-
hemd
Überrock
Bihänder
Rundschild
Langbogen
Morgenstern
Schildbucke

Polster-
kappe
Kettenhemd
Ketten-
hemd
mit
Haube
Panzer-
handschuh
Unterarmröhre
Topfhelm
Wurfaxt
Hellebarde
Wehr-
gehenk
Unter-
arm-
röhre
Schwert-
gehenk
Über-
rock
Ketten-
hemd
Unterzieh-
wams
Langschwert
Scheide
Panzer-
strumpf

KAPITEL I

»Du brauchst da nicht mitzumachen«, bemerkte ich zu Silvus, als ich vom Pferd stieg – ein Vorgang, der sich durch Unbeholfenheit auszeichnete. Das Pferd war ein großer Fuchswallach, prachtvoll, wie es sich für einen vornehmen Herrn geziemte, und etwas nervös wegen der Fackeln, die im Nachtwind flackerten. Außerdem behinderte mich die alberne Hoftracht, die ich trug.

Silvus grunzte nur und saß mit viel mehr Leichtigkeit und Eleganz ab, als ich es getan hatte, obwohl er mir zwanzig Jahre voraus und noch prunkvoller gekleidet war. Im Gegensatz zu mir war er eben ein geborener Edelmann. Obwohl er sich redliche Mühe gegeben hatte, meine Haltung auf einem Pferd zu verbessern, war ich noch immer ein schlechter Reiter und mir dessen bewusst.

Ein Diener, prächtig in Fürst Nathans schwarzgelber Livree, nahm uns die Zügel ab. Wir standen mit all den anderen – Adligen, Rittern, Knappen und Bürgern – auf dem dunklen Platz vor dem Tempel von Tenabra, festlich gekleidet.

»Wie gesagt, du musst nicht«, beharrte ich. »Du hast deinen Titel zurückgewonnen.«

Das stimmte. Silvus, dessen Vater so töricht gewesen war, mit Nathans Vater zu streiten, ob dieser das Recht habe, sich Fürst des Stromlandes zu nennen oder nicht, war die meiste Zeit seines Lebens einfach ›Castro‹ gewesen. Nun aber hatte er den Adelstitel ›de‹ zurückerhalten. Er war Ser Silvus de Castro, vom Fürsten zum Kommandeur des Ordens vom Goldenen Speer ernannt.

Wir hatten eine Augenblick Zeit und waren inmitten der schwatzenden, wartenden Menge einigermaßen ungestört. Die Türen des Tempels waren noch geschlossen. Fürst Nathan ließ auf sich warten.

Silvus zupfte an seinem goldgelben, schwarz gefütterten Ordensumhang; etwas wie Abneigung lag in der Geste. »Gewiss, ich wollte meinen Titel. Aber ich wollte ihn, weil er mir von Rechts wegen zusteht, nicht weil ich Nathan zu Diensten war. Und ich würde ihn nicht lange behalten, wenn ich mich dieser Sache entzöge.«

Ich konnte nur mit der Schulter zucken. »Es nützt nichts, dich zu beklagen, dass Nathan derjenige ist, der dir dein Geburtsrecht wiedergibt. Er ist der Einzige, der es tun konnte, nicht wahr?«

Silvus zuckte seinerseits die Achseln. »Ich weiß. Er hat auch dich in den Adelsstand erhoben und machte dich zu einem Ritter seines Ordens. Genau wie unseren Freund Georghe dort. Wie findest du das?« Er nickte zum Tempeleingang. Drei Stufen über uns stand Georghe Barras, vielmehr de Barras. Und Georghe trug den gleichen Umhang wie wir und dazu einen feinen Hut. Er schaute gelangweilt drein.

Ja, gut. Richtig. Offiziell war ich ein Gefährte und Ordensbruder des Chefs der fürstlichen Garde, eines skrupellosen und verschlagenen Gewaltmenschen, dem ein Leben nicht viel bedeutete. Ich bemühte mich, nicht über die Ehre nachzudenken, die mir zuteil geworden war.

Die Tempelfassade ragte vor uns auf, dunkel und finster in den Schatten, bleich und flackernd im Fackelschein. Ich mochte auch nicht über den Anlass nachdenken, der uns hierher geführt hatte; es war etwas, das nur bei Dunkelheit getan werden konnte.

Nun erschien Fürst Nathan, angekündigt von seinen Herolden, umgeben von seinem Gefolge. Er scherzte mit einem Höfling, stieg mit natürlicher Anmut vom Pferd und schüttelte lächelnd den Mitgliedern des Priesterkollegiums, die sich zu seiner Begrüßung eingefunden hatten, die Hände.

Auch er trug den Umhang eines Kommandeurs seines Ordens, doch war seiner mit Goldfäden durchwirkt und mit Hermelin gesäumt. Ich blickte an meinem eigenen Aufzug hinab und bemühte mich, auch daran nicht zu denken. Es gab zu viele Dinge, an die ich nicht denken mochte.

Nun formierte sich die Prozession, voran die Priester, hinter ihnen die Laien, angeführt vom Fürsten. Wir mussten uns zu beiden Seiten aufstellen, um eine Gasse für ihn zu bilden und uns dann der Prozession anzuschließen. Aber als er an uns vorbeikam, machte er Halt. Es sah aus, als hätte er Silvus seine besondere Aufmerksamkeit geschenkt. Der Fürst hatte jetzt seine religiöse Miene aufgesetzt, feierlich, ruhig. Er nahm Silvus bei der Hand und sprach vorgebeugt in sein Ohr, doch gelang es mir, die Worte aufzufangen.

»Kommen Sie anschließend zu mir. Jauncy hier wird Sie abholen.«

Es war ein geschäftsmäßiges Zischeln. Er nickte Silvus schwermütig zu und ergriff seine Hand, als sei er nahe daran, von seinen Gefühlen überwältigt zu werden, dann ließ er sie los und setzte den Weg die Stufen hinauf fort. Ein Herold blieb zurück, und als wir uns der Prozession in den Tempel anschlossen, begleitete er uns. Was nun? Ich riskierte einen Blick zu Silvus. Er sah so überrascht aus, wie ich mich fühlte, das schmale aristokratische Gesicht starr und ausdruckslos. Wir zogen in Nathans Gefolge die Stufen hinauf zum Eingang.

Bald füllte die Gemeinde den Tempel. Die Priester nahmen ihre Stellung vor dem Heiligtum ein. Nach dem üblichen Brimborium mit Anrufungen und Beweihräucherung und dergleichen ging es zur Sache. Einer schlimmen Sache.

Die Stimme des Hohenpriesters war kalt wie der Wind unter den Sternen.

»Er pflegte Umgang mit dem Dunkel. So soll er dorthin gesandt werden.«

Die vielstimmig gemurmelte Antwort kam zögernd und langsam, beinahe murrend: »Hinweg mit ihm.«

Den Leuten gefiel die Zeremonie nicht, denn viele hingen noch immer dem alten Herrscherhaus an, aber sie mussten zustimmen. Ruane, der letzte Graf von Tenabra, hatte eben das getan, was ihm vorgeworfen wurde. Es war, wie wenn ein treusorgender Hausvater sich plötzlich als Werwolf entpuppt hätte.

Der Hohepriester nickte und intonierte den nächsten Satz: »Er machte aus sich einen Meister der Schwarzen Magie. Dies wird aufgehoben und rückgängig gemacht.«

Die Schatten waren das Einzige, was sich im Tempel bewegte; sie zuckten und tanzten im Licht der einzigen flackernden Kerze vor dem Heiligtum. Wir übergaben die Seele Graf Ruanes von Tenabra dem Dunkel. Und das war nicht mehr als recht und billig. Ruane hatte uns – Ser Silvus de Castro, meinen Herrn, mich, seinen Knappen Will Parkin, Ser Eumas de Reave und andere zum Entsatz der Festung Ys im fernen Westen geführt und war dort zum Feind übergelaufen. War der Feind geworden, könnte man sagen.

»Seine Seele werde zunichte gemacht«, murmelte die Gemeinde im Chor.

Der Hohepriester verneigte sich und trat zurück in die Reihe der Kleriker vor dem Heiligtum. Fürst Nathan erhob sich von seinem Platz und trat vorwärts. Sein voller Bariton kontrastierte mit dem metallischen Tenor des Priesters, ebenso wie seine prunkvolle Kleidung mit dem Ordensumhang sich von den gleichförmigen Gewändern des versammelten Priesterkollegiums abhob.

»Er entehrte sein Rittertum. So soll er degradiert und seines Titels entkleidet sein«, verkündete Nathan, Verdammung in jeder Silbe.

Der Zeigestab des Tempeldieners ging über die Seiten des aufgeschlagenen Buches, aber Nathan achtete kaum darauf. Ich wette, er hatte die Worte eigens für diesen Anlass auswendig gelernt.

»So soll es geschehen«, stimmten wir zu.

Ruanes Sporen, die seinem erschlagenen Leichnam auf dem Schlachtfeld vor Ys abgenommen worden waren, wurden nun mit einem Hammer auf einer Steinplatte zerbrochen. Nathan, der selbst den Hammer schwang, hatte insgeheim einen gedungenen Krieger als Koch mit uns geschickt, der Ruane im fernen Westen ermorden sollte. Das kam mir auch ziemlich unritterlich vor, aber niemand nahm einen Hammer, um Fürst Nathans Zeichen seiner Ritterwürde zu zerschlagen. Der gedungene Mörder hatte Ruane einen tödlichen Pfeil durch den Hals geschossen und dennoch sein Ziel verfehlt, weil Ruane ein Meister der Schwarzen Magie und schwer zu töten gewesen war. Nathan hatte das nicht gewusst. Niemand hatte es damals gewusst. Nathan hatte ihn nur beseitigen wollen, um sich die Grafschaft Tenabra selbst anzueignen. Und nun besaß er sie.

Er warf die Handvoll Schrottmetall auf den Boden. Das leise Klirren drang in der atemlosen Stille bis in die letzten Winkel des Tempels. Der Fürst wandte sich wieder dem Buch zu, das der Tempeldiener hielt.

»Er brachte Schande über seine Familie. So soll er seiner Ehre und seines Vermögens für verlustig erklärt werden«, las er mit erhobener Stimme.

Dazu hatte er auch allen Grund. Es war seine endgültige Rechtfertigung. Nun würde er völlig legal die Grafschaft Tenabra übernehmen und auch regieren. Wer konnte ihm widersprechen? Graf Ruane von Tenabra war ehrlos vor der Festung Ys gestorben, nachdem er das Heer des Dunkels gegen seine eigenen Leute geführt hatte. Eumas de Reave, der drei Schritte von mir entfernt stand, hatte den tödlichen Streich gegen ihn geführt.

»So geschehe es.« Die vielstimmige Antwort war ein müdes Seufzen, außer von Eumas. Eumas sagte es mit grimmiger Befriedigung. Ruane hatte die Toten auferweckt, um seinen Knappen zu ermorden, einen Jungen von sechzehn Jahren.

Ich sagte es den anderen. Silvus auch: Nathans Gardisten beobachteten uns. Außerdem hatte Ruane verdient, was er bekommen hatte. Nathan verdiente nicht, was er bekam, nämlich Stadt und Grafschaft Tenabra, aber das hatte nichts zu sagen. Er würde es so oder so bekommen.

Seiner Ehre und seines Vermögens verlustig. Das bedeutete Enteignung. Die Nachkommen Graf Ruanes waren damit enterbt. Seine Witwe hatte sich in ein Hospiz zurückgezogen. Es war amtlich: Fürst Nathan konnte mit Tenabra tun, was er wollte.

Jetzt nahm er Ruanes goldene Amtskette in beide Hände und brach sie mit einem Ruck seiner kräftigen

Arme und Schultern. Ich fragte mich, ob jemand die Kettenglieder zuvor mit einer Feile bearbeitet haben mochte. Wahrscheinlich. Nathan überließ nichts dem Zufall.

Nicht einmal den Gesichtsausdruck. Zu diesem Anlass stellte er edle, würdevolle Trauer mit einem Anflug von rechtschaffenem Zorn zur Schau. Sehr passend. Er verschränkte die Arme und neigte bekümmert den Kopf.

Der Priester Arnus, des Gottes der Gerechtigkeit, trat vor. Er hatte die Kapuze seines Gewandes über den Kopf gezogen, damit seine Gesichtszüge nicht gesehen werden konnten. Er war jetzt die Verkörperung des Gottes, der kein Gesicht hat. Gerechtigkeit ist unpersönlich und blind. Heißt es. Die Tempelglocke begann langsam zu schlagen, einen tiefen bronzenen Ton für jedes Jahr von Ruanes Leben. Achtunddreißig Schläge ertönten, und die Echos widerhallten von den Wänden. In der lautlosen Stille, die darauf folgte, klang das Zuschlagen des Buches wie Erde, die auf einen Sargdeckel fällt. Der Hohepriester streckte die Hand aus und löschte die einzige Kerze, und alles war in tiefe Dunkelheit getaucht. So viel für Ruanes gequälte Seele. Ich fragte mich, ob ich es an seiner Stelle besser hätte machen können. Wahrscheinlich nicht.

Die Flügeltüren schwangen geräuschlos auf – Nathans Bühneninszenierung hatte darauf geachtet, die Scharniere zu schmieren.

Die Fackeln draußen verbreiteten genug Licht, damit wir nicht übereinander fielen, als wir den Tempel verließen, was die Würde der Zeremonie verdorben hätte. Und wir alle verhielten uns sehr würdevoll, denn alles geschah unter Nathans aufmerksamen Augen. Ich fühlte seinen Blick kalt im Nacken.

Sobald wir draußen waren, war auch der Herold zur Stelle, um sich zu vergewissern, dass wir Nathans

Aufforderung nachkamen. Ich wiederum wollte sichergehen, dass die Leute von unserer Vorladung erfuhren. Es kam vor, dass Personen, die man mitten in der Nacht zu Nathan rief, nie wieder gesehen wurden.

»Dürfen wir den Grund erfahren, dass wir so dringlich zu seiner Hoheit befohlen wurden?«, fragte ich vernehmlich, ganz der selbstbewusste Aristokrat.

Die Miene des Höflings blieb ausdruckslos, als er sich leicht verneigte und in verbindlichem Ton antwortete: »Seine Hoheit hielt es nicht für angebracht, mich in Kenntnis zu setzen, Ser.« Silvus strich sich über den grauen Ziegenbart und warf mir einen Blick zu. Wir saßen auf. Auf dem Weg zum Palast mussten wir an Swechers Wirtshaus vorbei. Jedes Mal, wenn ich an diesem Gebäude vorbeikomme, bleibt mein Blick daran hängen. Dreigeschossig und mit einem steilen Giebeldach, war es der schicksalträchtige Ort, wo wir Schwester Winterridge vom Orden der Siegesgöttin getroffen hatten. Benny der Stallknecht hatte einen Sandasti-Meuchelmörder von diesem Dach gestoßen. Beinahe hätte ich nach der Verfärbung auf dem Kopfsteinpflaster Ausschau gehalten, aber natürlich würde sie nicht mehr zu sehen sein. Frau Swecher hält auf Sauberkeit in ihrem Haus. Jeglicher Unrat wird prompt beseitigt.

Schwester Winterridge war der Grund, dass wir nach Westen gezogen waren, um bei der Verteidigung von Ys zu helfen, dem Mutterhaus des Ordens. Ihres Ordens, des klösterlichen Ordens der Siegesgöttin, nicht Nathans Talmiorden vom Goldenen Speer. Die Schwertjungfrauen, wie sie von den Balladensängern genannt wurden. Tatsächlich verließen sie sich im Kampf mehr auf Stangenwaffen wie die Hellebarde. Mit solch einer Waffe hatte auch die gute Schwester Winterridge einen der Sandasti niedergestreckt, die Ruane ausgesandt hatte, uns einen Hinterhalt zu legen: eine weitere unritterliche Tat. Wie es schien, verhielt sich heutzutage jeder unritterlich. Ausgenommen natürlich Silvus, der lieber sterben würde und ebendies beinahe auch getan hätte.

Was mich wieder auf die Frage möglicher Bedrohungen brachte. Was in aller Welt wollte Nathan von uns? Die Sperrstunde rückte näher. Die Straßen waren dunkel und wären gefährlich gewesen, aber niemand würde einen von Nathans Ordensrittern behelligen. Niemand war so verrückt. Fürst Nathan war gut darin, die Leute in der Furcht des Herrn zu halten, und als früheres Mitglied der Stadtwache musste ich das begrüßen. Zugleich aber stellte ich mir die Frage nach den Kosten; es gab Gründe, ihn zu fürchten. Ich jedenfalls fürchtete mich vor ihm.

Aber alle waren freundlich. Die Gardisten am Tor winkten uns lächelnd durch. Die Gardisten, die im Park patrouillierten, grüßten uns zwischen den Springbrunnen und den Blumenrabatten und Grotten. Die Gardisten am Palasteingang salutierten lächelnd. Der Hofmeister lächelte, löste den Herold ab und führte uns die Treppe hinauf zu einem kleinen und scheinbar unwichtigen Büro, dann verbeugte er sich, ging hinaus und schloss die Tür hinter sich. Im Büro stand ein breiter, schwerer und mit kostbaren Intarsien ausgestatteter Schreibtisch. Ein hoher Lehnstuhl, getäfelte Wände, schwere Vorhänge und ein dicker Teppich vervollständigten die Einrichtung. Offenbar handelte es sich um Graf Ruanes Arbeitszimmer. Zwei Männer waren anwesend. Der Mann, der hinter dem Schreibtisch saß, war Fürst Nathan.

Eumas de Reave war der andere, und er lächelte nicht. Eumas lächelte in letzter Zeit nicht oft. Sein Gesicht war von Sorgenfalten durchzogen und vom Kummer gezeichnet. Nathan hingegen lächelte so breit, dass es beinahe wie ein Zähnefletschen aussah.

»Ser de Castro!«, rief er aus und stieß seinen Lehnstuhl zurück. »Knappe de Parkin! Wir dachten, dass Sie bekommen hätten, was Sie verdienten. Nun erfahren wir zu unserer Verblüffung, dass wir Ihnen noch mehr schuldig sind, als wir wussten.«

Es galt als unhöflich, den Blick vom Fürsten abzuwenden, wenn er zu einem sprach. Das hinderte Silvus und mich nicht daran, einen erstaunten Blick auszutauschen. Wir mussten so schuldbewusst ausgesehen haben wie die Großmutter im Schnapsladen. Nathan brachte es fertig, noch breiter zu lächeln.

Silvus warf Eumas einen Blick zu, und der sah weg, was ihm alles sagte, was er wissen musste. »Ich fürchte, Hoheit«, sagte Silvus vorsichtig, »dass Ser de Reave unsere geringen Verdienste übertrieben dargestellt hat.«

»Unsinn«, lächelte Nathan. »Und sollte er es getan haben, so gereicht es ihm nur noch mehr zur Ehre. Erst heute machte ich ihn mit meinem Entschluss bekannt, ihn für das Verdienst, persönlich den Verräter Ruane niedergemacht zu haben, mit einer Beförderung zu belohnen, als er mir zu meiner Verblüffung erzählte, dass Ruane nicht der einzige Meister Schwarzer Magie gewesen sei, der letzten Winter im Westen in Erscheinung trat. Und nicht der Einzige, der erschlagen wurde.«

Silvus schwieg. »Tatsächlich«, fuhr Nathan fort, »war dieser zweite Magier niemand anders als die Priorin des Ordens der Siegesgöttin. Dieselbe, die den vormaligen Grafen von Tenabra um Hilfe bat. Sie waren Verbündete, zweifellos.«

Mein Mienenspiel muss mich verraten haben. Ich war nie imstande, meinen Gesichtsausdruck so zu beherrschen, wie Silvus es konnte. Aber ich wusste, dass diese Idee unsinnig war.

»Sie möchten etwas dazu sagen, Knappe de Parkin?«, fragte Nathan mit seidenweicher Stimme.

Alle drei sahen mich aufmerksam an. Ich versuchte ein verdutztes Gesicht zu machen, was mir gewöhnlich nicht schwer fiel, wie Silvus sagen würde.

»Ich… ah… bezweifle, dass sie Verbündete waren, Hoheit, schon aufgrund der Entfernung«, sagte ich und verstummte. Vielleicht würde das genügen. Ys lag hundert Meilen westlich von uns an der Küste des Ozeans. Sehr wenige Tenabrer waren so weit durch die menschenleere Wildnis und über die Berge gereist.

»Vielleicht hatten sie eine Form von diabolischer Kommunikation«, meinte Nathan, zog fragend die Brauen hoch und erwartete meine Antwort.

Ich konnte nicht umhin, ein Kopfschütteln anzudeuten, und Silvus blickte mich finster an. Fürst Nathan beobachtete mich geduldig, und ich musste weitersprechen. »Sie hatten gegensätzliche Absichten, Hoheit«, sagte ich.

»Ja? Warum?«

»Die Priorin Merceda stellte eine Armee des Dunkels auf, so viel ist klar. Aber sie wollte, dass der Ansturm dieser Armee an den Mauern von Ys scheitern sollte, damit sie den Sieg als einen Vorwand zur Stärkung des Ordens gebrauchen konnte. Sie war eine gute Kriegerin, eine begabte Ausbilderin in der Gefechtstaktik. Sie wollte eine Streitmacht befehligen, die ihres Talents würdig wäre. Ihres militärischen Talents.«

»Und Ruane, der Verräter?«

»Er übernahm ihre Armee des Dunkels. Ich glaube, er war der stärkere Magier.« Aus dem Augenwinkel sah ich Silvus gegen seinen Willen nicken. »Auch er griff die Festung an, aber er suchte den Erfolg. Beinahe wäre es ihm gelungen.«

Wieder sah ich die Steinskorpione, die Ruane geschaffen hatte, wie sie sich mit Klauen wie gigantischen Spaten in die mächtige Außenmauer von Ys gruben. Wir überschütteten sie mit brennendem Öl und Geschossen aller Art, und sie blieben völlig unbeeindruckt.

»Es war Will de Parkin, der das Mittel fand, ihm Einhalt zu gebieten, Hoheit«, warf Silvus ein.

Wir hatten sie mit dem Feuer bis zur Rotglut erhitzt und dann mit Essig übergossen, sodass sie durch die plötzliche Abkühlung gesprungen waren.

»Um so größer das Verdienst und die Ehre«, sagte Nathan. »Ein Meister der Schwarzen Magie ist schlimm genug, aber zwei…« Er schüttelte in tiefer Sorge den Kopf. In diesem Augenblick war ich nahe daran, ihm zu glauben. »Und der Orden ist geschwächt und in Misskredit geraten«, fuhr er nachdenklich fort. Und ich fand in die Wirklichkeit zurück.

»Vielleicht nicht so sehr, Hoheit«, sagte Silvus. »Sie überwältigten und töteten Merceda im Kampf, als die Heimtücke der Priorin offenbar wurde, dann verbrannten sie ihren Körper und verstreuten die Asche ohne das Ritual zur Seelenrettung. Für sie war das eine furchtbare Bestrafung.«

Daran erinnerte ich mich nicht. Zu der Zeit war ich mehr tot als lebendig gewesen.

»Dennoch« sagte Nathan, den Blick auf Silvus gerichtet, »muss es infolge dieser Ereignisse im Westen zu Unordnung und Beeinträchtigung gekommen sein. Sie selbst sagten, dass es ein gut verwaltetes und fruchtbares Land sei, das zwischen der Küste und dem Gebirge liegt, nicht wahr?« Er hielt inne, und man konnte sehen, dass er mit weitreichenden Überlegungen beschäftigt war. »Wir haben oft gedacht, dass unsere Grenzen im Westen unbestimmt sind.«

Ich blickte zu Silvus.

»Die Ordensschwestern wählten eine neue Priorin«, sagte Silvus. »Eine kluge und tatkräftige Person. Ihr kennt sie, Hoheit. Schwester Winterridge. Jetzt Priorin Winterridge.«

Nathan zog die Brauen zusammen. »Wir erinnern uns an sie. Sie schien… sehr tüchtig.«

»Das ist sie, Hoheit. Und der Orimentpass, der einzige Gebirgsübergang im südlichen Teil des Bruchfaltengebirges, könnte von einer Handvoll Krieger gegen eine Armee verteidigt werden.« Silvus hielt inne, dann fügte er hinzu: »Allerdings trifft es zu, dass der Orden inzwischen seine Festung Ys geschleift hat.«

»Ja? Das sagte Ser Eumas schon, obwohl ich dachte, er müsse sich geirrt haben. Geschleift, sagen Sie? Ys ist die stärkste Festung der Welt. Warum sollte jemand…?«

»Sie war eine Quelle von Mana, Hoheit, und Mana ist der Stoff, der Magie Kraft verleiht. Die Steinquader von Ys waren so massiv, dass sie das Mana vom Gestein des Vorgebirges bewahrten, aus dem sie gebrochen worden waren. Mana ist schließlich selten und für die Ausübung von Magie wesentlich. Die frühere Priorin Merceda machte davon Gebrauch.«

»Ich verstehe.«

»Priorin Winterridge sah darin eine Art Falle, eine Versuchung für alle, die das Talent haben. Darum befahl sie den Abbruch der Festung.«

Eine Weile blieb es still im Raum. Nathan saß da und starrte nachdenklich an Silvus vorbei. Fürst Nathan war immer auf die Ausweitung seiner Macht und die Vergrößerung seines Reiches bedacht, genauso wie sein Vater.

Schließlich schüttelte er sich und nickte. »Lassen wir alles das beiseite, Ser de Castro. Wir können im Rat überlegen, wie wir auf diese Ereignisse in den strittigen Territorien des Westens reagieren sollten. Ich hatte Sie hierher gebeten, um Sie in einer anderen, wenn auch verwandten Angelegenheit zu konsultieren.«

Silvus mochte einen leisen Seufzer der Erleichterung getan haben. Ich nicht. Nathan würde dies nicht vergessen.

»Wir stehen zu Eurer Verfügung, Hoheit«, erklärte Silvus, und so war es, auch wenn ihm der Gedanke nicht gefiel.

»Es hat mit Ihrem eigenen Beitrag zum Sturz dieser Merceda zu tun, Ser de Castro. Soviel ich weiß, waren Sie der Erste, der sie des Umgangs mit dem Dunkel beschuldigte.«

Silvus stand schweigend. Nathan beobachtete ihn einen Augenblick lang, dann lehnte er sich zurück. »Wie entdeckten Sie es? Oder besser, woher wussten Sie von dem Mana, das die Steine in der Festung Ys enthielten?« Er brachte die Frage in einem freundlichen Gesprächston vor. Silvus' Blick schoss zu Eumas, der in sich gekehrt schweigend dastand. Aber in seinen Augen lag ein gequälter Ausdruck.

Die Pause zog sich in die Länge. Silvus befeuchtete sich die Lippen. Nathan starrte ihn an. »Nun, Ser de Castro?« Die Freundlichkeit schien etwas zurückgenommen, und unter ihr lag eine Andeutung eiserner Härte.

Silvus richtete sich auf und nahm die Schultern zurück wie ein Mann, der im Begriff steht, die Stufen zum Schafott zu betreten. »Ich bin für Mana… sensitiv, Hoheit.«

»Ah.« Nathan erhob sich bedächtig, ging zur Wand und zog einen Vorhang zur Seite. Dahinter zeigte sich eine in die Vertäfelung eingelassene Tür, die er öffnete. »Kommen Sie, bitte«, befahl er und ging hindurch.

Wir sahen einander an und folgten.

Der benachbarte Raum war größer, reicher vertäfelt und von einem großen Kronleuchter und zahlreichen Wachskerzen hell beleuchtet. In der Mitte des Raumes stand ein Stuhl einem niedrigen Podium gegenüber, wie man es bei Staatsbanketten verwendet, um den Tisch des Herrschers durch Erhöhung hervorzuheben. Fürst Nathan ließ sich auf dem Stuhl nieder, streckte die Beine von sich und winkte einem Lakaien, der neben der anderen Tür wartete. Ohne zu wissen, was wir tun sollten, standen wir drei da und blickten in verschiedene Richtungen.

Auf dem Podium stand ein kleiner Tisch, über den ein Tuch aus purpurnem Samt gebreitet war. Es sah sehr gebraucht aus und wirkte neben der Pracht des Raumes ärmlich und geschmacklos. Auf der herabhängenden Seite, uns gegenüber, konnte ich zwischen ein paar funkelnden Sternen die Worte *Der Große Wandini* lesen. Mehr zu sehen, hatte ich keine Zeit, weil die äußere Tür geöffnet wurde und drei Personen einließ. Eine davon war Georghe Barras, und das war kein willkommener Anblick. Ich begann mich zu fragen, ob der Rest des Gesprächs mit Nathan aus zielgerichteten Fragen und knappen Befehlen in einem Raum bestehen würde, dessen Einrichtung solch einem Verhör entgegenkam. Wenn Georghe dabei war, musste man es tatsächlich als eine Möglichkeit einschätzen, und mein Magen zog sich zusammen.

Aber Barras gesellte sich bloß zu uns und beobachtete das Podium, als die beiden anderen hinaufstiegen und mit den Vorbereitungen für eine Zaubervorstellung begannen. Das war das Letzte, das ich erwartet hatte.

Sicherlich haben Sie Vorführungen von Zauberkunststücken gesehen. Gewöhnlich tritt ein Zauberer mit seiner Assistentin auf. So auch hier. Er war ein kleiner, etwas rundlicher Mann in einem verblichenen schwarzen Gewand. Sie war …

Ich stand gerader und zupfte mein Wams und meinen Umhang zurecht, fuhr mir mit den Fingern durchs Haar. Sie war größer als er und schlank, und ihr Haar war aschblond und fiel ihr auf eine Schulter. Sie lächelte in einer professionellen Art und Weise, die nicht zu ihrem Gesicht passte; es war nämlich ein von Natur aus sonniges Gesicht mit klaren graugrünen Augen, die offen und gerade blickten. Ehrlichen Augen.

Und ihr Kostüm war… nun ja, es war ein Bühnenkostüm, farbig und mit blinkenden Pailletten besetzt. Es bedeckte sie ziemlich anständig; sicherlich musste man ihre Arme sehen können, um zu wissen, dass sie nichts im Ärmel versteckte, und das Gleiche galt für das Oberteil ihres Kostüms, wo sie kaum etwas verbergen konnte… allerdings war dort ohnedies nicht genug Raum… und der Rock war ziemlich kurz, damit sie leichter auf das Podium steigen konnte.

Während ich zusah, konnte sie nichts versteckt haben; dafür beobachtete ich sie viel zu aufmerksam.

Der kleine Mann im langen Gewand führte ein paar Kunststücke vor, zauberte Blumenvasen und zeigte Kartenkunststücke, wie man sie des Öfteren zu sehen bekam. Von Zeit zu Zeit blickte ich auch zu ihm. Und dann warf ich Silvus einen Seitenblick zu, den er erwiderte, Verständnislosigkeit in den Augen. Er zuckte kaum die Achseln, und in diesem Augenblick ergriff Fürst Nathan das Wort.

»Genug«, sagte er. »Das Finale, wenn ich bitten darf.«

Der Zauberer legte die Karten weg, nickte dem Mädchen zu. Sie ging zur Rückseite des Podiums und öffnete den Deckel eines kleinen Kastens, den ich vorher nicht bemerkt hatte. Sie hob ein Kaninchen heraus. Unterdessen klappte der Zauberer einen kleinen Käfig auseinander, der aus dünnem Drahtgeflecht gebaut war, und klopfte an die Seiten und auf die Oberseite, um zu beweisen, dass nicht etwa schon etwas darin war.

Sie setzten das Kaninchen in den Käfig und schlossen den Deckel. Man konnte es deutlich sehen, und ich erwartete, dass sie ein Tuch oder etwas anderes darüber legen würden. Aber nein. Der Große Wandini trat zurück, führte die ausgestreckten Hände über dem Käfig hin und her…

Und das Kaninchen begann sich zu verändern. Es war ein gewöhnliches braunes Kaninchen, aber die Farbe seines Fells wurde zusehends dunkler, wie Mahagoni, dann dunkelbraun, bis es schließlich ein vollkommenes Mitternachtsschwarz erreichte; und gleichzeitig hellten seine braunen Augen sich zu einem erstaunlichen Smaragdgrün auf.

Ein Ausruf wurde laut. Ich kannte Silvus' Stimme und sah zu ihm hin. Sein Gesicht war weiß und angespannt, die Mundwinkel seiner blutleeren Lippen abwärts gezogen, die Nase gerümpft.

»Ah.«

Der befriedigte Seufzer kam aus dem Munde Nathans. Auch er war aufmerksam geworden und beobachtete Silvus. Dann nickte er.

»Sie hatten Recht, Ser de Reave«, bemerkte er. »Und auch Sie, de Barras. Ich hatte Unrecht, an Ihnen zu zweifeln.«

Eumas hielt den Kopf gesenkt, Falten des Kummers und der Scham furchten sein Gesicht. Georghe nickte einmal wie ein Mann, der mit einem abgeschlossenen Handel zufrieden ist.

»Es war das Dunkel«, sagte Silvus mit Entschiedenheit.

»Vielleicht. Ich glaube nicht«, erwiderte Nathan. Silvus starrte ihn an.

Nathan lächelte, nickte dem kleinen Zauberer zu. »Ich danke Ihnen. Wir sind zufrieden.«

Der Große Wandini verbeugte sich.

Nathan wandte sich wieder zu Silvus. »Ich mache

Sie mit Meister Grames bekannt, der als der Große Wandini einen nicht unbedeutenden Ruf genießt. Aber wir können auf diesen Künstlernamen verzichten, da es ihm an Würde ermangelt. Wie Sie sehen können, Ser Silvus, ist auch Meister Grames für Mana sensitiv, wie Sie es nennen. Ich bezweifle nicht, dass Sie viel gemeinsamen Gesprächsstoff haben werden.« Und Nathan lächelte wieder.

Bis dahin hatte ich nur wenig Erfahrung mit Gefängnissen, und meistens von außen, trotzdem aber verstand ich die wesentlichen Merkmale, und diese sind immer die gleichen. Gefängnisse bleiben Gefängnisse – bloß sind einige besser ausgestattet als andere.

KAPITEL II

Dieses zum Beispiel war viel angenehmer als jedes andere, das ich von innen gesehen hatte. Weitaus bequemer als die Zellen im Arrestlokal der Stadtwache, die zugegebenermaßen etwas moderig waren, jedoch bei weitem den Gruben unter dem alten Teil des Palastes vorzuziehen, die ungefähr fünfzig Schuh unter meinem gegenwärtigen Aufenthaltsort lagen. Dort unten neigten die Mahlzeiten dazu, sich selbst zu liefern, aber nur, wenn man sie mit einem Steinbrocken treffen konnte. Immerhin gab es fließendes Wasser. Es rann die Wände auf der Seite des alten Burggrabens hinab.

Nichtsdestoweniger befand ich mich in einer Gefängniszelle, und Gefängniszellen unterscheiden sich nur graduell voneinander. Nathan konnte jederzeit den Grad verringern, wenn es ihm gefiel.

Wie die Dinge lagen, bewohnte ich ein bequemes Schlafzimmer in einer Suite. Silvus hatte ein anderes, und zwischen uns gab es ein Wohnzimmer zur gemeinsamen Benutzung, alles sehr zivilisiert. Nathan hatte den Hofmeister hereingerufen und befohlen, uns unterzubringen, wie es sich für Herren von Stand geziemte. Der Hofmeister hatte sich verbeugt und uns gleich hierher geführt, woraus wir schließen konnten, dass die Vorkehrungen bereits alle im Voraus getroffen worden waren.

Zu den Vorkehrungen gehörten auch die drei Männer der Palastgarde, die für den Fall, dass wir uns verlaufen würden, mitgegangen waren. Zwei von ihnen standen jetzt vor der einzigen Tür, die zum Korridor hinausführte, und alle Fenster öffneten sich auf einen Hof, wo zwei weitere Gardisten standen. Die Fenster waren nicht vergittert, ließen sich aber nur eine Handspanne weit öffnen. Freilich konnte man sie einschlagen und hinausspringen – die Scheiben bestanden aus richtigem Glas –, aber dann würde man nur auf dem Hof landen und sich neben gebrochenen Gliedmaßen eine Menge Ärger einhandeln.

Es versprach eine kurze Nacht zu werden, und ich hatte das Gefühl, dass ich alle Ruhe brauchen würde, die ich bekommen konnte. Grames und Barras waren mit uns gegangen, Letzterer hatte aber etwas gesagt, worauf der Erstere sich mit der Bemerkung verabschiedet hatte, dass er uns am Morgen wiedersähe. Silvus hatte zu alledem geschwiegen. Er sah grau und alt aus, wünschte mir eine gute Nacht und zog sich in sein eigenes Zimmer zurück, sobald die Tür hinter uns geschlossen wurde. Ein schweigsamer Palastdiener hatte für jeden von uns ein frisches Nachthemd bereitgelegt und brachte Kannen mit warmem Wasser für unsere Waschtische herein. Die Betten waren sogar gelüftet. Meins war weich und bequem, wie ich feststellte, als ich mich darin ausstreckte. Und ich war müde.

Warum also konnte ich nicht schlafen?

Vielleicht lag es an Eumas. Wir hatten ihn bei Nathan zurückgelassen, und ich machte mir Sorgen um ihn. Er war kein Politiker, so wenig wie ich. Der Beweis dafür war, dass Nathan aus ihm herausgeholt hatte, was wirklich im Westen geschehen war. Wir hatten eigentlich gehofft, es für uns behalten zu können. Es gab gute Gründe, Silvus' Talent nicht zu erwähnen. Der Hauptgrund war, dass niemand Leute schätzt, die Mana wahrnehmen können.

Mana ist das Rohmaterial der Magie. Ein Magier braucht es, um seinen Zaubersprüchen Kraft zu verleihen, und es fließt – ich denke, das ist die beste Bezeichnung – aus den Felsen. Aus hohen, kahlen Bergen, Höhlen und Minen, unterirdischen Wasserläufen, die als Quellen aus dem Herzen der Erde sprudeln.

Silvus konnte Mana wahrnehmen. Er spürte, wenn es ihn umgab. Und damit nicht genug, er konnte Gebrauch davon machen. Silvus de Castro hätte ein Magier sein können, wenn er gewollt hätte. Jeder, der Mana spüren kann, kann auch ein Zauberer sein. Darum sind Menschen, die Mana wahrnehmen können, allgemein unbeliebt. Ein Zauberer ist gefährlich.

Ich hatte das ungute Gefühl, dass dieser Grames Nathans Magieschnüffler war und die Aufgabe hatte festzustellen, wie gefährlich Silvus für Nathan sein konnte. Ich war nicht sicher, ob es Grund zur Freude oder zur Sorge gab, dass die Antwort lautete: *völlig ungefährlich,* denn Silvus würde niemals Magie gebrauchen. Er hatte seinem Vater gelobt, es nicht zu tun, und Silvus war ein Mann, der Wort hielt. Nachdem Nathans Vater den Familienbesitz der de Castros beschlagnahmt hatte, war seine Ehre das Einzige, was Silvus geblieben war.

So war Silvus' Talent für Nathan ungefährlich, und wenn man ihn davon überzeugen konnte, würde er Silvus wahrscheinlich in Ruhe lassen. Aber was konnte Nathan überzeugen? Er vertraute niemandem – das war der Grund, dass er Grames herbeigerufen hatte. Nathan wollte sowohl ihn als auch Silvus prüfen und gebrauchte jeden der beiden, um die magischen Kräfte des jeweils anderen zu prüfen. Es würde nicht einfach sein, ihn zu überzeugen, dass Silvus niemals ein gegebenes Wort bräche. Dass Silvus sich in seinem Denken und Handeln in erster Linie vom Ehrgefühl leiten ließ, würde Nathan niemals verstehen. Unser Fürst war ein Mann, für den ein Ehrenwort wie ein Ei war – man musste es schließlich brechen, sonst würde es nutzlos sein.

Irgendwie hatte ich aufgehört, mir des getäfelten und abgedunkelten Raumes um mich herum bewusst zu sein, aber meine Gedanken drehten sich noch immer nutzlos im Kreis. In ihnen sah ich Silvus in den rauchgeschwärzten Ruinen der Stadt Ys Ruane gegenüberstehen, unfähig, den verräterischen Grafen niederzustoßen, weil er ihm den Treueid geschworen hatte. »Für Sie ist ein Eid etwas Lebendiges«, hatte Ruane gesagt, und so war es. Es heißt, dass die Toten immer die Wahrheit sagen, wenn sie überhaupt sprechen.

Endlich schlief ich – und hatte schlimme Träume. Dann kam der Morgen, und ich fand wieder einmal, wie nutzlos es ist, sich zu sorgen und darüber Schlaf einzubüßen, denn ich irrte mich in fast allen Punkten.

Sie brachten meine und Silvus' Kleider; sie mussten zu unserem Quartier geschickt haben, um sie abzuholen. Dann wurde im Wohnzimmer das Frühstück serviert, und wir setzten uns und aßen. Aber als das feine Silbergeschirr wieder hinausgetragen wurde, kam Grames herein. Es war kein gerechter Tausch.

Ich beobachtete ihn über den Rand meines Bierkruges hinweg. Er war klein, aber achtsam in seinen Bewegungen, unauffällig gekleidet in der Art eines Handelsmannes, ohne sein langes Gewand. Unbedeutend, nüchtern, glattrasiert. Er lächelte nicht, und das ermutigte mich ein wenig. Allmählich wurde es mir unheimlich, wenn Leute mich anlächelten.

Auch Silvus beobachtete ihn wachsam, doch musste man ihn gut kennen, um die vorsichtige Wachsamkeit zu bemerken. Er sagte nichts, also schwieg auch ich. Grames nickte respektvoll und stand da, die Hände wie ein Kammerdiener vor sich ineinander gelegt. Trotz seiner unauffälligen Erscheinung hatte seine Anwesenheit eine Art Gewicht. Man gewann den Eindruck, dass er dort stehenbliebe, bis jemand etwas sagte oder die Sonne ausging, was immer zuerst geschah.

Ich stellte den Bierkrug auf den Tisch. Silvus faltete die Hände. Die Stille zog sich hin, bis ich es nicht mehr ertrug.

»Meister Grames«, sagte ich. Grames wandte den Kopf und verneigte sich ehrerbietig. Seine Miene zeigte nichts als höfliche Aufmerksamkeit, ausgenommen seine Augen, die überhaupt nichts aussagten.

Zu meiner Zeit habe ich Ruane ins Auge gesehen, und der Priorin Merceda. Und in die tellergroßen Pupillen eines Flugdrachens und die leeren Augenhöhlen mehrerer kadaverhafter Wiedergänger, die mich allesamt tot wünschten. Es war keine angenehme Erfahrung. Grames wünschte mich nicht tot, jedenfalls glaubte ich es nicht, aber es war doch etwas Ähnliches. Und ein Magier ist gefährlich.

Silvus' Stuhl schrammte am Boden, und Grames blickte weg von mir und zu ihm hin. Erst als ich ausatmete, merkte ich, dass ich den Atem angehalten hatte.

»Mein Herr«, sagte Silvus in einem vollkommen nüchternen Ton, »womit können wir Ihnen dienen?«

Grames legte den Kopf ein wenig auf die Seite. Ein gekünsteltes Lächeln erschien auf seinen Zügen.

»Indem Sie Seiner Hoheit dienen, Ser«, sagte er. »Ich bin der Mann Seiner Hoheit, wie wir alle.« Sein Blick fand zu mir zurück. »Und Seine Hoheit hat Arbeit für uns alle.« Er räusperte sich. Die Tür war einen Spalt breit offen geblieben, aber nun wurde sie halb geöffnet. Ich konnte den Ellbogen eines Gardisten und das silbrige Blinken seiner Hellebarde sehen, dann schlüpfte das Mädchen durch und blieb mit niedergeschlagenem Blick stehen. Die Tür schloss sich hinter ihr und es war, als würde der Raum von einem neuen Licht erhellt.

An diesem Morgen war sie einfach und altmodisch in Blau und Weiß gekleidet. Einen Augenblick lang schien sie nicht zu wissen, wohin sie ihre Hände tun sollte, dann ließ sie sie zu beiden Seiten herabhängen und hob ein wenig das Kinn. Ihr aschblondes Haar war im Nacken zusammengefasst, und als sie aufblickte, konnte ich ihre Augen sehen. Sie blickten nicht ängstlich. Aber offenbar kostete es sie große Anstrengung, den Ausdruck von Ängstlichkeit zu vermeiden, und etwas von dieser Anstrengung war ihr anzumerken.

Meister Grames wandte sich wieder uns zu. »Meine Herren, darf ich Ihnen meine Schutzbefohlene Arienne Brook vorstellen? Sie wird uns assistieren.«

Ich war eilig aufgestanden und Silvus um einen halben Herzschlag zuvorgekommen, und nun verbeugte ich mich vor ihr, wie er es mir gezeigt hatte und wie es sich für einen Edelmann gegenüber einer Dame geziemte – zum Teufel mit ihrem niedrigen Stand. Silvus musste das Gleiche gedacht haben, denn auch er verbeugte sich, als sie einen tiefen Knicks machte.

Meister Grames war der Einzige, der aufrecht stand. Es musste ihm Befriedigung verschafft haben. Ein halbes Lächeln lag auf seinem Gesicht, als ich mich aufrichtete.

»Arienne, mein Liebes, Ser Silvus de Castro, Knappe Willan de Parkin. Ser de Castro ist ein Meisterkollege.«

Ach du lieber Himmel. Eine unbestimmte Idee stellte sich ein, und ich glaubte zu sehen, was Nathan beabsichtigte. Auch Silvus hatte sich inzwischen aufgerichtet und strich sich mit Daumen und Zeigefinger den Schnurrbart, doch nun hielt er in der Bewegung inne und musterte Grames. Seine Miene, die sich gerade etwas entspannt hatte, gefror zu einer Maske. Ich kannte ihn gut, konnte aber nur raten, was dahinter vorging.

»Natürlich gibt es hier wenig oder kein Mana«, sagte Grames, als spräche er über das Wetter. »Dieser Palast ist nicht aus dem gleichen Gestein gebaut wie die Festung von Ys oder etwas dergleichen, und er ist bei weitem nicht so massiv. Darum habe ich Seiner Hoheit dargelegt, dass es notwendig sein wird, die Operation anderswo durchzuführen.«

»Operation, Meister Grames?« Silvus hatte eine aristokratische Fähigkeit, Worte in Eiszapfen zu verwandeln, die zu Boden fielen und zu glitzernden Nadeln zersprangen.

Grames nickte bloß, als hätte Silvus eine interessante und weiterhelfende Frage gestellt. »Oder Unternehmen, wenn Ihnen das lieber ist«, sagte er. »Doch werden wir zur rechten Zeit einen anderen und würdigeren Namen finden. Das hoffe ich wenigstens. Kollegium, vielleicht, oder Akademie.«

»Unternehmen? Kollegium? Akademie?« Niemand

konnte die frostige Ablehnung in Silvus' Stimme überhören.

Selbst Grames musste die Verstellung beenden. Er legte den Kopf schief und seine Augen wurden schmal. »Jawohl, mein Herr«, sagte er. »Ein Kollegium der Kunst. Das zu schaffen ich beauftragt bin.«

Ich achtete auf die geringste Spur von Trotz in der Antwort, aber es gab keine, nur eine farblose Feststellung des Unabänderlichen, als wollte Grames erklären, dass ein Stein, lässt man ihn los, fallen wird.

Silvus schürzte die Lippen. »Ich nehme an, Sie sprechen von der sogenannten Kunst der Magie. Von der Erschaffung von Ungeheuern. Von Eingriffen in die natürliche Ordnung. Vom Umgang mit dem Dunkel.«

Grames' Gesicht blieb unbewegt. »Keineswegs, mein Herr. Seine Hoheit hat einen Horror vor dem Dunkel und wünscht entschieden, dass es ausgemerzt werde, wo immer es erscheint, wie wir es erst am vergangenen Abend in der Auslöschungszeremonie für den Verräter Ruane gesehen haben. Aber Macht – Magie, wenn Sie so wollen –, die selbstlos zum Wohle des Fürstentums gebraucht wird…«

Silvus schnaubte. »Des Fürsten, meinen Sie.«

Grames zeigte die erste kleine Andeutung von Ungeduld, genau im passenden Augenblick. »Ich meine, was ich sage, Ser de Castro. Macht, die zur Verteidigung und zum Schutz des Fürstentums gebraucht wird, um jene niederzuschlagen, die den Landfrieden brechen, um Schurken und Bösewichter der Justiz zuzuführen, um die rechtmäßige Ordnung des Fürstentums zu sichern und zu erweitern…«

»Um die fortdauernde Herrschaft Fürst Nathans zu sichern.«

Es blieb still. Grames stand wie eine Statue; er blickte vor sich hin, dann wieder zu Silvus auf. Als er sprach, war sein Tonfall leise und langsam.

»Ser de Castro. Bedenken Sie, was ich sage. Die Macht braucht nicht schlechten Zwecken zu dienen. Ganz im Gegenteil. Sicherlich würde jede Person, die sie zu schlechten Zwecken missbraucht, die Gegnerschaft größerer Mächte auf sich ziehen, größerer Magier, die die Zeit und die Möglichkeiten zu eingehenden Studien haben. Sie können ein solcher sein.«

»Ich bedaure, dass ich, was die Magie betrifft, nicht mit Ihnen übereinstimme. Sie ist aus sich selbst heraus abzulehnen. Ich bin aus grundsätzlichen Erwägungen nicht imstande, auf Ihr Vorhaben einzugehen.«

»Es ist der Befehl des Fürsten, dass Sie es tun.«

»Sobald der Fürst von meinem Versprechen erfährt, niemals solche Fähigkeiten zu gebrauchen, die ich haben mag, wird er mich sicherlich entschuldigen.«

»Ich fürchte, dass ich Ihre Gewissheit nicht teilen kann, Ser de Castro. Aber Sie brauchen sich nicht zu sorgen. Der Fürst wird Sie in jedem Fall von ihrem Versprechen oder Gelübde entbinden.«

»Ich fürchte, das kann er nicht tun, mein Herr.«

»O doch, er kann es. Die Krone, Ser de Castro, ist der Ursprung aller Ehre.« Er sagte es in einem beinahe scherzhaften Ton. Ein anderer hätte dabei vielleicht gezwinkert.

»Im Gegenteil, mein Herr«, widersprach Silvus. »Ich bin der einzige Richter über meine Gelübde, und meine Ehre ist eine Sache, bei der ich weder Ratschläge noch Befehle dulden kann.«

Grames neigte den Kopf, vielleicht um ein Lächeln zu verbergen. Ich konnte es nicht feststellen, und das machte mir Sorgen. Aber als er aufblickte, hatte sein Gesicht wieder die nichtssagende Ausdruckslosigkeit angenommen. »Gut. Wir wollen nicht streiten, Ser. Es soll sein, wie Sie sagen. Vielleicht würden Sie einwilligen, mir Ihren Rat zu geben, wenn ich Sie darum bitte.«

Silvus runzelte die Brauen und warf mir einen schnellen Seitenblick zu. Ich deutete ein Kopfschütteln an, weil mir der Vorschlag nicht gefiel, genauso wenig wie das plötzliche Nachgeben des anderen. Und der Ausdruck, der über das Gesicht des Mädchens huschte, beunruhigte mich. War es Trauer? Kummer? Meine winzige, beinahe unwillkürliche Reaktion bedeutete einen weiteren Fehler, einen weiteren Eintrag in der langen Liste, auf der sie festgehalten waren.

Grames' blassgrauer Blick musterte mich. Er lächelte kurz, dann fuhr er in geschäftsmäßiger Verbindlichkeit fort: »Und mit diesem Einverständnis können wir uns auf den Weg machen.«

Diesmal hatte ich genug Verstand, nicht zu Silvus zu blicken. Hier ging etwas wie ein unheimlicher Wettstreit vor sich, und ich hatte der Opposition bereits zu viele Vorteile verschafft.

Aber Silvus nickte bloß, als hätte er dies erwartet. »Dürfen wir erfahren, wohin es geht?«, fragte er.

»Gewiss, Ser. Zunächst nach Wele.«

»Wele? An der Nordgrenze?«

Grames neigte den Kopf, nüchtern wie der Ehrengast auf einer Leichenfeier. »Genauer gesagt, Sarburg, in den Vorbergen des Jotungebirges, Ser.«

»Des Manas wegen.«

»Genau, Ser. Des Manas wegen. Und weil es ein befestigter Ort und doch auf dem Wasserweg erreichbar ist.« Das Gesicht des grauen kleinen Mannes war starr und frostig. »Ich werde mir die Ehre geben, Sie in einer Stunde wieder aufzusuchen. Alle Vorbereitungen werden gegenwärtig getroffen.« Er verbeugte sich, öffnete die Tür hinter sich und fügte dann wie ein Vater, der ein kleines Kind ermahnt, beinahe geistesabwesend hinzu: »Arienne, mein Liebes.«

Nein, wie ein Mann, der seinen Hund ruft. Und das Mädchen, das nicht ein Wort gesagt hatte, verabschiedete sich mit einem knappen Knicks, legte die Hände vor sich zusammen, senkte den Kopf und folgte ihm zur Tür hinaus; ihre Schritte waren so leise wie der Flug einer Eule. Grames hielt ihr die Tür mit einer Hand, ließ sie vorbei und nickte uns mit einer halben Verbeugung noch einmal zu, wie man es von einem Handelsmann erwarten würde, der einen Besuch beim Adel gemacht hat. Die Tür fiel hinter ihnen zu. In meinen Ohren klang es wie das Aufreißen des Himmels am Jüngsten Tag.

Wir standen schweigend. Silvus starrte die geschlossene Tür an, ich blickte auf meine Füße, dann zu ihm. Wie gewöhnlich verspürte ich ein Bedürfnis, die Leere auszufüllen. »Was nun?«, fragte ich.

Silvus sah mich an. »Was sonst?«, fragte er zurück. »Es scheint, dass wir eine weitere Reise unternehmen müssen. Ich hoffe, sie wird weniger verhängnisvoll enden als die Letzte.«

»Die Letzte verschaffte mir einen Adelstitel und gab dir deinen zurück. Was ist daran verhängnisvoll?«

»Du wurdest mehrere Male beinahe umgebracht, und Nathan wird nicht so oft daneben halten wie Ruane. Unser Fürst ist erfolgreich.«

»Nathan will uns nicht tot sehen. Er braucht uns.«

»Falsch. Er fordert mein Talent. Hat Nathan jemals vor etwas Halt gemacht, wenn er es sich vorgenommen hatte?«

Das bedurfte keiner Antwort. Ich begann mir ernstlich Sorgen zu machen.

Drei Angehörige der Palastgarde in Gelb und Schwarz geleiteten uns zum Flusshafen hinunter. Zwei weitere gingen voraus und bahnten uns den Weg. Trotzdem dauerte es an diesem ruhigen, sonnigen und warmen Tag eine Zeit, denn die Straßen waren sehr belebt, sehr viel mehr, als ich es aus meiner Zeit bei der Stadtwache in Erinnerung hatte. Fürst Nathan hatte offensichtlich einen guten Riecher gehabt, als er außerhalb der Mauern einen neuen Markt gegründet hatte. Geschäftstüchtig wie er war, hatte er das Land zuerst ohne Aufsehen erworben und hinterher mit großem Gewinn verkauft. Gleichwohl beklagte sich niemand über die Belebung des Handels.

Handel war ohnedies der Grund für die Entstehung der Stadt gewesen und bildete bis in die Gegenwart ihre Existenzgrundlage. Tenabra liegt am Fluss Wydem, ungefähr an der Stelle, wo bei Flut das Salzwasser vom Meer hereingedrückt wird und dem Süßwasser begegnet. Barken brachten Waren von den fruchtbaren Ebenen und den Hügeln jenseits davon den Fluss herab – Stoffe, Getreide, Eisen, Alaun, Pferde –, und im Flusshafen wurden diese und andere Waren in rundbäuchige Handelskaravellen umgeladen, die dann nach Übersee gingen. Bei ihrer Rückkehr brachten die Schiffe Gewürze aus Khiree, Glaswaren und Silber aus Sarcena und Edelhölzer aus Brynel weit im Osten. Hier war der Umschlagplatz, wo Tauschgeschäfte gemacht, aus- und eingeladen, abtransportiert und mit Gewinn verkauft wurde. Sogar nach Abzug der Steuern.

Indes hatten nicht alle am Wohlstand teil. Die Straßen in der Hafengegend waren voll von Bettlern und Strolchen, Seeleuten und leichten Mädchen, Schnapsläden, Spelunken und Schlimmerem. Die Männer der Palastgarde brauchten die Leute nicht beiseite zu stoßen, weil sie ihnen von selbst mit einer Gewandtheit auswichen, die das Ergebnis langjähriger Erfahrung in der Vermeidung von Auseinandersetzungen war. Jedenfalls bei Tageslicht.

Wir passierten die Gefällstrecke zum Hafen, dann die massiven, gemauerten Lagerhäuser entlang dem Kai, wo die Anlegebrücken hölzerne Finger in den Strom hinausreckten, ein wenig brauner als das Wasser. Am unteren Ende des Kais wurde ein plumper Segler aus Khiree beladen. Schwitzende Arbeiter hatten ein Hebezeug bemannt, das Stoffballen emporhob, über den Laderaum schwenkte und dort hinabließ. Die Wasseroberfläche glänzte bronzegrün wie ein alter, von Schlägen und Beulen genarbter Schild, und Kloakengestank lag wie fauliger Dunst über Fluss und Hafen. Es war noch früh, aber die letzte Frische der Morgenstunden schien bereits vergangen. Die letzte Woche des Nachsommers war angebrochen; in den Kulissen wartete der Herbst, und ein Gefühl von Veränderung lag in der Luft.

Wir schritten über Nathans hübschen neuen Hafenkai aus sauber behauenen Steinquadern, die auch dem Frühjahrshochwasser standhielten. Von hier gingen die alten hölzernen Anlegebrücken aus, deren splitternde Pfahlbündel in das Flussbett getrieben worden waren, um die verwitterten, zahnlückigen Planken zu tragen. Nathan war mit ihnen unzufrieden. Fünfzig Schritte entfernt wurden von einem Leichter Steinbrocken in den Fluss geschüttet, um Fundamente für den neuen Kai abzugeben, der genug Raum zum Be- und Entladen von vier Barken bieten würde, und auf der anderen Seite der Uferstraße war bereits ein neues Lagerhaus mit Zollamt im Bau.

Aber das war für nächstes Jahr. Diesmal würden wir Tenabra von einer der alten Anlegebrücken verlassen und unsere Reise auf dem Fluss antreten. Sarburg lag mehr als hundert Meilen stromauf; man rechnete mit einer Reisedauer von zehn bis zwölf Tagen.

An der Anlegebrücke vertäut lag eine lange und niedrige Barke, glänzend schwarz wie ein Käfer auf dem schmutzigen Wasser. Auf dem Deck erwarteten uns Grames und seine Schutzbefohlene. Arienne hatte er sie genannt. Ein hübscher Name. Sie hatte den Kopf wie eine Büßerin gebeugt und starrte auf ihre ineinander gelegten Hände. Grames hingegen blickte uns erwartungsvoll entgegen.

Die Gardisten umringten uns nicht gerade, aber es waren bewaffnete Männer hinter und vor uns. Silvus hob den Saum seines Umhangs, warf ihn über den Arm und schritt die hölzerne Landungsbrücke hinaus, ohne den Bewachern oder Grames einen Blick zuzuwerfen. Ich folgte ihm.

Auf dem Vordeck stand eine Luke offen. Als wir über die Laufplanke an Bord gingen, erregten unsere Schritte auf dem Deck Neugier, und aus der Lukenöffnung reckte sich ein Kopf. Ohne seinen feinen Hut konnte Georghe de Barras, Ritter des Ordens vom Goldenen Speer, nur mit einem spärlichen Kranz wergfarbenen Haares aufwarten, kurzgeschnitten mit einer Schere. Er grinste und stellte alle zwölf Zähne zur Schau. Es erinnerte mich an einen Wasserspeier.

»Silvus Castro«, sagte er, und das Grinsen weitete sich spöttisch, denn nun hatte er uns für sich, sozusagen. »Welch ein Vergnügen. Seit dem Hofball des Fürsten im vergangenen Jahr hatten wir keine Gelegenheit zu einem richtigen Beisammensein.«

Silvus schloss für einen Augenblick die Augen. Seine Züge verhärteten sich.

»Es heißt Ser Silvus de Castro – für dich und mich, Georghe«, sagte ich, um Barras' Aufmerksamkeit von Silvus abzulenken. Georghe und ich kannten uns seit langem. Sein Blick traf mich.

»Und sein ständiger Begleiter, Will *de* Parkin«, fuhr er fort. Die Betonung auf dem de war nachdrücklich genug, um den wahren Wert hervorzuheben. »Weißt du, Will, ich wusste immer, dass wir unsere alte Bekanntschaft eines Tages erneuern würden.«

Ich lächelte zurück. Das muss man, bei Barras. Anzeichen von Schwäche erregen ihn.

»Ich auch, Georghe. Schon lange hatte ich gehofft,

dass wir einmal richtig Zeit füreinander haben würden.« Ich strahlte ihn an und hatte das Vergnügen zu sehen, wie sein Lächeln abschätzend wurde.

Ich dachte, dass ich der Lage allen Spaß abgewinnen sollte, den ich kriegen konnte. Ein Sommertag, eine Flussfahrt, ein hübsches Mädchen... Was konnte man sich mehr wünschen?

KAPITEL III

Die See mit ihren frischen Brisen war noch weit, und was vom Land zu uns herüberwehte, war heiß und roch nach faulendem Müll. Die Besatzung der Barke ersparte sich die Mühe, den Mast aufzurichten und das große Hauptsegel mit Fock aufzuziehen. Eine Leine wurde zu einem der Schleppboote des Hafens hinübergeworfen, zwölf Ruderer legten sich in die Riemen, und wir wurden ins Schlepptau genommen. Es war auch gut so. Die Passagiere konnten auf Deck bleiben und atmen.

Ich stieg nur kurz hinunter, um mir ein Bild von der Unterbringung zu machen. Jeder von uns hatte eine Koje, die durch einen Vorhang vom Aufenthaltsraum getrennt war. Man gelangte durch die Luke im Vordeck hinunter. Grames und Barras hatten sich bereits die beiden vorderen Kojen gesichert, sodass jeder, der an Deck wollte, an ihnen vorbei musste. Achtern hinter dem Aufenthaltsraum lag die einzige Kabine, und sie war von Arienne belegt, jedenfalls hing ihr Umhang am Haken

der Tür. Der Aufenthaltsraum nahm den größten Teil der Länge der Barke ein. Er war hoch genug, dass man aufrecht stehen konnte, aber nur knapp, dazu lang und schmal. Hinter den Kojen wurde der verbleibende Raum von einem langen, schmalen Tisch und Bänken eingenommen. Darüber hing eine Art Gepäcknetz von Haken an den Seitenwänden.

Es gab sechs Kojen und die Kabine. Silvus, Grames, Barras, ich. Das ließ Platz für zwei Gardisten. Der Schiffsführer und ein Deckarbeiter schliefen entweder oben oder spannten Hängematten aus. Vielleicht waren oben weitere Gardisten als Bewacher untergebracht. Ich ging wieder auf Deck.

Die Ruderer hatten uns bis zur Brücke geschleppt. Der Fluss strömte langsam wie Sirup dahin, der Wasserstand war niedrig und Streifen übelriechenden Schlammes begleiteten beide Ufer. Aber die Ruderer mussten sich dennoch in die Riemen legen, um uns durch den mittleren Brückenbogen zu ziehen, wo eine Strömung zwischen den Pfeilern gurgelte. Ich blickte zum steinernen Gewölbe auf, das langsam über mir vorbeizog. Es war noch nicht ein Jahr her, dass ich dort oben das Zollhaus bewacht hatte – ohne eine Sorge auf der Welt.

»Hast du gesehen, wo sie unsere Ausrüstung verstaut haben?«, fragte Silvus. Er war von hinten leise zu mir getreten.

»Ja.« Es fiel mir schwer, nicht erschrocken zusammenzuzucken. Ich war nervös, aber nervös bedeutete schuldig, also lächelte ich, als ich fortfuhr und zeigte ablenkend zu einem armen Teufel, der im Uferschlamm nach brauchbaren Gegenständen suchte. »Wir haben beide Kleider zum Wechseln in den Fächern unter unseren Kojen. Und einen Ersatzumhang mit breitkrempigem Hut. Anscheinend will Nathan nicht, dass wir uns einen Sonnenbrand holen.«

Silvus grunzte. Ein Murmeln trägt nicht weiter als ein Flüstern und ist nicht halb so verdächtig, also setzte ich murmelnd hinzu: »Aber keine Stiefel oder Schuhe. Kein Geld außer dem, was wir bei uns tragen. Wenn wir aus diesem Unternehmen aussteigen wollen, müssen wir in diesen gehen.« Ich zeigte auf die Reitstiefel, die wir noch trugen. »Oder barfuß, wenn es uns nicht gelingt, Pferde zu stehlen.«

»Ich habe meine Geldbörse. Du hast deine. Das Schloss meines Schwertgehenks ist aus Silber, mein Siegelring aus Gold.«

»Das ist dein Petschaft«, wandte ich ein.

Silvus zuckte mit der Schulter. »Mein Signet habe ich im Kopf. Der Ring hat ungefähr das Gewicht eines Goldstücks, wofür wir zwei ordentliche Pferde bekommen müssten.«

Ich schnaubte. »Wenn wir jemanden finden können, der bereit ist, sie an ein paar Fremde zu verkaufen, die offensichtlich in der Klemme sind. Und vorausgesetzt, wir kommen hier heraus.«

Darauf wusste Silvus nichts zu sagen.

»Und da ist das Mädchen. Es ist ebenso eine Geisel wie… wie ich.«

Eigentlich hatte ich sagen wollen, ›wie wir‹, aber dann fiel mir ein, dass Silvus keine Geisel war. Er war der Gegenstand der Operation. Ich war nichts weiter als eine Geisel. Deshalb hatte Grames gelächelt, als er sah, wie ich von Silvus um meine Meinung gefragt worden war… konnte das erst vor einer oder zwei Stunden gewesen sein?

Nun war mir klar, dass wir fliehen mussten. Es würde schlecht mit Silvus' Ehre zu vereinbaren sein, sein Gelübde zu brechen, das ihm den Gebrauch von Magie verbot, aber Silvus hatte seltsame Vorstellungen von Ehre. Wenn es darauf ankam, würde er vielleicht überlegen, dass es seine Aufgabe sei, mich zu beschützen, selbst wenn dazu der Gebrauch von Magie vonnöten wäre.

Natürlich würde er dann bei erster Gelegenheit Grames töten. Was aber bedeutete, dass wir zuerst Barras und seine Gardisten überwältigten, und ich glaubte nicht, dass wir es mit ihnen allen aufnehmen konnten.

Aber Silvus schmunzelte ein trockenes Glucksen tief in der Kehle. »Ich fragte mich schon, wann du auf sie zu sprechen kämest.«

»Was willst du damit sagen?«

Er zog eine Braue hoch. »Sagen wir, dass ich einen ritterlichen, ehrenhaften und durchaus angemessenen Widerwillen spürte, solch eine Dame in den Klauen eines Spitzbuben wie Grames zurückzulassen.«

Ich sah ihn argwöhnisch an. Sein Gesicht war ernst und unbewegt, was meinen Verdacht bestätigte. »Sie ist genauso in Schwierigkeiten wie wir«, sagte ich. »Er hat sie irgendwie in der Hand.«

Silvus blickte an mir vorbei. »Vielleicht hast du Recht. Wahrscheinlich. Meister Grames, einen schönen guten Morgen.«

»Guten Morgen, Ser de Castro, Knappe de Parkin.« Grames' Stimme klang so gleichmütig wie Wasser. Nicht die geringste Andeutung von Spott oder Antipathie, was mich aus dem Gleichgewicht brachte. Mit Barras konnte ich umgehen; dieser Wettstreit lief schließlich nur darauf hinaus, wer von uns aufrecht stand, wenn er beendet war. Dies war anders. Es war ein Spiel, dessen Regeln ich nicht verstand.

»Ein schöner Morgen«, sagte Grames. »Nun müssten wir bald auf das Pferdegespann stoßen… Ah. Da ist es schon.«

Nathan ließ sich nicht lumpen. Das Gespann bestand aus zwei gut genährten und gepflegten Zugpferden mit glänzenden Fellen, die mit ihrem Treiber am Beginn des Treidelpfades warteten, der oberhalb der Brücke begann. Die Barke wurde zum Ufer gesteuert, die Zugleine hinübergeworfen, und das Schleppboot legte wieder ab, als die Barke leicht ans Ufer stieß. Die Zugleine wurde festgemacht, die Pferde zogen an, nahmen das Seil auf, und die Barke setzte sich nach einem kurzen Ruck sanft in Bewegung. Wir alle nahmen das Erscheinungsbild zufriedener Müßiggänger an, ausgenommen Grames, der wie ein Schneider auf mich wirkte, der sich bemüht, einen Kunden für ein schlecht sitzendes Wams zu interessieren.

»Ausgezeichnet«, sagte er. »Übermorgen in einer Woche sollten wir in Sarburg sein, nach einer eintägigen Unterbrechung in Conflans.« Er warf Silvus einen Seitenblick zu. »Die Schleusen, die Seine Hoheit bauen ließ, haben dem Handelsverkehr auf dem Fluss einen großen Aufschwung gebracht, wissen Sie. Heute können Waren auf dem Wasserweg bis hinauf nach Wele verschifft werden.«

»Das glaube ich gern«, sagte Silvus trocken.

»Obwohl ein Edelmann sich natürlich nicht mit den rein, ah, kommerziellen Aspekten der Regierung unseres Fürsten abgeben würde.« Knoten bildeten sich entlang Silvus' Kinnlade. Ein weiterer Pfeil hatte sein Ziel gefunden. Grames fuhr selbstzufrieden fort: »Immerhin wird unsere Reise dadurch sehr erleichtert.«

Silvus wandte den Kopf und betrachtete ihn mit dem unvoreingenommenen Interesse eines Entomologen, der ein neues Insekt gefunden hat. »Und was werden wir tun, wenn wir eintreffen, Meister Grames?«, fragte er.

Eine Andeutung von Befriedigung huschte über Grames' Gesicht. In dem obskuren Wettkampf, in den er und Silvus verstrickt waren, hatte er einen Punkt gewonnen, indem er eine gezielte Frage erzwungen hatte.

Silvus schien es zu bemerken. Er hob die Brauen und machte ein unbekümmertes Gesicht. »Ich hörte, dass die Jagd dort gut läuft, obwohl die Saison kaum begonnen hat.«

»Ich bedaure, dass ich von der Jagd nichts verstehe«, erwiderte Grames in farblosem Ton; damit gab er Silvus zu verstehen, dass er als einfacher arbeitender Mann aristokratischen Zeitvertreib verabscheute.

»Wie auch immer«, fuhr Grames fort, »unsere Aufgabe wird Sie vielleicht ebenso interessieren. Wir sollen die Kraft zum Wohle der Welt nutzen. Wir sollen die Möglichkeiten ihres Gebrauchs erforschen. Der Frage nachgehen, was die Kraft wirklich ist und woher sie kommt. Schließlich wissen wir sehr wenig darüber. Um ein Beispiel zu nennen, Ser de Castro, wie ist Ihre Wahrnehmung von Mana?«

Seltsam. Es klang beinahe so, als erwartete er, dass verschiedene Leute verschieden antworteten. Aber Silvus blickte einfach weg und schien zu überlegen, ob es zweckmäßig sei, die Antwort einfach zu verweigern. Schließlich zuckte er die Achseln. »Ich weiß es nicht. Ich nehme es einfach wahr, mehr nicht.«

»Aber wie? Als eine Aura? Ein Gefühl? Eine Farbe, ein Gefühl von Wärme, von Druck, von Nähe? Was?«

»Nichts davon.« Silvus tat die Frage mit einer Handbewegung ab. »Ich kann es mit Worten nicht erklären.«

»Weil...« Grames legte eine taktvolle Pause ein, »weil es scheint, dass Ihre Reaktion auf den Gebrauch der Kraft im Gegensatz zur bloßen Gegenwart von Mana emphatisch ist, nicht wahr? So wurde es uns gesagt, und so sahen wir es bei der Vorstellung.«

Sie hatten Eumas dazu gehört, das war klar.

»Vielleicht.«

»Ein charakteristischer Abscheu. Ekel. Es stellt sich ein, wenn jemand in der Nähe mit Magie arbeitet.«

»Es ist wie das Öffnen einer Pestgrube vom letzten Jahr, wenn Sie es wissen müssen«, sagte Silvus.

»In der Tat, Ser de Castro. Ich weiß es nur zu gut.« Der kleine Mann schaukelte auf den Fußballen vor und zurück und blickte zum Ufer hinüber. Wir passierten die zusammengedrängten kleinen Häuser nahe der nördlichen Stadtmauer, durchzogen von schmalen, krummen Gassen. Sie blieben zurück, und wir kamen zum oberen Wassertor, wo das Flussbett eingeengt war und die Pferde sich ins Geschirr legen mussten, um die stärkere Strömung zu überwinden. Hier saßen die vorgeschobenen Türme der Stadtmauer auf den Aufschüttungen zu beiden Seiten; der lange, schwere Baumstamm der schwimmenden Absperrung lag angekettet am Ufer. Der Fluss strömte zwischen den Türmen durch, bereits merklich sauberer, und wir wurden an ihnen vorbeigezogen. Nach wenigen Minuten hatten wir die Stadt Tenabra hinter uns. Ich blickte zu ihr zurück und fragte mich, ob ich sie jemals wiedersehen würde, und überlegte, ob mich das beunruhigte.

Silvus hatte sich ein paar Schritte entfernt und beobachtete den Mann auf dem Wehrgang der Stadtmauer, spähte durch das Tauwerk zu ihm hinauf. Unsere Uniform – das heißt, die Uniform der Stadtwache – war inzwischen ausgetauscht worden, da Ruanes Wappen jetzt entehrt war. Der Mann dort oben trug die gelben und schwarzen Farben Nathans, aber ohne die goldenen Litzen und Säume der Palastgarde. Silvus schüttelte den Kopf.

Grames kam zu sich, blickte umher und verfolgte Silvus, als dieser zum Heck der Barke schlenderte. »Noch etwas, Ser de Castro...« Ich beobachtete die beiden und dachte, dass Silvus vielleicht ohne meine Unterstützung auskommen könne; dann dachte ich, dass er ohne mich und meinen großen Mund und die

Unfähigkeit, meine Gesichtszüge zu beherrschen, sicherlich besser zurechtkäme. Und dann sah ich, dass Arienne aus der Luke gestiegen war und am Bug stand, um die Landschaft zu betrachten.

Fruchtbares grünes Land glitt vorüber, und der Fluss gluckste, erleichtert von seiner Schmutzfracht. Die Sonne schien heiß und glänzte auf ihrem Haar. Sie stand mit einer Hand am Vorstag und ließ die andere herabhängen. Ich sah die Spannung in ihrem Arm und merkte, dass sie das Vorstag zu fest umklammerte.

Ich stand auf dem schmalen Streifen der Decksplanken, zwischen Reling und Ruderhaus. Die Schleppleine führte von einem Poller auf dem Vordeck durch eine Augenöffnung im Bug. Sie knarrte leise unter der Spannung. Ich ging nachschauen, wie sie befestigt war, und fand mich auf dem Vordeck, zwei Schritte von ihr entfernt.

Sie wandte sich nicht um. Die warme Brise, verstärkt durch unsere Bewegung, spielte mit ihrem Haar und zupfte an ihrem einfachen Kleid. Ich blickte an mir herab auf mein Wams aus fein gewebtem Stoff mit dem aufgestickten Wappen. Meinem Wappen, einem weißen Baum auf grünem Grund. Schließlich war ich ein Edelmann. Vielleicht war sie schüchtern und wagte nicht zu sprechen. Ich sollte sie beruhigen; es war ein Gebot der Höflichkeit.

»Ein schöner Tag, nicht wahr, Fräulein… ah, Brook«, sagte ich und verwünschte mich wegen der Pause, während der ich versucht hatte, mich auf ihren Nachnamen zu besinnen. Es musste sich herablassend angehört haben. Wahrscheinlich dachte sie, dass ich selten mit jemandem unter dem Rang einer Baronin spräche.

Aber sie wandte ruhig den Kopf und nickte. »Guten Tag, Herr de Parkin«, sagte sie. Ihre Stimme wirkte ruhig und klar, beinahe gelassen. »Ja, ein sehr schöner

Tag.« Aber ihre Hand am Vorstag hatte sich nicht entspannt.

»Das Wetter sieht gut aus, aber später könnte es ein Gewitter geben.« Selbst in meinen eigenen Ohren klang es idiotisch, aber sie stimmte zu.

»Es ist gut möglich.« Und dann, nachdenklich: »Die Luft riecht nach Messing.«

»Wir könnten ein Gewitter brauchen«, verlieh ich meinen Wünschen Ausdruck. Je mehr ich über dieses Unternehmen nachdachte, desto offensichtlicher war es, dass wir das Weite suchen mussten, und zwar vor unserer Ankunft in diesem Sarburg. Wir benötigten eine Ablenkung, um unbemerkt zu verschwinden, und ein Gewitter mochte sie liefern. Wenn sie uns in eine von Nathans Festungen brachten, würden sich die Türen hinter uns schließen und vielleicht nie wieder öffnen.

Ich musste sehr gedankenvoll ausgesehen haben, denn sie sah mich von der Seite an. »Wozu würde jemand ein Gewitter brauchen, Herr de Parkin?«

Sie schien eine harmlose Frage zu stellen, aber ihr Gesichtsausdruck wirkte jetzt lebhafter. War sie interessiert? »Ich dachte an die Ernte. Wir brauchen Regen.« Eine armselige Ausflucht, aber es war die beste, die mir einfiel. Ich konnte nicht riskieren, ihr von anderen Plänen zu erzählen.

Aber um ihre Mundwinkel zuckte ein Lächeln. »*Wir* brauchen Regen?« Sie blickte über die Felder, wo das Getreide reifte. »Die Bauern brauchen ihn.«

Was weiß schon ein Edelmann aus der Stadt? wollte sie damit sagen. Nun, als ich genau zuhörte, fiel mir das Zäpfchen-r ihrer Aussprache auf. Ich hatte es schon öfter gehört. Sie musste aus dem Wendland stammen, oben am anderen Zweig des Wydem, weiter östlich. Und nach dem Ton ein Mädchen vom Lande sein. Es ärgerte mich.

»Ich bin auf einem Bauernhof geboren und aufgewachsen«, sagte ich zu ihr. »Keinem großen, und nicht hier in der Gegend. Aber ich war schon beim Steinelesen draußen auf den Feldern, bevor ich sechs Jahre alt war…«

Endlich hatte sie sich mir zugewandt. Ihre Augen wurden schmal, denn ich hatte eine breitere Aussprache angenommen und klang eher wie ein Bauer als ein Edelmann. Ah, ein Fortschritt. Wenigstens war sie jetzt interessiert.

»Aber ein Gewitter ist so… zufällig«, sagte sie. »Gewiss bringt es Regen für einige. Aber andere, die ein paar Meilen weiter entfernt leben, bekommen vielleicht nichts, während die in der Mitte des Wolkenbruchs vielleicht so viel bekommen, dass die Erde fortgeschwemmt und das Getreide zu Boden gedrückt wird. Es ist immer so ungerecht.«

Ich zuckte mit der Schulter. »Immerhin besser als die Trockenheit, die das Getreide vor der Reife ausdörrt, und der Hunger, der darauf folgt. Nachbarn können helfen, aber nur, wenn sie selbst etwas haben. Und wie der Würfel auch fallen mag, es ist besser als überhaupt keine Chance.«

»Am besten ist es immer noch, leichten Regen zur rechten Zeit zu haben.«

Es klang nachdenklich, aber unter den Worten lag etwas, was ich wiedererkannte. Sie sprach, wie ich manchmal mit Silvus sprach, in einer Art Kode, der einen ganz anderen Gegenstand behandelte und eine andere Bedeutung hatte. In diesem Fall sprach sie jedoch nur für sich selbst. Ich suchte angestrengt nach etwas, was das Gespräch in Gang halten würde.

»Es kann nicht immer so sein. Die Götter geben, aber nach ihrem eigenen Plan. Manchmal bieten sie nur eine schmerzhafte Wahl. Und wir müssen nehmen, was sie bieten.«

Sie befeuchtete ihre Lippen und hob die herabhängende rechte Hand in der ersten freien Geste, die ich bei ihr gesehen hatte. Und sie sah mich aufmerksam an. »Manchmal… manchmal ist es sehr schwierig, die Gabe zu sehen, und noch schwieriger, die Wahl zu treffen.«

Wieder galt der Kode unter ihren Worten ihr selbst, nicht mir. Sie blickte zum Heck. Ich folgte ihrer Blickrichtung und sah, dass Silvus halb abgewandt von Grames stand, ihm die kalte Schulter zeigte, während der kleine Mann mit gesenktem Kopf stand, finster auf das Deck starrte und die Unterlippe vorgeschoben hatte.

»Wie lange kennen Sie schon Meister Grames?«, fragte ich, einer plötzlichen Regung folgend.

Sie bewegte sich ein wenig. Es war kein Zusammenzucken, nicht ganz, doch als sie sprach, war sie wieder zurückhaltend, förmlich. Ich verwünschte mich selbst.

»Seit meiner Kindheit. Er zog mich auf, könnte man sagen.« Sie blickte wieder zu ihm hinüber. »Er ist immer gut zu mir gewesen«, fügte sie hinzu, als hätte ich ihn in irgendeiner Weise beschuldigt.

Ich hätte sie gern gefragt, was sie unter *gut* verstand. Und welches ihre Rolle in dieser Erforschung magischer Kräfte sein würde, wie Grames es nannte. Ich war überzeugt, dass sie für das Vorhaben so notwendig war wie wir. Meister Grames kam mir nicht wie ein Mann vor, der sich mit unerwünschtem menschlichem Ballast belastete.

Aber die Frage würde sie erneut abschrecken. Es war nicht die Zeit, sie vor Grames zu warnen. Und als mein Blick auf ihm ruhte, hob Grames den Kopf und starrte mir aus zwanzig Schritten Abstand ins Gesicht. Seine Augen verengten sich, dann lächelte er. Jeder würde denken, es sei ein höflicher Gruß, aber ich begann ihn zu durchschauen.

Er sagte etwas zu Silvus und machte seine ruckartige kleine Verbeugung. Silvus nickte, und Grames kam nach vorn auf uns zu. Er passierte das Ruderhaus, bog aber ab und stieg durch die Luke den Niedergang hinunter, ohne mit uns zu sprechen. Gleich darauf hörte ich seine Stimme. Wer war noch dort unten?

Ein paar Augenblicke später war die Frage beantwortet. Barras kam den Niedergang herauf und grinste mir zu.

»Da bist du ja, Will. Ist es dir warm genug?« Barras ließ nie einen Gemeinplatz aus. Arienne trat zurück; sie senkte den Kopf und legte die Hände zusammen. Er sah es. »Oh, Verzeihung. Habe ich etwas unterbrochen?« Es hörte sich nicht entschuldigend an.

»Überhaupt nicht, Georghe«, erwiderte ich in dem Tonfall, der meint: *Verschwinde, Georghe.* Sein Grinsen wurde nur noch breiter. »Bist du Fräulein Brook schon vorgestellt worden?«

»Komisch, dass du mich danach fragst«, sagte er. »Wenn man bedenkt, dass ich es war, der Meister Grames und Arienne hierher brachte und den Fürsten auf sie aufmerksam machte.« Ich blickte überrascht zu Arienne, die bewegungslos dastand, wie eine Schuldige. »Du siehst also, dass wir einander vorgestellt worden sind. Ich fragte mich, ob du es bist. Aber dann dachte ich, nein, ein geborener Edelmann wie du würde nicht mit einem hochklassigen Mädchen plaudern, wenn du ihr nicht vorgestellt worden wärst. Trotzdem, da wir schon so höflich und wohlerzogen sind…« Das Grinsen wurde anzüglich: »…könntest du vielleicht eine Anstandsperson gebrauchen.«

Arienne rührte sich nicht. Ich versuchte das Jucken in meinen Knöcheln unbeachtet zu lassen. Stillschweigen war die beste Antwort.

Er fuhr fort: »Nun, jedenfalls bin ich nicht heraufgekommen, um dich in Verlegenheit zu bringen, sondern nur um zu sagen, dass die Jungen und ich ein paar Fechtübungen machen werden, wenn wir für die Nacht anlegen. Du bist willkommen mitzumachen, wenn du willst. Auch dein Chef.« Er rümpfte die Nase. »Wahrscheinlich könntet ihr beide die Übung brauchen.«

»Danke, Georghe.«

Er nickte. »Dann macht nur ruhig weiter, ihr zwei. Ich merke es schon, wenn ich nicht erwünscht bin. Bis später.« Er grinste wieder und stieg erneut den Niedergang hinab, vermutlich um Grames Meldung zu machen.

»Es tut mir Leid«, sagte ich zu Arienne. Ich bildete mir ein, dass ihre Schultern sich ein wenig entspannten.

»Es macht nichts.« Sie wandte sich wieder der Betrachtung der vorbeiziehenden Landschaft zu.

»Ist es so, wie er sagt?«, fragte ich. Sie blickte mich wachsam an. »Dass Ihre Verbindung mit Fürst Nathan durch Georghe Barras zustande kam?«

Sie nickte. »Er sagte es, nicht wahr?« Sie sagte es, als müsse sie sich rechtfertigen. Aber wahrscheinlich würde ich genauso denken.

»Ich mache es mir zur Regel, Barras nicht zu glauben. Auf lange Sicht spart es Zeit. Wie sind Sie mit ihm bekannt geworden?«

»Er kam zur Vorstellung«, antwortete sie zögernd. »Auf dem Jahrmarkt im Wydemouth. Wir besuchten meistens die Jahrmärkte.«

Ich dachte an die kleinen Zaubertricks und das abgenutzte Tuch auf dem Tisch und ihr glitzerndes Kleid. »Es war eine sehr gute Vorstellung«, sagte ich. »Wunderbar.«

Sie lächelte, und es war das erste echte Lächeln, das ich von ihr sah. »Nein«, sagte sie und schüttelte den

Kopf. »Es ist eine ganz gewöhnliche Vorstellung gewesen.« Zu meinem Bedauern verschwand das Lächeln gleich wieder. »Aber wir kamen zurecht.«

Damit meinte sie, dass sie sich lieber durch Vorstellung auf Jahrmärkten durchschlüge, als Nathans Kollegium für Magie für ihn zu gründen. Aber vielleicht würde sie noch einmal von der Vorstellung sprechen und wieder lächeln. Auf einmal wurde mir klar, dass mir sehr daran lag, sie wieder lächeln zu sehen.

»Wie ist es, in einer Zaubereivorführung zu arbeiten?«, fragte ich.

Ein winziges Achselzucken. »Ach... es ist bloß eine Art Geschäft. Die meiste Zeit ist man auf Reisen, und nicht immer kommen die Kosten wieder herein.«

»Es tat mir Leid, dass Fürst Nathan die Vorstellung unterbrach. Ich hatte Spaß daran.« Und das war nicht gelogen. Schon war dieses Lächeln wieder da.

»Das freut mich. Aber der Rest der Vorstellung ist geradeso, wie Sie sahen. Meister Grames führt Zaubertricks vor, ich stehe dabei, reiche ihm die Gegenstände, die er braucht, und trage weniger als üblich, damit die Leute nicht die ganze Zeit auf seine Hände sehen.«

Ich dachte, ich würde in der Kunst der Selbstbeherrschung allmählich besser, aber sie beobachtete meinen Gesichtsausdruck und zog die Brauen hoch.

»Das Kostüm gehört zur Vorführung. Und es ist nichts Schlimmeres als ein kurzer Rock und ein enges Mieder.«

Lieber Himmel, jetzt glaubte sie, ich hätte gedacht... »Nein, nein, das meinte ich nicht.« Und ich fühlte die alberne Wärme aufsteigen und in meine Wangen und Ohren dringen. Das hatte noch gefehlt, ich *errötete.* »Nein, ah...«

»Schon gut. Sie würden sich wundern, wie oft ich dieses Gespräch geführt habe. Wie oft ich denen, die nach der Vorstellung vorbeikommen, sagen muss, dass ich keine…«

Ich fand noch rechtzeitig meine Stimme wieder, um nicht in einem Topf mit denen zu landen, die nach der Vorstellung vorbeikamen. »Nein, das dachte ich nicht. Das würde ich niemals denken.« Es war mein Ernst und hörte sich auch so an. »Nein, ich dachte an etwas anderes.«

»Und was war das?«

Sie hatte ihr Urteil aufgeschoben. Vielleicht, wenn ich nicht einen weiteren plumpen Fehler machte…

»Ja, Sie sagten, es sei bloß eine Vorstellung mit Zaubertricks, Hokuspokus, Fingerfertigkeit, solche Dinge.«

Sie nickte. »Es gibt andere Vorstellungen dieser Art. Viele.« Sie beobachtete mich, ruhig wie eine Katze.

Ich spürte, dass nichts als die Wahrheit dienlich sein würde. »Ich frage mich, was Barras dazu brachte, Fürst Nathan besonders auf Sie hinzuweisen, und wie es kommt, dass Nathan Meister Grames zu seinem neuen Leiter eines Instituts für magische Studien machte?«

»Ach so.« Anerkennung spiegelten ihre Augen, und ich sonnte mich darin. »Gute Frage. Wegen des Finales.«

»Des Finales, das ich sah? Als das Kaninchen verwandelt wurde?«

»Ja. Es ist unsere beste Nummer. Und sie wird auf der offenen Bühne vorgeführt, wo die Leute sehen können, wie die Verwandlung geschieht.«

»Es sieht… unmöglich aus.« Ich wusste, dass es nicht unmöglich war, aber auch, was dazu benötigt wurde.

»Ja, das ist richtig. Aber die ganze Vorstellung besteht aus Dingen, die unmöglich aussehen, und die Bauern… das heißt, das Jahrmarktspublikum… gewöhnt sich daran. Die Leute denken nicht, dass diese

Nummer vielleicht wirklich unmöglich ist.« Sie seufzte. »Aber Barras merkte es sofort. Tatsächlich ist er viel schlauer, als er aussieht – oder redet. Er erkannte den Unterschied. Und so kam er nach der Vorstellung zu uns, verscheuchte alle anderen, und dann…«

»Wurden Sie Nathan vorgestellt.«

»Ja. Ich wollte es leugnen und vorgeben, es sei alles bloß Einbildung, aber Meister Grames…«

»Witterte Geld. Und mehr als Geld. Prestige. Macht.«

Sie machte ein gequältes Gesicht. »Das war nicht alles. Ich bin überzeugt, dass ihm hauptsächlich an.. Anerkennung lag.«

»Anerkennung der Gabe.« Ich nickte weise.

Sie hatte zur Seite geblickt und versucht, die Einzelheiten zu erklären. Nun sah sie mir in die Augen und sagte: »Ja. Für die Gabe.«

Wir verbrachten den Nachmittag auf dem Vordeck. Manchmal sprachen wir, manchmal nicht. Zu beiden Seiten glitten die Felder, Gehöfte und Waldstücke vorbei, still und glatt, als schwebten wir in einem Traum dahin. Silvus blickte zu uns herüber, ging unter Deck und kehrte mit Hüten für uns beide zurück. Wir setzten sie auf, und er trat wieder zum Achterdeck, wo er ein Gespräch mit dem Schiffsführer begann, der das Ruder hielt. Ich glaube, alle anderen mit Ausnahme eines gelangweilten Gardisten auf dem Ruderhaus und eines anderen, der mit dem Treiber auf dem Treidelweg ging, machten ein Nachmittagsschläfchen.

Die Zugpferde schritten geduldig und gleichmäßig dahin, das Zaumzeug glänzte im Sonnenlicht. Brücken glitten vorüber. Sie waren so gebaut, dass der Treidelpfad innerhalb ihrer Spannen verlief, um die Zugtiere durchzulassen. Vereinzelte Weiler und Dörfer lagen am Fluss, wo das Ufer hoch genug war, um Überschwemmungen zu verhindern, und andere Dörfer lagen abseits und kehrten dem Fluss den Rücken. Wo die Barke den still ziehenden Wasserspiegel durchschnitt, blitzte das Licht von den Wellenriffeln wie Funken in einer Schmiede.

Es war wahrscheinlich der beste Nachmittag, den ich je verbracht hatte. Mit Willenskraft versuchte ich die Sonne am Himmel zu halten, aber sie glitt unaufhaltsam tiefer. Als sie nur noch eine Handbreit über den Hügeln im Westen war, legten wir an und vertäuten die Barke für die Nacht am Ufer.

Ein paar hundert Schritte entfernt gab es ein Dorf, eine Gruppe von Häusern, die einen grünen Dorfanger umstanden. Die Pferde wurden abgeschirrt und ins Dorf geführt, wo sie ein Stall und Futter erwartete, und wir vertraten uns die Beine auf festem Boden.

Schon vor dem Anlegemanöver war Barras gähnend auf Deck erschienen. Nun kam ein Gardist in Gelb und Schwarz mit einer langen, flachen Kiste an Land. Sie wurde auf den Boden gelegt und Barras machte sich daran, auf einer ebenen Fläche Pflöcke einzuschlagen. Ich sah ohne Interesse zu, als er mit den Fechtübungen begann.

Er hatte vier Gardisten mitgebracht, wie ich vermutet hatte, wahrscheinlich um sicherzustellen, dass mindestens zwei jederzeit im Dienst sein konnten. Und Barras. Ich sah, dass sie sich im Umgang mit ihren Waffen auskannten. Wahrscheinlich waren sie nach diesem Gesichtspunkt ausgewählt worden.

Sie benutzten stumpfe Übungsschwerter mit hölzernen Kugelkappen an den Spitzen, trugen Schilde und gepolsterte Masken und Brustplatten aus hartem Leder. Die Übungen waren jedoch ziemlich einfach. Ausfall von zwei, dann von drei in alternierender Lage. Barras zeigte eine Parade mit anschließendem Lösen aus der Bindung, dann teilte er seine Leute paarweise zur Übung ein, beobachtete und korrigierte sie.

Vielleicht betrachtete ich sie schließlich doch mit einigem Interesse. Dies war tatsächlich etwas ungewöhnlich. Meistens erspart man sich die Mühe, einen Pikenier das Fechten zu lehren – wenn er aus der Formation und auf sein Seitengewehr angewiesen ist, steckt er ohnehin in größten Schwierigkeiten –, doch sollten die Männer der Palastgarde auch als Einzelkämpfer ausgebildet sein. Was mich betraf, so hatte ich den Umgang mit dem Schwert von Silvus de Castro gelernt und mich in diese Kampfesweise viel besser hineingefunden als in die Kunst des Reitens. Also konnte ich beurteilen, was sie taten.

Sie übten eine Weile, bis die Sonne den Horizont berührte, und ich sah ihnen ungeduldig zu. Sie waren nicht die Besten, und mehr als einmal krümmte ich unwillkürlich die Finger um den Griff eines Schwertes, das nicht da war.

»…so kam es, dass Vater meinen kleinen Bruder zum Mittagsmahl aß, und da ich befürchtete, dass ich die Nächste sein könnte, lief ich fort von daheim«, erzählte Arienne in leidenschaftslosem Ton.

»Mmh? Wie?«

»Sie haben nicht zugehört. Langweile ich Sie?« Dann folgte sie meiner Blickrichtung. »Ach so.«

»Es tut mir Leid«, sagte ich verlegen. »Es ist bloß, dass…«

Ich kam nicht mehr dazu, ihr zu sagen, was es war. Barras hatte die Übungsschwerter des letzten Paares mit seinem Stock hochgeschlagen.

»Nicht so, ihr Nachtwächter. Legt die Plempen weg. Eher kann man einer Sau das Tanzen beibringen.« Er bedachte sie mit einem finsteren Blick, wandte sich dann um. »Will«, rief er, »komm her und zeig diesen Trotteln, wie es gemacht wird.« Er legte den Kopf schief. »Wenn du dich losreißen kannst.«

Silvus sah sich vom Achterdeck nach mir um und

kam auf mich zu, aber es war zu spät. Ich war aufgestanden und hatte all meine Vorsätze vergessen. Ein wenig Stichelei und die Gelegenheit, einem hübschen Mädchen etwas vorzuführen, und Will Parkin springt jederzeit ein. Das ist so sicher, wie der Hund Flöhe hat.

Silvus erreichte mich noch rechtzeitig, um zu fragen, was zum Henker mir einfalle. Ich schnallte die gepolsterte Brustplatte zum Schutz des Oberkörpers um und versah mich mit einem Unterarmschutz aus gehärtetem Leder für meinen Schwertarm. Der Schild war übermäßig groß und schwer, aber ausgeglichen.

»Beruhige dich«, murmelte ich. »Es ist bloß eine Vorführung.«

»Ja«, erwiderte er durch die Zähne, »aber was wird Barras an dir vorführen?«

Ich schüttelte den Kopf. »Er hat nur ein Übungsschwert und bald wird es dunkel sein. Was kann er in dieser Zeit ausrichten?«

Silvus zog sich einen imaginären Schal um die Schultern und machte ein bedenkliches Gesicht. »Barras wird sich etwas ausdenken, das schmerzt. Versuch es zu vermeiden, was es auch ist.« Er half mir beim Festziehen der Schnallen am Rücken, um die Polsterung am Verrutschen zu hindern. Ich setzte den dick gepolsterten und vergitterten Übungshelm auf und zog den Kinnriemen fest. Auch die Handschuhe waren gepolstert, und das Schwert hatte hinter der Parierstange einen zurückgebogenen Fingerschutz. Ich prüfte die Schneide – sie war ungefähr so scharf wie ein Sack Bohnen. Die Spitze steckte in einem runden hölzernen Knopf.

Zehn Schritte entfernt, hatte Barras mit meinen Vorbereitungen Schritt gehalten. Er war gleichzeitig mit mir bereit.

»Drei Gänge, mittlerer Abstand, hohe Lage?«, fragte ich. In gleicher Weise hatte er mit den Gardisten geübt.

»Sicher, sicher«, sagte er. »Nun passt auf, ihr Trottel. Der Edelmann de Parkin wird euch zeigen, wie es gemacht wird.«

Nicht übel, Barras, dachte ich. So sorgt er dafür, dass seine Leute einen Groll gegen mich hegen. Nun würde ich auf ›zufällig‹ gestellte Beine und Rempler achten müssen. Sie sammelten sich außerhalb des von Pflöcken markierten Kreises um uns. Ich sah den diskreten Glanz von Münzen und fragte mich, welche Wetten abgeschlossen wurden – und zu welchen Gunsten.

»Achtung.« Ich berührte den Helm mit dem Schwert.

Barras nickte und griff sofort an.

Ausfall, Blockade, Lösung aus hoher Bindung, Gegenangriff. In einer Übung kontert man in der gleichen Klingenlage wie beim Angriff. Ich klopfte auf Barras Schild und ging in die Ausgangsstellung zurück. Nun war ich an der Reihe. Ich machte einen Ausfall in mittlerer Lage. Barras schlug die Klinge hoch und konterte, aber er zielte tief, sodass seine Klinge an der Seite meines Schildes abwärts kratzte und meine Kniescheibe traf. Ich sprang zurück und grunzte vor Schmerz.

Barras grinste. »Verzeihung«, sagte er und grinste breiter.

Ich grinste zurück. Na gut, Georghe, wenn du es so willst…

Er griff wieder an. Ich ließ seinen Stoß an meiner Klinge entlanggleiten, statt ihn zu blockieren, was ihn überraschte, sprang sofort im Gegenstoß vor und versetzte ihm einen kräftigen Hieb über den Helm. Kein Schaden, aber es musste ihm die Zähne aufeinander geschlagen haben. Er ging zurück. Die Zähne waren zu sehen, aber er grinste nicht mehr. »Der Gang geht an dich«, stieß er hervor. »Aber wenn du es durcheinander bringst, können wir genauso gut im freien Stil weitermachen.«

Das passte mir. Ich nickte. Er griff an.

Georghe Barras glich vielen praktisch denkenden Kriegern. Er hatte das Schwertfechten auf die harte Weise gelernt und dabei die Erfahrung gemacht, dass schnell und unerwartet das Beste ist. Kombinationen von zwei und drei Schlägen, Veränderungen der Lage und des Angriffswinkels, Umkreisen des Gegners. Er war schnell und aggressiv und stieß mir immer wieder seinen Schild ins Gesicht, um meine Gegenstöße zu behindern. Ich parierte und wich seitwärts aus. Und begnügte mich mit einzelnen Gegenstößen, um ihn mir vom Leibe zu halten. Ihn frustrieren, dachte ich, bis er sich eine Blöße gibt.

Das tat er denn auch. Das Problem der aggressiven Schildtechnik ist, dass man eine Lücke zwischen dem Schild und sich selbst lässt, wenn man ihn mit Aufwärtsbewegungen vor sich her stößt. Es ist langsamer als ein Schwert, langsamer auch als ein schnelles Ausweichen. Er stieß mit dem Schwert zu, wurde pariert, stieß den Schild vorwärts – und ich war nicht dort. Mein Stoß an seinem Rand vorbei traf ihn in die kurzen Rippen, und zwar hart genug, dass er grunzte und scharf die Luft ausstieß.

Ich trat zurück. Es hatte keinen Sinn, ihn jetzt anzugrinsen, denn er war schon wütend genug. Trotz stumpfer Spitze musste der Stoß durch die wattierte Brustplatte geschmerzt haben. Aber er grinste nur, holte schnaufend Atem und griff wieder an. Ich hätte eine Unterbrechung verlangen und ihm Zeit zur Abkühlung geben können. Aber auch ich hatte etwas zu beweisen.

Jetzt machte er Ernst, hielt die Klinge näher am Rand seines Schildes und verzichtete auf ausholende Hiebe. Es kamen nur noch kurze Stöße, die nach

Schwächen suchten. Tatsächlich streiften diese Stöße den Rand seines Schildes und blieben beim Zurückziehen immer wieder mit dem Knopf auf der Schwertspitze hängen.

Er stieß zu und zog schnell zurück. Seine Klinge kratzte an der Schildkante, der hölzerne Knopf verhakte sich, und ich sah, wie er sich lockerte. Ich wollte rufen, aber er kam mit mehreren schnellen Stößen, zwischen denen der Knopf jedes Mal an der Schildkante gelockert wurde. Einen Augenblick später war er abgefallen und enthüllte eine meißelartige Spitze, die Brustplatte und Wattierung wie Papier durchstoßen konnte.

Alles geschah in einem Augenblick. Sofort stieß er nach, obwohl er das Gleichgewicht noch nicht gefunden hatte. Es musste schnell geschehen, sonst könnte er später nicht behaupten, er habe es nicht bemerkt. Ich konnte einen Gegenstoß führen und ihn wahrscheinlich schneller ins Ziel bringen, aber das nützte mir nicht. Er würde einen blauen Fleck bekommen, ich eine Klinge zwischen die Rippen.

Zum Überlegen war keine Zeit. Oder vielleicht denkt man mit Beinen und Armen. Der Instinkt riet mir, außer Reichweite zu bleiben; aber ich sprang auf ihn zu und stieß meinen Schild mit aller Kraft gegen seinen, während ich einen Fuß hinter seine Ferse setzte. Seine Klinge stieß an mir vorbei, traf die Seite meiner Brustplatte und ritzte sie. Dann stolperte er zurück, wäre beinahe gefallen.

»Halt!«

Wenn Silvus so ruft, hält jeder inne. Die Stimme drang sogar zu Barras durch, obwohl seine Gesichtszüge hinter dem Schutzgitter des Helms vor Wut arbeiteten. Mich brachte sie wie immer auf der Stelle zum Stehen. »Ihre Spitze, Messire de Barras. Sehen Sie nach Ihrer Ausrüstung«, sagte er in eisigem Ton.

Barras blickte auf seine Waffe. Man konnte sehen, wie sein Verstand an dem Problem arbeitete. Jetzt würde es offener Mord sein. Überdies wusste er, dass Nathan mich nicht ermordet sehen wollte, wenigstens nicht solange ich einen Hebel darstellte, mit dem Silvus unter Druck gesetzt werden konnte.

»Das war jedenfalls ein Treffer«, sagte ich. »Sagen wir, die Partie ist ausgeglichen. Ich habe genug.« Er nickte langsam. Nun würde er die passende Gelegenheit abwarten. Großartig. Ich hatte ihn warnen wollen, aber nur erreicht, dass er mir erst recht nach dem Leben trachtete. Nun würde er es aus persönlichen Gründen tun, nicht nur im Auftrag oder zum Vergnügen.

Ich begann meine Ausrüstung abzulegen. Die ganze Geschichte hatte höchstens ein paar Minuten gedauert. Die Sonne war hinter den Hügeln im Westen untergegangen, ließ aber noch genug Licht im Himmel und färbte die kleinen Wolken orangerot und rosig. Silvus schnallte die Brustplatte auf, und ich zog sie herunter, warf den Helm daneben. Mein Haar klebte – von Schweiß durchnässt – am Kopf.

Ich wandte mich um. Arienne war nicht mehr da.

Silvus wollte höflich sein. »Ich glaube nicht, dass ich es anders gemacht hätte. Bestimmt nicht in deinem Alter.« Er warf mir einen vielsagenden Blick zu. »Man lernt Umsicht.«

»Aber ich habe Barras wirklich verärgert.«

KAPITEL IV

»Er wird darüber hinwegkommen. Und wenn nicht, könnte es sogar von Vorteil sein. Es wird sein Urteilsvermögen trüben.«

»In der falschen Weise. Jetzt wird er uns mit Falkenaugen beobachten.«

Silvus zuckte die Achseln. »Das kann er nicht ewig durchhalten. Selbst Barras braucht seinen Schlaf.«

Es war der folgende Morgen. Wir saßen auf dem Vordeck der Barke, hatten die Füße auf den Bug gelegt, das Schleppseil zwischen uns. Der Fluss hatte angefangen, Schleifen zu ziehen, und in dieser Schlinge blickten wir beinahe genau gegen Sonnenaufgang, aber die Sonne selbst war verschleiert, und der Wind hatte gedreht. Ich blickte zurück und sah eine tief hängende Decke grauer Schichtwolken von Westen her aufziehen. »Vielleicht bekommen wir doch bald Regenwetter«, bemerkte ich, um das Thema zu wechseln.

Silvus sah sich nicht um. Er hatte es bereits gesehen; schon vor Sonnenaufgang hatte ich ihn draußen auf Deck angetroffen. Er war meistens vor mir auf den Beinen. »Kann sein«, meinte er.

Wir waren die Einzigen auf dem Vorschiff, abgesehen von den beiden Gardisten, von denen einer auf dem Ruderhaus saß und uns beobachtete und der andere mit den Treidelpferden ging. Beide waren weit genug entfernt, dass wir Gelegenheit hatten, unter vier Augen zu sprechen. Wenn wir uns davonmachen wollten, mussten wir auf eine dunkle Nacht und eine günstige Gelegenheit warten. Einen Ort, wo wir Pferde bekommen und einen Vorsprung gewinnen konnten, um Verfolger abzuschütteln und schneller als die Nachricht sein konnten.

Und wohin dann? Norden war die Richtung, in die wir reisten; aus dem Süden waren wir gekommen. Ostwärts erstreckte sich Nathans Herrschaftsbereich über Hunderte von Meilen, alles besiedelt und durchzogen von einem Netz guter Poststraßen, wo Nathans Kuriere eine Botschaft schneller überbringen würden, als wir laufen konnten. Es gab nur eine Richtung, die wir nehmen konnten – Westen. Im Westen lagen die Moore und Heiden und jene unbesiedelten Gebiete, die Nathan dem Orden streitig zu machen gedachte. Im Westen ragte die Kette des Bruchfaltengebirges und jenseits davon waren die Ländereien des Ordens und Schwester Winterridge. Sie waren die Einzigen auf der Welt, die es riskieren mochten, uns vor Nathan zu schützen.

Alles zusammen war geeignet, ernste Besorgnisse zu wecken. Aber es lag in der Zukunft, und Soldaten lernen die Zukunft annehmen. Das war es nicht, was mich trübselig machte.

»Sie wird sich schon eines Besseren besinnen«, sagte Silvus unerwartet. »Im Augenblick ist sie eingeschnappt, aber auch gefesselt. Und überhaupt muss sie begreifen, dass du auch noch andere Probleme hast.«

Ich sah ihn stirnrunzelnd an. War ich so leicht zu durchschauen?

Aber Arienne ließ sich den ganzen Morgen nicht blicken. Ich beobachtete den Fluss und die langsam vorbeiziehenden Ufer, bis ich der Sache überdrüssig war, dann ging ich eine Weile mit den Pferden, um sie mir aus der Nähe anzusehen. Es waren gute, kräftige Zugpferde und nicht als Reittiere für uns geeignet, doch würde es in jedem Fall eine gute Idee sein, sie wegzutreiben. Wenn wir das täten, würde Barras zu Fuß gehen müssen, um Hilfe zu holen. Allerdings nicht weiter als bis zum nächsten Stall, wo er im Namen des Fürsten Pferde requirieren konnte. Vorausgesetzt, Barras spielte dann noch eine Rolle. Alles in allem mochte es am einfachsten sein, wenn Barras bis dahin von der Bildfläche verschwunden wäre.

Aber das wäre Mord. Einen anderen Weg, ihn auszuschalten, gab es nicht. Ich dachte nicht daran, über das Schicksal eines Georghe Barras Tränen zu vergießen, aber trotzdem... Ihm die Kehle durchzuschneiden, während er schlief oder in die andere Richtung schaute... na ja.

Um die Mittagszeit grübelte ich noch immer darüber nach, als wir am Tisch in der Kajüte saßen und Brot und Rindfleisch mit Bohnen aßen. Für Silvus und mich gab es Wein; wir tranken ihn mit Wasser und saßen schweigend. Ein Gardist blieb am Fuß des Niedergangs in Sicht. Alle anderen verzogen sich gleich nach dem Essen auf Deck, um den Sonnenschein zu genießen. Ausgenommen Arienne. Sie blieb in ihrer Kabine.

Am frühen Nachmittag trübte es sich ein, und über dem Fluss bildete sich ein Dunst. Ich war voller Unruhe und beobachtete den Westhimmel. Es sah hoffnungsvoll aus. Die dunklen Wolkenbänke waren nicht mehr weit, und über ihnen türmten sich gewittrige Wolkengebirge in der schwülen Luft. Gegen Abend hörten wir Donnergrollen, und Flächenblitze erhellten geisterhaft die Flusslandschaft.

Kurz vor dem Dunkelwerden kamen wir in ein Dorf, dessen Häuser über dem Kiesstrand standen, der den Wasserstand bei Überschwemmungen markierte. Hinter dem Dorf stand ein größeres Haus auf einer Anhöhe, umgeben von einem Park, der sich von den bestellten Feldern und Weiden ringsum als dunkle Silhouette abhob. Silvus spähte wachsam hinüber, prägte sich die Geländeformen und die Krümmung des Flusses ein. Ich wusste es, weil ich das Gleiche tat.

»Morgen werden wir in Conflans sein, meine Herren.« Es war Grames, der auf leisen Sohlen hinter uns herangekommen war. Es war ein Glück, dass Silvus und ich selten Worte brauchen. »Das Dorf dort heißt Unterswir.«

»Es hat ein Gasthaus«, sagte Silvus, der die Augen zusammenkniff. An einem Mast vor einem Gebäude, das etwas größer und stattlicher als die anderen war, hatte jemand einen grünen Buschen gebunden. »Werden wir Halt machen?«

»Für die Nacht?« Grames überlegte, als wäre der Vorschlag neuartig. »Wir wollten nur die Pferde wechseln.« Er schien diese Feststellung für ausreichend zu halten.

»Es wird bald regnen. Und ich könnte ein Bad und eine warme Mahlzeit gebrauchen.« Silvus' Stimme klang müde.

Ich wagte nicht, ihn anzusehen. In der Vergangenheit war ich mit Silvus de Castro sehr viel weiter gereist, und bei weitem weniger bequem. Seine Ausdauer war viel größer, als man seiner hageren Gestalt zutrauen würde. Doch wenn man ihn nicht kannte, klang es wie eine vernünftige Überlegung, und sie ließ Grames zögern. Eine Weigerung würde die liebenswürdige Vorstellung zerstören, die er aufrechtzuerhalten suchte: dass wir Gäste statt Gefangene seien. Es würde uns und Arienne unseren wahren Status vor Augen führen. Ich fragte mich, ob das für ihn Grund genug sei, auf unseren Vorschlag einzugehen.

»Ich bezweifle, dass das Wirtshaus ein richtiges Bad hat«, wandte Grames ein.

Silvus gab Ungeduld zu erkennen. »Wenigstens werden die Leute einen Bottich, warmes Wasser und eine gewisse Zurückgezogenheit bieten können. Um Himmels willen, Mann, Sie werden doch nicht erwarten, dass wir in Anwesenheit einer Dame im Fluss baden, oder?«

Vielleicht war es der Tonfall, der Grames umstimmte, aber wohl eher der Hinweis auf Arienne.

»Ich werde sehen, was sich machen lässt.« Er eilte davon, um mit Barras zu beraten.

»Nun werden wir sehen«, murmelte Silvus. Ich begnügte mich mit einem Kopfnicken. Was wir nun sehen würden, war, wer sich für den Schiffsführer hielt. Der wahre Chef war natürlich Barras, aber Nathan mochte ihm eingeschärft haben, auf Grames einzugehen, und Grames hatte gute Gründe, uns noch eine Weile gut zu behandeln. Sein Gesichtsausdruck hatte sich verändert, als Arienne erwähnt worden war. Konnte sie der eigentliche Grund sein?

Gardisten waren in Hörweite.

»Ich weiß nicht recht, ob ich in diesem Wirtshaus einen ruhigen Nachtschlaf finden würde«, bemerkte ich, als dächte ich, dass es dort Wanzen geben könnte.

»Ach, das Haus sieht von hier aus recht ordentlich

aus. Es wird wenigstens eine Badegelegenheit und saubere Betten geben. In ordentlichen Zimmern mit Türen und Fenstern.« *Die zu bewachen Barras und seine Knechte ermüden würde.* Das Donnergrollen wiederholte sich, diesmal merklich näher.

»Ein Gewitter zieht auf«, bemerkte Silvus und blickte prüfend zum Himmel auf. Unausgesprochen blieb die Frage, ob wir uns leisten konnten, die Gelegenheit vorbeigehen zu lassen.

»Ich glaube, das meiste davon wird nach Norden vorbeiziehen. So ist es um diese Jahreszeit oft der Fall. Sie entstehen über den Ebenen, entladen sich aber über den Vorbergen. Und die liegen noch voraus.« *Dann ergibt sich für uns die beste Gelegenheit. Es wird mehr regnerische Nächte geben.* »Außerdem bin ich sicher, dass Meister Grames und sein bezaubernder Schützling – und der edle de Barras, natürlich – uns zum Abendessen Gesellschaft leisten werden. Es ist so schwierig, ihre Gastfreundschaft an Bord der Barke zu erwidern.«

Das war eine Überlegung. Abendessen mit Arienne. »Natürlich«, erwiderte ich mit Überzeugung.

Als Grames zurückkam und uns erklärte, dass eine Nachtruhe in einem Gasthaus uns allen willkommen sein würde, lächelten wir freundlich und luden ihn zum Abendessen ein, und er sah erfreut aus. Wir alle sahen erfreut aus.

Das Abendessen war in einem Sinne ein Erfolg. Silvus und ich hatten genug Silber, um dafür zu bezahlen, was uns einen moralischen Vorteil verschaffte, obwohl es kein Festessen gab, sondern nur ordentliche Hausmannskost – Bohnensuppe, ein Stück Braten, Lauch und breite Bohnen. Frisches Gemüse war eine willkommene Abwechslung, und als Nachspeise gab es Himbeeren.

Dennoch war es nur im taktischen Sinne ein Erfolg. Wir hielten Georghe von seinem Bett fern, und das war eine gute Sache, weil er die halbe Nacht würde aufbleiben müssen, um uns zu überwachen. Morgen würde er weniger wachsam und mehr zur Entspannung geneigt sein.

Trotzdem fehlte etwas am gemütlichen Behagen. Die unerwartete Ankunft adliger Gäste machte den Gastwirt nervös, und er eilte schwitzend hin und her und trieb die Köchin und den Küchenjungen und den Stallknecht an, während seine Frau eilig die beiden Gästezimmer lüftete und herrichtete, die das Gasthaus bereitstellen konnte.

Zwei Zimmer. Das gab Anlass zu anderen Erwägungen, und ich sah Barras an, wie er mit ihnen rang. Silvus aber gab ihm keine Gelegenheit dazu.

»Noch ein Glas Wein für Sie, Leutnant de Barras? Ein recht guter Tropfen, für ein Landgasthaus.«

»Ja. Wirklich nicht schlecht.«

Barras wusste Wein zu schätzen, besonders wenn andere Leute ihn bezahlten. Ein weiterer kleiner Vorteil. Der Weingenuss würde ihn entspannen, und hinzu kam das unbestimmte Gefühl, dem Spender verpflichtet zu sein. Das würde ihn freilich nicht daran hindern, uns ohne Gewissensbisse zu ermorden – in meinem Fall sogar mit Vergnügen.

Während Silvus ihm zutrank, rutschte ich unruhig herum und reichte Schüsseln weiter und überlegte, was ich zu Arienne sagen sollte, die mir gegenüber saß. Dies war meine Chance, verlorenen Boden zurückzugewinnen, aber was konnte ich sagen? *Tut mir Leid, aber ich dachte, Barras zurechtzustutzen sei wichtiger als Ihnen zuzuhören.* Großartig. Wundervoll. *Wie hat Ihnen meine Konter-Riposte gefallen? Ganz hübsch, wie?* Immer besser. Du bist ein Idiot, Will Parkin. Warum fällt dir nichts Gescheites ein?

»Ser de Castro scheint jetzt in besserer Stimmung zu sein«, bemerkte Grames zu mir gewandt. »Heute Nachmittag wirkte er recht erschöpft. Solch eine Reise muss für einen Edelmann seines Alters sehr ermüdend sein. Seine Hoheit der Fürst wird Ser de Castros Anstrengungen sicherlich ebenso zu würdigen wissen wie seine Fähigkeiten.«

Ich versuchte weltläufig auszusehen und zuckte mit der Schulter. »Soweit ich es verstehe, Messire, ist es mehr ein Talent als eine Fähigkeit. Eines, das in Ser de Castro im Verborgenen schlummert, denn er hat es weder jemals entwickelt noch seit seiner Kindheit Gebrauch davon gemacht.«

»Gleichviel. Nur wenige besitzen das Talent.« Er lächelte Arienne zu, die ihn nicht beachtete und ihren graugrünen Blick auf meinem Gesicht ruhen ließ.

»Und für diese wenigen ist es kein großer Segen, denke ich.« Ich weiß nicht, was mich bewog, das zu sagen.

»Gewiss, es ist ein zweischneidiges Schwert«, sagte Arienne. »Ein Magier kann die Natur in mancherlei Weise verformen, aber nicht den menschlichen Verstand. Oder nur dann, wenn der Verstand recht schwach ist. Vielen Möchtegern-Meistern der Schwarzen Magie wurde dies schon zum Verhängnis. Das Volk hasst das Dunkel. Es hat nichts gegen Wünschelrutengänger, Jahrmarktsgaukler, die ihre Taschenspielertricks vorführen, gegen Kräuterhexen und weise Frauen, aber wenn es wirkliche Zauberei zu sehen bekommt…«

»Dann reagieren die Leute mit Furcht. Oder Schlimmerem«, warf Grames ein. Er blickte ernst in sein Weinglas. »Ach ja«, seufzte er, »die unvernünftigen Leidenschaften der Unwissenden. Ein Jammer.«

»Es ist eine verständliche Reaktion. Magie kann die Natur nur missbrauchen und verderben«, sagte ich.

Das hatte Silvus einmal gesagt, und ich wiederholte es, ohne zu überlegen. Arienne schlug den Blick nieder. Sie sah auf einmal unglücklich aus.

»Ja, vielleicht«, lamentierte Grames, und Arienne schien noch mehr in sich zusammenzusinken. »Aber wenn die Kraft auch die Natur verändern kann, so gilt dies ebenfalls für alle Werke des Menschen. Ist eine Mühle verwerflich, weil sie den natürlichen Lauf eines Baches verändert?«

Etwas in dem Blick, den er in diesem Augenblick Arienne zuwarf, ließ mich aufmerken. Es wirkte irgendwie falsch. Als ob er eine genau kalkulierte Menge einer wirksamen und gefährlichen Medizin verabreichte. Doch war es nicht so, dass er gelogen hatte. Nein. Was er gesagt hatte, war zugleich Lüge und Wahrheit. Nein, das war es auch nicht. Vielmehr war es eine Wahrheit, die vorgebracht wurde, um zu lügen. Eine in Wahrheit gehüllte Lüge. Die Wahrheit war, was er gesagt hatte, und das bedeutete, dass die Lüge…

»Die meisten Leute würden es so nicht wollen«, sagte ich, und sie blickte auf. »Dennoch, die magische Kraft…«

»Es ist am besten, nicht davon zu sprechen«, sagte Grames. »Nicht wo es andere Ohren gibt.« Sie ließ den Kopf wieder sinken.

Draußen polterte Donner, nahe, aber nicht über uns. Ich hatte den Blitz nicht gesehen. Augenblicke später setzte der Regen ein und rauschte auf das Strohdach herab.

»Eine schlimme Nacht«, fuhr Grames behaglich fort. »Es war gut, ein Dach aufzusuchen.«

Ich stimmte ihm im Stillen zu. Georghe Barras und seine Männer würden jedoch nicht erfreut sein, unsere Tür und unser Fenster von einem Aussichtspunkt auf dem hübsch kalten und nassen Hof des Gasthauses zu beobachten. Und Silvus und ich mussten so tun, als hätten wir keine Ahnung, was vorging.

Wenn ich es mir recht überlegte, musste ich zugeben, dass ich wirklich keine hatte.

Ein weiterer fahler Lichtblitz stieß durch die Ritzen in den Fensterläden und erhellte das bescheidene Zimmer mit seinen einfachen Möbeln. Das splitternde Krachen einer riesigen Klinge, die den Himmel spaltete, wurde abgelöst von einem wüst polterndem Donnerschlag, dessen Echos weit über das Land hinrollten. Noch immer gab es viele Landleute, die den alten Donnergott Ogni verehrten, der eine Axt trägt und seinen Wagen über den Himmel fährt. Ich konnte das Rumpeln seiner Räder hören.

Ich hätte eine entsprechende Bemerkung zu Silvus machen können, ließ es aber sein. Es hatte keinen Sinn. Auch konnte ich über nichts zu ihm sprechen, was einen Sinn gehabt hätte, weil wir uns übernommen hatten, entschieden zu schlau gewesen waren. Wir teilten das Zimmer mit Georghe Barras.

Er lag in einem vor die Tür geschobenen Rollbett. Wenn er nicht schlief, konnte er das Schnarchen großartig nachahmen; aber Soldaten schlafen mit einem offenen Auge, und Barras war schon Soldat gewesen, ehe ich das Licht der Welt erblickt hatte. Ich konnte mit Silvus über nichts von Bedeutung sprechen, wenn Barras in Hörweite war, schlafend oder wach, und Silvus, der drüben beim Fenster lag, schien genauso glückselig zu schlummern. Also war ich mit meinen Sorgen allein. Soviel zu der Idee, Barras zu ermüden. Wir waren ausmanövriert worden. Die Herren von Stand hatten ein Zimmer, Arienne das andere. Die Gardisten nächtigten auf der Tenne über dem Stall. Grames schlief auf einem Strohsack in der Gaststube.

Ich konnte noch immer nicht sehen, was er im Tischgespräch beim Abendessen gemeint hatte. Das Volk hasste das Dunkel, gewiss, aber es verstand darunter einen Zauberer mit einer Armee von Kobolden und Ungeheuern und Wiedergängern. Nicht einen rundlichen kleinen Mann, der mit einer Zaubervorstellung von Jahrmarkt zu Jahrmarkt zog. Er sah nicht gefährlich genug aus, um in irgendjemandem Hass zu erzeugen. Ich wusste, wie die Leute dachten; ich hatte selbst genauso gedacht. Silvus hatte mich belehrt. Das Dunkel ist die zu unsauberen Zwecken gebrauchte magische Kraft.

Das Dumme war, dass Silvus glaubte, die magische Kraft könne nur unsauberen Zwecken dienen. Der Pervertierung der Natur, nicht ihrem Gebrauch. Und darin mochte er Recht haben. Sicherlich würde Nathan nicht darüber erhaben sein, die Schaffung eines oder zweier Ungeheuer in Auftrag zu geben, wenn es ihm zweckdienlich erschien. Und es gab andere Herrscher wie ihn. Ich hatte eine Vorstellung von Schlachtfeldern, wo Drachen und Oger und Trolle brüllten und fochten, wo Legionen von Untoten aufeinander einschlugen, auferweckt von feindlichen Magierkorps im Dienst allmächtiger Tyrannen. Mich schauderte.

Und es war nicht auszuschließen. Es mochte eines Tages so weit kommen. Und diese Expedition war der Anfang davon.

Ein weiteres Mal flackerte der fahle Widerschein eines Blitzes durch den Raum, dann, nach einer Pause, setzte polternder Donner ein. Das Gewitter zog ab. Ich blickte hinüber zu Silvus. Er schien ruhig zu schlafen, aber Silvus war nicht immer, was er zu sein schien. Eins war für mich klar – dass er eher sterben als zulassen würde, dass es zu solch einer Entwicklung käme. Natürlich würden sie versuchen, ihn unter Druck zu setzen und mich dabei als Hebel zu gebrauchen. Ich hatte mit allem zu rechnen. Und sie würden es unerfreulich einrichten.

Aber würde jeder, der das Talent hatte, lieber sterben, als es so zu gebrauchen? Würde Grames so viel Charakterstärke aufbringen? Irgendwie bezweifelte ich es.

Soldaten lernen die Zukunft hinzunehmen. Vielleicht war ich schließlich doch kein Soldat. Über diesen Grübeleien schlief ich ein, ohne einer brauchbaren Schlussfolgerung nähergekommen zu sein.

Der nächtliche Gewittersturm hatte die Luft gereinigt, und im klaren Licht wirkten entfernte Landschaftsmerkmale wie vergrößert. In der Brise lag ein erster Hauch vom Herbst, kühl, feucht, erdig. Wenn man im Wald unter den Bäumen suchte, würde man die ersten Pilze finden.

Der Weg zum Landeplatz war nach dem Regen schlammig, und wir wanderten einzeln und zu zweit zum Fluss hinab. Grames war vorausgeeilt, um den Pferdetreiber und den Rudergänger der Barke aufzujagen. Barras befand sich irgendwo hinter uns, offenbar entschlossen, den Schluss zu bilden. Er bummelte dahin und machte leichte Konversation mit Silvus, der sich ebenso langsam bewegte. Beim Frühstück hatte er über schmerzende Gelenke geklagt, und jetzt hinkte er und schnitt Grimassen. Ich hätte mich um ihn gekümmert, wie es meinem Status als Knappe geziemte, aber er hatte mich vorausgeschickt und seine Worte mit einem Stoß ins Kreuz bekräftigt, der dafür sprach, dass seine Schultergelenke nicht allzu steif sein konnten. Also ging ich neben Arienne und unter den wachsamen Blicken von zwei Gardisten.

Sie ging mit gesenktem Kopf und trug einen Korb mit frischgebackenen Brotlaiben aus dem Gasthaus. Der Pfad war schmal, abschüssig und schlüpfrig, und als sie ausglitt, schien es nur natürlich, dass sie nach dem nächsten Halt griff, der mein Arm war, und dass ich mein Gleichgewicht verlagerte, um sie zu halten. Darüber geriet ich selbst ins Rutschen, ruderte einen Augenblick lang hilflos mit dem freien Arm und fiel. Die Perspektive veränderte sich mit beunruhigender Schnelligkeit und ich sah den Himmel über mir und glitt auf dem Hinterteil den aufgeweichten Abhang hinunter. Die Fahrt endete in einer Pfütze, wo der Pfad auf den Landungssteg traf. Noch fünf Schritte, und ich wäre im Fluss gelandet. Einen Augenblick später erreichte ein weiches Gewicht meinen Nacken. Es war Arienne, die sich schlitternd auf den Beinen hatte halten können und nun halb über mich fiel. Um nicht kopfüber in die Pfütze zu klatschen, fing sie den drohenden Sturz mit vorgestreckter Hand ab und hielt den Korb in der anderen hoch.

Wir verharrten ein paar Augenblicke in dieser Pose, ich in der schlammigen Pfütze sitzend und sie mit einer Hand im nämlichen Schlamm abgestützt über mir hängend. Ich merkte, wie mir die Röte ins Gesicht kroch. Ich sah ihr bespritztes Kleid und fühlte die unangenehm kalte Nässe, in der ich saß, preisgegeben der Lächerlichkeit und Schande. Ich muss wie ein kleiner Junge ausgesehen haben, der seine besten Festtagskleider verdorben hat.

Sie schob einen Fuß rechts an mir vorbei und richtete sich auf, geschmeidig wie eine Gerte. Ich zog die Beine an, stemmte mich hoch und kam mit so viel Würde, wie ich aufbringen konnte – was nicht viel war –, auf die Beine.

»Dafür habe ich nun gebadet«, bemerkte ich mit der Art von Schwachsinn, die man von mir erwarten kann. Sie schaute mich ernst an; insgeheim versuchte ich, den schlammig durchnässten Hosenboden von meinem Hinterteil wegzuziehen, aber es gibt keine geziemende oder bequeme Art und Weise das zu tun.

Noch immer blickte sie mich an; dann änderte sich ihr Gesichtsausdruck. Sie zitterte, ihre Lippen dehnten sich, die Augen schlossen sich halb, und sie fing an zu kichern. Das Kichern ging in ein Gurgeln und dann in ein glockenhelles fröhliches Gelächter über. Ihre Stimme überschlug sich vor Heiterkeit, und sie lachte und lachte. Ich stand triefend da und lachte mit ihr, stand mit ihr in unserer Schlammpfütze und vergaß alles über dem guten Gefühl zu lachen und sie lachen zu hören. Sogar die Gardisten oben auf der Uferböschung lächelten.

Grames war in seiner wie üblich nüchternen Art verärgert. Es wäre eine Erleichterung gewesen, wenn er getadelt oder genörgelt oder ein Aufhebens gemacht hätte oder sogar erfreut gewesen wäre, dass wir unverletzt geblieben waren. Natürlich tat er nichts davon – vertropfte bloß graue Missbilligung und empfahl, dass Arienne sich waschen und umziehen solle. Natürlich vergaß er sich nicht so weit, dass er mir den gleichen Vorschlag gemacht hätte. Meister Grames wusste, welcher Platz ihm gebührte. Er zog sich mit einer Verbeugung zurück, um sein ehrerbietig forschendes Gespräch mit Silvus fortzusetzen, während ich auf dem Vordeck zurückblieb, überkrustet von trocknendem Schlamm.

Ich zog mir einen Eimer Wasser aus dem Fluss herauf und übergoss mich damit. Die Kleider mussten bleiben, bis Arienne wieder zum Vorschein käme und ich hinuntergehen könnte, aber ich schabte und spülte den schlimmsten Dreck herunter und goss Wasser über die Flecken. Ich überlegte, ob es in Conflans eine Wäscherei geben mochte, die bei Nacht arbeitete. Oder – Augenblick mal – berechtigte mich der Umstand, dass ich für Nathan arbeitete, nicht zum Bezug einer neuen Garnitur Kleider? Traditionell zählten neben freier Unterkunft und Verpflegung auch Kleidung und Instandhaltung zu den Leistungen des Lehnsherren an einen in seinem Dienst stehenden Edelmann. Ich zuckte die Achseln und goss mehr Wasser über mich. Lieber nicht. Es würde Nathans Livree sein, und in Gelb und Schwarz sähe ich wie Barras und seine Spießgesellen aus.

Ich dachte noch eine Weile darüber nach, wie es wäre, wenn ich Nathans Livree trüge, und lächelte. Ich stand auf einem Fuß und schabte Dreck von meinen Stiefeln und dachte sehr eingehend darüber nach.

Arienne kam auf Deck und ich ging hinunter, um meine einzigen Ersatzkleider anzuziehen. Dabei untersuchte ich die Idee weiter. Es würde mit einer gewissen Feinfühligkeit geschehen müssen, und ich konnte Silvus vorher nicht einweihen. Dies war etwas, was rasch getan werden musste, wie ein Überrumpelungsmanöver. Ich ging wieder auf Deck.

Wir waren bereits in Bewegung, und das grüne Ufer glitt gemächlich vorüber. Grames stand mit Silvus auf dem Vordeck und redete auf ihn ein. Silvus tat sein Möglichstes, ihn entweder zu ignorieren oder irrezuführen. Ich, ganz Aristokrat, platzte gleich hinein.

»War es Ihr Plan, in Conflans Station zu machen, Meister Grames?«, fragte ich. Er brach mitten im Satz ab, runzelte ein wenig die Brauen und blinzelte mich an.

»Einen Tag, Messire de Parkin. Wir wechseln dort das Fahrzeug. Dieses nimmt Ladung auf und geht wieder flussabwärts. Außerdem wäre es für die oberen Schleusen zu lang…«

»Ausgezeichnet. Ich werde neue Kleider benötigen.« Ich wandte den Kopf zu Silvus und kniff andeutungsweise ein Auge zu. Es war wichtig, dass er mitspielte.

»Mein grüner Umhang ist zerrissen, und die Hosen kann ich nicht mehr anziehen. Das Wams ist beschmutzt und nicht mehr sauber zu kriegen – Schlamm ist von unten bis oben in das Gewebe eingedrungen. Ich kann mich in solchen Kleidern nicht sehen lassen. In Conflans muss es einen passablen Schneider geben.«

Silvus schnalzte missbilligend. Grames sah mich an. Er hatte mich nur in den Kleidern gesehen, die ich bei der Zeremonie getragen hatte und die überaus prächtig gewesen waren. Ich hatte sie getragen, als ich in die Hauptstadt gekommen war; sie waren neu und meine besten Sachen. Woher sollte er wissen, wie ich sonst aussah?

»Ein Edelmann, der unauffällig reist…« begann er.

»Muss standesgemäß in der Öffentlichkeit erscheinen, Meister Grames«, sagte Silvus. »Ich würde meinem Knappen Kleider leihen, aber wir sind nicht von gleicher Größe. Sie können sicherlich nicht von ihm erwarten, sechs Tage lang dieselben Kleider zu tragen?«

Grames zog die Stirn in Falten. Nun kam der schwierige Teil.

»Ich werde die fürstliche Kasse zur Begleichung der Kosten heranziehen«, sagte ich in einem Ton, als fiele es mir schwer, davon zu sprechen. »Wir wurden so kurzfristig in seinen Dienst abberufen, dass ich keine Zeit hatte mitzubringen, was ich brauchte, von ausreichenden Geldmitteln für eine längere Reise zu schweigen. Aber als mein Dienstherr schuldet er mir Kleidung und deren Instandhaltung, wissen Sie. Trotzdem sollte es uns nicht übermäßig aufhalten. Ein tüchtiger Schneider wird imstande sein, eine standesgemäße Hose samt Wams und Umhang in einem oder zwei Tagen anzufertigen, und Hemden wird es sicherlich auch als fertige geben.«

»Ich fürchte, wir haben keine Zeit«, sagte Grames mit sanfter Stimme. »Der Auftrag des Fürsten erfordert Eile.«

Ich sah ihn verblüfft an, wie ein Geck, der sich bis ins Mark getroffen fühlt. »Aber mein lieber Meister Grames, ich muss etwas anzuziehen haben! Wir stehen im Dienst des Fürsten, und er erwartet standesgemäßes Auftreten.«

Silvus zog die Brauen hoch und sah Grames an.

Grames hob eine Hand. »Selbstverständlich würde ich Ihnen nicht zumuten, dass Sie in geliehenen Kleidern wie ein gewöhnlicher Bürger gehen, Messire de Parkin. Der Dienst Seiner Hoheit…« Er brach ab und ich hielt den Atem an. Dann lächelte er, als wäre ihm ein Gedanke gekommen, doch verschwand das Lächeln ebenso rasch wie es gekommen war, und er fuhr ernst fort: »Wie Sie sagen, verlangt der Dienst des Fürsten, dass Herren seines Gefolges angemessen gekleidet sind. In seiner Livree.«

Silvus warf mir einen schnellen Blick zu. *Was tust du da?*

»Seine Livree?« Ich zog die Brauen hoch wie einer, dem ein Dieb etwas anvertraut. Silvus kannte die Routine. Er sah streng und nüchtern aus und sagte nichts.

»Gewiss«, sagte Grames, dem die Sache jetzt Spaß machte. »Sicherlich wird der Garnisonskommandant in Conflans in der Lage sein, Sie unverzüglich mit allem auszustatten, was Sie brauchen, Ser. Und schließlich sind Sie, wie Sie selbst sagen, im Dienst seiner Hoheit unterwegs. So ist es an ihm, Sie mit angemessener Kleidung auszustatten. Einer Livree, Ser. Seiner Livree, die zu tragen für jeden eine Ehre ist.«

Und er verbeugte sich und zog sich zurück. Es gelang ihm, sich nichts anmerken zu lassen, auch sah er mich nur kurz an, um meine Verblüffung darüber zu sehen, dass ich von meiner eigenen Klinge durchbohrt worden war. Seine Selbstbeherrschung war bewundernswert. Sicherlich gestattete er sich erst ein Schmunzeln, wenn er außer Sicht in der Kabine wäre.

»Nun ja«, sagte Silvus, »ich nehme an, du bist damit zufrieden.« *Was zum Henker hast du vor?*

»Ja, gewiss, das bin ich. Gelb und Schwarz sind nicht meine Farben, aber die Livree Seiner Hoheit zu tragen, ist eine Ehre … und ein Privileg.«

Er musterte mich kühl, als wollte er meine Loyalität einschätzen, während er sich durch den Kopf gehen ließ, was ich gerade gesagt hatte. Ich zog die Brauen hoch, um ihm zu sagen, er solle weitersprechen. Darauf schloss er für eine Weile die Augen, und seine Züge glätteten sich erleichtert. »Natürlich. Du hast Recht.« Er nahm meinen Arm und zeigte zu einer rauchigen, schmutzig verwaschenen Stelle am Horizont. »Was meinst du, ist das Conflans? Die Beobachtung entfernter Einzelheiten war noch nie meine Stärke, und mit dem Alter nimmt die Schärfe meiner Wahrnehmung noch ab. Ein Glück, dass du anfängst, meine Unzulänglichkeiten auszugleichen.«

KAPITEL V

Der Schlamm ließ sich größtenteils herauswaschen. Ich hatte mehr Zeit und Mühe für die Reinigung meiner Kleider aufgewendet, als ich es gewöhnlich tun würde, und hatte mich gewaschen und gekämmt und sorgfältig angekleidet, um die gepflegte Erscheinung zu erreichen, die erwartet wurde. Oder wenigstens so viel davon, wie mir möglich war. Ein Grund war Grames. Er sollte denken, dass ich auf solche Äußerlichkeiten Wert legte. Der andere Grund war bereits auf Deck.

Conflans liegt auf einer Landzunge am Zusammenfluss des Wydem und des Wend, der von Osten kommt. Die Stadt ist kleiner als Tenabra, vielleicht noch um einiges wohlhabender und langweilig. Sie kam in Sicht, als die Sonne an einem ruhigen Abend unterging, sanft und voll Frieden. Die Kühe kamen von den Weiden zum Fluss herab, um zu trinken, sahen uns in friedfertiger Ruhe an, und ein Junge mit einer Weidengerte starrte mit der gleichen trägen Neugier zu uns herüber.

»Ich war dieser Junge«, bemerkte ich zu Arienne gewandt. »In dem Alter musste ich auch die Kühe zur Tränke bringen.«

Sie nickte. Die angestrengte Spannung war einstweilen aus ihren Augen gewichen; sie warf ein paar entschlossenen Enten, die der Barke nachpaddelten, Brotkrumen zu.

»Damals war ich schon auf der Straße«, sagte sie und blickte zur Stadt, die noch ein gutes Stück voraus lag. Dort erschienen die ersten Lichter und warfen lange gelbe Reflexe auf das ruhige Wasser.

»So jung?«, fragte ich überrascht.

Sie nickte. »Meister Grames dachte, es sei das Beste, nicht zu lange an einem Ort zu bleiben. Das Talent schafft Probleme für diejenigen, die es haben, wie Sie bemerkten.«

»Ja, aber…« Sicherlich nicht so große Probleme. Man braucht nicht mehr zu tun als das Talent nicht für Dinge einzusetzen, die einen ins Gerede bringen.

»Er wollte Risiken vermeiden.«

Das sah ich ein. »Ich kann verstehen, warum ihm so viel daran liegt, anerkannt zu werden.« Jedenfalls erklärte es sein Benehmen. Für mich selbst hoffte ich, dass ich niemals so sehr darauf angewiesen sein würde.

»Nicht für sich selbst«, sagte sie mit gepresster Stimme.

»Mmh?« Ich dachte an die von Dämonen und Ungeheuern heimgesuchten Schlachtfelder der Zukunft, die Grames erschaffen würde, wenn man es ihm erlaubte.

»Es ist nicht für ihn selbst. Er will dies für mich. Er hat kein Talent. Er hat nur mich.«

Sie starrte flussauf zur Stadt und ihre Stimme war tonlos und kalt und hoffnungslos geworden. Ich denke, sie erwartete von mir, dass ich ein entsetztes Gesicht machen und mich hastig zurückziehen würde.

Die Anspannung lag wieder in ihrer Stimme, und sie stand so steif und gerade wie ein Gardist auf Wache. Die Hand, die den Enten Brotkrumen zugeworfen hatte, hing bewegungslos an ihrer Seite. Dies war ihr wichtig, und es bedeutete mehrerlei, aber ich gewann noch rechtzeitig die Fassung zurück.

»Ein Glückspilz«, sagte ich und lächelte ihr zu. Sie wandte sich ein wenig überrascht um, dann lächelte sie zurück. Wir standen beisammen und sahen zu, wie die Lichter der Stadt langsam näherkamen. Keiner von uns sprach, und so standen wir in traumartiger Stille.

Wenn es ein Traum war, sorgte Grames dafür, dass ich jäh daraus erwachte, sobald wir anlegten.

»Dort entlang, bitte sehr.« Er zeigte zu dem Wirtshausschild ein paar Schritte die Straße aufwärts: *Schloss und Riegel.*

»Ah«, sagte ich zu Arienne. »Der Wirt muss ein Witzbold sein. Bestimmt ist er rund und fröhlich und serviert schäumendes dunkles Bier.« Sie lächelte.

In Wirklichkeit war er kantig, hochgewachsen, kahlköpfig und trübsinnig. Als ich auf den Scherz hinwies, der im Namen seines Gasthauses lag, schaute er mich an, als hätte ich ein gebratenes Hundebein verlangt.

»Unsere Erwartungen werden nie erfüllt«, bemerkte ich, als er kopfschüttelnd fortgegangen war und uns mit dem Abendessen allein ließ. Grames redete wieder auf Silvus ein, der ihn nicht beachtete oder einsilbig antwortete. Barras saß am anderen Ende des Tisches, stopfte sich mit Hammelbraten voll, blickte stumpf vor sich hin und dachte anscheinend an gar nichts.

Sie lächelte wieder. »Unser Wirt hat seinen Beruf verfehlt. Sein Gesicht passt besser zu einem Totengräber.« Sie trank aus ihrem Bierkrug und machte ein Gesicht. »Als Bierbrauer hat er jedenfalls seine Schwächen. Sein Bier ist so dünn wie er und schmeckt nach Mäusen.«

Ich war im Begriff gewesen, von meinem zu kosten, stellte den Krug aber wieder zurück.

Arienne saugte mit einem Stück Brot die restliche Soße von ihrem Teller. Als sie wieder sprach, lag ein wehmütiger Unterton in ihrer Stimme. »Wir pflegten zum Herbstjahrmarkt herzukommen. Nach Conflans, meine ich. Wir wohnten bei einer Witwe, die Pensionsgäste aufnahm und nichts gegen Schausteller hatte. Drüben bei der nördlichen Mauer; das Jahrmarktsgelände ist gleich dahinter.«

Ich nickte.

»Sie verlangte wenig, sogar während der Jahrmärkte, besonders wenn man ihr in der Küche half.« Arienne blickte in der Gaststube umher, deren Wände in Dunkelheit versanken. Nur eine trübe Lampe brannte. Die Kerzen für die Gäste standen aufgereiht auf der Anrichte und waren weder lang noch breit. »Ich möchte wetten, dass der Fürst das Dreifache ihrer Preise für die Unterbringung hier bezahlen muss.«

›Fürst‹, nicht ›Seine Hoheit.‹

»Wahrscheinlich kann er mehr verlangen, weil sein Wirtshaus am Kai liegt«, meinte ich. Sie zuckte die Achseln. »Sie hätten lieber weitergemacht wie bisher, nicht wahr? Das Leben geführt, das Sie von Kindheit an kannten.«

Sie lächelte wieder, konnte aber ein kleines Kopfnicken nicht verhindern. »Natürlich lebten wir von der Hand in den Mund. Und gefährlich war es. Meister Grames sagt…« Sie brach ab.

»Was?«

»Es ist nicht wichtig.«

Gefährlich? Ich überlegte. »Die Landstraßen sind jetzt sicher genug«, bemerkte ich. Und das musste man zugeben. Nathan war gut in solchen Dingen. Banditentum war schlecht für den Handel, und Gesetzlose zahlten keine Steuern.

»O ja, die Straßen sind in Ordnung. Schlammig im Winter, und das Reisen kann mühsam sein. Aber…« Sie schwieg wieder.

Grames schob seinen Stuhl zurück. »Meine Herren, ich wünsche Ihnen eine gute Nacht«, verkündete er. »Messire de Parkin, ich werde mich beehren, Sie morgen früh als Erstes zu erwarten. Arienne, ich glaube, dein Zimmer liegt am Kopf der Treppe.«

Sie stand auf, und wir erhoben uns mit ihr und tauschten Verbeugungen. Für mich hatte sie ein Lächeln, und dann war sie fort.

Am nächsten Morgen sah ich sie erst, als ich von der Kleiderkammer der Garnison zurückkehrte, wo man mir eine von Nathans Gardeuniformen angepasst hatte. Ich hatte Recht gehabt. Gelb und Schwarz passen nicht zu meinen Augen.

Der Garnisonskommandeur war anfangs verdrießlich gewesen, dann aber höflich geworden, als er Grames' Empfehlungsschreiben mit dem fürstlichen Siegel gesehen hatte, das ausdrücklich befahl, dem Überbringer jedwede Hilfe und Unterstützung zu gewähren. In der Garnison gab es drei Männer, die genau meine Größe hatten.

Wir brachten zwei mehr oder weniger vollständige Uniformen mit uns zurück. Einer von Barras' Gardisten trug sie. Ich schlenderte neben Grames her, die Hände auf dem Rücken, ein Edelmann, der einen Spaziergang unternimmt und sich die Stadt ansieht. Er war unruhig, und ich beobachtete ihn dann und wann von der Seite.

»Ser…« fing er an, als wir an einer Art Gildehaus vorbeikamen. Der Rattenfänger und Kammerjäger, möglicherweise.

»Ein feines Beispiel des neoklassischen Stils, Meister

Grames«, bemerkte ich, als ich stehenblieb, die Fassade zu bewundern. »Ein besonders eleganter Ziergiebel.« Ich hatte nur eine undeutliche Vorstellung davon, wie ein neoklassischer Ziergiebel aussehen sollte, wusste nicht einmal, ob es so etwas in Conflans oder anderswo gab.

Grames streifte das Gebäude mit einem flüchtigen Blick. »Sehr imposant«, sagte er. »Ser, ich frage mich…«

»Leider sind die Fresken über dem Portikus ziemlich steif und leblos.«

»Möglicherweise. Meinen Sie, Sie könnten…«

»Dagegen zeigt die Kolonnade sehr feine Proportionen und ein gutes Gefühl für Balance. Insgesamt ist es ein bemerkenswertes Werk, denke ich.«

Grames biss die Zähne zusammen. »Ser, ich hoffe wirklich, dass Sie Ihren Rang wahrnehmen werden, um sich bei Ihrem Herrn einzusetzen.«

Ich wandte den Kopf und musterte ihn. Es war ein Fehler gewesen, ihn wie einen Trottel zu behandeln. Es war mir nicht möglich, so zu tun, als wüsste ich nicht, was er meinte. Ausweichen war meine einzige Hoffnung. »Ich werde mein Möglichstes tun, Messire. Aber Ser de Castro ist sein eigener Herr.«

»Er weiß Ihre Meinungen zu schätzen, Messire de Parkin. Er hält große Stücke auf Sie, ganz allgemein.«

Das konnte heißen, dass er mich mit den Füßen voran in siedendes Öl eintauchen würde, wenn das erforderlich wäre, Silvus de Castro umzustimmen. Ich schluckte.

Er beobachtete mich aufmerksam. »Bitte denken Sie darüber nach, Ser. Ich lege es Ihnen ans Herz.«

Den ganzen Weg zurück zum Gasthaus dachte ich darüber nach. Dachte sehr sorgfältig darüber nach, so sorgfältig, dass ich die Menschenmenge kaum bemerkte, die zum Markttag in die Stadt gekommen war. Von den Ziergiebeln imposanter Gebäude ganz zu schweigen.

Beim gemeinsamen Mittagessen war ich noch immer abgelenkt. Die Gefahr war mir jetzt in ihrer Schärfe bewusst geworden, nicht als eine nebelhafte künftige Möglichkeit, sondern als eine Gegenwart, die neben mir ging und mir ins Ohr flüsterte. Arienne bemerkte es, und ich rang mir ein Lächeln ab. Sie lächelte zurück, aber in ihren Augen lag Sorge. Ich musste an etwas anderes als an die schwierige Lage denken, in der ich mich befand.

Gefahr. Sie hatte gesagt, auch sie sei in Gefahr gewesen, als sie mit Grames' Zaubervorstellung von Jahrmarkt zu Jahrmarkt gezogen war. Doch hatte sie auch gesagt, dass die Gefahr nicht auf den Landstraßen gewesen sei. Also in ihrem Leben selbst? Ich konnte sie fragen, musste aber vor Grames ein bestimmtes Gehabe aufrecht erhalten. Für ihn war ich ein hohlköpfiger junger Höfling. Solange er sich nicht bei Barras erkundigte, konnte ich ihn vielleicht einlullen. Georghe kannte mich besser, war aber nicht, was man gesprächig nennen würde. Darum wählte ich meine Worte mit Bedacht und suchte den Weg zwischen den Unwahrheiten.

Ich wies auf meinen Teller. Im Gemüse war zu viel Essig. »Ihre verwitwete Wirtin bei der nördlichen Stadtmauer würde das Gemüse wahrscheinlich besser zubereitet haben«, sagte ich zu ihr. Sie lächelte, und es schien ein erleichtertes Lächeln zu sein.

»Ja, sie brachte gutes Essen auf den Tisch.«

»Eine Erleichterung nach den Unbequemlichkeiten und Gefahren der Reise.« Ihre Augen wurden ein wenig schmaler; sie merkte, dass mein Ton falsch war. Ich blickte zu Grames, der zuhörte.

»Die Reisen waren nicht gefährlich, nicht wirklich«, sagte sie langsam. »Auch nicht die Vorstellung, wenn wir vorsichtig waren…«

»Arienne«, sagte Grames. Sie verstummte. »Mein Umhang kam beschädigt von der Wäscherin zurück. Das Band zum Zuziehen ist halb abgerissen. Würdest du so gut sein, es wieder anzunähen? Ich werde ihn brauchen, wenn wir das Gepäck für die zweite Etappe unserer Reise zur anderen Barke bringen.«

»Dann fahren wir heute Nacht?« Das war Silvus.

»Morgen früh, Ser. Aber es gibt keine Zeit zu verlieren. Die Barke wird beim ersten Licht am Kai liegen. Ich habe Vorbereitungen zu treffen. Arienne, ich werde dir den Umhang geben, und dann kannst du mit mir zum Markt hinunter gehen. Vielleicht fällt dir das eine oder andere ein, das ich vergessen habe. Einen angenehmen Nachmittag, meine Herren. Wir werden uns zum Abendessen wieder sehen.« Er stand auf, sie folgte seinem Beispiel, und ich sprang auf, um ihr den Stuhl zu halten.

Sie schenkte mir ein halb verwundertes, halb besorgtes und halb ermutigendes Lächeln, als sie ging. Das waren drei Hälften. Mir war es gleich.

Ein langer Nachmittag voller Unruhe und Sorge schloss sich an. Mir schien, dass Barras meine Überwachung verschärfte. Einer seiner Knechte folgte mir diskret überallhin, blieb sogar hinter der nächsten Ecke und wartete, wenn ich zur Latrine hinter dem Haus ging. Grames war auch falsch, oder vielleicht nur vorsichtig. Er schickte Nachricht, dass sie aufgehalten seien und nicht zum Abendessen erscheinen würden. Silvus und ich hatten wenig Appetit darauf, was daran liegen mochte, dass wir Barras beim Essen zusehen mussten.

Als er fertig war, stieß er seinen Stuhl zurück und ging hinaus, vermutlich, um seine Männer für die Nachtwachen einzuteilen. Binnen kurzem würde jemand kommen und wieder Wache halten und lauschen, aber im Augenblick waren Silvus und ich allein. Unsere Stimmen trugen nicht bis zur Tür oder dem Fenster, wenn wir halblaut miteinander sprachen.

»Ich glaube, Arienne ist schließlich zu dem Schluss gelangt, dass sie dich mag«, sagte er. »Ein verständiges Mädchen, offensichtlich.«

»Sie hat Angst«, erwiderte ich. »Schon seit langem.«

Er nickte. Silvus zweifelte nie an dem, was ich sagte, fragte mich auch nicht, wie und woher ich dies oder jenes wusste.

»Wovor?«, fragte er. »Oder sollte ich sagen: vor wem?«

»Die leichte Antwort wäre Grames. Er ist beängstigend genug. Aber das ist es nicht.«

»Nathan vielleicht? Weil er dieses Kollegium magischer Kraft gründen will? Ich muss zugeben, dass dieser Teil mir die größten Sorgen macht.«

»Nein. Sie sagte, sie sei in Gefahr gewesen, bevor diese Sache sich entwickelte. In der Vorstellung selbst, nicht auf der Landstraße. Wegen ihres Talents, irgendwie.«

»*Ihres* Talents?«

Ich hatte vergessen, dass Silvus nichts davon wusste. Von Tenabra bis hierher hatte er beinahe die ganze Zeit Grames am Hals gehabt, und der würde ihm nichts anvertraut haben, nur weil er an einem sonnigen Nachmittag auf einer Barke saß, den Fluss betrachtete und sich mit jemandem unterhielt. Ich klärte Silvus mit wenigen Worten auf, während er sich nachdenklich den Schnurrbart strich. Am Ende nickte er wieder.

»Also hat Grames kein eigenes Talent«, sagte er. »Ich frage mich, ob Nathan das weiß?«

»Ich würde sagen, dass er es nicht weiß. Wer hätte es ihm gesagt? Grames selbst? Oder Arienne?«

Silvus nickte. »Aber um wieder zur Sache zu kommen, was ängstigt sie?«

»Etwas in der Vorstellung, denke ich. Sie mussten vorsichtig sein, sagte sie.«

»Weswegen vorsichtig?«

»Ich weiß es nicht. Dass bei den Zauberkunststücken etwas schiefgeht? Dass jemand sehen könnte, was Grames im Ärmel hatte?«

Draußen knarrte Leder, und Barras kam in die Gaststube. Er hob den Weinkrug auf und schaute hinein; seit er gegangen war, hatten wir nichts mehr getrunken. Seine Augenbrauen hoben sich.

»Wenn ihr fertig seid, sollten wir uns vielleicht in die Falle hauen. Morgen müssen wir in aller Frühe aus den Federn.« Er schenkte sich einen Becher voll und trank ihn in einem Zug aus.

»Meister Grames muss es furchtbar eilig haben«, murrte Silvus. Seine Schultern schienen eingezogen und geschrumpft, sein Rücken krumm.

»Fürst Nathan ist derjenige, der es eilig hat«, erwiderte Barras. Ich konnte ihm nur zustimmen. Er blieb stehen und wartete, bis Silvus langsam aufstand und zur Tür ging. Ich folgte ihm.

Am Kopf der Treppe und im oberen Korridor standen Wachen, neue. Barras musste von der Garnison Ablösungen angefordert haben. Großartig. Seine eigenen Leute konnten einen ungestörten Nachtschlaf genießen. Und ich konnte zu Silvus nichts mehr sagen, solange er zuhörte. Also würde ich die Antwort auf meine Frage selbst finden müssen.

Wir hatten hier getrennte Zimmer. Während ich lag und darauf wartete, dass das kalte Bett sich erwärmte, dachte ich darüber nach, doch mit wenig Erfolg. Nach einer Weile schlief ich ein. Grames erschien in meinen Träumen und erzählte mir, dass die Sonne nie wieder aufginge. Was mich dabei störte, war, dass ich ihm glaubte. Und Arienne auch.

Der Traum-Grames irrte sich. Die Sonne ging zwischen Wolken auf, und auf dem Fluss lag feiner Nebel, der sich zu heben begann. Ich weiß es, denn ich war schon zur Stelle, um den ersten Lichtstrahl zu sehen, der über den Horizont lugte – sogar die erste schwache Helligkeit am Osthimmel hatte ich beobachtet. Wie wir alle.

Am Kai wurden wir nicht angerempelt, sondern hatten eine kleine Lichtung für uns. Lastenträger drängten sich, stießen Schubkarren vorwärts und Ellbogen nach beiden Seiten, riefen und zogen an Tauen, strömten um uns und die bewaffneten Gardisten, die uns umstanden. Wir Standespersonen warteten, bis unsere Barke anlegte, dann gingen wir nach der Rangfolge würdevoll an Bord.

Dies war ein kleineres Boot und nicht für Passagiere eingerichtet. Immerhin war es ganz eingedeckt, sodass wir nicht dem Regen ausgesetzt sein würden, und der Laderaum war eilig mit Planken, Bänken und einem aufgehängten Tisch ausgestattet worden. Auch waren Hängematten angebracht, und ein kleinerer Teil des Raumes war für Arienne mit einem Vorhang abgeteilt. Aber es gab keine Bullaugen und kein Licht außer dem, das durch die Luke des Niedergangs drang, wenn sie geöffnet war. Der Raum roch nach Wolle und Teer. Ich war dankbar, dass er nicht schlechter roch.

Wir verstauten unsere Habseligkeiten, so gut es ging. Kaum waren wir damit fertig, ertönte vom Deck über uns das Getrampel und Gepolter schwerer Tritte. Barras steckte den Kopf zur Luke hinaus.

»Bloß ein Trupp Hafenarbeiter mit Stangen, um uns gegen die Strömung hinauszustaken«, berichtete er. Nach dem Getrampel zu urteilen, mussten es viele sein. Grames hatte es offenbar eilig. Nun, wann hatte er es nicht eilig gehabt?

Wir vernahmen Stiefelscharren, dann einen Ruf:

»Ho!« Und aus rauen Männerkehlen tönte ein rhythmischer Singsang:

»Mein alter Vater (ho!),
der sagte immer (ho!):
nicht am Fluss, Junge (ho!),
da wohnt der Wargel (ho!),
der schnappt dich beim Spiel (ho!),
zieht dich ins Wasser (ho!)
und schluckt dich runter (ho!),
der Wargel.«

Von den Stangen der Arbeiter gestakt, glitt die Barke leise schwankend vom Kai zur Flussmitte hinaus, vorbei an den hölzernen Anlegestegen. Der Gesang der Arbeiter war eintönig und traurig wie eine Totenklage. Ich blickte hinüber zu Silvus und hoffte, dass der Wargel mich nicht am Fluss schnappte. Ho.

Aber wie beim letzten Mal brachten sie uns nur aus dem Bereich des Flusshafens mit seinen Landungsstegen zum oberen Treidelpfad, wo bereits ein Gespann Zugpferde wartete. Ich hörte, wie das Schleppseil festgemacht wurde, dann trampelte die Mannschaft wieder über das Deck zur Laufplanke und an Land. Münzen klimperten. Dieses Unternehmen musste den Fürsten eine Menge Geld kosten, und Nathan war bekannt dafür, dass er niemals Geld ausgab, ohne eine angemessene Gegenleistung zu bekommen. Ich hatte das Gefühl, dass er auch nicht bereit sein würde, lange darauf zu warten.

Ich hatte mich gerade in eine düstere Stimmung hineingesteigert, als Arienne leichtfüßig den Niedergang herunterkam und geschickt den Kopf einzog, um dem Deckenbalken zu entgehen, an dem ich mir eine Beule geholt hatte, als ich das erste Mal in den Schiffsraum hinabgestiegen war. Sie rümpfte die Nase.

»Hier drinnen riecht es wie auf dem wendischen Schafmarkt«, bemerkte sie.

»Riecht das schlecht?«, fragte ich, dankbar für ihre Anwesenheit. Sie war wie ein Licht in diesem finsteren Loch.

»Es muss gehen«, antwortete sie, »wenn es so riecht.« Sie grinste triumphierend über diese unwiderlegliche Logik, während ich ächzte. »Aber wir können jetzt an Deck gehen. Es geht gleich los – ah!«

Sie wankte, als die Barke mit einem kräftigen Ruck in Bewegung kam, und ich sprang auf und umfasste ihre Mitte mit einem Arm.

»Danke«, sagte sie, nachdem sie das Gleichgewicht wiedergefunden hatte. Sie machte keine Anstalten, sich meinem Arm zu entziehen.

»Nicht der Rede wert. Wenn ich weitermache wie bisher, werde ich bald wieder fallen und mich in der nächsten Schlammpfütze wälzen.«

»Ach, da würde ich mir keine Gedanken machen. Ich habe noch nicht an Ihrem Arm gezogen und Ihnen ein Bein gestellt.« Sie machte sich mit einer anmutigen Körperdrehung los. »Kommen Sie mit an Deck. Es ist ein schöner Morgen.«

Sie hatte Recht; so war es.

Wir hatten die Stadt bereits hinter uns, und der Fluss war merklich schmaler. Ich blickte zum Himmel auf, der mit kleinen Wolken gesprenkelt war, und betrachtete das Grün und Gold der reifenden Felder und das dunklere Grün der Waldstücke. Weit voraus erhoben sich Hügel, blau in der dunstigen Ferne, und der Anblick der friedlichen schönen Landschaft ließ keine Sorgen aufkommen.

Sicherlich dachte Silvus nicht daran, mir die Stimmung zu verderben. Aber sein Rippenstoß lenkte meine Aufmerksamkeit ab und sein angedeutetes Kopfnicken zu dem Pferdegespann.

Es waren zwei Pferde wie zuvor. Aber diese Barke schien leichter und kleiner, und es war nicht das Gespann schwerer Zugpferde, das wir vorher gehabt hatten. Diese gingen hintereinander im Geschirr und hatten einen ausgreifenden Schritt, bei dem der Treiber nicht hätte mithalten können. Er saß auf dem Leitpferd, die Gerte in eine Schlaufe am Zuggeschirr gesteckt. Wir bewegten uns schneller unserem Ziel entgegen. Unserem Verhängnis.

»Feine Tiere, Willan«, sagte Silvus in ehrlicher Bewunderung. Er rief mich nie bei meinem vollen Vornamen: dies musste ein Kode sein. »Drei Teile Camargblut, möchte ich wetten, mit einer Einkreuzung von Destrier, um zu Größe und Kraft zu kommen. Eingeritten und gut im Geschirr.«

Auf den letzten Worten lag eine leichte Betonung. Ich betrachtete die Pferde. Herren von Stand mussten in der Lage sein, Pferde zu beurteilen. Während ich mich darum bemühte, kam Grames von rückwärts auf uns zu.

»Guten Morgen, meine Herren«, sagte er, und wir quittierten die Begrüßung mit freundlichem Kopfnicken. »Seine Hoheit hat durch Kurier Instruktionen gesandt. Wir haben die besten verfügbaren Zugpferde, und alle sechs Meilen ist ein Umspann vorgesehen. So werden wir übermorgen Abend schon in Sarburg sein.«

Silvus und ich sahen einander ausdruckslos an. Grames beobachtete unsere Gesichter. Dann wandte Silvus den Kopf, um den Himmel im Süden und Osten zu betrachten.

»Meine Knochen schmerzen heute Morgen schlimmer als sonst«, sagte er in verdrießlichem Ton. »Sollte mich nicht wundern, wenn es Regen gibt. Vielleicht schon heute Abend.«

Er schlurfte über das Deck zur Sonnenseite, ein alter

Mann, der versuchte, sein Rheuma durch Wärme zu mildern.

Grames schürzte die Lippen und schüttelte bedauernd den Kopf. Ich konnte seine Gedanken beinahe hören: *Der Mann verfällt sichtbar, und in den nördlichen Vorbergen sind die Winter hart. Aber geschwächt oder nicht, er wird dienen.* Er blickte mir einen Augenblick ins Auge, bevor er sich abwandte.

Trotz der strahlenden Sonne schien die Wärme aus dem Tag zu schwinden. Ich sah ihm nach. Wir würden also diese oder die nächste Nacht für unsere Flucht nutzen müssen. Und… Arienne zupfte an meinem Ellbogen.

»Der übliche Preis ist ein Pfennig«, bemerkte sie. »Irgendwo habe ich einen.«

»Mmh? Ach, ich dachte nur nach.«

»Das weiß ich. Sie hören selten damit auf. Woran dachten Sie?«

Es blieb mir nichts übrig als zu lügen. »An das Reisen. Sie müssen es gewohnt sein, aber für mich ist es keine alltägliche Erfahrung.«

»Aber Sie sagten, Sie seien nicht in der Gegend von Tenabra geboren. Also müssen Sie gereist sein, um hinzukommen.«

»Richtig. Aber das war als Trommler in einem Regiment Pikeniere. Die Armee ist ein wenig wie eine Heimat, die mit einem zieht. Es ist, als ob sich nichts veränderte, ganz gleich, wo man ist.«

Sie lächelte. »Die Jahrmärkte sind auch ein wenig so. Einer ähnelt sehr dem anderen.«

Ich sah ihr ins Gesicht. »Und sie waren gefährlich, sagten Sie. Weshalb?«

»Nun, überlegen Sie. Wir wollten vermeiden, dass jemand auf den Gedanken kommen könnte, wir wirkten tatsächlich Magie.« Sie erschauerte. »Das Volk mag keine Leute mit dieser Kraft. Es verabscheut das Dunkel. Meister Grames nahm mir das Versprechen ab, nicht davon zu reden. Die Leute mögen das Dunkel nicht, für sie ist es gleichbedeutend mit Zauberei.« Sie lächelte. »Aber nun wird er die Kraft mit Fürst Nathans Billigung an die Öffentlichkeit bringen. Er hat mich bisher immer beschützt. Ich verdanke ihm alles.«

Sie beschützt? Wovor?

Dann fiel mir ein, was Grames beim Abendessen im Gasthaus gesagt hatte: dass die Wahrheit wie eine gefährliche Arznei sei, die in kleinen Dosen verabreicht werden müsse. Plötzlich ging mir ein Licht auf, und ich begriff, was Grames ihr gesagt hatte.

»Aber das Volk weiß längst, dass das Talent und das Dunkel nicht das Gleiche sind«, sagte ich mit so viel Nachdruck wie ich konnte, ohne die Stimme zu erheben. Wenn Grames es hörte, würde er gerannt kommen. »Ganz gleich, was Grames Ihnen gesagt hat, das Talent – die Kraft – ist einfach da. Es ist ein Werkzeug. Es kann für das Dunkel benutzt werden, aber nur wenn der Besitzer des Talents es auch will.«

Sie schüttelte den Kopf.

Ich sah, dass ich sie überzeugen musste. »Es ist wahr. Silvus brachte es mir bei. Auch Grames weiß es. Er ist derjenige, der versucht, das Talent als ein Werkzeug einzusetzen. Sie als ein Werkzeug zu gebrauchen. Sehen Sie, ich weiß, was die Kraft ist. Man kann sie nicht um ihrer selbst willen hassen, genauso wenig wie man den Wind hassen kann.«

Sie schüttelte noch immer den Kopf.

»Sie sind anders«, sagte sie hartnäckig. »Sie kennen Ser de Castro seit langem und Sie fürchten sich vor nichts. Aber die meisten Leute…« Sie brach ab.

»Es gibt vieles, was ich fürchte«, erwiderte ich. »Fürst Nathan und Meister Grames, zum Beispiel. Aber was ist mit den meisten Leuten?«

»Sie hassen das Dunkel und fürchten es. Nun, sie

haben Recht.« Sie sah unglücklich aus; die Traurigkeit im Kern ihres Wesens lag offen zutage. »Es ist etwas Schreckliches.«

»Und Sie meinen, sie würden Sie hassen? Fürchten? Sie glauben, die Leute würden Sie verabscheuen, wenn sie es wüssten?« Ihr Gesicht sagte alles. »Hat Grames Ihnen das erzählt?« Ich konnte mir nicht helfen, beinahe hätte ich laut herausgelacht. »Und ich wette, er sagte noch mehr. Dass es gefährlich sei zu irgendwem davon zu sprechen. Dass Sie nur ihm trauen dürften, aber dass er Sie beschützen und vor allem Unheil bewahren würde.« Sie sah mich an, und ihre Miene bestätigte es.

Der schlaue Meister Grames. Die besten Lügen enthalten Teilwahrheiten und können nur anhand von ihnen aufgedeckt werden.

Sie starrte hinaus auf den Fluss, ohne ihn zu sehen. »Ich musste vor mir selbst geschützt werden«, sagte sie, als ob sie eine Lektion aufsagte. »Ich war ein Waisenkind, das vom Bruder meiner Mutter und seiner Frau aus Pflichtgefühl aufgenommen wurde. Sie gaben mir Essen und Kleidung und ein Dach über dem Kopf, aber nicht mehr. Als Meister Grames mich fand, sprach ich bereits mit Kobolden. Noch ein paar Jahre, und ich wäre…« Sie schüttelte den Kopf und ihre Worte erstarben zu einem Gemurmel, aus dem ich nur ›Dunkel‹ und ›Zauberei‹ heraushören konnte.

»Das bezweifle ich«, entgegnete ich. »Und was ist Schlimmes daran, mit Kobolden zu sprechen? Ich bin ihr Gast gewesen und habe ihr Brot gegessen.« Sie blickte erschrocken auf. Es war die Wahrheit, obwohl es auch die Wahrheit war, dass ich sie im Kampf getötet hatte. Das gereichte mir zu Trauer und Bedauern, denn weder sie noch ich waren freiwillige Teilnehmer am Kampf gewesen. »Ich weiß, dass sie so wenig Geschöpfe des Dunkels sind wie wir. Es ist einfach so, dass sie im Gegensatz zu uns von der echten Magie des Dunkels gelenkt und geknechtet werden können. Von einem *echten* Magier des Dunkels, wohlgemerkt. Einem, der die Natur zu seinem Vorteil für Macht oder Gewinn pervertieren und verdrehen möchte. Das sind Sie nicht. Ich würde es niemals glauben. Niemals.«

»Meister Grames sagt…«

Ich verlor die Geduld. »Meister Grames, Meister Grames! Meister Grames wäre besser beraten, wenn er auf sich selbst achtete. Was er vorhat, ist bei weitem schlimmer als der Umgang mit dem einen oder anderen Kobold. Und er steckt viel mit Georghe Barras zusammen. Ich versichere Ihnen, dass in Georghes linkem großem Zeh mehr Schlechtigkeit und Niedertracht steckt als in jeder beliebigen Horde von Kobolden auf der Erde. Und was noch schlimmer ist, sie nutzen Sie aus, genauso wie Grames Sie immer ausnutzte.«

»Das ist nicht wahr«, begehrte sie auf. »Er wünscht nur, dass ich sicher und anerkannt bin.«

»Und darum zog er mit Ihnen über die Landstraßen und machte Sie zu einer Jahrmarktsattraktion? Sie sorgten für seinen Lebensunterhalt, und das war schlimm genug. Aber nun will er mehr. Er wird Sie gebrauchen, um sich selbst die Ernennung zu Fürst Nathans Hofmagier zu verschaffen. Wenn er kann. Wenn Sie es zulassen.«

»Ich kann nicht… Er tut dies alles für mich. Es ist meine Chance, ein normales Leben ohne immerwährende Furcht zu führen. Anerkannt zu werden. Sein zu dürfen, was ich bin!«

Sie zog ihre Hand weg. Ihr Blick war starr auf mich gerichtet, und ich sah Tränen in ihren Augen. Unglücklich schlug ich die Augen nieder und starrte auf das Deck. Wieder hatte ich einen Fehler gemacht, wahrscheinlich einen unverzeihlichen. Aber ich hatte keine andere Wahl als zu Ende zu führen, was ich begonnen hatte.

»Überlegen Sie. Es war gefährlich, sagten Sie. Nun, wenn es gefährlich war, warum es tun, wenn er doch nichts anderes wollte als Ihre Sicherheit?« Ich schüttelte langsam den Kopf und blickte ihr in die Augen. »Nein. Nein, Arienne. Es ergibt keinen Sinn. Er gebrauchte die Furcht als ein Werkzeug, um Sie zu beherrschen. Und was die Anerkennung betrifft…« Ich holte tief Atem. »Würde es helfen, wenn ich Ihnen sagte…«

Hinter uns auf dem Deck wurden Schritte laut. Ich brach ab und wandte den Kopf.

»Nun, was erzählen Sie meinem Mündel, Messire de Parkin?«, fragte Grames. Seine Stimme war wie immer von nüchterner Farblosigkeit. Wie viel hatte er gehört? »Oder war es eine Mitteilung ganz privater Natur?«

Ich sah sie verwirrt an. Sie legte die Hände vor sich zusammen und stand mit geneigtem Kopf, genauso wie ich sie an jenem ersten Morgen gesehen hatte. Ich versuchte mich darauf zu besinnen, dass ich dem Adel angehörte, und Grames nicht. Schwierig, wenn der Mann mich so aus der Fassung bringen konnte.

»Es ist nichts«, murmelte ich. »Nichts von Bedeutung.«

Er nickte, wie um zu bestätigen, dass er genau diese Antwort erwartet hatte, und wandte sich an Arienne. »Ich frage mich, ob du weißt, wo mein Schreibzeug eingepackt wurde, liebes Kind? Ich brauche es für ein paar Notizen, die ich machen muss.«

»Es war in dem großen Futteral bei der…«

»Vielleicht würdest du mir suchen helfen.« Es war keine Bitte. Sie nickte und machte einen vorsichtigen Bogen um ihn. Es gab nur den kürzesten Blick durch die Augenwimpern für mich, dann war sie fort.

Grames räusperte sich. »Meine Schutzbefohlene hat in vielerlei Hinsicht ein ruhiges und unaufdringliches, ja zurückhaltendes Leben geführt«, bemerkte er scheinbar der leeren Luft zugewandt, in die er hinausblickte. »Ich habe sie immer beschützt. Sie müssen sich vergegenwärtigen, Ser, dass sie keine Erfahrung mit dem Leben am Hof und den dortigen Gepflogenheiten und Umgangsformen hat.«

Sowenig wie ich, dachte ich. Und sie in einem kurzen Rock und engem Mieder auf das Podium eines Jahrmarktstandes zu stellen, kam mir nicht allzu fürsorglich vor. Aber ich sagte nichts, weil ich wollte, dass Grames mich weiterhin für einen hirnlosen Gecken hielt. Überdies wäre es unklug, ihn aufzustacheln. Er würde mich dann umso aufmerksamer beobachten.

Er legte die Hände auf dem Rücken zusammen und schaukelte auf den Fersen und Fußballen vor und zurück. »Es würde mich sehr traurig machen, wenn sie als etwas… Tiefes falsch deuten würde, was nach meiner Überzeugung eine vollkommen harmlose Galanterie Ihrerseits ist. Bitte ziehen Sie das in Betracht und üben Sie Nachsicht als ein Ehrenmann, Ser. Ich möchte sie nicht verletzt sehen.«

Er nickte mir zu, trat um den Lukendeckel, der zurückgeklappt auf Deck lag, und folgte ihr den Niedergang hinab. Ich stand mit geballten Fäusten da und sah ihm nach.

Er sorgte dafür, dass sie den Rest des Vormittags beschäftigt war, und beobachtete mich über dem Mittagessen wie ein Falke. Die Pferde wurden gewechselt; die Landstraße mit ihren Poststationen verlief hier nicht weit vom Fluss, und auf Befehl des

KAPITEL VI

Fürsten waren stets Pferdegespanne bereitgestellt. Die Hügel – äußerste südliche Ausläufer des Jotungebirges – rückten allzu rasch näher.

Silvus zeigte sich beim Essen jedoch aufgeräumt. Anscheinend hatte der Sonnenschein seine Schmerzen und Leiden gelindert.

»Eine schnelle Flussreise, Messire. Ausgezeichnete Zugpferde. Ich beglückwünsche Sie zu Ihrer Wahl. Sie haben einen guten Blick für ein Pferd.«

Grames lächelte bescheiden. Barras schnaubte und versteckte sich hinter seinem Becher mit Wein.

»Die Zugtiere waren nicht meine Wahl, Ser«, stellte Grames fest, als müsse er eine schädigende Unterstellung zurückweisen. »Der fürstliche Stallmeister in Conflans schickte sie voraus, was einen Tag Aufenthalt dort erforderlich machte. Ich bedaure, dass ich nicht reite. Allerdings würde es vielleicht vorteilhaft sein, es zu lernen.« Er warf Arienne, die auf ihren Teller starrte, einen Seitenblick zu. »Eine gewisse Beherrschung der Reitkunst wird immer von Nutzen sein. Vielleicht würden Sie geruhen, mir in der Angelegenheit einen Rat zu geben.«

Darum also reisten wir auf dem Wasserweg. Reitpferde wären wahrscheinlich schneller gewesen, aber Grames konnte nicht reiten. Und eine Kutsche würde unter Umständen Wochen brauchen, wenn starke Regenfälle die Landstraßen aufweichten.

Wenn Grames meinte, er sollte reiten lernen, was noch immer als ein Vorrecht des Adels galt, mochte er damit weitergehende Überlegungen verbinden. Und vielleicht hatte er Recht. Nathan belohnte Leute, die ihm dienten. Man brauchte bloß Barras anzusehen. Georghe de Barras, Ritter des Ordens vom Goldenen Speer. Dieser erlauchte Patrizier rülpste in vornehmer Manier, dann stand er auf und stampfte hinaus, um seine Männer anzuknurren.

»Selbstverständlich, Messire«, sagte Silvus liebenswürdig, »Wenn wir für die Nacht Halt machen.«

»Ich fürchte, wir werden nicht anlegen, Ser. Wir müssen den Zeitverlust wettmachen. Am Abend werden wir das Gespann bei der Wimbridge-Schleuse wechseln und die Nacht hindurch weiterfahren, wenn auch etwas langsamer.«

Ich wurde allmählich besser darin, die Fassung zu bewahren. Ich glaube nicht, dass ich bestürzt aussah, bloß erschrocken. Bei Nacht reisen?

Silvus zog die Brauen hoch. Er hatte mich überhaupt nicht angesehen. »In der Tat?«, sagte er gedehnt. »Unter diesen Umständen werde ich gut daran tun, den Nachmittag zur Ruhe zu nutzen. Gewöhnlich schlafe ich nach Mitternacht sehr schlecht.«

Es war eine böse Überraschung. Ich blickte über den Tisch zu Arienne und sie sah in diesem Augenblick auf. Sie lächelte mir zu und ich lächelte zurück und kam mir wie ein schändlicher Verräter vor.

Der Nachmittag zog sich hin, und ich quälte und beunruhigte mich. Grames fand ständig Arbeiten und Verrichtungen für Arienne, war aber ebenso deutlich bestrebt, mich und Silvus voneinander fernzuhalten. Es war schwierig für ihn, beides zu tun, und Barras war keine große Hilfe. Aber die Gardisten beobachteten uns. Ich konnte nicht mehr tun als Silvus' Führung zu folgen.

Schließlich wurde es Abend. Silvus, der schon den Nachmittag zur Ruhe genutzt hatte, hielt sich an seine Ankündigung und suchte seine Hängematte auf, sobald das Abendessen weggeräumt war. Ich ging hinaus, um den Pferdewechsel zu beobachten. Während der Pferdeknecht arbeitete, warf ich müßig Kieselsteine in den Fluss. Ein paar Worte mit dem Treiber, vorgeblich über die Qualität der Pferde, gaben mir Gelegenheit, neben ihm zu gehen. Vor uns lief ein Junge mit einer Laterne auf dem Treidelpfad. Der nächste Pferdewechsel sollte ungefähr acht Meilen voraus bei einer Schleuse stattfinden. Wir würden im Morgengrauen dort ankommen.

Oder vielleicht nicht.

Arienne war auf dem Vordeck, um zu sehen, wie das letzte Licht vom Himmel schwand. Ich ließ anhalten und die Laufplanke auslegen und schwang mich über die Reling an Bord, und kaum war ich bei Arienne, erschien Grames neben ihr wie der König der Kobolde.

Ich konnte ihr nur zulächeln. »Ein schöner Abend«, bemerkte ich. Sie schlug den Blick nieder.

»In der Tat, Ser«, sagte Grames. »Gerade bemerkte ich zu meinem Mündel, welch ein geeigneter Zeitpunkt es sei, um noch ein wenig an die Luft zu gehen. Ah!«

Das Gespann setzte sich wieder in Bewegung. Grames wankte ein wenig unter dem Ruck. Arienne und ich hatten ihn erwartet und gerieten nicht aus dem Gleichgewicht. Dabei lächelten wir einander in der Erinnerung an das letzte Mal zu. Dann fiel mir wieder ein, wie falsch ich war, und ich blickte weg und wieder zu ihr hin und sah eine leichte Falte zwischen ihren Brauen kommen und gehen.

Grames reckte die Schultern – es fügte seiner bescheidenen Größe einen Fingerbreit hinzu – und holte tief Luft.

»Ich schulde Ihnen Dank, Ser«, sagte er, und ich starrte ihn überrascht an. »Ser de Castro hat heute sehr viel mehr… Flexibilität gezeigt. Er sagte, er würde sorgfältig überdenken, was ich sagte, und ich glaube wirklich, dass er sich mit der Zeit meiner Auffassung anschließen wird. Sie müssen viel getan haben, um ihn zu überzeugen.«

Ich schaute verlegen auf meine Füße. Das Furchtbare war, dass ich wirklich ein Verräter war, unabhängig davon, dass Grames mich für einen hielt. Ein Verräter und ein Feigling. Ich konnte ihr nicht ins Gesicht sehen.

Der Laternenschein vom Treidelpfad lag geriffelt auf dem dunkelnden Wasser, und ein Reiher flog mit langsamen Flügelschlägen über den Fluss zu seinem Ruheplatz. Alle Farbe verlor sich aus dem Himmel; durch die feinen Federwolken blinzelten die ersten Sterne.

»Und es ist wahrhaftig ein wunderschöner Abend«, sagte sie leise.

Grames machte eine winzige Bewegung.

»Ja, das ist wahr«, sagte ich wie ein Dummkopf, und dann: »Entschuldigen Sie mich, ich muss mich um Ser de Castro kümmern. Es geht ihm nicht sehr gut, fürchte ich. Gute Nacht.« Und ich machte eine marionettenhafte Verbeugung und ging fort.

Silvus schlief nicht. Der Gardist blieb bei der Luke, die in Hörweite lag, und ich war klug genug, nicht zu flüstern.

»Ich hoffe, du hast dich ein wenig erholt«, sagte ich zu Silvus, und er blickte zu dem Schatten auf, der den Niedergang herunterkam.

Er seufzte. »Ich fürchte, es könnte sich um den Anfall eines alten Leidens handeln, Willan – würde mich nicht wundern, wenn wir eine unruhige Nacht vor uns hätten.« Er klopfte sich mit der flachen Hand auf den Magen.

Ich nickte. »Ich hatte den Eindruck, dass du gut zu Abend gegessen hast«, bemerkte ich. »Du hattest immer eine Vorliebe für Kutteln.« Ich grinste ein wenig in der Dunkelheit, wo der Aufpasser es nicht sehen konnte.

»Eine allzu große, fürchte ich. Reich mir den Eimer, Willan, für alle Fälle.«

Silvus de Castro hatte zwanzig Jahre lang von Truppenverpflegung und Wasser aus dem Straßengraben gelebt. Er hatte die Verdauung eines Maultiers. Ich gab ihm den Eimer. Darin lag der glatte, faustgroße Kieselstein, den ich für ihn gesucht hatte, während ich mir am Ufer die Zeit vertrieben hatte. Er ließ ihn in seiner Decke verschwinden.

»Vielleicht sollte ich mich auch niederlegen«, sagte ich. »Wenn ich die untere Hängematte nehme, kannst du mich nachts jederzeit wecken.«

»Du bist sehr gut, Willan.«

»Wie es sich für einen Knappen geziemt.« Ach, nichts geht über Ritterlichkeit und gute Umgangsformen. Eine so gute Schaustellung wie diese war mir selten gelungen. »Gute Nacht.«

Natürlich legte ich mich in meinen Kleidern nieder und behielt sogar die Stiefel an. Natürlich für den Fall, dass ich in der Nacht würde aufstehen müssen. Und schließlich waren es nur die derben Uniformteile, die ich in Conflans bekommen hatte.

Nach und nach zogen sich auch die anderen zurück. Ich merkte mir alle, die nacheinander herunterkamen. Barras, der grunzend in seine Hängematte kletterte; Grames, der es sich nicht nehmen ließ, den Vorhang für Arienne offen zu halten, bevor er mit einem warnenden Blick in meine Richtung die letzte Hängematte nahm. Die zwei Gardisten, die Freiwache hatten, schliefen auf Deck, was nicht gut war, aber auch nicht schlecht.

Ich glaube, ich schlief ein wenig. Jedenfalls genug, um Barras zu überzeugen, dass auch er ins Traumland abgehen könne. Aber leider bestätigten sich Silvus' schlimmste Erwartungen. Er stöhnte in Abständen und warf sich ruhelos hin und her. Es muss um Mitternacht gewesen sein – nach meinem Gefühl war es Zeit für den Wachwechsel –, als er den Eimer aufhob, den Kopf hineinsteckte und würgte und spie.

Natürlich war ich sofort auf den Beinen, um ihm zu helfen, den Eimer zu halten und ihn zu stützen. Er war einer Ohnmacht nahe, der arme alte Knabe, und ich legte einen Arm um ihn, während ich ihn stützte und halb den Niedergang hinauf ins Freie trug.

Im Streulicht des dünnen Mondes sah ich Barras' Augen wie die einer Eidechse glitzern, aber er blieb unter seiner Decke und drehte sich herum. Das war nicht sein Problem. Silvus würgte wieder, und ich stützte ihn und hielt ihm den Eimer unter das Gesicht, als er in der kühlen Luft wankte. Grames musste ebenfalls wach geworden sein, aber es war auch nicht sein Problem. Vielleicht würde Arienne hinter ihrem Vorhang erwachen und sich Sorgen machen, doch würde sie ein paar Minuten brauchen, um aufzustehen und sich anzukleiden.

Die Nacht war still und dunkel. Nur eine dünne Mondsichel ritt auf ein paar Federwolken, die langsam über das Sternenfeld nach Nordosten zogen. Die Geräusche des Flusses – das Glucksen des Wassers unter dem Bug, das Quarren von Fröschen und das Knarren von Schleppseil und Zuggeschirren – betonten nur die Stille. Die Pferde bewegten sich in gleichmäßigem Schritt den sandigen Treidelpfad entlang. Ihre Hufschläge waren kaum zu hören. Eine Laterne hing von einer Stange, die der Treiber über die Schulter gelegt hatte, eine zweite trug der Junge, der ungefähr zehn Schritte vor den Pferden ging. Beide verbreiteten genug Licht, sodass der Pfad gut zu sehen war. Der Treiber und sein Junge waren ganz mit ihrer Arbeit beschäftigt. Nun, das Gleiche galt für mich.

Silvus fühlte sich offensichtlich schlecht. Ich half ihm zur Reling, wo er sich über den Fluss beugte. Es schüttelte ihn, und wieder überkam ihn ein Würgen.

»Die Luft ist besser hier oben«, keuchte er, nachdem das Schlimmste vorüber war. Ich legte ihm eine Hand an die Stirn.

»Könnte sein, dass du Fieber hast. Vielleicht die Schwarze Gallsucht.«

Der nächste Gardist trat einen Schritt zurück. Er war einer der beiden Wachhabenden. Der andere stand auf dem Achterdeck. Die beiden, die Freiwache hatten, waren anscheinend nicht aufgewacht und lagen ruhig unter ihren Decken hinter der Luke. Wenn sie wach waren, konnten sie sich beruhigt sagen, dass die Sache sie nichts angehe. Der Schiffsführer stand am Ruder, nicht mehr als ein schwärzerer Umriss vor dem matten Schimmer auf dem Fluss.

Silvus keuchte. Er lehnte sich schwer gegen mich

und machte rasselnde Geräusche in der Kehle. Er zitterte.

»Mir ist kalt, Willan«, sagte er jämmerlich.

»Ich werde dir eine Decke holen.« Ich wandte mich zu unserem Bewacher. »Hier, helfen Sie mir.« Ich machte es so selbstverständlich und herablassend, dass der Mann ohne lange Überlegung nähertrat. Silvus fiel beinahe gegen ihn, und er grunzte und hielt das Gewicht bei den Schultern, wandte gleichzeitig das Gesicht vom Atem des kranken Mannes. Ich eilte nach achtern zum Niedergang.

»O Götter, den Eimer!«, stöhnte Silvus, und ich hörte einen weichen, dumpfen Schlag, sah eine schattenhafte Bewegung. Ich blickte zurück, eilte dann nach achtern, wo der Schiffsführer an der Pinne lehnte. Der zweite wachhabende Gardist stand in seiner Nähe und spähte in die Dunkelheit. Er hatte die Laternen am Treidelpfad beobachtet, oder vielleicht war er ein wenig nachtblind. Ich beachtete ihn nicht und sprach den Schiffsführer an.

»Haben Sie noch einen Eimer – eine Schüssel, etwas dergleichen?«, fragte ich leise aber besorgt, und legte meine Hände wie bittend zusammen. Er sah mich an, als hätte ich ihn um ein Fass Wein und seine Tochter gebeten. Vom Vordeck drang ein weiterer dumpfer Schlag zu uns. Der Gardist wandte den Blick von mir und wollte dem Geräusch nachgehen. Schnell zog ich den Stein aus der Tasche und hieb ihn dem Mann mit Wucht hinter das Ohr. Er ging zu Boden, und mein Dolch war an der Kehle des Schiffsführers. Ich zog die Ruderpinne herum, und die Barke hielt auf das nahe Ufer zu.

Der erste Schläfer der Freiwache regte sich jetzt. Es gelang mir, ihn mit einem kräftigen Tritt gegen den Kopf auszuschalten, bevor er etwas sagen konnte, aber es gab dem anderen Zeit, aus seinen Decken zu rollen. Statt zu schreien, was er hätte tun sollen, griff er noch am Boden zwischen die Decken, wo er sein Messer hatte, und ich stampfte ihm auf die Finger. In diesem Augenblick stieß die Barke ans Ufer, und ich wurde gegen ihn geworfen, als er heulend und seine gebrochene Hand umklammernd auf die Knie kam. Mehr durch Zufall als durch geistesgegenwärtige Einschätzung erwischte ich ihn im unsicheren Gleichgewicht und er machte einen Köpfler in den Fluss.

Silvus hatte den hölzernen Lukendeckel zugeschlagen und sich darauf gestellt.

»Mach schnell«, sagte er im Gesprächston. Barras wäre vielleicht imstande gewesen, den Deckel mit Silvus hochzustemmen, wenn er die Schultern darunter brachte und die schon etwas morschen Holzstufen des Niedergangs nicht nachgaben. Ich trieb den Schiffsführer vorwärts zur Luke. Vom Pferdetreiber kamen jetzt verwundert fragende Rufe.

Ich stellte mich zu Silvus auf die Luke. »Verschalken Sie die Luke«, sagte ich zum Schiffsführer und betonte den Befehl mit der Spitze meines Dolches. Er zog die Schalkleisten über den Lukendeckel und zurrte sie fest. Silvus schlenderte zur Reling und winkte dem Treiber, der in Aufregung geriet.

»Sind auf einen im Wasser liegenden Baum oder Ast gelaufen«, sagte er beruhigend. Gebrüll und dumpfe Schläge unter Deck widersprachen ihm. »Lieber Himmel, vielleicht sind wir leckgeschlagen.«

Er trat zurück, als der Schiffsführer die Luke verschalkt hatte, nahm einen Anlauf und sprang hinüber zum Ufer, gewandt wie eine Bergziege. Ich nickte dem Schiffsführer zu, der mich finster anstarrte. Vom Treidelpfad kam ein halberstickter Ausruf.

»Springen oder schwimmen«, sagte ich. »Mir ist es gleich.«

Die Nacht war ein wenig kühl für ein Bad. Er entschied sich für den Sprung zum Ufer, und ich folgte ihm.

Silvus hielt dem Treiber ein Messer an die Rippen. Dazu lächelte er ihn freundlich an, und alle Gedanken, die der Mann über Heldentum gehabt haben mochte, lösten sich prompt in nichts auf. Der Junge mit der Laterne war nicht älter als vierzehn.

»Ausschirren«, sagte Silvus, und der Mann gehorchte. Die dumpfen Schläge aus dem Inneren der Barke waren jetzt von splitternden Geräuschen begleitet. Ich fragte mich, wie lang die Männer, die ich niedergeschlagen hatte, schlafen würden. Möglicherweise für immer. Vielleicht aber auch nicht.

»Wir sollten das Boot vom Ufer abstoßen«, sagte ich und wartete.

Silvus schüttelte den Kopf. »Nein, das wäre gefährlich. Für alle an Bord.«

Das Leitpferd trug Zaumzeug und Sattel. Für das andere gab es gleichfalls Zaumzeug, aber keinen Sattel. Silvus nickte. »Nimm das Leitpferd, Will. Ich komme ohne Sattel besser zurecht als du.«

Wahr. Ich saß auf, und Silvus schwang sich mit einer flüssigen Bewegung auf sein Pferd. Das Erbe eines Edelmannes. Er beugte sich herab und nahm dem Treiber die Laterne ab. »Gibt es ein Dorf vor uns?«, fragte er dann den Schiffsführer. Der Mann nickte. »Wie weit?«

»Weiß nicht genau.« Mürrisch, den Blick niedergeschlagen. Eine Lüge.

»Macht nichts«, sagte Silvus freundlich. »Ich bin sicher, dass der Junge es weiß. Wir werden ihn als Führer mitnehmen und dort absetzen. Wenn wir Verfolger hören, werden wir aber Fersengeld geben müssen. In der Dunkelheit könnte jemand verletzt werden. Verstehen Sie mich?«

Der Schiffsführer sah den Treiber an, dann den Jungen. Nun, da ich darauf achtete, konnte ich die Ähnlichkeit zwischen ihnen erkennen. Er schluckte. »Ungefähr eine halbe Meile von hier gibt es eine Straße. Sie werden dort eine weiß getünchte Steinmauer sehen, die zum Treidelpfad hinabführt.«

»Gut. Dann werden wir uns zurechtfinden. Geben Sie uns ein paar Minuten.« Silvus zog den Jungen zu sich aufs Pferd. »Wir werden ihn dort laufen lassen, und wenn er zurückkommt, können Sie die Leute herauslassen.« Sie nickten. »Komm mit, Will. Unsere vormaligen Gastgeber werden geräuschvoll.«

So war es. Wahrscheinlich hatte Georghe eine Bank herausgerissen und gebrauchte sie als eine vertikale Ramme gegen den Lukendeckel. Silvus trieb sein Pferd durch Kniedruck an.

Wir kamen nur in einem gleichmäßigen Schritt voran. Ein Pferd läuft nicht schneller, als es sehen kann. Die Laterne verbreitete schwaches Licht, und der Pfad verlief unmittelbar am Flussufer, zu dem eine steile Böschung hinabführte. Schwarzes Wasser gluckste auf einer Seite, Bäume reckten auf der anderen schwarze Äste gegen die Sterne. Die Rufe und Schläge blieben zurück, und der Friede der Nacht hielt wieder Einkehr. Nur das Schuldgefühl blieb.

Ungefähr dort, wo der Schiffsführer es gesagt hatte, gab es eine Furt für Pferde, einen Ort, wo Aufschüttungen in den Fluss hinausgebaut waren, um eine schmalere, aber tiefere Fahrrinne zu schaffen, tief genug für eine Barke, aber für ein Pferd nicht zu tief zum Durchwaten. Eine Art Fahrweg führte dort hinunter, kenntlich an einer Lücke in den Bäumen, die beide Flussufer begleiteten. Auch die erwähnte Mauer war zu sehen. Wir nahmen die Straße nach Westen und ließen den Fluss hinter uns. Silvus setzte den Jungen ab und nickte. Dieser lief den Weg zurück, den wir gekommen waren.

»Leichter Handgalopp, Will«, sagte Silvus. »Sachte. Wir dürfen die Tiere nicht überanstrengen.« Er löschte die Laterne, beugte sich hinunter und stellte sie an den Wegrand. Ich nickte, obwohl er es in der Dunkelheit nicht sehen konnte.

»Ich könnte noch einmal den Fluss durchqueren und auf der anderen Seite Spuren zurücklassen«, sagte ich. Es war vielleicht ein zweifelhaftes Manöver und bedeutete zusätzlichen Zeitverlust, aber ich wollte nicht einfach so davonreiten.

»Ich weiß nicht, ob Georghe ein guter Fährtenleser ist. Jedenfalls sähe er sie erst bei Tageslicht, und ich glaube nicht, dass es ihn irreführen würde.«

Ich nickte wieder. Die einzige Richtung, die wir einschlagen konnten, war Westen. Und das Einzige, was wir tun konnten, war der Versuch, unseren Vorsprung zu halten, bis Barras die Verfolgung aufgeben musste.

Wir hatten die richtigen Tiere dafür. Der langsame Schritt hatte sie aufgewärmt, und sobald sie im Mondlicht waren und den hellen Fahrweg vor sich sehen konnten, waren sie froh, in einen schaukelnden, meilenfressenden Handgalopp überzugehen. Doch selbst diese guten Pferde waren nicht aus Stahl gemacht. Wenn es Tag wurde, brauchten sie Futter und Pflege und Ruhe, am besten in einem Stall, und ich war nicht sicher, wo wir dies alles bekommen konnten.

»Es ist keine Poststraße«, bemerkte ich. Es war nur ein Fahrweg, der für den Frühherbst schon stark ausgefahren schien. Nathan unterhielt seine Poststraßen in einem besseren Zustand. Das bedeutete, dass es hier keine Poststationen geben würde und wir kraft meiner Gardeuniform keine Ersatzpferde requirieren konnten.

»Nein, aber sie muss die Grenzstraße kreuzen oder in eine Straße münden, die zur Grenzstraße führt. Und das ist eine Postroute.«

Das stimmte. Nathan war ein Mann mit Weitblick. Eine gute Straße, die dem Grenzverlauf folgte, ermöglichte schnelle Truppenbewegungen zum Abschneiden eines Einfalls. Die Folge davon war, dass die Nordleute seit zehn Jahren keinen mehr versucht hatten – und früher waren sie von der Beute ihrer Einfälle geradezu abhängig gewesen.

Zur Rechten und zur Linken gab es Felder und Viehweiden, und das Getreide stand hoch und silbrig im Mondlicht. Je weiter wir uns vom Fluss entfernten, desto hügeliger wurde das Land. Wir passierten Gehölze und dann größere Waldstücke, gewöhnlich an den Hängen, wo der Boden dünner und steiniger war. Im Norden, zu unserer Rechten, ging das Hügelland allmählich in die Vorberge über.

Auf den Steigungen ließen wir die Pferde wieder im Schritt gehen und ritten schweigend, Silvus eine halbe Pferdelänge voraus. Ich sah vor uns eine Eule über die Straße geistern und in lautlosem Tiefflug Mäuse jagen. Der Mond stand inzwischen hoch am Himmel, aber seine Sichel war dünn und im Abnehmen begriffen, und das Licht würde nicht besser werden, als es war. Es war jedoch ausreichend, um die Straße zu sehen, sobald unsere Augen sich darauf eingestellt hatten. Nicht genug jedoch, um Fährten zu sehen. Von Zeit zu Zeit schoben sich Wolken vor den Mond, und das machte es schwieriger. Aber der Morgen war nicht mehr weit. Ein zweifelhafter Segen.

Wir überwanden eine Bodenwelle, und Silvus zügelte sein Pferd. »Dorf«, sagte er.

In diesen Gegenden, wo die Nordleute noch vor einer Generation ihre Plünderungszüge unternommen hatten, gab es keine isolierten Einzelgehöfte. Ich hielt an seiner Seite und blickte hinab. Die flache Talsenke vor uns war nicht breit. Ausläufer der nördlichen Hügel querten unseren Weg und schufen eine Landschaft, die sich in langen Bodenwellen hob und senkte. Noch einen Tagesritt voraus erhob sich eine deutliche Geländestufe wie ein mehr oder weniger abgetragenes Kliff, und jenseits davon lagen die Moore. Je eher wir sie erreichten, desto besser.

Aber in dem kleinen Tal vor uns, hingekauert an einen Bach, der aus dem Norden kam, um weiter südlich in den Wydem zu münden, lag ein Dorf. Ich hätte den Rauch riechen müssen. Im Norden lassen sie ihre Küchenfeuer niemals ausgehen.

»Wir können es umgehen«, sagte ich. »Ich glaube, das ist eine Furt, stromaufwärts.«

»Und dort steht auch ein Haus. Eine Mühle, wie es aussieht. Wir werden Georghe nicht so leicht täuschen können – bisher ist dies die einzige Straße. Und wir dürfen uns nicht aufhalten.«

»Im Dorf wird es Hunde geben.«

»Also werden wir im Schritt durchreiten, wie Herren von Stand, die ihren Geschäften nachgehen. Wahrscheinlich wird niemand aufstehen, um nachzusehen, wer es ist.« Er schüttelte seine Zügel und ritt im Trab weiter.

Was die Hunde betraf, hatte ich Recht. Schon aus dem ersten Gehöft schlug uns wildes Gebell entgegen. Die Pferde tänzelten und warfen die Köpfe auf. Andere Köter stimmten ein.

»Schneller«, rief Silvus über die Schulter. Wir machten ohnedies genug Lärm. Mit etwas Glück würden wir durch das Dorf und auf der anderen Seite hinaus sein, bevor jemand dazu kam, Fensterläden aufzustoßen oder eine Tür zu öffnen. Ich stieß meinem Reittier die Fersen in die Weichen, und es ging in einen leichten Handgalopp über und schüttelte den Kopf, froh, das Hundegebell hinter sich zu lassen.

Wir waren den Gegenhang halb hinauf, bevor hinter uns eine Tür geöffnet wurde, und der Hausherr war mehr darauf bedacht, seinen Hund zu beruhigen als uns zu beobachten. Immerhin würden die Leute sich erinnern, dass um diese Zeit zwei Reiter durchgekommen waren.

Aber kaum eine Meile weiter stießen wir auf eine Straßenkreuzung mit einem Meilenstein. Wir konnten ihn in der Dunkelheit nicht lesen, aber das machte nichts. Meilensteine gab es nur an Poststraßen. Und Poststraßen waren in regelmäßigen Abständen mit Poststationen, Herbergen und Stallungen für Ersatzpferde ausgestattet. Wir konnten hier abbiegen, nach Tagesanbruch irgendwo die Pferde wechseln und wieder westwärts reiten, und Georghe würde nicht wissen, welchen Weg wir jetzt einschlugen.

»Norden oder Süden?«, fragte Silvus.

Ich zuckte die Achseln. »Nach Norden. Sie werden denken, dass wir nach Haus wollen.« Das war unklar. »Nach Tenabra, meine ich, also nach Süden. Oder dass wir schnurstracks nach Westen reiten.«

Silvus grunzte. »Also nach Norden. Dann los. Wir können nicht weiter als ein paar Meilen von der nächsten Poststation sein.«

Er schnalzte seinem Pferd, und ich gab meinem die Fersen, um mitzuhalten. Silvus war viel leichter als ich, und der Unterschied war den Pferden jetzt auch anzumerken.

Nordwärts. Das Land wurde hügeliger und wilder, als wir vorankamen. Zu beiden Seiten der Straße dehnten sich tiefe Wälder. Bald würden die Wölfe aus dem Bergland herunterkommen. Eine Wildkatze flitzte vor uns über den Weg, ein kaum gesehener grauer Schatten, und auf einem toten, abgebrochenen Baum saß eine Eule mit einem Ausdruck würdevoller Gefasstheit und beobachtete uns, als wir vorbeiritten.

Die Poststation war jedoch weiter als eine oder zwei Meilen entfernt. Der Osthimmel hellte sich auf, als wir das Haus sahen. Es lag in einer Senke und bestand nur aus einer Hütte und einem Stall mit Heuboden sowie ein paar eingefriedeten Weideflächen für die Pferde. Im schwachen Licht des Morgengrauens sahen wir einen Mann und einen Jungen mit Mistgabeln Dung auf einen Misthaufen werfen. Rauch stieg in einem blauen, gekräuselten Faden aus dem Kamin der Kate. Meine Nase zuckte. Ein Frühstück war in Vorbereitung.

Sie beobachteten uns während der Arbeit; sie mussten uns in der Morgenstille längst gehört haben, bevor wir in Sicht kamen. Als wir in den Hof einbogen, stieß der Mann seine Mistgabel in den Haufen, wischte sich die Hände ab und kam auf uns zu. Ich saß ab und er übernahm mein Pferd mit einem fragenden Blick. Ich schlug den Umhang zurück, um meine Uniform zur Schau zu stellen.

»Frische Pferde«, sagte ich. »Ihre besten, auf Befehl des… Seiner Hoheit. Und einen Sattel. Einen ordentlichen, diesmal. Bei dem dort riss der verdammte Sattelgurt südlich von… wo war es, Ser?«

»Woher sollte ich das wissen? Ein kleines Stück nach der letzten Garnison. Wie weit zurück war das?«, fragte Silvus. »Das Dorf sah genauso aus wie alle anderen.« Er glitt vom Pferd und klopfte sich den Staub aus den Kleidern.

Der Pferdeknecht nahm die Tiere in Augenschein, dann musterte er mich, bevor er nickte. Er war ein halber Nordmann, wuschelköpfig und breitschultrig.

»Das wird Shelby gewesen sein, sechs Meilen südlich«, rumpelte er mit tiefer Bassstimme. »Die Herrschaften sind gute Reiter; die Tiere sind kaum erschöpft. Aber für den Sattel muss ich Bezahlung verlangen, Ser, weil es mein eigener sein wird«, sagte er.

Ich fühlte in meinem Geldbeutel nach unseren gemeinsamen Mitteln. Natürlich würde er versuchen, uns den Sattel zu überhöhtem Preis zu verkaufen, und das konnten wir uns nicht leisten. Ich musste einen klugen Mittelweg zwischen einem Aristokraten in Eile und einem harten Schacherer finden.

»Nicht mehr als vier Kronen, de Parkin«, sagte Silvus. »Lieber reite ich ohne Sattel, als dass ich mich anschmieren lasse.« Er wusste bis auf den letzten Groschen, wie viel wir hatten.

Ich nickte. »Vier Kronen für den Sattel und zwei Pfennige für das Frühstück.«

Der Mann grunzte zustimmend. »Gehen Sie zu meiner Frau. Ich werde die Pferde fertigmachen, bevor Sie gegessen haben, Ser.« Er führte die Tiere zum Stall.

Während der Mahlzeit rutschte ich unruhig herum – ich konnte mir nicht helfen. Silvus hingegen aß ruhig und mit der Höflichkeit des geborenen Edelmannes. Eine Ewigkeit schien zu vergehen, bevor er seinen Krug auf den Tisch stellte und aufstand. Er machte eine halbe Verbeugung zu der Frau, die sich mit einem ungeschickten Knicks revanchierte, und wir gingen hinaus auf den Hof. Silvus zog seine Handschuhe an.

Die Pferde standen bereit. Sie kamen nicht ganz an diejenigen heran, die wir vorher gehabt hatten, aber es waren gute Reitpferde von ehrlicher Abstammung, vier oder fünf Jahre alt und ausgeruht. Wir prüften die Sattelgurte und Steigbügelriemen, saßen auf und ritten hinaus, nachdem ich dem Mann sein Geld gegeben hatte.

Die Straße führte in Windungen weiter, schien aber vom geraden Nordkurs ein wenig nach Osten abzuweichen. Es war jetzt heller Tag und die Jagd musste begonnen haben.

»Wie viel Vorsprung werden wir deiner Meinung nach haben?«, fragte ich. Ich hatte meine eigene Berechnung angestellt und wollte sehen, wie genau ihre Übereinstimmung mit Silvus' Schätzung war.

»Vorsprung? Nun, mal sehen.« Er überlegte, als hätte er überhaupt nicht daran gedacht. »Barras muss die Luke durchbrochen haben, als wir die erste Pferdefurt erreichten, nehme ich an. Er wird sich denken, dass wir nach Westen reiten, und auch wissen, dass seine Aussichten, zu dieser Nachtzeit irgendwelche Reiter auf der betreffenden Straße zu treffen, sehr gering oder gleich null sind. Also muss er zu Fuß in der Dunkelheit das nächste Haus mit einem Stall aufgesucht, die Leute aus den Betten geholt, ihre Klepper im Namen des Fürsten requiriert haben und losgeritten sein. Das alles braucht Zeit – mehrere Stunden, schätze ich. Er wird das Dorf erreichen, hören, dass wir durchgekommen sind, aber inzwischen wissen, dass er keine Chance hat, uns selbst einzufangen. Also wird er zum nächsten Posten der Grenzgarnison geritten sein.«

»Wo ist der?«

»Hast du nicht zugehört? Shelby, sechs Meilen südlich der Poststation und vielleicht zwei südlich der Kreuzung. Dorthin wird Barras reiten. Ich rechne damit, dass er in einer Stunde oder so dort ankommen wird, wenn er sich beeilt – und das wird er tun.«

»Und dann wird die Jagd aufgehen.«

»Ja. Darum verlassen wir diese Straße und reiten auf der nächsten brauchbaren Wegspur nach Westen. Er wird Reiter nach Norden und Süden schicken und gegen Abend in der Poststation hören, dass wir dagewesen sind. Aber er kann nicht wissen, wohin wir von dort weitergeritten sind, und das Moorland ist jetzt nur einen halben Tagesritt entfernt. Er wird mindestens so weit hinter uns sein.«

Ich grunzte. Die gleiche Rechnung hatte ich selbst aufgemacht. Es schien einleuchtend.

Im Norden grenzt man die Weideflächen und Felder durch Trockenmauern aus Lesesteinen voneinander ab, während weiter südlich, wo der Boden weniger steinig ist, Hecken bevorzugt werden. Bei der nächsten Mauerlücke, wo ein Feldweg mit eingeschnittenen Wagenspuren neben einem Bach nach Westen abzweigte, verließen wir die Straße. Es gab Gatter aus Flechtwerk, ich saß ab, öffnete sie und schloss sie wieder hinter uns. Ich sagte mir, dass es geschehe, damit niemand wissen sollte, dass wir hier durchgekommen waren, aber ich war ein Bauernsohn.

Der Weg stieg an. Die Felder wurden kleiner und steiniger, und zuletzt bogen die Wagenspuren, denen wir folgten, zu einem Gehöft ab. Hier stellten wir uns als Landvermesser vor, die für den Fürsten arbeiteten, und kauften Brot und Käse, Äpfel und Hafer. Die Bäuerin hatte ein hartes Gesicht und war schweigsam, verkaufte aber bereitwillig. Jenseits des Gehöfts wurden die Hügel steiler und höher. In der klaren Luft zwitscherten Schwalben, die sich zum Flug nach Süden sammelten. Ein Baumfalke stand flatternd über uns in der Luft und sah mit großen Augen herab.

Wir öffneten ein letztes Gatter, überwanden eine Geländestufe und kamen hinaus auf die Hochmoore. Hier gab es keinen Feldbau, nur Schafweide, aber die Luft war süß vom Duft des Heidekrauts und wilden Thymians, und der Wind wehte kühl und feucht aus dem Westen. Vor uns lagen hundert Meilen Heide und Moorland, in denen wir uns verlieren konnten.

»Meinst du, dass wir den Orimentpass diesmal schaffen werden, bevor der Schnee kommt?«, fragte ich.

»Wir müssen ihn so oder so schaffen«, erwiderte Silvus. »Einen Winter draußen im Moorland würden wir niemals überleben. Aber ja, ich denke, es sollte uns gelingen. Wir haben mehr Zeit zur Verfügung als damals und reisen nicht mit einem Meister der Schwarzen Magie, der einen Schneesturm über uns bringt. Es sei denn, du bist einer.«

»Nun, ich weiß, dass du keiner bist. Jedes Mal, wenn jemand mit Magie arbeitet, machst du ein Gesicht, als käme dir ein besonders übler Gestank in die Nase.«

»Ja.« Er schien zerstreut.

»Wie steht es mit Proviant? Es sind zwei Wochen bis zum Pass. Vielleicht mehr.«

»Wir können Nahrung suchen. Es ist Herbst. Da gibt es Beeren und Nüsse. Fische in den Gewässern, Kaninchen, Vögel, Farnwurzeln. Wir werden durchkommen. Wenn alles andere versagt, kann ich mein Talent einsetzen und das Wild stillhalten, damit wir es mit einem Steinbrocken erschlagen können.«

»Ich kann mit Schlingen umgehen.«

»Die Vorteile, auf dem Land aufzuwachsen«, sagte er. Aus dem Munde eines anderen hätte es spöttisch geklungen. Ich grinste, ein wenig verlegen, und er lächelte zurück. Es war ein gutes Gefühl, fortzureiten, bis ich mich an alles erinnerte, was ich zurückließ.

Wir schonten die Pferde, ließen sie öfter im Schritt gehen. Sie würden uns noch lange dienen müssen, und das einzige gute Futter war der Hafer, den wir für sie gekauft hatten. Sie würden sich eine Weile mit Grünfutter begnügen müssen, obwohl das Gras hoch stand und bereits Samen trug. Der Nachmittag verging.

Gegen Sonnenuntergang erreichten wir eine bewaldete Senke, wo ein schmaler Wasserlauf unseren Weg kreuzte. In beiderseitigem Einvernehmen saßen wir ohne ein Wort ab, nahmen den Pferden die Sättel ab und pflockten sie an, dass sie weiden konnten, vergewisserten uns aber, dass sie abgekühlt waren, bevor wir sie saufen ließen. Wir taten unser Bestes, sie mit Grasbüscheln abzureiben, und sahen uns ihre Hufe an, alles ohne zu sprechen. Der Wasserlauf war zu träge und zu langsam für Forellen, lieferte aber zwei

Hasel und ein halbes Dutzend Flusskrebse. Letztere setzten wir in eine Schale mit Wasser und nahmen eine Handvoll Hafer, damit sie sich selbst reinigten. Außerdem gab es Brombeeren und Farnwurzeln, die wir in der Asche eines Feuers rösteten.

»Ein Festmahl nach jedem Maßstab«, bemerkte Silvus, als er gegessen hatte. »Wenn es so weitergeht, werden wir am Ende der Reise fetter sein als bei unserem Aufbruch.«

»Mm. Ich hoffe, unser Vorsprung ist groß genug.« Wir waren einen vollen Tag und bis weit in die Nacht hinein geritten und konnten nicht viel weiter. Wir würden nur die Pferde und uns selbst erschöpfen.

»Ach, ich denke doch. Sie haben eine große Fläche abzudecken. Wenn sie zum nächsten Dorf vorausgeschickt haben, merken sie vielleicht, dass wir an der Straße abgebogen sind, aber sie können nicht wissen, wo, und es wird sie Tage kosten, allen Möglichkeiten nachzugehen. Georghe hat keine Armee zur Verfügung, weißt du. Trotzdem ist es am besten, die Ruhezeit zu nutzen und vor Tagesanbruch aufzubrechen. Jede Meile, die wir jetzt zurücklegen, verbessert unsere Aussichten. Außerdem bin ich müde.«

Er sammelte Farnwedel als Unterlage, rollte sich in seinen Umhang und schlief am Feuer ein, scheinbar völlig zufrieden. Ich saß und tauschte Blicke mit einer Eule, die auf einem Ast jenseits des Wasserlaufes saß, bevor es mir zu langweilig wurde und ich seinem Beispiel folgte. Die Nacht war still und schwarz, und die einzigen Geräusche kamen vom Knacken der ausglühenden Kiefernzweige im Feuer und dem Zischen der kleinen Flammen, die über das harzreiche grüne Holz huschten. Bald schlief auch ich.

Es war ein fürchterlicher Traum. Ein jäher Schmerz durchbohrte meine Seite, und über mir stand lächelnd

Georghe Barras. »Ich wollte sichergehen, dass du für dies wach bist, Will. Du hast einen tiefen Schlaf, weißt du?«

Und er trat mich mit der Stiefelspitze genau über die Schläfe. Schmerz explodierte in Farben, von deren Möglichkeit ich nichts gewusst hatte, und ich wälzte mich stöhnend herum. Jemand packte mich unter den Achseln und richtete mich zu sitzender Haltung auf. Ich sackte vornüber, aber der Mann riss mich wieder hoch. Ich sah Silvus mit Blut im Gesicht. Wie in allen Alpträumen konnte ich weder sprechen noch mich bewegen. Ich wurde auf die Beine gezogen, und der freundlich lächelnde Barras versetzte mir einen weiteren Tritt, diesmal in den Bauch und mit seinem ganzen Gewicht dahinter. Ich krümmte mich um den Ball explodierender Qual und versuchte zu wimmern, aber es kam nichts heraus. Dann schlug er mit der Faust zu, und in der schrecklichen Pause zwischen dem Schock des Schmerzes und dem überwältigenden Brechreiz konnte ich einen Augenblick lang das weiße, entsetzte Gesicht Ariennes sehen. Dann traf mich die vierte Welle, hob mich auf und warf mich würgend und speiend ans Ufer, und der Himmel war rot und schwarz und die Sterne waren alle ausgegangen.

Ich wachte widerwillig auf. Der Widerwille nützte jedoch nichts. Die Verschwommenheit vor meinen Augen nahm langsam Gestalt an und wurde zu dem Gesicht von Georghe Barras, und als dies geschah, nahm auch der Schmerz Gestalt an. Ich versuchte mich auf die Teile meiner selbst zu konzentrieren, die nicht schmerzten. Es dauerte eine Weile, bis ich einen fand.

Jemand hielt mich aufrecht. Es besteht ein Unterschied zwischen einer Tracht Prügel und einer gründlichen, wissenschaftlichen Abreibung. Dies war Letzteres. Ich sah Barras aus meinem guten Auge an – das andere ließ sich nicht richtig öffnen – und befühlte mit der Zunge meine Zähne. Alle da, nur einer ein bisschen locker. Aber ich musste zum Atmen den Mund öffnen, weil meine Nase ganz geschwollen und schief war, und ich musste den Mund weit öffnen, weil meine Lippen die Größe von Nackenrollen hatten. Georghe tätschelte mir die Wange und ich unterdrückte einen Aufschrei.

»Er wird es machen«, sagte Georghe. »Einstweilen nicht mehr, sonst müssen wir ihn tragen. Setzt ihn auf ein Pferd.«

Ein Pferd? Er musste verrückt sein. Ich würde Schwierigkeiten haben, ins Bett zu steigen. Aber Hände packten mich bei den Armen und zogen mich hoch. Ich konnte kaum etwas sehen. Jemand ergriff einen Fuß, steckte ihn in einen Steigbügel und stieß mich mit einem Schwung in den Sattel. Jemand anders stand auf der rechten Seite des Pferdes, sonst wäre ich gleich wieder über Bord gegangen und dort auf dem Kopf gelandet. Schließlich banden sie mich auf dem Pferd fest, die Füße mit den Steigbügeln unter dem Bauch, die Handgelenke an den Sattelknopf. Jemand führte das Pferd. Die nächsten paar Stunden kann ich nicht beschreiben. Die Bewusstlosigkeit, die sich von Zeit zu Zeit einstellte, brachte keinerlei Erleichterung.

Allmählich wurde mir klar, dass es Nachmittag war – und schon seit einiger Zeit gewesen war. Wahrscheinlich für immer. So lange hatte dies schon gedauert. Die Sonne stand tief und in meinem Rücken.

»Also los, Will. Runter vom Pferd.«

KAPITEL VII

Wenigstens diesem Befehl war leicht zu gehorchen. Sobald sie mich losgebunden hatten, fiel ich vom Pferd. Barras trat mir entgegenkommend in die kurzen Rippen. »Wir haben eine komfortable Kutsche für dich besorgt.« Er hob die Stimme. »Hinein mit ihm.«

Sie hoben mich an Händen und Füßen auf, gaben mir Schwung und warfen mich hinein. Es war ein Bauernkarren, und etwas von dem Heu, das er gefahren hatte, lag noch darin. Das und die Landung auf einem etwas weicheren Gegenstand, in dem ich später Silvus wiedererkannte, verringerte den Schmerz vom Unerträglichen zum bloß Qualvollen. Besser noch, ich konnte den Luxus auskosten, im Liegen ohnmächtig zu werden.

Einige Zeit später war es dunkel. Jemand

wischte mir das Gesicht mit etwas Weichem, Kühlem und Feuchtem. Sie weinte.

Noch später erwies sich ein schwankendes Licht als eine hängende Laterne, und ich konnte den Geruch wiedererkennen, den ich seit einer Weile wahrgenommen hatte. Wollfett und Kreosot. Ich war wieder an Bord der Barke, im ausgebauten Laderaum. In einer Hängematte, nach der Krümmung meines Rückens zu urteilen. Ich hoffte, es sei bloß einer der schlimmen Träume, die mich in letzter Zeit geplagt hatten, aber dieses Glück blieb mir versagt. Alle kleinen Prüfsteine der Wirklichkeit waren an Ort und Stelle: die Bewegung der Schatten, das Knarren des gespannten Zugseils auf dem Deck über mir, meine geschwollenen Lippen und die Schmerzen im Gesicht. Man hatte mir früher schon übel mitgespielt. Ein paar Jahre als Söldner und bei der Stadtwache bringen das mit sich. Aber jetzt…

Ich hob die linke Hand, die nicht schwerer als ein Berg war, und befühlte meine Nase. Meine rechte Hand war dick bandagiert, was in Anbetracht des Umstandes, dass zwei Finger geschient waren, verständlich war. Auch das Nasenbein war gebrochen. Das war mir schon einmal passiert. Aber ich glaube, jemand hatte es gerichtet, während ich ohnmächtig gewesen war, was nett von ihnen war. Sie zeigte nicht mehr nach Westen. Mein Zahn hatte sich beruhigt, und wenn ich ihn in Ruhe ließ, würde ich ihn vielleicht behalten.

»Er hat sie wieder«, sagte jemand.

So war es. Was für ein Pech für mich. Ein Hocker wurde zurückgestoßen und Schritte kamen näher.

Mein linkes Auge war noch geschlossen. Auch gut – Barras war sowieso kein Anblick dafür. Er nickte freundlich. »Sieh an, Will. Wie in den alten Zeiten.«

Ich konnte ein Murmeln zusammenbringen, wenn ich p's und b's vermied. »Eines Tages, Georghe, werde ich dich unter vier Augen treffen.«

Er seufzte und gab mir eine mit der Rückhand ins Gesicht, nur so hart, dass ich nicht wieder ohnmächtig wurde. Das Grau wollte sich nicht zu Schwarz vertiefen, was ich bedauerte. Als ich wieder ganz zu mir gekommen war, hatte er mir den Rücken gekehrt und ging davon. Die kahle Stelle an seinem Hinterkopf glänzte im Laternenschein. Jemand hatte aufgeschrien, als ich geschlagen worden war. Vielleicht war ich selbst es gewesen, aber nach sorgfältiger Überlegung schien es mir nicht so. Es dauerte ein Weilchen, bis ich zu der Erkenntnis gelangte, dass es eine weibliche Stimme gewesen war.

Silvus' Gesicht kam in mein Sichtfeld. Es war durch Abschürfungen und blaue Flecken übel zugerichtet, und eine Steifheit in seinen Bewegungen verriet mir, dass auch er sich am falschen Ende von jemandes Stiefel befunden hatte, doch hatte er nicht die gleiche wohlüberlegte, professionelle Zuwendung erhalten, die sie mir so freigebig hatten angedeihen lassen. Es leuchtete ein. Er war wertvoller und durch sein höheres Alter eher in Gefahr, eine harte Abreibung nicht zu überleben. Ich fragte mich, wie es um meine eigenen Überlebenschancen bestellt sein mochte, und betrachtete die Aussicht auf ein Ende aller Schmerzen mit Erleichterung.

Er legte ein kühles, feuchtes Tuch auf mein zerschlagenes Gesicht. »Dies scheint ziemlich häufig zu geschehen, Will, zu meiner Schande«, bemerkte er, und ich versuchte den Kopf zu schütteln. »Und wir haben nichts von Schwester Winterridges Heilsalbe. Es tut mir Leid. Ich habe alles völlig verpfuscht.«

Von der anderen Seite näherte sich ein leichter Schritt. Nicht schon wieder Barras!

Nein, es war Arienne. Sie brachte eine Schale mit reinem Wasser, stellte sie ab und nahm die alte fort.

Mein Gesicht war zu diesem Zeitpunkt nicht sonderlich geeignet, ein Mienenspiel zu zeigen. Unter den Anschwellungen muss ich so leer ausgesehen haben wie Nathans Gewissen. Silvus meinte, er müsse erklären, obwohl die Tatsachen und Umstände inzwischen angefangen hatten, in mein Bewusstsein zu dringen.

»Es war das Talent.« Er blickte zu Arienne, und sie schaute auf ihre Füße. »Ich empfing schwache Spuren und hätte erkennen sollen, was sie waren, hatte diese besondere Verwendung aber bis dahin nicht gesehen. Sie beobachtete uns auf der ganzen Strecke durch die Augen von Tieren. Sie führte sie zu uns. Obwohl Meister Grames Georghe zu verstehen gab, dass es alles sein – Grames – Verdienst sei. Ich sehe keinen Grund, Barras aufzuklären.«

Ich achtete nicht besonders auf seine Worte, denn ich beobachtete Arienne. Sie biss sich auf die Unterlippe, reichte Silvus einen Lappen und stieg mit der ausgetauschten Schale Wasser die Stufen zum Deck hinauf.

»Warum?«, krächzte ich zu Silvus.

Er hob die Schultern. »Grames wusste, dass sie es kann. Er bestand darauf.« Er wandte den Kopf und sah ihr nach. »Sie konnte nicht wissen, was geschehen würde.«

»Es war meine Pflicht, darauf zu bestehen, Ser de Castro.« Grames konnte sich so leise bewegen wie Rauch. Sein Kopf erschien neben Silvus' Schulter, wandte sich aber ihm zu. »Es war und ist Ihre Pflicht, Ihrem Fürsten zu gehorchen.« Sein Gesichtsausdruck war tadelnd. »Arienne schuldete mir den gleichen Gehorsam, und im Gegensatz zu Ihnen erfüllte sie ehrenhaft ihre Pflicht.«

Silvus wandte stirnrunzelnd den Kopf und sah Grames ins Auge. »Ehre, Meister Grames? Was in aller Welt ist in Sie gefahren, dass Sie denken, Sie können davon zu mir sprechen?«

Grames zuckte mit keiner Wimper. Er nickte und erlaubte sich ein grimmiges Lächeln.

»Ich fragte mich schon, wann wir darauf kommen würden, Ser de Castro. Nein, ich bin nicht wie Sie. Kein Aristokrat mit aristokratischen Ideen. Ich musste meinen eigenen Weg gehen. Natürlich würden Sie das nicht verstehen.«

Silvus sagte nichts. Er hatte den Lappen im frischen Wasser ausgedrückt und legte ihn wieder auf mein Gesicht. Er benahm sich, als ob Grames überhaupt nicht da wäre. Der aber ließ ihn nicht aus den Augen und dachte gar nicht daran, still zu bleiben.

»Ihre Verletzungen und die Ihres Knappen haben Sie sich selbst zuzuschreiben, Ser. Ich bedaure das, aber vielleicht werden Sie jetzt einsehen, wie wichtig die Angelegenheit ist. Ich bedaure auch, dass Ihre Aufsicht mir aus den Händen genommen ist. Messire de Barras ist beauftragt worden, sicherzustellen, dass den Befehlen Seiner Hoheit Folge geleistet wird, und er wird zu diesem Zweck alle Mittel einsetzen, die ihm notwendig erscheinen. Ich bitte Sie, um Ihrer selbst und Ihres Knappen willen, Ihr Talent in den Dienst des Fürsten zu stellen, Ser. Trotz der schlechten Meinung, die Sie von mir haben, wünsche ich nicht zu sehen, dass de Barras bis zum Äußersten gehen muss.«

Silvus blickte nicht auf. Sein von Schlägen gezeichnetes Gesicht wirkte grau und schrecklich leer. »Gehen Sie mir aus den Augen«, flüsterte er. Als er mir wieder das kalte, feuchte Tuch auflegte, spürte ich, dass seine Hände zitterten.

Grames seufzte. »Wie Sie wollen«, sagte er beherrscht,

doch nahe am Ende seiner Geduld. »Aber denken Sie darüber nach, Ser.«

Arienne kam wieder den Niedergang herab und schritt auf uns zu. Ihr besorgter Blick ruhte auf meinem Gesicht. Grames machte eine kleine Bewegung, ein Geräusch. Sie blieb stehen, strich ihren Rock glatt und ging mit gesenktem Kopf zurück zu ihrem Alkoven, wo sie hinter dem Vorhang verschwand. Grames folgte ihr.

»Na ja«, murmelte ich.

»Na ja, in der Tat.«

Ich dachte nach, um mich von meinen Schmerzen abzulenken. »Genauso hielten wir es im Wachhaus der Zollstelle von Tenabra. Der eine spielte den netten und freundlichen Mann, der andere den Rausschmeißertyp.«

»Wir machten es besser.«

»Mm«, stimmte ich zu. »Bei uns konnte man wenigstens sehen, welcher was war.«

Silvus schnaubte. »Jedenfalls scheint dein Unterkiefer nicht gebrochen zu sein. Und wie Schwester Winterridge dir einmal sagte, der Göttin sei Dank, dass Sie dir einen harten Schädel gab. Wie ist es mit den Rippen?«

»Hübsch gebrochen, danke.«

Er grunzte.

»Wo sind wir?«

»Wieder auf dem Wydem. Vor einer Stunde sind wir durch die Schleuse von Grenley gegangen. Nach meiner Schätzung muss es ungefähr Zeit zum Mittagessen sein, wenn wir etwas bekommen. Und Sarburg ist ungefähr eine Tagesreise entfernt. Zuck nicht so.«

»Au! Entschuldige.«

»Ja, ich war auch überrascht. Wir kamen ein gutes Stück flussaufwärts wieder zum Boot.« Er lächelte schief. »Um die Zeit fing ich an, wieder von etwas Notiz zu nehmen.«

Das erinnerte mich, dass auch er verletzt war. »Wie fühlst du dich?«

»Ich werde ein paar Beulen und Prellungen haben«, antwortete er gleichmütig. »Kein Vergleich zu dem, was du eingesteckt hast. Barras muss etwas gegen dich haben.«

»Das ist gegenseitig.«

Er schüttelte den Kopf und blickte in den Raum. Die Laterne baumelte ein wenig, und die Schatten lehnten sich mit dem Licht bald auf diese und bald auf die andere Seite. Barras saß zehn Schritte entfernt am Tisch, und Silvus musterte ihn aus einem grauen, kalten Abstand wie die See im Winter. Barras blickte auf, aber Silvus hatte sich bereits umgewandt und kletterte steif und offensichtlich unter Schmerzen in seine Hängematte.

»Wenn du in der Nacht etwas brauchst, Will…«, sagte er etwas lauter.

»Dann wird er nicht dich rufen, Silvus«, unterbrach ihn Barras. »Diese Masche haben wir schon gehabt. Wenn du scheißen musst, wird dich Roly hier auf Deck ziehen.« Er grinste. »Er ist der Mann, dem du auf die Finger gestampft hast, also habt ihr zusammen zwei gesunde Hände.«

Das war eine gute Idee von Georghe. Bald darauf *musste* ich, und es war ebenso schmerzhaft wie peinlich. Roly schien zu denken, dass meine Gedärme einer weiteren Anregung bedurften, um ihre Aufgabe zu erfüllen. Ich glaube, ich kam trotzdem größtenteils mit eigener Kraft zurück. Oder hätte es geschafft, wenn er am Fuß des Niedergangs nicht die Füße unter mir weggestoßen hätte. Wahrscheinlich hätte ich ihm dankbar sein sollen, dass er es nicht schon oben tat. Oder vielleicht nicht? Wenn er seinen kleinen Scherz oben gehabt hätte, wäre ich vielleicht kopfüber durch die Luke gefallen und hätte mir den

Hals gebrochen, und das wäre dann das Ende gewesen.

Aber es war nicht das Ende.

Am folgenden Tag kamen wir gegen Abend nach Sarburg. Wer die Mauern der Festung Ys gesehen hat, wird von keiner anderen Festung auf Erden beeindruckt sein, und so war auch ich nicht beeindruckt. Ys war ein gewaltiger, düster dräuender Berg aus Mauerwerk; verglichen damit war Sarburg geschrumpft, eine düstere alte Burg mit einer einzigen Kurtine, die wie ein Geier auf einem Felsen saß. Der Felsen überragte den hier schmalen und gewundenen Fluss, und die Treidelpferde hatten es schwer, die Barke gegen die starke Strömung zu ziehen. Dies war der höchste Punkt der schiffbaren Strecke, und darum stand die Burg hier und schützte den Landeplatz, wo Barken Erz von den Bergwerken im Norden für die Reise in den Süden luden. Nördlich von uns drohten die steilen und felsigen Ausläufer des Jotungebirges.

Der Tag war kälter als die vorausgegangenen, und die Sonne war unter den Westhorizont gesunken. Sie zog auf ihrer Jahresbahn wieder südwärts, fort von uns. Die engen Täler waren voll von Düsternis und Schatten, schon jetzt kalt. Ein harter Winter stand bevor.

Als die Barke festgemacht hatte, wurden wir an Deck getrieben. Hier gab es keine Pferde für uns. Ich wankte den Landungssteg entlang, dann hieß es die steile Zufahrt zum Burgtor hinaufhumpeln. Barras blieb hinter mir und half mir dann und wann auf seine eigene Art weiter. Die Torflügel standen offen, schlossen sich aber mit einem Dröhnen hinter mir, das ich bis in die Knochen fühlte.

Die Unterbringung war auch nicht mit jener im Palast von Tenabra zu vergleichen, jedenfalls nicht dort, wo ich logierte. Sie verfügt über keinen richtigen Kerker, aber in einem Gemäuer, das keine Fenster, sondern Schießscharten hat und gebaut ist, einer Belagerung zu widerstehen, ist es nicht schwierig, einen sicheren Raum zu finden. Ich glaube, es war irgendwann einmal eine Rüstkammer gewesen – und zwar im Torturm, und entlang einer Wand gab es eine Linie rostiger Stellen ungefähr in Kopfhöhe, wo Speere oder Hellebarden gelehnt hatten. In einem Winkel lag ein Haufen modernder, zerrissener Säcke. Ich stolperte hin und schlief ein.

Am kalten Morgen kamen sie mich holen. Ich hustete und war steif vor Kälte, aber sie schleiften mich hinaus. Barras musterte mich wie ein Metzger, der einen zweifelhaften Kadaver untersucht.

»Nein. Bringt ihn ins Warme und gebt ihm zu essen, sonst kriegt er noch das Lungenfieber und krepiert. Auch keine Hiebe.«

Ich schüttelte den Kopf. Barras grunzte, beinahe wie ein Lachen. »Keine Bange, Will, ich bin nicht weich geworden. Nachher müssen wir dir und Silvus etwas zeigen, und ich möchte sichergehen, dass ihr beide auch alles mitkriegt.«

Sie ließen mich bei der westlichen Mauer im Gras liegen, auf der sonnigen Seite des Burghofes, was etwas Wärme in meine Knochen brachte. Eine Frau kam mit heißem Wasser, frischer Kleidung und Leinenstreifen zum Verbinden. Der Bewacher sah gleichgültig zu, als sie mich abrieb. Ich dachte, dass vielleicht eine Rippe gebrochen sei, aber sie schien sich nicht in etwas hineingebohrt zu haben. Trotzdem nahm mein Körper alle Regenbogenfarben an.

Ich konnte ohne Hilfe essen, wenn ich die linke Hand benutzte. Sie warf mir einen Umhang über. »Jetzt kann er es aushalten«, sagte sie zu dem Wächter und blickte auf mich herab. »Bring ihn hinein, wenn es regnet.«

Sie ließen mich dort liegen. Ich war sauber und trocken und warm, und meine geschienten Finger schmerzten nicht mehr allzu schlimm. Die Wachen standen herum und kratzten sich von Zeit zu Zeit. Irgendwo arbeitete ein Schmied mit gleichmäßigen Schlägen. Ich versuchte die Gedanken von meiner misslichen Lage abzulenken und nickte wiederholt ein.

Gegen Mittag kam Barras von irgendwo aus dem Inneren der Burg und winkte. Zwei meiner Bewacher wollten zugreifen, aber ich zog mich aus eigener Kraft auf die Beine und richtete mich auf. Es tat nicht allzu sehr weh, und ich konnte mit sicherem Schritt über den Hof gehen und die steile Treppe zum Eingang hinaufsteigen, wo Barras stand.

Er schüttelte den Kopf. »Bist ein zäher Bursche, Will, das muss man dir lassen. Dein Chef genauso. Aber wir werden sehen. Nehmt ihn.«

Er führte uns durch den Innenhof ins Untergeschoss des Wohngebäudes der Burg. Ich hatte Gelegenheit, mich umzusehen und mit den Örtlichkeiten ein wenig vertraut zu machen.

Es war eine ziemlich gewöhnliche kleine Burganlage aus früherer Zeit, vermutlich als Sitz eines vom Landesherrn bestellten Pflegers erbaut. Palas und Wirtschaftsgebäude waren unter einem Dach vereint, und die niedrig gewölbte Halle, die wir im Erdgeschoss durchschritten, diente der Garnison und dem Gesinde als Aufenthaltsraum sowie zum Essen und Schlafen. Je nach Bedarf wurden Tische und Bänke aufgestellt oder zusammengeschoben, um Platz für das zusammengerollte Bettzeug zu schaffen. Die zwei Obergeschosse mochten den Rittersaal und die privaten Gemächer enthalten, aber wir stiegen hinunter.

Barras öffnete eine Tür im rückwärtigen Teil der Halle neben der Küche, und es ging die übliche steinerne Wendeltreppe hinunter. Zwei vollständige Umdrehungen, und wir gelangten in den Keller.

Hier wurden die Vorräte aufbewahrt. Getreide in aufeinander gestapelten Säcken, Fässer mit Bier und Wein. Stockfisch, stark geräucherte und gesalzene Schinken. Tonnen voller Äpfel, Fässer voll Sauerkraut, Vorräte für einen langen Winter. Oder eine Belagerung.

Barras führte uns zu einem Winkel, wo einige der Vorräte offenbar in aller Eile umgelagert worden waren. Ich sah Umrisse auf den Steinplatten, wo Fässer gestanden hatten, und auf einer Seite waren Hafersäcke bis zur Decke gestapelt. Hier konnte man deutlich erkennen, dass die oberen Lagen frisch aufgelegt waren. Die Umschichtung hatte etwas Raum an der Wand freigemacht, und dort waren zwei neue Garnituren Fesseln mit Bolzen an der Wand befestigt, Beineisen unten, Handschellen oben. Ich betrachtete sie noch, als von der Wendeltreppe Schritte hörbar wurden und Silvus mit grimmiger Miene hereinkam, von zwei Bewachern eilig vorwärts gestoßen.

Barras konnte sich mit einer ruckartigen Kopfbewegung zur Wand begnügen. Sie legten uns nacheinander die Eisen an, und der Schmied trat mit Hammer und Locheisen näher, um die Nieten zu setzen.

»Ihr kennt den Dreh«, sagte Barras. »Legt die Handschellen auf das Eisen. Wenn er daneben haut, wird er euch die Handgelenke zerschmettern, also haltet still.«

Das brauchte er mir nicht zweimal zu sagen. Nacheinander wurden die Hand- und Fußschellen auf den Gegenhalter gelegt, Nieten durch die Löcher gesteckt und breitgeschlagen. Ich war an die Wand gekettet, hatte genug Spielraum, um zu sitzen, konnte mich aber nicht auf den Boden legen. Silvus erhielt die gleiche Behandlung.

Barras überprüfte den festen Sitz der Nieten und das Spiel der Ketten. »Gut genug«, grunzte er und winkte dem Schmied, dass er gehen könne. »Nun, Herrschaften. Seht euch dies an.«

Er wandte sich um und zog ein schmutziges Tuch von dem Tisch hinter ihm. Dann zeigte er uns die Instrumente, die dort ausgelegt waren. Das nahm den größten Teil der nächsten Stunde in Anspruch, da er uns ihren Gebrauch in allen Einzelheiten beschrieb. Als er mit dem letzten Gegenstand fertig war, nickte ich. Ich versuchte trotzig auszusehen, aber mein Magen krampfte sich zusammen. Silvus hing erschöpft und niedergeschlagen in seinen Ketten, das hagere Gesicht gezeichnet vom Wissen um sein Scheitern.

»Nun«, sagte Barras. »Morgen in aller Frühe, Silvus, wirst du mir sagen, dass du tun wirst, was immer Grames wünscht. Und dann wird er mir von da an jeden Tag sagen, dass er mit dir zufrieden ist. Wenn du es nicht tust oder er mit dir unzufrieden ist, werden wir an Will hier arbeiten, und du wirst die ganze Zeit zusehen.«

Er trat zurück und wandte den Kopf zur Seite, ohne uns aus den Augen zu lassen. »Zwar sind sie an die Wand gekettet, aber damit geben wir uns nicht zufrieden. Bewacht sie, besonders Silvus.« Er grinste. »Aber du kannst dein Talent nicht zur Flucht gebrauchen, was, Silvus? Das würde ja bedeuten, dass du dein heiliges Gelübde brechen müsstest.« Er schüttelte den Kopf und wandte sich zu seinen Männern. »Bewacht sie trotzdem. Üblicher Schichtdienst. Ich möchte, dass zwei von euch jederzeit hier sind.«

»Roly hat noch die gebrochene Hand. Er kann kein Schwert halten. Und Sim hat noch die Gehirnerschütterung von dem Schlag auf den Kopf.«

»Dann musst du mit Piet zwei Schichten übernehmen und mit Sim oder Roly abwechseln. Als zweiten

Mann werden wir einen der Einheimischen als Wache an die Tür stellen. Ihr braucht nichts zu tun, als hier zu sitzen und die beiden zu beobachten. Und das ist alles, was ihr tun werdet, es sei denn, sie versuchen etwas, verstehst du? Wenn ich frische Spuren an einem der beiden finde, werde ich eure Gedärme als Hosenträger verwenden. Wir wollen, dass sie morgen früh frisch und munter sind. Und lasst sie reden, wenn sie wollen. Dann schmoren sie besser im eigenen Saft.«

»Und wenn sie frech werden?«

»Dann lacht ihr. Es bedeutet, dass sie sich munter fühlen, vielleicht munter genug, um uns Widerstand zu leisten. Was spaßig wäre. Ich werde Roly schicken. Piet löst dich beim Dunkelwerden ab, und du löst Roly um Mitternacht ab.«

Er nickte uns zu. »Wir sehen uns morgen früh, Herrschaften. Denkt daran, ihr braucht euch überhaupt nicht wegen meiner Gefühle zu sorgen. Wie ihr auch entscheidet, mir ist es recht.« Er ging und warf die Tür hinter sich zu.

Ein Wächter wurde an die Tür gesetzt – ich konnte hören, wie der Mann seinen Posten einnahm. Dann kam Roly herein, warf gleichfalls die Tür zu, setzte sich auf einen Sack und beobachtete uns wie der Frosch die Fliege.

Silvus regte sich. Seine Ketten klirrten. »Das ist eine Standardtechnik, weißt du. Furcht ist auch eines ihrer Instrumente, bloß liegt es nicht auf dem Tisch da.«

»Ja, ich weiß. Ein wirkungsvolles Instrument, nicht?«

Er schloss für einen Augenblick die Augen. »Gewiss. Und es wird unzweifelhaft mit Erfolg eingesetzt.«

»Du wirst kapitulieren.«

»Eine gute Wortwahl. Ich bezweifle, dass unser Bewacher es kennt. Oder unsere Bewacher.«

»Du hast ein...«

»Gelübde abgelegt, ja. Du hast schon zu viel für meine Gelübde gelitten, Will. Sie sind so viel Schmerz nicht wert.«

Ich schwieg und fühlte mich schuldig, weil ich erleichtert war. Ich würde es überleben, wenn auch wahrscheinlich nicht bequem, weil sie mich lebendig brauchten. Barras und Grames waren offenbar der Meinung, dass sie Silvus am besten durch mich unter Druck setzen konnten. Und damit hatten sie Recht, wie es schien. Solange sie mich hatten, konnten sie ihn zwingen, alles zu tun, was sie von ihm verlangten. Solange ich lebte.

Vielleicht war es an der Zeit, über andere Optionen nachzudenken. Es begann auszusehen, als hätte ich meine Nützlichkeit überlebt. Vielleicht sollte ich Roly so in Wut bringen, dass er seine Befehle vergaß...

»Ich habe das Gefühl, dass es bald einen Sturm geben wird«, sagte Silvus unerwartet. »Ein Gewitter. Gewitter sind mir verhasst. Sie schlagen so willkürlich zu.«

Ich wandte den Kopf zu ihm. Silvus hatte eine schwere Zeit hinter sich und brachte es immer fertig, seine Schmerzen herunterzuspielen. Er war genauso zäh, wie Barras gesagt hatte, in seiner knochigen, sehnigen Art. Aber jeder hat eine Grenze. Fing er an, irre zu reden?

Die Wachen waren so postiert, dass sie unsere Gesichter beobachten konnten. Keine Botschaften konnten ausgetauscht werden, die sie nicht bemerken würden. Silvus' Züge wirkten völlig ausdruckslos.

»Die Götter geben«, bemerkte ich, »aber nach ihrem eigenen Plan. Und wir müssen hinnehmen, was uns gegeben wird.«

»Genau.« Er schloss die Augen und schien einzunicken.

Die Kerze in der Laterne brannte herunter und wurde durch eine neue ersetzt. Wir bekamen eine Schale mit Rübenblättern und Salzfisch zum Mittagessen, und dazu ein Stück Schwarzbrot, mit dem man jemandem den Schädel hätte einschlagen können. Es wurde Abend, und sie waren so rücksichtsvoll, ein Kohlenbecken aufzustellen, um die Kälte fernzuhalten. Aber ich konnte nicht umhin, die Kerben um den Rand zu bemerken – sehr zweckmäßig, um verschiedene Gegenstände zu halten, während sie in der Glut erhitzt wurden.

Die Wache wechselte. Nun hatten wir es bis Mitternacht mit Roly und Piet zu tun. Mein Rücken begann zu schmerzen. Ich wusste, dass es noch viel schlimmer werden würde.

Piet war ein jüngerer Mann, dünner als Roly, und schielte ein wenig. Roly hatte ich bereits eingeschätzt. Er war hart, stur und nicht allzu helle. Piet war schlauer. Wie schlau, wusste ich nicht. Aber es könnte von Bedeutung sein.

Silvus und ich sprachen nicht. Piet und Roly beobachteten uns und sprachen auch sehr wenig miteinander. Ich gewann den Eindruck, dass sie nicht die besten Freunde waren. Stunden vergingen. Jedes Mal, wenn ich mich bewegte, um meine Rückenschmerzen durch eine veränderte Haltung zu lindern, regte sich einer von ihnen.

Ich merkte, dass ich tatsächlich eine Weile geschlafen hatte, als das Licht heller wurde. Morgen? Aber nein, hierher drang kein Tageslicht. Die Tür hatte sich geöffnet, und in den Kellerraum glitt eine schmächtige Gestalt in einem tiefblauen Umhang mit Kapuze. Einen Augenblick lang dachte ich, dass ich träume – oder vielleicht gestorben sei. Dann lachte das Mädchen im Umhang, ein fröhliches kleines Glucksen, das wie blinkendes Gold in diesen düsteren Ort fiel.

»Danke«, sagte sie zu dem Wächter draußen. »Ich hoffe, es macht Ihnen Freude.« Ich kannte diese Stimme. Arienne.

Die Tür schloss sich. Arienne öffnete den Umhang und kam herein. Sie warf die Kapuze zurück, und ihr helles Haar schimmerte im Widerschein der Kohlen. Unter dem Umhang befand sich ein Korb, in dem es wie Glas klirrte. Sie stellte ihn ab.

»Meister Grames schickt Ihnen dies. Messire de Barras sagte, es sei in Ordnung, weil Sie verlängerten Wachdienst haben.«

Als sie den Umhang öffnete, sah ich das enge Mieder. Piet und Roly setzten sich auf und sahen es auch. Sie schauten einander an, dann in den Korb. Darin war eine Flasche aus Steingut und ein paar hölzerne Becher. Roly griff danach.

»Warte«, sagte Piet. Ich hatte gleich gemerkt, dass er der Klügere war. »Sie zuerst«, sagte er zu Arienne. »Wir möchten nicht allein trinken.«

»Oh, danke.« Ihr Lächeln erhellte den dunklen Keller. »Ich habe nichts dagegen.«

Sie zog den Korken, goss etwas in einen der Becher und schnüffelte daran, schloss die Augen in stiller Aufmerksamkeit. Silvus verzog das Gesicht. Er konnte Weinsnobs nicht leiden. »Aah. Das ist ein guter Tropfen«, murmelte sie und trank mit einer einzigen Drehung ihres Handgelenks den Becher leer.

Ich konnte eine Spur vom Duft einfangen. Es war Winterwein, stark und mild. Piet und Roly warteten höflich, bis sie den Becher geleert hatte, dann griff Piet zum anderen Becher und füllte ihn großzügig, und Roly nahm den ersten und folgte seinem Beispiel.

Fünfzehn Minuten später hatte jeder drei Becher getrunken, und die Flasche war leer. Arienne hatte mitgehalten und zeigte Wirkung, aber selbst drei Becher Winterwein pro Kopf konnten zwei Männer nicht umwerfen. Piet und Roly hatten genauso harte Schädel wie die anderen. Der Wein würde sie vielleicht ein wenig aufheitern. Später würden sie dann missmutig und streitsüchtig.

Aber… Piet war der Erste, den es erwischte. Er hatte Arienne gerade gefragt, ob sie wüsste, wie das Pfänderspiel ginge, als seine Züge plötzlich einen in sich gekehrten Ausdruck annahmen, der sich innerhalb von zehn Herzschlägen von Verwunderung zu Bestürzung zu erschlaffter Leere wandelte.

Dann verlor er das Bewusstsein und sackte seitwärts von dem Hafersack, auf dem er gesessen hatte.

Roly sah ihn an, blickte zu Arienne auf, die angespannt wartete, und dann wieder zu Piet. Seine Augenbrauen zogen sich langsam zusammen. Er schnüffelte an seinem Becher, dann blickte er wieder zu ihr auf.

»Du Hexe… vergiftet…«, stieß er hervor und zog seinen Dolch. Aber er musste es mit der linken Hand tun, und die Anstrengung war zu viel. Er fiel vornüber aufs Gesicht.

Sie wandte sich zu uns. Ich starrte sie mit offenem Mund an.

Silvus zeigte mehr Geistesgegenwart. »Was können Sie mit diesen tun?«, fragte er und nickte zu den Fesseln. »Sie sind mit Stahl vernietet. Mit einer Metallsäge würde es eine Weile dauern – mit einer Feile sogar Tage. Wir haben vielleicht eine Stunde.«

Sie trat zu ihm. »Lassen Sie mich sehen«, murmelte sie. Sie kauerte sich nieder und umschloss eine der Handschellen mit den Fingern. »Ja, ich habe genug. Warten Sie.«

Zuerst war keine Veränderung zu erkennen, als sie sich stirnrunzelnd konzentrierte. Dann zog sie mit einem Ruck an der Verbindungsstelle. Mit dem Klang einer auf harten Boden fallenden Münze brach die

Niete heraus und fiel in zwei Stücken zu Boden. Die Handschelle ließ sich öffnen.

»Entweder sind Stahlnieten nicht mehr, was sie einmal waren, oder Sie haben bei den Gewichthebern gelernt«, bemerkte ich. Sie lächelte beinahe. Ein Grübchen kam und ging in der Wange, die mir zugekehrt war.

»Ich... ändere nur den Stahl ein wenig, wie man es macht, wenn man einen Draht biegt, um ihn zu brechen.« Sie sagte es wie abwesend, schon auf die zweite Handschelle konzentriert. Auch sie brach auf, und Silvus massierte seine Handgelenke, während sie an seinen Fußschellen arbeitete. Eine nach der anderen brachen die Nieten, und die Eisenbänder ließen sich öffnen. Sie begann an mir.

»Was war in dem Wein?«, fragte Silvus.

»Mohnsirup. Ich verbrachte den ganzen Tag damit, genug davon zusammenzubringen. Die Kräuterfrau im Dorf hatte ihren Vorrat zur Neige gehen lassen, und was sie hatte, war ohnehin nicht allzu stark.«

»Sie denaturierten ihn, bevor sie ihren Becher leer tranken? War das der Gebrauch der Kraft, den ich fühlte?«

»Ja. Natürlich. Und der Alkohol im Wein.« Sie schnitt ein Gesicht. »Für meinen Geschmack war es zu süß. Da.«

Die letzte Fessel sprang auf. Silvus war bereits aufgestanden und reckte sich. Ich schob mich an der Wand hoch, bis ich auch stand. Meine Beine waren eingeschlafen.

»Der Mann draußen?«, fragte Silvus, während ich versuchte, meine eingeschlafenen Füße zu beleben.

»Sollte inzwischen bewusstlos sein, hoffe ich. Oder wenigstens sehr schläfrig.«

Ich nahm Roly den Dolch ab; er hatte keine längere Klinge bei sich, und da ich ein zeitweiliger Linkshänder war, würde es zweckmäßiger sein, wenn Silvus sich mit Piets Schwert bewaffnete. Arienne hob ihren Korb auf und ging zur Tür. Silvus schlich ihr bis zum Durchgang nach und nickte.

Sie öffnete. »Gute Nacht, Jungs«, rief sie, zurückgewandt. »Gute Nacht, Hugh«, sagte sie dann zu jemandem rechts neben der Tür.

»Ah... Nacht...« Hugh hörte sich enttäuschend munter an. Silvus riss die Tür auf, sprang durch und verschloss Hugh mit einer Hand den Mund, hob mit der anderen den Schwertknauf, zum Zuschlagen bereit. Aber es gab keine Schwierigkeiten. Hugh war kaum noch wach. Als der Speer, auf den er sich gestützt hatte, weggestoßen wurde, sackte er zu Boden. Wir wälzten ihn in den Lagerraum, doch die Tür hatte nur eine Klinke, und es gab keine Möglichkeit, sie zu sichern. Also mussten wir fort sein, bevor sie erwachten.

Silvus verschwendete keine Worte. »Wohin?«, fragte er.

»Mein Zimmer«, sagte sie. »Es hat ein Fenster.«

Er nickte. »Gehen Sie voraus. Will kann nicht schnell gehen.«

Sie machte kehrt und stieg die Treppe hinauf. Diese war zu schmal, als dass man nebeneinander hätte gehen können, und Silvus konnte mich nicht stützen. Indem ich mir beim Atmen die Seite hielt und auf jeder Stufe den anderen Fuß nachzog, gelang es mir, ohne Hilfe hinaufzukommen. Es dauerte nicht eine Ewigkeit, aber sehr, sehr lange.

Nach zwei Umdrehungen der Wendeltreppe passierten wir die Tür zur unteren Halle. Durch die Eichenplanken hörte ich Stimmen und Schnarchen. Auf einem Sims brannte eine Talgkerze und verbreitete ausreichend Licht, um die Stufen zu sehen, aber wir konnten sie nicht mitnehmen. Nach zwei weiteren

Umdrehungen erreichten wir das Obergeschoss. Sie öffnete die Tür und spähte hinein, während ich mühsam nachfolgte, dann wandte sie den Kopf und nickte.

Der Boden bestand aus schweren Eichenplanken, aber das hinderte ihn nicht am Knarren. Ich trug noch immer Reitstiefel, und die sind nicht für geräuschloses Gehen gemacht. Zum Glück hatte ich die Sporen schon vor langer Zeit abgeschnallt.

Es war ein Korridor mit Türen, und dunkel, aber die Wände sahen seltsam neu aus. Jemand mit einem ausgeprägten Sinn für Zurückgezogenheit hatte Zwischenwände einziehen lassen, um den alten Saal in mehrere Räume zu unterteilen. Arienne eilte im Halbdunkel voraus, während ich mich abmühte, in den Reitstiefeln dahinzuschleichen. Es gelang nur unvollkommen, zumal jedes Geräusch hier ein Echo wie im Inneren einer Glocke zu erzeugen schien. Ich streifte mit den Fingern meiner guten Hand die Wand entlang und versuchte im schwindenden Licht zu sehen, wohin ich trat.

Eine Hand fasste meinen Ärmel, und ich wäre zusammengeschreckt, wäre es mir möglich gewesen. Die Hand zog mich nach rechts. Ich folgte ihrem Zug durch eine Tür, und die Hand führte mich weiter, um zu vermeiden, dass ich gegen Möbelstücke stieß. Hinter mir schlüpfte Silvus wie ein Geist in den Raum. Die Tür schloss sich leise. Ich war bereit zu wetten, dass die Scharniere geölt worden waren.

»Still«, hauchte sie. »Die Zwischenwände sind dünn. Kein Licht. Hier.«

Im schwachen Sternenlicht zeichneten sich die Umrisse eines Maßwerkfensters ab. Silvus geisterte hin und schaute hinaus. Ich sah, wie er Arienne winkte, dann steckten sie die Köpfe zusammen. Ich spähte über seine Schulter hinaus. Meine Augen waren der Dunkelheit inzwischen gut angepasst, obwohl das verletzte seine Sehkraft noch nicht ganz wiedergewonnen hatte.

Wir überblickten die äußere Burgmauer und ihren Wehrgang nach Norden zu den Vorbergen. Die Nacht war klar und frisch, und der Sternhimmel gab genug Licht, dass man alles in schemenhaften Kulissen sehen konnte. Die äußere Burgmauer war gerade; zu unserer Rechten stieß sie an einen Eckturm, und dort stand eine Tür zum Wehrgang offen. Ich konnte das ganz deutlich sehen, weil im Turm ein Licht brannte. Offensichtlich tat jemand dort Dienst.

»Wie oft macht der Wächter seine Runden?«, murmelte Silvus ihr ins Ohr. Einen Schritt entfernt konnte ich ihn kaum hören.

»Er macht keine. Sitzt bloß im Turm. Der Unteroffizier patrouilliert seine Posten ungefähr jede Stunde. In vielleicht einer halben Stunde ist er wieder fällig.«

Er nickte. »Wie kommen wir auf den Wehrgang hinunter? Und kommen Sie mit uns?«

Sie sah mich an, als ich dastand und mir die Seite hielt. »Ja, ich komme mit Ihnen. Ich habe gefunden, dass mir Barras' Methoden auch nicht gefallen, ganz gleich, was Meister Grames sagen mag. Und wir kommen mit diesem hier hinunter.« Sie wandte sich zur Seite, bückte sich und gab ihm etwas. Er zeigte es mir. Ein Seil.

»Will zuerst. Lassen wir ihn hinunter.« Er knüpfte eine Schlinge ins Ende. Ich sträubte mich nicht. Der Dolch kam in meinen Stiefelschaft. Meine Zähne waren noch nicht fähig, ihn zu halten, und wenn ich ihn in den Gürtel gesteckt hätte, würde ich mich womöglich selbst verletzt haben.

Beide Fensterflügel standen offen. Sicherlich hatte Arienne ihre Vorliebe für frische Luft kundgetan. Silvus rüttelte am steinernen Mittelpfeiler, fand ihn fest und band das andere Ende der Leine darum. Ich kletterte auf den Fenstersims, zog die Beine einzeln hinüber, ohne schmerzlich zu grunzen, fand mit einem Fuß die Schlinge und bekam mit der guten Hand das Seil zu fassen. Dann stützte ich mich mit einem Fuß an der Mauer ab und sie ließen mich hinunter. Es konnte nicht zu rasch geschehen, weil jedes laute Geräusch vermieden werden musste. Ein Fuß blieb in der Schlinge, der andere hielt mich auf Abstand von der Wand. Alles in allem ging es ohne unnötigen Lärm vonstatten.

Ich berührte festen Boden, und das Seil wurde schlaff. Ich zog meinen Fuß aus der Schlinge und spähte umher wie ein Kaninchen in einer Nerzfarm. Dann vernahm ich ein leise kratzendes Geräusch, und Silvus ließ sich rückwärtsgehend an der Wand herab, das Seil über die Schulter und unter einem Bein durchgezogen. Beinahe lautlos landete er neben mir. Dann folgte Arienne, leicht wie eine Katze, in ihrem Kapuzenumhang nur undeutlich erkennbar. Sie berührte den Boden, und Silvus zog ein Ende des Seils durch und holte es ein. Er rollte es zusammen und gab es ihr. Nichts regte sich im Sternenlicht, nur das trübe flackernde Licht aus dem Turm. Ein Feuer, dachte ich, wahrscheinlich in einem Kohlenbecken. Die Nachtsicht des Wächters würde kaum ausreichen, die Bewegung auf dem Wehrgang zu übersehen.

»Wie viele?«, murmelte Silvus.

»Einer, glaube ich. Es gibt hier insgesamt nur ein Dutzend Bewaffnete.«

»Und dort?« Er zeigte hinauf, ein Mann auf dem Bergfried neben dem Hauptgebäude würde uns sehen, wenn wir uns über den Hof bewegten. Sie schüttelte den Kopf.

»Dort würde Hugh auf Wache sein, wenn Barras ihn nicht abkommandiert hätte.«

Silvus nickte, machte eine auffordernde Handbewegung. Über den Hof zur Mauer waren es ungefähr zwanzig Schritte. Ich bewegte mich so leise, wie ich konnte, und nicht zu hastig. Er kam mir nach, und Arienne folgte ihm. Im Winkel zwischen dem Turm und der Mauer drängten wir uns zusammen. Die Tür zum Turm bestand aus dicken Eichenplanken, wie es sein sollte, und war geschlossen. Ich hätte wetten mögen, dass die Scharniere quietschten, und sie waren natürlich innen. Der Wehrgang verlief eine gute Mannshöhe über unseren Köpfen.

Silvus schüttelte den Kopf. Es gab keine Kletterhilfe, vorausgesetzt, wir hätten alle klettern können. Arienne legte die Hand auf seinen Unterarm, dann hielt sie ein Ohr gegen die Tür.

»Innen ist ein Fallriegel«, flüsterte sie. »Ich kann ihn nicht heben, und er ist zu dick, um ihn zu zerbrechen. Aber...«

Sie strich mit einer Fingerspitze leicht von oben nach unten über die Oberfläche der Tür. Auf und ab, auf und ab, das Gesicht in stirnrunzelnder Konzentration. Späne lösten sich aus dem Holz. Auf und ab, auf und ab. Eine Vertiefung entstand im Holz, und das Holz schien zu bröckeln. Die Vertiefung erweiterte sich, das zähe alte Eichenholz zerbröckelte unter ihrer Fingerspitze zu Zunder. Die Eintiefung wurde zu einem Spalt, der Spalt zu einem Loch, einem vertikalen Schlitz, von dessen Seiten Brocken verrotteten Holzes zu Boden fielen.

Sie zog die Hand zurück und spähte vorsichtig hinein.

»Dunkel«, murmelte sie. »Heben Sie den Riegel. Das hat mich erschöpft.« Ihr Gesicht war weiß, ein blasses, verschwommenes Oval im Sternenlicht. Silvus fühlte den Spalt, steckte die Schwertspitze durch und hob den Fallriegel. Als er freigekommen war, drückte er vorsichtig gegen die Tür. Sie gab nach, und die Scharniere ließen ein leises Knarren hören. Er hielt die Tür still und murmelte über die Schulter zu uns:

»Jetzt kommt es auf Schnelligkeit an. Zuerst ich, dann Arienne, dann du, Will. Ich übernehme den Wächter. Sie geht sofort durch auf den Wehrgang und macht das Seil an einer Mauerzinne fest. Will hilft mir, wenn ich Schwierigkeiten bekomme. Und um der Götter willen, keine Heldentaten, Will. Schlag ihm von hinten eins über den Kopf, wenn du kannst. Mach ihn nieder, wenn du musst.« Wir nickten.

»Viel Glück.«

Er stieß die Tür auf. Sie öffnete sich in einen Raum am Fuß einer Wendeltreppe wie der im Gebäude. Er jagte hinauf, drei Stufen auf einmal nehmend, und sie blieb ihm auf den Fersen. Ich mühte mich hinterher und fragte mich, ob ich überhaupt von Nutzen sein könnte. Über mir wurde mit Gepolter ein Stuhl umgeworfen. Ich beschleunigte meinen humpelnden Aufstieg, so gut es ging, doch als ich in der Wachstube ankam, hatte Silvus die Lage unter Kontrolle. Er stand über dem liegenden Wächter und hielt ihm die Schwertspitze an die Kehle. Der Bursche war jung, wuschelköpfig und schien völlig überfordert, war aber nicht so einfältig, unnötige Geräusche zu machen. Ich erleichterte ihn um seine Klinge und hielt ihn in Schach, während Silvus eine Armbrust an sich nahm, die an der Wand lehnte. Er spannte sie mit einiger Anstrengung und legte einen Bolzen ein. Drei weitere steckte er in den Gürtel.

Inzwischen hatte Arienne das Seil draußen an der Mauer festgemacht. Dieser Abstieg war länger als der aus dem Fenster. Sie hatte eine zweite Schlinge hineingeknüpft, um besseren Halt für eine Hand zu bieten, und bedeutete mir, zuerst zu gehen. Obwohl es mir nicht gefiel, war es vernünftig. Ich war der bei weitem Langsamste. Diesmal aber konnte nur Arienne mich hinunterlassen. Sie schlang das Seil einmal um die Zinne, dann um ihre Schultern und stemmte einen Fuß gegen die Mauer des Wehrgangs. Ich ließ mich durch die Scharte zwischen zwei Zinnen und stützte mich mit einem Fuß immer wieder an der Außenmauer ab.

Fünf Fuß über dem Boden zog ich den Fuß aus der Schlinge und ließ mich fallen. Es schmerzte, ich verlor das Gleichgewicht und fiel, versuchte meine Rippen nicht wieder zu verletzen, und ehe ich auf die Beine kam, fing jemand an, Warnrufe auszustoßen. Jemand im Hauptgebäude.

Arienne ließ sich herab. Fackeln flammten auf; ich konnte den Widerschein ihres Lichts über die inneren Mauern flackern sehen. Silvus kam herunter, sprang das letzte Stück ab. »Schnell, weiter«, stieß er hervor. »Innerhalb der nächsten fünf Minuten werden sie ihn finden. Ich habe ihn nur schlafen gelegt.«

Aber es war hoffnungslos. Ich konnte humpeln, aber nicht viel mehr. Im Nu würden sie Reiter draußen haben, um die Umgebung der Burg abzusuchen, und Arienne führte uns gezielt nach Norden, auf die steilen Hügelausläufer zu. Wenn wir überhaupt eine Chance haben wollten, mussten wir die Richtung ändern und unsere Spuren verwischen. Wir kletterten und krabbelten über die Felsen und den Schutt hinunter. Wenn ich jetzt fiele, würde ich mir noch etwas brechen, und das wäre das Ende. Aber wie die Dinge lagen… »Ich halte euch auf. Lasst mich zurück. Sie wollen dich, Silvus.«

Silvus schob eine Schulter unter meinen Arm und stützte mich. »Hör auf zu faseln«, murmelte er freundlich, »und beweg dich.« In der freien Hand trug er die gespannte Armbrust. Wenn Barras oder Grames in Schussweite kämen, würden sie gut daran tun, auf starken Seitenwind zu hoffen.

»Hier entlang.« Das war Arienne. Sie lief voraus. »Da ist eine Markierung…«

Ich konnte nichts sehen. Der steinige Abhang wies keine Besonderheiten auf. Wir waren jetzt beinahe unten und arbeiteten uns ein steiles, von Blöcken und Geröll erfülltes Trockenbett entlang.

»Da«, sagte sie, und die Erleichterung ihrer Stimme war nicht zu überhören. Wieder konnte ich nichts sehen. Rufe von oben. Sie mussten den Wächter und das Seil gefunden haben. Jemand rief nach Lichtern. Ich erkannte Georghe Barras' zarte Stimme. Er klang ziemlich verärgert. Sogar aufgeregt.

Plötzlich blieb Arienne stehen. Sie befühlte einen Felsblock von der Größe einer Aussteuerkiste, die auf der Schmalseite stand. Er sah nicht anders aus als hundert ähnliche.

»Zehn, drei. Schlussstein nach rechts und aufwärts«, murmelte sie.

»Wir müssen…«, fing ich an. Silvus schüttelte den Kopf und ich verstummte. Was wusste ich?

Behutsam legte sie die flache Hand an den Stein, fühlte herum, als suchte sie nach einer besonderen Stelle, ging dann zwei abgemessene Handspannen und drei Finger hinauf. Eine Bewegung, ein Druck, ein Zug.

Getrampel über uns am Hang, rasselnder Steinschlag losgetretenen Gerölls.

Der Felsblock drehte sich lautlos auf ungesehenen Lagern und gab ein Loch frei, schwarz und nach Erde riechend.

»Hinein, schnell«, zischte sie.

Mir war nicht nach einer Debatte zumute. Fünfzig Schritte über uns trampelten die Verfolger über das Geröll und stocherten zwischen den Büschen. Sie kamen rasch näher. Ich duckte mich, ohne den stechenden Schmerz in meiner Seite zu beachten, und kroch im Entengang hinein. Silvus folgte mir – und sie bildete den Schluss. Der Block drehte sich lautlos, und mit einem leisen Klick verschwand das Sternenlicht. Der Eingang war geschlossen.

Es war stockdunkel, so dunkel, wie es nur unter der Erde sein kann. Und still. Selbst eine ruhige Nacht kennt das leise Rascheln des Windes im Gras, die Grillen, das Geraschel kleiner Tiere. Hier gab es nichts außer vielleicht dem weit entfernten Tropfen von Wasser. Trotzdem widerhallte es. Auch der Atem klang hohl, als läge ein weiterer Raum vor uns. Aber es war still. Still wie das Grab.

Und dann berührte eine kühle, glatte Hand meinen Arm.

Ich schrak zusammen und versuchte zurückzuweichen. Mein Kopf schlug gegen unnachgiebigen Fels, und ich machte die Erfahrung, dass es in der schwärzesten Finsternis doch Lichter gibt. Jedenfalls sah ich sie, selbst wenn niemand sonst es konnte.

»Halt still«, zischte Arienne. »Er ist ein Freund. Eine Art Freund, denke ich.«

Die Hand strich über mein Gesicht, die Arme, federleicht. Sie fand den Dolch in meinem Stiefelschaft und zog ihn heraus. Dann gab es ein Klicken, das mir bekannt vorkam: Jemand entspannte eine Armbrust.

Dann flammte in der Schwärze ein Funke auf. Eine Lampe von der Größe eines Eierbechers erzeugte eine bohnengroße Flamme, die uns nach dem völligen Fehlen von Licht wie ein Freudenfeuer erschien.

Und ich sah einen Kobold vor mir.

Kein Zweifel war möglich. Er war von niedrigem Wuchs, hatte große Augen von durchsichtigem Rosa, und seine Haut war wie glänzendes Ziegenleder von dunkelroter Farbe. Überdies war er völlig kahl. Man konnte es sehen, weil seine offene Weste

KAPITEL VIII

und der Lendenschurz nicht viel bedeckten, wenn man in Betracht zog, dass es draußen kalt war. Wahrscheinlich ging er nicht viel hinaus. Ich würde es auch nicht tun, wenn Leute wie Georghe Barras dort ihr Unwesen trieben.

Der Gedanke an ihn ließ es mir hier recht angenehm erscheinen. Wir waren aus dem schneidend kalten Wind heraus, die Luft war kühl und trocken, weitaus freundlicher als die scharfe Kälte der nördlichen Herbstnacht. Hier war es wie bei jemandem zu Hause.

Was mir wieder den Hausherrn in Erinnerung rief, der mich und dann Arienne musterte. Sie starrte ausdruckslos zurück. Als sein Blick sich wieder mir zuwandte, glaubte ich etwas tun zu müssen, um das Eis zu brechen, sonst würden wir womöglich die ganze Nacht dastehen und einander anstarren. Ich lächelte ihm zu und räusperte mich.

Er sprang zurück, und seine Hand fuhr zum Knauf der kurzen Klinge, die er in einer Scheide am Gürtel trug. In der anderen Hand lag der Dolch, den er mir abgenommen hatte. Er kam hoch, die Spitze voran.

»Keine Bewegung!«, zischte Arienne.

»Ich wollte bloß…«

»Ich weiß es, aber er nicht. Manche Leute verstehen Zähneblecken und Knurren nicht als freundliche Geste.«

Ich blieb still und brachte meine Züge unter Kontrolle. Es war nicht schwierig, weil Lächeln schmerzte.

»Jetzt zeigen wir ihm unsere leeren Hände in Hüfthöhe. Sie auch, Ser de Castro. Legen Sie die Armbrust nieder.« Ihre Stimme klang ein wenig zerstreut, als dächte sie gleichzeitig an etwas anderes.

Während sie langsam die Hände hob, die Innenflächen nach außen, bückte Silvus sich ebenso langsam und legte die entspannte Armbrust zu seinen Füßen ab. Er richtete sich auf und zeigte ebenfalls die Hände vor, wie ein Kind, das seiner Mutter zeigt, dass es sie gewaschen hat. Ich tat es ihnen nach und war sorgsam darauf bedacht, nicht zu lächeln. Die Hand mit dem Dolch wurde gesenkt. Der Kobold musterte unsere Hände, dann studierte er wieder Ariennes Gesicht. Ich sah ihr Gesicht auch recht gern an, hatte aber das Gefühl, dass hier mehr vorging, als ich wusste.

Ich hörte leise tappende Schritte, dann erschien ein unbestimmter, schwacher Lichtschein hinter einer Ecke, die ich bis dahin nicht bemerkt hatte. Der Lichtschein wurde heller, und eine weitere Lampe vom gleichen Typ wie die erste wurde um die Ecke getragen. Sie lag in der Hand des Ersten einer ganzen Reihe gedrungener Gestalten, die wie die Erste gekleidet und bewaffnet waren. Die Ecke war eine breite Felswulst, die vom Boden bis zur Decke reichte, und der Gang führte an ihr vorbei in unbekannte Tiefen. Der verdoppelte Lichtschein zeigte uns etwas mehr von dem Raum, in dem wir uns befanden. Es war ein teils aus dem anstehenden Fels geschlagenes, teils gemauertes Gewölbe mit dem massiven Block der Felstür hinter uns. Ein Stahlträger durchzog das Gewölbedach und wurde zu beiden Seiten von aufrechten Pfosten gestützt. Die Konstruktion wirkte stark genug, um den ganzen Felshügel mit der Burg darauf zu tragen. Im Übrigen sah es wie der Eingang zu einem Bergwerk aus, mit Pickeln ausgehauen und geglättet, der Boden etwas uneben und die Spuren von Meißeln an den Felsen um uns.

Niemand sagte etwas; wir standen alle da und starrten einander an. Ich fragte mich, ob wir Gäste, Gefangene, Unterhaltung oder Frühstück waren, als Arienne sich ein wenig entspannte. Jedenfalls ließ sie die Schultern sinken, und der Kurze steckte den Dolch mit einer gewissen Entschiedenheit in den Gürtel.

Arienne sprach ruhig. Ihre Gesichtszüge blieben nüchtern und unbewegt. »Er sagt, er wird uns aufnehmen. Nur weil wir den... mh – Bau nicht kennen. Und weil wir im Dunkeln nicht sehen und die Richtung nicht wissen. Sie gehen nach den... wie soll ich es sagen... Leuchtsteinen, denen wir nicht folgen können, weil unsere Augen sie nicht erkennen.«

»Ich verstehe«, sagte Silvus.

»Ich nicht«, sagte ich. »Es kommt mir so verworren vor wie Politik.«

»Halten Sie eine Hand vor den Kopf, dass Sie ihn nicht wieder anstoßen. Sie werden uns durch die höheren Gänge führen, aber trotzdem ist es zu empfehlen, weil Sie größer sind als einige von ihnen.«

»Wohin wollen sie uns bringen?«, fragte Silvus, aber sie antwortete nicht. In diesem Augenblick gingen beide Lichter aus, und die vollkommene Finsternis kam mit einem Rauschen über uns, das ich beinahe hören konnte, wie die Flügel eines Raben. Dann legten sich kühle glatte Hände auf meine Ellbogen, und ein Druck von ihnen drängte mich vorwärts. Ich hielt den Kopf tief und ging los, zuerst unter Schmerzen, weil ich steif geworden war.

Und so begann der seltsamste Marsch, den ich je gemacht habe. Ich habe Schlimmeres durchgemacht – der Ausflug, den ich nach meiner Gefangennahme unternehmen musste, war bei weitem schlimmer –, aber dieser schien sich ungewöhnlich lang hinzuziehen, und ich war schon am Anfang in elender Verfassung.

Der Boden stieg bald an, bald fiel er wieder ab, und in den Geräuschen, die wir erzeugten, gab es nur geringe Variationen. Manchmal knirschte loser Sand unter unseren Füßen; manchmal echoten unsere Schritte und der Atem in einem Raum unbekannter Größe, und manchmal wurde es so eng, dass die Schultern zu beiden Seiten den gewachsenen Fels streiften. Hier und dort hörte man Wasser rieseln und plätschern. Einige Male gingen wir durch seichte Pfützen; einmal hatte das Wasser eine Strömung, die ich als kühlen Druck an der Seite meiner Stiefel fühlte, obwohl es nicht tiefer als ein paar Handbreit war. Die meiste Zeit gingen meine Aufpasser neben mir. Wann immer sie sich zum Gänsemarsch formierten, erwartete ich eine Engstelle; gewöhnlich war diese mit einer niedrigen Decke verbunden, und ich gab Acht auf meinen Kopf, der nach der Behandlung, die er in den letzten Tagen erhalten hatte, zerbrechlich war.

Mein Kopf mochte zerbrechlich gewesen sein, aber ich glaube nicht, dass er den Punkt erreicht hatte, wo ihm ganze Gespräche entgingen. *Er sagt dies, er sagt das,* hatte Arienne uns gesagt. Sagt? Niemand hatte ein

Wort gesagt. Wir waren bloß dagestanden und hatten einander beobachtet, ernst wie Katzen.

Und nun marschierte ich in völliger Schwärze einem unbekannten Ziel entgegen. Nichts ist so geeignet wie völlige Dunkelheit, einen zu verwirren und mit namenlosen Ängsten zu erfüllen. Meine Aufpasser schritten zuversichtlich vorwärts, als ob sie sehen könnten, während ich mit jedem Schritt vorsichtiger und ängstlicher wurde. Ich schwur den Göttern, dass der nächste blinde Bettler, dessen Weg ich kreuzte – wenn ich lebend aus dieser Lage heraus käme – Ursache haben würde, meinen Namen zu segnen.

Wir marschierten eine Gefällstrecke hinunter. Ich fühlte sie in den Füßen, aber sonst nicht. Eine Hand stieß nicht unsanft meinen Kopf nach vorn, und ich zog ihn ein. Ein paar Minuten später verriet mir ein leichter Stoß ins Kreuz, dass ich wieder aufrecht gehen konnte.

Nach einiger Zeit dröhnte um uns ein mahlendes, rumpelndes Geräusch. Ich konnte nicht sagen, woher es kam, fühlte die Vibration aber durch die Stiefelsohlen ebenso wie ich sie hörte. Wir hielten einen Augenblick inne, als einer von ihnen mir eine flache Hand auf die Brust legte, doch es lag nichts Beunruhigendes in der Geste. Dann endete das Rumpeln mit einem dumpfen Schlag, und der Fels unter meinen Füßen zitterte, als wäre in der Nähe ein ungeheures Gewicht niedergegangen.

Sie führten mich wieder vorwärts, und diesmal klangen meine Schritte hohl und metallisch. Der Boden unter mir war elastisch. Wir gingen über eine Brücke. Um uns seufzte die Luft mit dem hohlen Echo weiter Räume und leerer Klüfte. Irgendwo in der Ferne glaubte ich helle Hammerschläge zu hören, wie winzige Funken von Geräusch in der hallenden Stille, und dann das dumpfe rhythmische Pochen einer gigantischen Maschine, die wie das Herz der Erde selbst schlug.

Ich bekam es wirklich mit der Angst. Es war anders als die Angst, auf diesen Tisch geschnallt und von Barras mit Folterwerkzeugen bearbeitet zu werden, und es war anders als der krankhafte Kitzel, der einen überkommt, wenn man die feindliche Schlachtreihe vor sich sieht. Das sind Dinge, die der Verstand erklären kann, der Teil des Geistes, den man kennt und beherrscht. Diese Angst kam von anderswo, aus dem Unterbewusstsein, das nicht denkt, nicht argumentiert, nicht diskutiert. Es erinnert sich nur, und was es erinnert, ist die uralte Erfahrung, dass die Dunkelheit von Jägern mit Krallen und Reißzähnen durchstreift wird.

Plötzlich wurde Halt gemacht. Vor uns in der Schwärze bewegte sich etwas. Vielmehr jemand, dessen hornige Füße auf dem Steinboden kratzten. Nach einer Pause, in der das Etwas oder der Jemand aus dem Weg geschafft wurde, marschierten wir weiter, und wieder schloss sich der Fels um uns und die hallenden Echos erstarben in unseren Ohren.

Nun wurde mein Kopf vorwärts gedrückt, und als ich mich nicht tief genug duckte, noch einmal. Ich krümmte mich, und trotzdem kratzte mein Hinterkopf am Gestein der Decke, und meine Schultern streiften die Wände zu beiden Seiten. An einer Stelle musste ich seitwärts gehen, an einer anderen im Entengang, und die damit verbundenen Schmerzen waren schlimm. Aber es war das letzte Stück. Nach fünf Schritten war ich durch, und eine Hand tätschelte mir den Rücken, als wollte ihr Besitzer mich beglückwünschen. Ich richtete mich auf und ging weiter. Andere Schritte klangen hinter mir. Darauf hörte ich ein Klicken und das Zurückstoßen eines Riegels.

Stoff raschelte, dann folgte ein Geräusch, als schüttle

jemand Bohnen in einem Kasten. Ein blassgrünes Licht leuchtete auf. Wir waren in einem großen, ziemlich niedrigen Raum, der die Größe des Kellers einer anständigen Gastwirtschaft hatte.

Aber es war kein Keller, auch keine Höhle. Kein Loch in der Erde. Die Wände waren bearbeitet und geglättet und dann poliert worden, um Farben und Kristalle zu betonen, die im schwachen Licht funkelten. Der Boden war eben, gefegt und mit farbigen Steinen gepflastert, die mit Zement verfugt waren. In der Mitte stand ein zierlicher Tisch, wie für ein Kind gemacht – aus silbrigem Metall und Bergkristall. Und auf dem Tisch stand eine Lampe, eine Glaskugel, die ein Licht verströmte wie die Sonne, durch ein Frühlingsblatt gesehen. Es war trüb, aber nach einer langen Zeit in der Dunkelheit werden die Augen schärfer.

Das Ganze hatte etwas Förmliches an sich, als könnte man jeden Augenblick erwarten, dass der Diener die innere Tür öffnen, einem Umhang und Hut abnehmen und zum Hausherrn führen würde. Und tatsächlich gab es eine innere Tür. Sie war so niedrig wie jene, durch die wir gerade gekommen waren, und aus kupferigem Metall mit Beschlägen und Scharnieren aus dunkler Bronze.

Silvus trat hinter mir durch die Tür, und ihm folgte Arienne, beide mit jeweils zwei Aufpassern. Die Tür schloss sich mit einem leisen Klicken, und wir alle standen da und starrten einander wieder an.

Nach einer Weile wandte sich Arienne zu Silvus. »Der benachbarte Raum ist ein Ruheort. Nahrung wird gebracht. Danach müssen wir bereit sein, Fragen zu beantworten.«

Silvus nickte. Das Ganze schien ihn nicht aus der Ruhe zu bringen. Ich starrte Arienne an. Woher wusste sie das?

Sie erwiderte meinen Blick. »Sagen Sie es ihm«, riet

Silvus. »Er versteht es nicht. Und sagen Sie es auch mir. Ich bin nicht sicher, dass ich es verstehe.«

Sie schlug den Blick nieder, und als sie ihn erneut hob, um es uns zu erklären, machten zwei der Bewacher kehrt und gingen. Kein Zeichen, kein Befehl, kein Gespräch; sie gingen einfach fort, hintereinander und mit eingezogenen Schultern. Der Durchgang war selbst für sie niedrig und eng. Die anderen kauerten alle gleichzeitig nieder, als wäre diese Stellung für sie so bequem wie das Sitzen. Ihre Kurzschwerter zogen sie herum, dass sie quer über ihren Beinen lagen, und starrten uns an. Mein Blick ging zu Arienne.

Sie befeuchtete sich die Lippen, und als sie sprach, kamen die Worte langsam und zögernd. »Ich sagte, ich hätte mit ihnen gesprochen. So ist es. Ich weiß nicht genau, wie ich es tue. Es ist zum Teil das Talent, aber auch etwas, was man als Kind lernen muss, genauso wie die Sprache. Dazu gehört, dass man sie sehr aufmerksam und genau ansieht. Es gibt winzige Veränderungen im Gesicht und in den Augen, und kleine Gesten. Aber ein Teil davon ist… nun…«

»Gedankenlesen«, sagte ich, und die schrecklichen Zusammenhänge, die sich daraus ergaben, erschreckten mich. Sie musste es mir angesehen haben.

»Nein!« Sie schien aufgeregt. »Ich kann nicht anderer Leute Gedanken lesen!«, erwiderte sie vehement.

»Oder ihre?«, fragte Silvus und nickte zu den Kobolden.

»Nein. Ich meinte auch sie. Es sind auch Leute.« Das Letzte kam in einer Mischung von Trotz und Verzweiflung heraus. »Ich kann nur hören, was sie mich hören lassen wollen. Umgekehrt ist es genauso.«

»Sie können menschliche Gedanken nicht lesen?« Silvus wollte es ausdrücklich bestätigt wissen.

»Nein. Sie sagen, niemand könne menschliche Gedanken lesen. Nur bei den sehr wenigen Menschen, die das Talent haben, könnten sie die Gedanken lesen, und auch die nur, wenn der Betreffende es wünsche und sie bewusst ausstrahle. Der menschliche Geist hat eine Art Barriere, die sich nicht durchdringen lässt. Wie ein Blinder zwar nichts sehen, aber von Illusionen und Trugbildern getäuscht werden kann. Nun, ein Meister der Schwarzen Magie ist jemand, der andere Leute, vor allem aber die Kobolde, mit Illusionen überwältigen kann. Nicht mit Illusionen gezielter visueller Wahrnehmung, aber mit Illusionen von Gefühlen und Gemütsbewegungen. Er kann sie mit Hass gegen andere erfüllen, oder mit Liebe zu ihm, oder mit Blutgier. Es ist eine Täuschung, aber sie können sie nicht von ihren eigenen wahren Gefühlen unterscheiden. Und sie verhalten sich entsprechend.«

Silvus nickte. »Das erklärt vieles.«

Allerdings. Jeder Meister der Schwarzen Magie machte Gebrauch von den Unterirdischen, wenn möglich, von ganzen Horden auf einmal. Er zwang ihnen unnatürliches Wachstum auf oder züchtete sie in verschiedenen abstoßenden Formen, um Ungeheuer zu erzeugen. Ich hatte selbst gesehen, dass es nicht durch ihren eigenen freien Willen geschah. Kein Wunder, dass sie sich im Inneren der Berge verbargen.

Ich sah in die Gesichter der kauernden Gestalten, die im blassgrünen Licht schlecht zu sehen waren. Die Schatten schienen sie in tragische Masken zu verwandeln, die eine große und alte Traurigkeit verdeckten. Wie groß und wie alt, konnte ich nur vermuten. Mir war, als wäre ich auf einem Weg, den ich gut zu kennen glaubte, plötzlich auf eine Schlucht gestoßen, hätte hineingespäht und den Grund nicht sehen können – hätte dabei aber gewusst, dass sie immer schon dagewesen ist, nur hatte ich sie bis dahin nicht bemerkt. Verwirrend.

Genauso verwirrend glitt einen Augenblick später

eine Steinplatte geräuschlos zur Seite. In dem sichtbar gewordenen Alkoven stand ein Tablett. Auf dem Tablett befanden sich drei zugedeckte Schüsseln aus Steingut, die leicht dampften. Arienne ging hin, schnüffelte daran und trug das Tablett zum Tisch. Die Steinplatte glitt wieder zu.

»Es gibt Suppe«, sagte sie. Und so war es. Klare Suppe mit Quarkbrocken und Stücken von etwas wie Gemüse. Es schmeckte unbestimmt nach dem Meer, aber nicht fischig. Dazu gab es weißes und knuspriges Gebäck wie Waffeln, salzig und mit einem unbestimmten Nussgeschmack, sowie einfaches Wasser in einer Flasche.

Draußen musste es Tag geworden sein, und dies würde das Frühstück sein. Ich war so erschöpft und müde, dass ich es nur mit einer Willensanstrengung hinunterbrachte. Ich wollte nichts als mich hinlegen und schlafen. Das sagte ich.

»Kein Problem«, sagte Arienne, an einer Waffel knabbernd. »In dem anderen Raum wird es Schlafgelegenheiten geben.« Sie nickte zur entfernteren Tür. »Und ich habe das Gefühl, dass wir eine gute Weile werden warten müssen. Das Zeitgefühl ist immer schwierig, weil die Unterirdischen nicht nach Sonne und Mond und Sternen gehen, wie wir es tun, und ihre Ausdrücke und Bezeichnungen sind schwer zu verstehen, selbst für mich. Aber sie müssen jemanden holen, und ich glaube sie meinten, von weit her.«

Also stellte ich meine Schüssel auf das Tablett zurück, hinkte durch den Raum und öffnete die angegebene Tür. Die Wachen – wenn es Wachen waren – nahmen keinerlei Notiz von mir. Drinnen war es dunkel, aber das durch die Türöffnung einfallende Licht zeigte einen kleinen Raum, wo drei Bündel auf dem Boden lagen. Ich musste eines davon hinaus ins Licht bringen, um den Knoten der Schnur zu öffnen, mit der es zusammengebunden war. Es war eine Rolle mit Bettzeug, dick und weich, wie eine Matratze mit eingenähter Decke und Kissen. Ich breitete es am Boden des kleinen Nebenraumes aus, legte mich darauf nieder und schlief ein, zu müde und weh, um mich um irgendetwas anderes zu kümmern.

Es war die Notwendigkeit, die mich schließlich weckte. Silvus lag auf einem anderen Lager mir gegenüber, hatte die Hände hinter dem Kopf verschränkt und beobachtete mit scheinbarem Interesse die Decke. Ich fragte mich, ob er jemals schlief.

»Ich habe diese Stunde als Morgen bestimmt«, sagte er, ohne den Blick von der Decke zu wenden. »Guten Morgen.«

»Morgen«, erwiderte ich und überlegte, was es wirklich sein mochte, oben auf der Welt. »Gibt es ein Scheißhaus hier?«

»Ja und nein. Es ist hinter dieser Wandverkleidung, die sich öffnet, wenn du den gelblichen Stift eindrückst. Aber es ist nicht… na, du wirst sehen.«

Ich sah. Es war ein unterirdischer Wasserlauf, der raffiniert umgeleitet und ausgestattet war. Bei weitem sauberer und besser als alles, was ich kannte. Es gab auch ein aus dem anstehenden Fels gehauenes Becken mit eigenem Zu- und Ablauf, das sich ständig wieder auffüllte. Ich wusch mich.

»Als Gefängnis ist dies eine große Verbesserung«, sagte ich zu Silvus, als ich zurückkehrte.

»Wahrhaftig. Aber es ist, wie du sagst, ein Gefängnis. Wir scheinen eine Zelle gegen eine andere vertauscht zu haben. Mit dem Unterschied, dass ich nicht die geringste Ahnung habe, wie wir aus dieser entkommen könnten. Wo es an die Oberfläche geht, wissen die Götter.«

Ich blickte umher. Das Licht war wie zuvor, blassgrün. Ich wanderte hinaus, um mir seine Quelle anzusehen, die kugelförmige Lampe auf dem Tisch im äußeren Raum. Sie hatte die Größe einer gut gewachsenen Melone. Während ich sie betrachtete, kam Silvus zu mir heraus. »Wenn du mehr Licht willst, musst du sie schütteln – die Grenze ist ungefähr die Leuchtkraft einer guten Öllampe.« Ich hob die Kugel auf, ein wenig unruhig. Sie fühlte sich kühl an. »Sie enthält Insekten. Große Falter, besonders gezüchtet. Sie leuchten. Um die Leuchtkraft zu verringern, brauchst du sie nur in Ruhe zu lassen, und der Schein wird matter. Oder du wirfst ein Tuch darüber.«

Als ich die Kugel bewegte, wurde sie gleich heller. Ich stellte sie wieder zurück.

»Wo ist Arienne?«, fragte ich

»Hier«, antwortete sie. Es sah aus, als wäre sie aus der Wand getreten.

»Gibt es noch mehr Räume?«

Sie schüttelte den Kopf. »Der Waschraum und der Abritt, das ist alles. Und der Versorgungsschacht.«

»Es gibt auch einen Waschraum? Und einen Versorgungsschacht? Ist das Essen von dort gekommen?«

Sie lachte. »Natürlich. Wie sollte es sonst gekommen sein, durch Zauberei?«

Tatsächlich war mir der Gedanke durch den Kopf gegangen, aber ich hütete mich, es zu sagen. »Sehr abgeschlossen«, bemerkte ich stattdessen.

Sie nickte. »So ist es beabsichtigt.«

Mit anderen Worten war dies ein Mittelding zwischen einem Gästezimmer und einer Zelle. Oder vielleicht war es nur eine Zelle. Die Kobolde – in letzter Zeit fand ich es richtiger, sie Unterirdische zu nennen – waren im Hinblick auf Gefängnisse möglicherweise humaner als wir Menschen. Ich dachte wieder an die Zellen unter dem alten Palast, die mit fließendem Wasser. Wahrscheinlich sehr viel humaner, wenn ich es mir recht überlegte.

Der einzige Nachteil war, dass es nichts zu tun gab. Die Wachen waren verschwunden. Vielleicht warteten sie vor der Tür in dem engen Gang, den wir passiert hatten, um hereinzukommen. Ich schüttelte die leuchtende Kugel, bis sie genug Licht gab, um dabei zu lesen, wenn es etwas zu lesen gegeben hätte. Aber wir konnten nur warten.

Arienne setzte sich auf den Boden, und ich gesellte mich zu ihr. Anscheinend hielten die Unterirdischen nichts von Stühlen. Ihre Hand befand sich in einladender Nähe, und nach einer Weile kam mir der Gedanke, ich sollte herausfinden, ob sie es bleiben würde, wenn ich sie in meine nähme.

Arienne entzog sie mir nicht.

Wir saßen zusammen im kühlen Licht, das allmählich matter wurde. Ich ersparte mir die Mühe, aufzustehen und das Ding wieder zu schütteln. Stattdessen legte ich meinen Arm Arienne um die Mitte und küsste sie. Zu meiner Überraschung wurde ich nicht zurückgestoßen, und als ich merkte, dass sie sich sogar an mich schmiegte, wurde mir schwindlig.

Ich kann nicht sagen, wie lange unsere Gefangenschaft dauerte. Wir bekamen zwei weitere Mahlzeiten – dunkle Schnitten von etwas wie Roggenbrot, ein Salat aus süßsauren Beeren und würzig schmeckenden Blättern und etwas, was ich für geröstete Muscheln hielt –, und nach einer weiteren Schlafperiode wurde die äußere Tür geöffnet, und eine Gestalt betrat den Raum. Er war größer und breiter als der Durchschnitt der Unterirdischen, reichte mir beinahe bis an die Schultern und wirkte sehr stämmig und kräftig. Auch waren seine Gesichtszüge nicht so flach wie die der Unterirdischen. Aber er war genauso gekleidet wie die anderen und starrte mich mit ebenso ausdrucksloser Miene an, wie es bisher alle getan hatten.

Ich stand auf und nickte, vermied es zu lächeln. »In diesem Licht würde man Sie leicht für einen Menschen halten«, sagte ich.

»Vielen Dank, sollte ich vielleicht sagen«, erwiderte er, und ich erschrak so sehr, dass mir die Worte fehlten.

Arienne seufzte. Ich hatte das Gefühl, dass sie damit gerechnet hatte. »Mutter oder Vater?«, fragte sie.

»Vater. Und eine Großmutter«, antwortete er, als ob die Frage einen Sinn ergeben hätte. Sie nickte, als hätte die Antwort es getan.

Sie wandte sich zu mir. »Dieser Herr...« sagte sie und blickte ihn fragend an.

Er lächelte. Anscheinend hielt er es nicht für ein Zeichen schlechter Manieren, die Zähne zu zeigen. »Kaltief«, sagte er. »Dieser Herr Kaltief ist mehr als zur Hälfte ein Mensch. Will de Parkin...«, und als Silvus aus dem halbdunklen Nebenraum erschien, »... Ser Silvus de Castro. Und Arienne Brook, zu Ihren Diensten.«

»Ich kenne Sie, Arienne Brook, und Sie kennen mich.« Kaltief hatte uns zugenickt, aber nun sah er sie an, ohne eine Regung zu zeigen. Ihre Augen wurden schmal, aber ich sah, dass sie ihn nicht wiedererkannte.

Nachdem er eine kleine Weile gewartet hatte, sagte er: »Ich kannte einen Jungen vom Volk unter den Golpihügeln in Wendland, der noch keinen Namen angenommen hatte und zu seinen Leuten zurückkehrte. Es war vor langer Zeit, und ich kannte ihn nur flüchtig.«

Er zuckte die Achseln in einer seltsam anmutenden menschlichen Geste. »Die Sonnenleute wollten mich nicht haben.« Sein Blick ging zu mir. »Das Licht war nicht immer schwach genug.«

Die Bitterkeit in seiner Stimme ließ mich zusammenzucken. Er verzichtete auf weitere Erklärungen, und als er sich wieder Arienne zuwandte, sagte er in verändertem Ton: »Und nun müssen Sie mitkommen.«

Sie war sofort wieder auf der Hut. »Wohin?«

»Wie soll ich es erklären? Sie wissen nicht, wo wir sind, also würde die Angabe einer Richtung nicht helfen. Wie sollte es von Bedeutung sein? Es ist bloß ein Ort, wo Fragen gestellt werden.«

Es klang beunruhigend. Ein besonderer Ort, wo Fragen gestellt wurden; ich fragte mich, ob die Fragesteller wie Georghe Barras sein würden, der alles über die einschlägigen Hilfsmittel zum Lockern schwerfälliger oder unwilliger Zungen wusste. Aber mir blieb kaum die Zeit, den Gedanken zu formulieren. Sechs bewaffnete Wächter betraten den Raum.

Wir gingen ruhig und ohne Sträuben. Was blieb uns anderes übrig?

Und es war wie vorher. Dunkel wie die Grube unter dem Palast des Erdkönigs, und die Richtung ein vollkommenes Geheimnis. Wenigstens dauerte es nicht so lang. Oder vielleicht kam es mir nur so vor, weil meine Schmerzen allmählich nachließen.

Zum ersten Mal in dieser unterirdischen Welt stiegen wir Stufen hinauf. Am oberen Ende der Treppe folgte ein kurzer gerader Korridor, der höher und breiter als die üblichen Stollen schien. Doch die vollkommene Dunkelheit blieb, und außer meinem eigenen Atem und meinen Schritten konnte ich niemanden hören. Gleichwohl musste es hier Bewohner geben: die Luft roch verbrauchter.

Schließlich wurde Halt gemacht, und vor uns erschien ein Spalt grünen Lichts. Er erweiterte sich und bildete die Öffnung zwischen zwei Türflügeln, die sich zu uns öffneten. Jenseits von ihnen lag ein Raum.

Er war wie der vorherige, groß und niedrig und kahl.

In ihm erwarteten uns drei Unterirdische. Sie waren wie die anderen, aber vielleicht von etwas dunklerer Farbe. Einer von ihnen hielt sich gebeugt, und als sie sich bewegten, geschah es mit der vorsichtigen Langsamkeit, die man mit dem Alter verbindet. Abgesehen davon war nichts an ihnen verschieden. Sie standen vor uns, zwei beisammen und einer ein wenig abseits. Der Letztere blickte mir in die Augen, und ich spürte, dass wir zu den entscheidenden Personen gekommen waren. Es waren die Ältesten. Die Wächter hielten an, als wir vier Schritte vor ihnen standen, und ich überlegte, ob ich mich verbeugen sollte.

Silvus überlegte nicht. Er verbeugte sich, und ich folgte seinem Beispiel. Vielleicht nickten sie.

Kaltief beobachtete sie aufmerksam. Er sprach, wartete ein paar Augenblicke in eisiger Stille, sprach dann wieder. Allmählich wurde mir klar, dass ich eine Seite eines Gesprächs hörte.

»Eine hat die Kraft, gebrauchte sie aber nie zur Täuschung der Unterirdischen. Ein anderer hat sie, gebrauchte sie aber nie.«

»Ich kann nicht für den Mann sprechen, der sie nie gebraucht hat. Für die Frau kann ich sprechen. Sie tat es früher nicht und wird es jetzt nicht tun.«

»Mein Kopf darauf. Was den anderen betrifft… Sollte er sie gebrauchen…«

»Ja. Wie ihr sagt.«

Er wandte den Kopf und blickte zu einem der Wächter. Kühle, glatte und kräftige Hände ergriffen mich – und im gleichen Augenblick Arienne und Silvus. Jemand stieß mir in die Kniekehlen und ich kniete nieder, mehr plötzlich als anmutig. Arienne unterdrückte einen Aufschrei, dann starrte sie einem der drei mit entsetzt aufgerissenen Augen ins Gesicht.

Kaltief beachtete sie nicht. Er zog sein Kurzschwert. »Sie sehen, ich bin menschlich genug, um die Barriere um meinen Geist zu haben. Ich kann nicht getäuscht oder irregeführt werden.« Er fasste Arienne ins Auge und sagte in beinahe freundlichem Ton: »Das Talent ist nutzlos für Sie.« Darauf trat er auf mich zu. »Dieser zuerst, denke ich.« Eine der Hände zog mir den Kopf für den tödlichen Streich in den Nacken.

»Nein!«, protestierte Silvus. »Wir kamen in Frieden!«

»Frieden, Ser de Castro?« Die Stimme war so kühl wie die Hände. »Wann hat es jemals Frieden zwischen uns gegeben? Jedes Mal wenn einer von Ihrer Art emporkommt, werden wir – das Korn zwischen den Mühlsteinen Ihres Ehrgeizes und für Ihre Interessen – zu Pulver gemahlen. Es ist besser, dieser Bedrohung rechtzeitig zu begegnen.« Er holte aus.

»Dann töten Sie mich!«, rief Silvus in Verzweiflung. »Ich bin der mit dem Talent. Er kann Ihnen nicht schaden.«

Keine Antwort. Mein Kopf war zurückgebogen wie der eines Schafes, das geschächtet wird. Ich konnte die Klinge nicht sehen. Arienne, Arienne, dachte ich, es wäre zu schön gewesen…

»Arienne!« Silvus' verzweifelter Hilferuf blieb auch diesmal ohne Antwort.

Aber dann ließ die Hand los, die mich bei den Haaren gepackt und mir den Kopf in den Nacken gezogen hatte, und als ich den Kopf gerade hielt, sah ich wieder die Klinge. Sie hing noch in Kaltiefs Hand, aber einer der Wächter hielt ihn am Handgelenk zurück. Der andere, der mich gehalten hatte, trat zwischen uns. Kaltief starrte Silvus in wortlos bitterer Verachtung an.

»Warten Sie!«, sagte Silvus. »Ich schwöre, dass ich die Gabe nicht gebrauchen werde, um mich selbst zu retten, wenn Sie Will gehen lassen. Andernfalls werde ich…«

Kaltiefs Mund verzog sich höhnisch. »Meine eigenen Leute gegen mich aufbringen, Ser de Castro? Und gegen ihre eigenen Ältesten? Sie könnten es fertigbringen, denke ich.«

»Nein, das werde ich nicht tun. Es wäre gegen meine innerste Überzeugung. Aber ich werde keine Abschlachtung erlauben. Töten Sie mich, wenn Sie müssen – Sie haben ein Recht darauf, wenn man in Betracht zieht, was Ihnen angetan worden ist. Aber wenn Sie nicht auch bereit sind, Ihr eigenes Volk abzuschlachten, das hilflos dastehen wird, dürfen Sie Will nicht ermorden. Ihr Blut wird über Sie kommen.«

Kaltief wandte sich den Ältesten zu. Sie hatten sich während des ganzen Geschehens nicht vom Fleck bewegt. »Es ist, wie ich sagte.« Pause. »Ich stimme zu. Es ist gut genug.«

Auch Silvus und Arienne wurden von den Wächtern losgelassen.

»Es war eine Prüfung«, sagte Arienne, aber sie sprach nicht zu mir. »Sie wollten wissen, ob wir die Gabe gebrauchen würden. Darum tat ich es nicht.« Sie wandte sich zu Silvus. »Es war eine Probe, verstehen Sie?«

Er starrte sie erregt an. »Dann … scheint es, dass wir versagt haben«, sagte er. »Oder zumindest ich.«

Sie seufzte. »Ich fürchte, so ist es.«

Kaltief lächelte. »Ich widerspreche ungern einer Dame, aber das Gegenteil ist der Fall, Ser Silvus. Wer würde nicht alle ihm zu Gebote stehenden Mittel eingesetzt haben, um solch ein Verbrechen zu verhüten? Denn es wäre Mord gewesen, nach unserem Gesetz wie nach Ihrem. Dennoch erwiderten Sie den Angriff nicht mit einem Gegenangriff. Sie hätten die Möglichkeit gehabt, aber Sie wollten nur Unheil abwenden, indem Sie sich selbst im Austausch als Opfer anboten. Das war die Prüfung, und Sie haben sie bestanden.«

Schweigen. Dann sagte Arienne mit schmalen Augen: »Und ich tat nichts. Wie prüften Sie mich?«

»Sie sind einfühlsam. Wir prüften Ihren Glauben an uns. Ob Sie uns für ebenbürtig hielten und unser Urteil achteten. Und Sie vertrauten unserem Wort, dass wir keinen Schaden tun würden, und ließen uns tun, was wir für richtig hielten. Sie taten das, weil Sie uns vertrauten, und so sind wir gebunden, auch Ihnen zu vertrauen.« Er richtete den Blick auf mich. »Aber Ihr junger Freund verdient meine Entschuldigung. Bitte, Ser, darf ich Sie um Vergebung bitten? Ich versichere Ihnen, es bestand niemals irgendeine Gefahr… es sei denn, Ihre Gefährten hätten versucht, meine Leute durch Täuschung zu einem Angriff auf mich zu verleiten.«

»Und dann? Wenn wir es versucht hätten?«, fragte Silvus, den Kopf auf die Seite gelegt. Er musste es immer genau wissen.

»Würden Sie mir den Gefallen tun, einen Schritt beiseite zu treten, Ser? Und Sie auch?«

Silvus und Arienne sahen einander an und taten wie geheißen. Kaltief berührte eine Bodenfliese mit dem bloßen Zeh. Ein leises Klicken, und einen Augenblick später standen zwei Speere leise zitternd aufrecht, wo sie gestanden hatten. Mir wurde beinahe schlecht.

Kaltief sah zu mir. »Wieder bitte ich um Vergebung. Aber wir sind missbraucht worden und werden es nicht mehr dulden.« Seine Stimme nahm die kalte, harte Qualität des Steins um uns an. Ich brachte ein Kopfnicken zustande, und er nickte zurück.

»Und nun die Fragen. Warum sind Sie hier?«

Ungefähr eine halbe Stunde später kam sogar in die Ältesten so viel Leben, dass sie einander ansahen. Ich konnte keine Veränderung des Ausdrucks wahrnehmen, obwohl sie über unser weiteres Schicksal beraten mussten.

Kaltief war mitteilsamer. »Ein Kollegium der Magie, also. Fürst Nathan will Leute mit Talent zusammenziehen und eine Hochschule der Magie gründen?«

Silvus nickte. »Unser Fürst ist ehrgeizig.«

»Das denke ich auch. Herrscher der Welt zu werden, ist ein ehrgeiziges Projekt. Für einen noch jungen Mann.«

Silvus runzelte die Stirn. »Würde es dazu kommen?«

»Was meinen Sie? Dies ist das Dunkel in neuer Gestalt. Zu unser aller Besten, versteht sich. Für eine gute Regierung und Ordnung und Wohlstand und Frieden. Seinen Frieden.«

»Er hat seinen Meister Schwarzer Magie noch nicht gefunden«, sagte Arienne.

»Ach, aber er wird ihn finden. Wenn er lange genug sucht, wird er ihn finden. Eine Person mit dem Talent, vielleicht jemanden, der kaum weiß, dass er es besitzt. Der Fürst wird den Gebrauch dieses Talents gestatten und fördern, formen und vervollkommnen und für seine Zwecke einsetzen. Und bald…«

»Das Volk wird es nicht erlauben, dass Ungeheuer, Untote und andere Abscheulichkeiten des Dunkels ihr Unwesen treiben«, sagte Silvus, aber wieder war dieser fragende Unterton in seiner Stimme, der seinen Worten die innere Überzeugung nahm.

»Nein, nicht in dieser Form. Fürst Nathan würde nicht so weit gehen, Friedhöfe zu berauben. Aber Sie wissen, wozu das Talent gebraucht werden kann.« Er blickte zu Arienne und sie nickte zögernd.

»Die Ungeheuer könnten in jeder Gestalt auftreten«, sagte sie.

In den Augen der Ältesten glaubte ich eine tiefe und schreckliche Traurigkeit zu sehen.

»Richtig«, begann Kaltief. »Wenn genug Zeit ist und

die Entfaltungsmöglichkeiten gegeben sind, ist vieles vorstellbar«, sagte er weiter. »Milchweiße Schimmel für mächtige Paladine, Helden von unglaublicher Tüchtigkeit und Kraft. Unverwundbare Ritter in glänzenden Rüstungen, weise, wohlwollende Drachen mit goldenen Schuppen, Engel und Erzengel. Alles Ungeheuer. Alles Abscheulichkeiten, erzeugt durch die Verformung der Natur. Und alles im Dienst Nathans.« Er schüttelte den Kopf und starrte auf seine Hände, die er vor sich zu Fäusten geballt hatte. »Ich frage mich, ob er sich damit zufriedengeben würde, nur der Herrscher der Welt zu sein.«

Alle schwiegen. Die Stille zog sich hin, bis Kaltief aus seiner düsteren Vorstellung zu erwachen schien und sich schüttelte, dann umwandte, um die Ältesten anzusehen. Sie hatten sich zusammengeschlossen wie eine Familie an einem Sterbebett.

Nach einer Weile nickte er. »Ja«, sagte er. »Also müssen wir.« Er wandte sich zu uns. »Wir werden euch helfen.«

KAPITEL IX

Wir mussten noch drei Schlafperioden lang warten. Oder zehn Mahlzeiten. Ich war für eine lange Reise noch immer zu wund und geschwächt, und es gab Vorbereitungen zu treffen. Meine Rippen und mein Gesicht heilten unter Ariennes fürsorglicher Pflege rasch genug, aber alles braucht seine Zeit.

Und ich begann den Sonnenschein und die frische Luft zu vermissen. Überhaupt die Außenwelt. Der Winter nahte, und dann würde es bis zum Frühling wenig Sonnenschein geben, und die Winterstürme würden frische Luft in größeren Mengen bringen als wirklich benötigt wurde, aber trotzdem…

Noch immer befanden wir uns in den abgeschlossenen unterirdischen Räumen, in die man uns nach unserer Ankunft gebracht hatte, und nur in diesem engen Bereich hatten wir Bewegungsfreiheit. Ich lag ausgestreckt auf meinem Lager und dachte nach. Silvus war mit Kaltief fortgegangen, um mit den Ältesten zu sprechen, und ich bemühte mich, ihm nicht gram zu sein, dass er mich

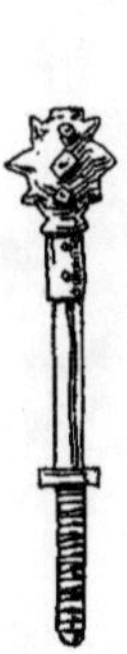

nicht mitgenommen hatte. Arienne saß im äußeren Raum, sang und flickte Kleider. Anscheinend waren die Nadeln der Kobolde feiner und aus besserem Stahl gemacht als alles, was auf Märkten und bei Straßenhändlern zu bekommen war. Was mich an das Schwert erinnerte, das ich bekommen hatte.

Kaltief war mit einer knorrigen kleinen Person erschienen und hatte uns gefragt, welche Waffen wir bevorzugten. Silvus entschied sich für einen Degen, ich war für etwas Schwereres. Der knorrige Bursche maß die Länge meines Armes und beobachtete Kaltiefs Gesicht, während ich erklärte, was mir bei einem Schwert wichtig war. Einen Tag später hatte er eine Klinge zur Begutachtung geliefert und wieder mitgenommen, um Heft und Scheide anzupassen. An diesem Morgen, wenn es ein Morgen war, hatte ich die fertige Waffe erhalten und eine Weile damit verbracht, Dank und Bewunderung zu stammeln. Der Waffenschmied hatte mich angehört und ohne eine Regung beobachtet, aber meine Hand getätschelt, als ich sie um den Schwertgriff legte. Ich denke, er war erfreut.

Nun zog ich sie, noch immer mit der linken Hand, befühlte die doppelte Schneide mit dem Daumen, hielt sie dann schräg ins Licht und blinzelte die Oberfläche entlang. Sie wies das feine wellige Muster auf, das beim Temperieren des Stahls entsteht und aus vielen ringförmigen Strukturen zusammengesetzt ist. Die Klinge war so scharf, dass sie Haare von meinem Arm rasierte. Eine schnelle Drehung des Handgelenks, und sie wurde zu einem Aufblitzen weißen Lichtes. Guter Stahl, und wunderbar ausgeglichen. Das beste Schwert, das ich je in der Hand gehalten hatte. Die Schmiede der Unterirdischen verstanden sich auf ihre Kunst. Ich befühlte das kleine, knapp unter der Parierstange in den Stahl geätzte Zeichen. Das Emblem dieses Baues, hatte Kaltief gesagt, drei Striche wie ein abwärts gerichteter Pfeil, aber von gleicher Länge und mit einem Querstrich am oberen Ende. Ich hatte es auch auf den Schalen und am Boden der Kugellampe gesehen.

Die äußere Tür wurde geöffnet und geschlossen. Ich hörte Silvus' Schritte und blickte auf, als er zu mir hereinschaute. »Wir können morgen aufbrechen, wenn du in Form bist«, sagte er ohne Vorrede.

»Tatsächlich?« Ich stemmte mich vom Lager hoch und stand auf. Es schmerzte nicht allzusehr. »Ich werde schon in Form sein. Wohin gehen wir?«

»Wie letztes Mal. Zuerst nach Süden, aber dann nach Westen, zum Gebirge und den Ländern des Ordens. Um Schwester Winterridge wiederzusehen.«

»Eine lange Wanderung in der Dunkelheit.«

»Eine lange Wanderung, aber nicht in der Dunkelheit. Das heißt, größtenteils nicht. Es ist eine Strecke von hundertfünfzig Meilen. Du wirst doch nicht im Ernst glauben, dass der Bau sich so weit erstreckt?«

»Was weiß ich? Niemand hat mir etwas gesagt.« Letzteres kam mehr oder weniger unfreiwillig heraus.

Silvus warf mir einen scharfen Blick zu, dann nickte er. »Nun, da du es erwähnst, muss ich zugeben, dass wir dich vielleicht nicht umfassend genug unterrichtet haben. Tut mir Leid, Will. Du warst in einer ziemlich üblen Verfassung, und ich hatte Angst, es könnte schlimmer sein, als es war. Ich habe gesehen, wie Leute nach weniger schweren Prügeln, als du sie bezogen hast, gestorben sind.«

»Ich glaube nicht, dass ich jetzt noch eingehen werde«, murmelte ich.

»Das wirst du nicht«, sagte Arienne, die ihrer Sache sicher zu sein schien. Sie lächelte mir zu. Ich lächelte zurück.

»Nun«, sagte Silvus, »soweit Barras die Dinge überblicken kann, sind wir vom Angesicht der Erde verschwunden – was durchaus den Tatsachen entspricht, wenn man es bedenkt. Also wird er einen schnellen Kurier zu Nathan geschickt haben.«

»Der nicht hocherfreut sein wird«, warf Arienne ein.

»Nein. Mein Herz blutet für beide.« Silvus genoss den Gedanken einen Augenblick lang. »Nach meiner Schätzung könnte die Botschaft Nathan in spätestens vier Tagen erreichen, wenn sie durch Kuriere auf der Poststraße überbracht wird.«

Ich rechnete nach. »Mit anderen Worten, schon morgen.«

Silvus nickte. »Und bald danach wird hier alles von Truppen wimmeln. Bis dahin müssen wir fort sein. Die Moore sind sogar für Nathans Suchmannschaften zu groß. Trotzdem werden wir unsere Fährten verwischen müssen.«

Ich musste an Georghes Enttäuschung und Wut denken, nachdem er uns nicht hatte finden können. Es war eine angenehme Vorstellung, doch etwas daran störte mich. Einen Augenblick später kam ich darauf, was es war. »Arienne?«, fragte ich. »Angenommen, Barras fragt Grames, wohin du gehen würdest. Was würde Grames sagen?«

Sie überlegte, dann erschien eine kleine Falte zwischen ihren feinen Brauen. »Meister Grames weiß, dass ich mit den Unterirdischen bekannt war oder bin. Er würde…«

»Barras davon erzählen«, beendete ich ihren Satz. Sie nickte unglücklich. »Und Barras kann so gut wie jeder andere zwei und zwei zusammenzählen, vielleicht besser.« Ich sah mich zu Silvus um. »Also müssen wir annehmen, dass er über unseren Verbleib zutreffende Vermutungen anstellen kann, selbst wenn er nicht weiß, wo wir sind. Er wird an dem steinigen Hang dort unter jedem Felsblock nachsehen.«

Silvus schaute grimmig drein, ging zur äußeren Tür und öffnete sie. Ein ausdrucksloses rotes Gesicht blickte herein. Arienne und der Eigentümer des Gesichts tauschten stumm Mitteilungen aus, dann verschwand es. Es war ausdruckslos geblieben, aber aus dem dunklen Gang jenseits der Tür drang das rasch sich entfernende Geräusch rennender Füße.

Fünf Minuten später kam Kaltief herein, hörte sich unsere Überlegungen an und nickte. »Es ist möglich. Es hat keine ungewöhnliche Aktivität um den betreffenden Stolleneingang gegeben, aber wir werden Vorbereitungen treffen, ihn zu evakuieren und zum Einsturz zu bringen, wenn es sein muss. Alle Stolleneingänge sind dafür präpariert. Und sie wären außerordentlich töricht, wenn sie dächten, sie könnten Männer in den Bau schicken, um uns aufzustöbern. Das ist schon versucht worden.«

»Werden sie nicht den Hang beobachten?«

Kaltief blickte erheitert. »Der Bau hat viele Eingänge, alle gut verborgen. Wir werden Sie zu einem anderen bringen. Er kommt eine Stunde Gehzeit weiter westlich an die Oberfläche. Aber Sie sollten lieber im Dunkeln gehen, und ich werde Sie die erste Nacht begleiten und führen. Wir Kobolde sehen im Dunkeln, wissen Sie«, fügte er ernst hinzu.

»Können wir Pferde bekommen?«, fragte Silvus.

»Wir haben keine. Aber wir können Proviant und einige andere Dinge bereitstellen, die Sie nützlich finden werden. Ich treffe gerade die nötigen Vorbereitungen. Danke für die Warnung.« Damit schlüpfte er hinaus.

Etwas später kam einer, der sich als Schuhmacher erwies, und nahm Maß an unseren Füßen. Nach der nächsten Schlafperiode kam er zurück und brachte uns Schuhe. Meine passten besser als alle, die ich je angezogen hatte, wie Handschuhe für die Füße, aber widerstandsfähig. Und sie brachten leichte Rucksäcke aus einem zähen, grob gewebten Stoff. Jeder trug das Zeichen des Baues wie ein Monogramm.

Zum Frühstück gab es wieder die gleiche Suppe mit Waffeln. Die Diät der Unterirdischen schien ein wenig beschränkt und ziemlich fade. »Die hervorragenden Stahlwaren und Schuhe, dieser derbe, unverwüstliche Stoff«, sagte ich zu Silvus, »könnten gegen Lebensmittel, Pferde, Gewürze und was immer getauscht werden. Es gäbe ein Vermögen damit zu gewinnen. Allein die Schmiedearbeit ist die feinste, die ich je gesehen habe. Dieses Schwert ist zu gut für einen Fürsten. Es ist eines Soldaten würdig.«

»Dann mach guten Gebrauch davon«, sagte Silvus. »Du hast das Recht dazu erworben.«

Wir füllten die Rucksäcke und ich musste darauf bestehen, meinen gerechten Anteil am Gewicht zu tragen. Das meiste war Proviant: kleine Päckchen mit Backwaren, getrocknete Früchte und Dörrfleisch. Wasser gab es in den Moorgegenden genug – eher zu viel als zu wenig.

»Dies ist Tarnstoff«, sagte Kaltief und hielt ein zusammengefaltetes Viereck von dünnem Material mit einem willkürlich anmutenden Muster von rostbraunen und olivgrünen Tönen in die Höhe. »Tragen Sie es wie einen Umhang und legen Sie es wie eine Zeltbahn über sich, wenn Sie schlafen. Es ist wasserdicht, vor allem aber verbirgt es Sie auf dem Moor. Solange Sie sich nicht bewegen, kann ein Sucher zehn Schritte an Ihnen vorbeigehen, ohne Sie zu sehen. Und dies ist das zusammengerollte Bettzeug, sehr leicht, aber gleichfalls wasserdicht und sehr warm, selbst wenn es schneit. Da ist Blechgeschirr zum Kochen, und Sie können auch daraus essen.«

Wir nickten. Weitere Artikel, die gute Preise bringen konnten. Jeder Soldat würde sie mit Freuden bezahlen, denn diese Dinge waren die meiste Zeit wichtiger als Waffen und Rüstung.

Als wir gepackt hatten, beluden wir uns mit den

Rucksäcken. Ich gürtete mein neues Schwert unter dem Umhang aus Tarnstoff, und Silvus nahm seine Erwerbungen an sich: einen Köcher voll von Armbrustbolzen und seinen langen, schmalen Degen. Wir warfen einen letzten Blick in unser Quartier, um uns zu vergewissern, dass nichts vergessen war, dann folgten wir Kaltief hinaus.

Diesmal gab es Licht, eine Laterne mit Öllampe, die unser Führer trug. Je weiter wir uns von den bequemen Räumen entfernten, in denen wir untergebracht waren, desto beklemmender wurden die Gänge und Stollen. Sie waren niedrig und wurden im weiteren Verlauf noch niedriger. Stellenweise führten Rampen in natürliche Höhlen, Brücken über tiefe Spalten, und mehrfach folgte der Pfad windungsreichen, vom Wasser der Jahrtausende ausgewaschenen Höhlengängen. Von Zeit zu Zeit sahen wir andere Unterirdische, die Gestein abbauten oder uns aus der anderen Richtung begegneten.

Silvus und ich waren schon einmal durch einen Bau der Unterirdischen gekommen. Jene Reise hatte ein unheilvolles Ende genommen – Ruane hatte eine Horde von Kobolden herbeigerufen, die uns überfallen und ihn von uns getrennt hatte. In dieser Umgebung konnte ich nicht umhin, mich zu erinnern, und auch Silvus blickte von Zeit zu Zeit mit besorgtem, unruhigem Ausdruck umher, und ich merkte, dass er von den gleichen Erinnerungen verfolgt wurde. Die Laterne in Kaltiefs Hand tanzte vor uns dahin, und die Stollen unter der Erde waren wie die Gassen einer nächtlichen Stadt – sehr enge Gassen in einer ungewöhnlich ruhigen, wenig belebten Stadt.

Der Marsch schien uns lang, wahrscheinlich aber dauerte er nicht länger als eine Stunde. Dann bog Kaltief in einen Nebenstollen ein, ging zehn Schritte und kam an eine Eisenleiter, die gerade von der Decke herabhing. Ich legte den Kopf zurück, um im Laternenschein hinaufzuspähen. Über uns war ein Schacht, der auch mit Metall ausgekleidet schien. Kaltief begann die Leiter zu ersteigen, und wir folgten.

Nach fünf Rungen machte er Halt und spähte durch ein Guckloch. Dann kletterte er herum auf die andere Seite der frei hängenden Leiter und sah durch ein weiteres Guckloch, wobei er sich reichlich Zeit ließ. Endlich schien er befriedigt, erkletterte drei weitere Rungen, drehte einen Handgriff und drückte gegen eine Tür, die sich, oben eingehängt, wie eine Klappe nach außen öffnete. Kaltief blies die Öllampe in der Laterne aus, und wir sahen wieder Tageslicht. Spätes Licht. Draußen auf der Welt ging die Sonne unter. Tief sog ich die Luft ein, die mit dem Licht durch die Öffnung zu uns drang. Sie duftete nach Heidekraut und Sumpfmyrte.

Kaltief stieg hinaus und trat beiseite, während wir folgten. Als wir draußen waren, schloss er wieder die Tür. Sie war von einer Schicht moosigen alten Holzes bedeckt, das wenigstens eine Handspanne dick war. Wir waren unter einem umgestürzten toten Baum herausgekommen, dessen Stamm halb in morastigem Boden versunken war. Sobald Kaltief die Tür verschlossen hatte, war nichts mehr von ihr zu sehen; dickes Moos bedeckte ihre Umrisse.

Der Morast hatte sich in einer Senke zwischen zwei niedrigen braunen Hügeln gebildet, die von lichtem Wald mit dichtem Unterholz überwachsen waren. Jeder Wanderer, den es an solch einen Ort verschlug, würde die morastige Senke umgehen, wo man nur Gefahr lief, sich nasse Füße zu holen oder bis zu den Knien im sumpfigen Boden zu versinken. An diesem kühlen Frühherbstabend, an dem der Wind traurig in den Zweigen seufzte, drückte die Verlassenheit des Ortes aufs Gemüt.

Ich stand eine Weile, um die Orientierung zu finden. Die Sonne war rechts vor uns untergegangen, zumindest war der Himmel dort noch am hellsten, also war unsere Blickrichtung Südwesten. Ich atmete tief, erfreute mich der lebendigen Luft und des Umstandes, dass meine Rippen nicht mehr schmerzten, dann schulterte ich meinen Rucksack und folgte den anderen in meiner üblichen Rolle als Nachhut. Kaltief ging voraus. Ich hielt es für wahrscheinlich, dass er wenigstens im weiteren Umkreis die Gegend kannte.

So war es auch. Wir hielten uns am östlichen Hang, und als wir uns dem Rücken näherten, kroch er hinauf und spähte zur anderen Seite hinüber, wo Sarburg liegen musste. Dann kehrte er um, stand nach ein paar Schritten auf und nickte. Nichts in Sicht. Wir marschierten weiter den Kamm entlang – parallel zum Höhenrücken – und hielten südwestliche Richtung, immer darauf bedacht, der Höhe des Rückens nicht zu nahe zu kommen, weil dort die Gefahr bestand, dass unsere Silhouetten sich gegen den Abendhimmel abzeichneten. Niemand sprach. Das Licht verblasste nach und nach, und am Himmel erschienen Sterne und ein zunehmender Mond.

Nachtmärsche sind immer riskant, und das umso mehr, wenn man darauf achten muss, nicht zu viele Spuren zu hinterlassen. Die Richtung muss durch Markierungspunkte bestimmt und sorgfältig beobachtet werden, sonst kommt man allzu leicht von der geraden Linie ab und läuft im Kreis herum. Aber die Topographie des Landes kam uns zustatten. Wir bewegten uns entlang der Streichrichtung der Höhenzüge, die von Nordosten nach Südwesten verlief. Ungezählte Meilen voraus lag die See, aber wir wollten nicht so weit nach Süden vordringen, sondern nach Westen abbiegen, sobald wir einen sicheren Abstand zwischen uns und Barras gelegt hätten, und über die westlichen

Moore auf die Kette des Bruchfaltengebirges zuhalten. Auch hinter uns lagen Berge, die Vorposten des schneebedeckten Jotungebirges. Die Hügelrücken um uns wurden nach Norden zu höher und steiler und gingen allmählich in die Vorberge über, während wir ihren letzten Ausläufern in die Moor- und Heidelandschaften der westlichen Marken folgten. Diese von Stechginster und Heidekraut, Legföhren und Krüppelbirken bedeckten, leicht gewellten Moore erstreckten sich über mehr als hundert Meilen, durchsetzt von Sumpfgebieten und durchzogen von Wasserläufen, die allesamt nach Süden flossen. Wir mussten dieses Land zu Fuß von Nord nach Süd und von Ost nach West durchqueren, bis wir die Berge im Westen des Kontinents erreichten. Wenn wir unsere Sache gut machten, würden wir irgendwo in der Nähe des Orimentpasses das Bergland erreichen. Oder wir würden vielleicht vorher schon auf Außenposten des Ordens stoßen. Schwester Winterridge sah eine ihrer Aufgaben darin, die Moorlandschaften der westlichen Marken menschlicher Besiedlung wieder zu öffnen.

Der Herbst färbte das Land. Es gab wenige Regenschauer, und morgens lag Nebel in den Senken. Wir hielten uns so weit wie möglich auf hartem Boden und ließen keine auffällige Fährte zurück, obwohl die Wahrscheinlichkeit, dass ein Fährtensucher zufällig unsere Spur kreuzte, äußerst gering war. Auf dem Marsch sammelten wir Beeren, denn der Proviant, den wir trugen, musste geschont werden. Langfristig kann ein Mann im weglosen Land beinahe so schnell vorankommen wie zu Pferde, wenn er in guter körperlicher Verfassung ist, denn Pferde brauchen Zeit zum Grasen, müssen gepflegt und abgesattelt werden. Wanderer finden sich in den Rhythmus des Gehens und trotten weiter, fressen die Meilen mit der Geduld von Maschinen. Aber es ist anstrengend und unbequem und kann zur Qual werden, wenn die Traglast zu schwer ist.

Der Morgen fand uns am Ufer eines Baches, der zwischen den langen, sanft ansteigenden Flanken der von Heide überwachsenen Bodenwellen mehr oder weniger südwärts floss. Für eine erste Etappe hatten wir eine gute Marschleistung geliefert. Im Laufe der Tage würden wir abgehärteter sein und uns an das Marschieren gewöhnen. Silvus sah besser aus als bei den Unterirdischen, bewegte sich freier, als hätten ihn die Luft und der Duft des Heidekrauts erfrischt. Arienne wanderte noch immer mit dem leichten, mühelosen Schritt ihrer Jugend. Was mich betraf, so stellten sich da und dort Schmerzen ein, doch waren sie nichts, verglichen mit denen, die ich erst vor wenigen Tagen durchgemacht hatte.

Wir schlugen eine Art Lager auf. Der Tag war glücklicherweise trocken, und ein Lagerfeuer wurde nicht benötigt, wäre auch zu riskant gewesen. Das Frühstück – oder Mittagessen, wenn man so will – bestand aus dem waffelähnlichen Backwerk, Beeren, Wasser und ein paar Bissen Dörrfleisch. Dann wurde geschlafen. Ein Vorteil des Moorlandes ist, dass sich gewöhnlich Farn oder Moos als Schlafunterlage finden lässt. Das Bettzeug war so vorzüglich wie Kaltief angedeutet hatte, warm ohne Gewicht und wasserdicht.

Ich erwachte am Nachmittag und blieb eine Weile liegen, genoss die freie Luft, die noch nicht durch Georghe Barras' Lungen gegangen war, und fragte mich, ob ich wieder einschlafen sollte. Aber die Lebensregel meines Vaters, dass man nach dem Erwachen aufstehen solle, war mir trotz all der Jahre, die vergangen waren, seit ich die Farm verlassen hatte, in Fleisch und Blut übergegangen. Ich rappelte mich auf und ging mich waschen.

Als ich zurückkehrte, packte Kaltief seine Sachen

und machte sich marschbereit. »Ich verlasse Sie hier«, sagte er. »Gehen Sie weitere zwei Nachtmärsche an diesem Bach entlang nach Süden, bis er bei einem Felsvorsprung, der einem Hügel vorgelagert ist, scharf nach Osten abbiegt. Gehen Sie von dort einen weiteren leichten Nachtmarsch nach Süden. Bald nach Morgengrauen werden Sie die Spuren einer alten Straße kreuzen, die ungefähr ostwestlich verläuft. Sie führt zum Pass, aber um sie nicht zu verlieren, werden Sie Tageslicht brauchen. Bis dahin sollte es sicher genug sein, tagsüber zu wandern.«

»Sie können nicht mit uns kommen?«, fragte Arienne.

»Nein. Ich muss die Nachricht zu meinem Volk zurückbringen. Das war nicht mein eigener Bau, müssen Sie wissen. Und ich bezweifle, dass meine Anwesenheit Sie dem Orden empfehlen würde. Die Schwestern sind nicht für ihre Liebe zu Kobolden bekannt.«

»Dort kann sich schon vieles geändert haben«, meinte Silvus.

»Gleichwohl, ich muss gehen. Glück und sichere Reise.« Er schulterte seinen Rucksack und wanderte davon. Sein Ziel war der Heimatbau seines Volkes in den wendischen Hügeln, weit entfernt im Nordosten. Ich wunderte mich über seine Ausdauer. Er hatte in wenigen Tagen weite Strecken zurückgelegt, zog jetzt aber in einem scheinbar mühelosen Trott kleiner Schritte schräg den sanften Gegenhang hinauf. Von der Höhe winkte er noch einmal zurück und kam außer Sicht. Uns blieb das frugale Mittagessen und der Wind von den Hochmooren.

Der Nachmittag war schon vorgerückt, aber die Sonne stand noch ein gutes Stück über den westlichen Anhöhen. Silvus beobachtete nachdenklich ihren Stand, während wir aßen. »Wir sollten uns aufmachen, wenn wir können, denn solange Tageslicht herrscht, kommen wir schneller voran«, bemerkte er nach einer

Weile. »Natürlich ist die Wahrscheinlichkeit, bei Tageslicht entdeckt zu werden, viel größer, wenn Barras Späher ausgesandt hat. Der Tarnstoff kann Bewegung nicht verbergen; nichts kann das.«

Ariennes Blick wanderte über den Himmel. Sie beschirmte die Augen mit einer Hand. »Aber es gibt andere Augen, die Barras' Späher sehen können, wenn er welche hat«, sagte sie. »Dort.« Sie streckte den Arm aus. Dort oben kreiste ein Adler oder Bussard, ein Punkt im endlosen Blau.

Silvus beobachtete sie, als sie zum Bach ging und eine Hand ins Wasser tauchte – das Wasser, das aus einer Quelle im steinigen Bergland kam, aus der Erde sprudelte und sich sein steiniges Bett gegraben hatte. Sie beobachtete den Raubvogel, dann schloss sie die Augen, und ihr Gesicht wurde geistesabwesend, vermischt mit einer Ahnung von der wilden Liebe des Adlers zu den grenzenlosen luftigen Räumen, als sie seinen Geist mit ihm teilte. Ich starrte mit zusammengekniffenen Augen zu dem kreisenden Raubvogel hinauf, für den die Erdoberfläche eine Serie von Runzeln war. Drei weite Kreise zog er am Himmel, hielt Ausschau nach einer Bewegung im welligen Heideland.

»Dort läuft Kaltief, nördlich von uns«, murmelte sie. »Meine Güte, kann er gehen! Er ist schon meilenweit entfernt.« Und dann spannte sich ihr Körper, und sie öffnete die Augen. »Pferde. Südwärts von uns und unterwegs hierher.« Sie verließ den Bach und kam zu uns. Ich hatte meinen Rucksack geöffnet und Brot herausgenommen. Ich tat es zurück, schloss ihn und zog die Gurte über die Arme.

Silvus ahmte schon meine Bewegungen nach. »Wie viele und wie weit?«

Sie zählte in Gedanken. »Fünf Reiter. Ungefähr eine Meile südlich. Und vor ihnen ist ein Mann zu Fuß. Sie folgen ihm ohne Eile, weil sie noch nicht in seiner

Sichtweite sind, aber er hinterlässt eine Spur, der ein Kind folgen könnte. Und er muss sehr erschöpft sein. Ein Raubvogel ist sehr gut darin, Anzeichen von Erschöpfung zu erkennen.«

»Dann ist es wahrscheinlich nicht unser Problem«, sagte Silvus.

»Ich fürchte, das ist es schon«, erwiderte Arienne. »Der Adler konnte ihre Gesichtszüge natürlich nicht erkennen, aber sie waren Soldaten in Gelb und Schwarz.«

Ich lockerte das herrliche Schwert in seiner Scheide.

Silvus streckte die Hand aus. »Werden sie in unsere Sichtweite kommen?«

Arienne wandte sich um und spähte wieder zu dem Raubvogel auf. Er hatte eine Thermik gefunden, schraubte sich höher und war nicht mehr als ein winziger Fleck im Blau. Ihre Augen wurden schmal. »Nein«, antwortete sie. »Es sei denn, der Verfolgte würde die Richtung ändern. Wie es jetzt aussieht, werden sie eine halbe Meile westlich vorbeireiten.«

»Sonst nichts? Keine anderen Späher?«

»Nein. Ich bin sicher, dass der Vogel sie gesehen hätte. Barras hatte ohnehin nur etwa ein Dutzend Männer zur Verfügung.«

»Und sie verfolgen jemanden. Der Feind meines Feindes…« murmelte Silvus mit einem Blick zu mir. »Außerdem haben sie Pferde.«

»Fünf Pferde für fünf Mann«, erinnerte ich ihn.

»Der Überraschungseffekt verdoppelt die eigenen Streitkräfte«, erinnerte er mich. Zu Arienne: »Haben wir Zeit, sie abzufangen?«

Sie nahm wieder Verbindung mit dem Raubvogel auf. »Ich denke schon. Sie bewegen sich alle langsam.«

Unteroffizier Dray von der Garde war früher Jäger gewesen, was der Grund dafür war, dass er diesen Auftrag erhalten hatte. Aber jeder Dummkopf konnte dieser Fährte folgen. Niedergetretenes Farnkraut, Fußabdrücke im feuchten Boden und abgebrochene Heidekrautzweige markierten sie. Es gab nur ein Tier in dieser verlassenen Gegend, das groß genug war, solche Spuren zu hinterlassen. Dennoch kam ein Fährtensucher nicht allzu schnell voran, und sein Trupp konnte die Pferde nur im Schritt gehen lassen. Immerhin war die Fährte deutlicher geworden, als sie aufgeholt hatten und der Flüchtige müde wurde. Müdigkeit und Erschöpfung würden seine geringsten Probleme sein, wenn Leutnant de Barras ihn in die Hände bekäme. Dray blinzelte zur Sonne auf. Bei diesem Tempo sollten sie ihren Mann noch vor dem Dunkelwerden einholen. Er konnte nicht weit voraus sein.

Auch gut. Leutnant de Barras legte Wert darauf, diesen Mann zu fangen. Im Gegensatz zu den anderen – dem Ritter, dem Knappen und diesem Teufelsmädchen, das sie alle hereingelegt hatte – hinterließ dieser Spuren, die verfolgt werden konnten. Und der Leutnant würde ihn lebendig wollen, obwohl ziemlich sicher war, dass der Mann gegen seine Festnahme Widerstand leisten würde. Unteroffizier Dray hatte sich vorgenommen, wenigstens sehr gründlich dafür zu sorgen, dass der Mann nicht wieder weglaufen konnte. Auf diesen Teil freute er sich.

Er beobachtete die Spur und sah einen kompletten Fußabdruck in einem Maulwurfshaufen. Der Flüchtige war ein bisschen von der Richtung abgekommen, die er eingeschlagen hatte, und hatte einen mit Heidekraut und vereinzelten Wacholderbüschen bewachsenen Höhenrücken erstiegen. Vielleicht wollte er eine Abkürzung nehmen. Der Unteroffizier zog am Zügel und hielt sein Pferd auf der Spur. Seine Vier-Mann-Abteilung folgte im Gänsemarsch.

Er war dem Rücken des Höhenzuges nahe, als er ein

dünnes Pfeifen hörte und ein jäher Schlag sein Brustbein traf. Er hatte noch Zeit, die Federn des Armbrustbolzens zu sehen, die ihm eine Handspanne unter dem Kinn aus der Brust ragten, und das war so ziemlich das Letzte, was er jemals sah.

Der Spitzenreiter sackte gerade im Sattel zusammen, als ich den Schlussmann vom Pferd holte. Ich sprang unter meinem Tarnstoff hervor, als er vorbei war, setzte ihm mit ein paar schnellen Sprüngen nach und holte mit beiden Händen aus. Das Schwert fuhr durch Lederwams, Fleisch und Knochen wie Spinnweben, und er machte kein Geräusch. Ich lief hinter seinem Pferd herum, bevor es Zeit hatte, zu scheuen und wiederholte die Operation am nächsten Reiter. Sie hatten drei Mann verloren, bevor sie merkten, dass sie angegriffen wurden.

Der Zweite hatte Zeit, einen Warnruf zu brüllen und sein Schwert zu ziehen, bevor Silvus die Armbrust fallen ließ, seinen Degen aus dem Heidekraut fischte und auf den Reiter zusprang. Es war töricht von dem Gardisten, mit einem Abwärtshieb auf solch ein Ziel zu schlagen, da er auf einem Pferd saß, das vor der plötzlich heranspringenden Gestalt scheute. Aber das war sein letzter Fehler.

Damit blieb einer übrig, und er hatte Pferde vor und hinter sich, keine freie Bahn und keine Zeit zum Überlegen. Er versuchte sein Reittier anzuspornen, aber es bäumte sich auf und warf ihn ab, und da er die Zügel nicht losließ, geriet es auf dem Abhang aus dem Gleichgewicht und fiel rückwärts auf ihn. Ich hatte ihn nicht angerührt, aber als wir das Pferd von ihm zogen, sahen wir, dass er sich den Hals gebrochen hatte. Auch seinem Pferd mussten wir den Gnadenstoß geben.

Und das war das. Silvus hatte zwei Pferde unter

Kontrolle, ich hatte nur eines, und das andere beruhigte sich, sobald alles vorüber war, und ließ sich beim Zügel nehmen. Wir führten die Tiere vom Ort des Hinterhalts weg. Es waren keine ausgebildeten Kavalleriepferde – wären sie es gewesen, hätte dieser Überfall wahrscheinlich nicht geklappt –, und der Blutgeruch würde sie aufregen.

»Führ sie herum«, sagte Silvus. »Arienne sollte unseren Flüchtling inzwischen ausgemacht haben. Wir haben ihr Wort – oder wenigstens das ihres Vogelfreundes –, dass sonst niemand in der Gegend ist.«

Silvus sprach immer so, wenn er mit sich selbst unzufrieden war. Gebildet und aristokratisch und korrekt. Einer der Reiter war in meinem Alter gewesen, nicht mehr. Das Söldnertum ist ein abstoßendes Geschäft; ich hatte es kennen gelernt und kann nichts zu seiner Rechtfertigung anführen.

»Wir werden sie begraben müssen, und das so bald wie möglich«, erinnerte ich ihn. »Sonst werden die Krähen und die Geier Barras unseren Weg so deutlich zeigen wie ein Hinweisschild.«

Er rieb sich die Stirn. »Ja. Aber wir haben keinen Spaten.«

Eines der Pferde trug Packtaschen mit Material zum Biwakieren. Ich fand darunter eine Schaufel mit kurzem Griff. Soldaten müssen von Zeit zu Zeit graben, für diesen und andere Zwecke.

Wir näherten uns dem Ende der Arbeit, als Arienne auf der Anhöhe im Norden erschien. Es wurde dunkel, und wir würden bald weiterziehen müssen. Sie musste mit unserem Freund Schwierigkeiten gehabt haben – er humpelte neben ihr einher, wie ich mit dem flüchtigen Blick sah, den ich mir von meiner Arbeit absparte. Ich verteilte gerade Erde über dem Grab und stampfte sie fest, als ich Silvus ächzen hörte. Er starrte den beiden entgegen.

»Was ist los? Fehlt Arienne etwas?« Ich folgte seinem Blick. Wenn der Flüchtling ihr Schaden zugefügt hatte, würde er sich seinen Verfolgern zugesellen.

Aber das war nicht die Ursache von Silvus' Bestürzung. Ich blinzelte im Zwielicht der kleinen Gestalt entgegen, die hinkend und wankend neben der schlanken Figur im Umhang aus Tarnstoff ging. Arienne ging mit gebeugtem Kopf und hatte die Hände vor sich ineinander gelegt.

Kein Wunder. Nach einem Augenblick entsetzter Leugnung blieb mir nichts übrig als den Beweis hinzunehmen, den meine Sinne lieferten. Der Flüchtling, den wir gerade gerettet hatten, war Meister Grames.

KAPITEL X

Die Pferde trugen Proviant und das übrige für eine längere Reise erforderliche Material in den Satteltaschen. Auch sie selbst waren ein Gewinn. Gewiss, sie waren ziemlich klein, zottig und über die Alterszeichen hinaus, doch würden sie wahrscheinlich besser als gepflegte, stallgewöhnte Pferde in der Lage sein, vom Land zu leben, und außerdem waren sie es gewohnt, als Tragtiere zu gehen. Vermutlich waren sie das Beste, was Georghe kurzfristig auftreiben konnte.

Sie würden sich als nützlich erweisen, denn wir mussten so rasch wie möglich so weit wie möglich fort von hier, selbst wenn Arienne meinte, dass niemand nach uns Ausschau hielt. Inzwischen war es beinahe dunkel, und wir mussten die Nachtstunden nutzen. Innerhalb von Minuten machten wir uns auf den Weg. Silvus verwischte unsere Spuren mit abgebrochenen Ginsterzweigen.

Als Grames ihn ansprechen wollte, knurrte Silvus: »Erzählen Sie es mir später«, und fuhr fort, die Spuren unseres Aufenthalts zu verwischen.

»Wir könnten ihn zurücklassen«, schlug ich vor. Ariennes Miene veränderte sich nicht. Offensichtlich war auch sie von unserem neuen Reisegefährten alles andere als begeistert.

Silvus richtete sich auf. »Als Waldläufer hat Meister Grames die Geschicklichkeit eines Ochsen. Er hat eine Fährte wie eine Viehherde hinterlassen. Barras fände ihn mit Sicherheit, und dann hätten wir ihn im Nacken, weil Meister Grames alles erzählen würde. Setzt ihn auf ein Pferd, wenn er nicht gehen kann. Und lasst uns aufbrechen. Nichts, was ich hier tun kann, wird einen Fährtensucher aus dem Nordland lange täuschen können.«

Ich legte die Hand an meinen Schwertknauf, damit Silvus es sehen konnte. Es war eine Alternative, obwohl sie mir nicht sympathisch war. Aber er schüttelte den Kopf. »Nein. Ich habe gerade etwas begangen, was zwei Morden nahekommt, und du auch. Wenigstens waren es fünf gegen zwei Bewaffnete, und sie hatten es auf uns abgesehen und waren zufrieden, Barras zu helfen, wenn auch nur, um ihre Technik zu verbessern. Aber wir wollen unsere Seelen nicht noch mehr schwärzen. Jedenfalls noch nicht. Also vorwärts.«

Wir stemmten Grames in einen Sattel, wo er fröstelnd vornübergebeugt saß. Unsere Rucksäcke verteilten wir auf die drei anderen Tiere und führten sie an den Zügeln. Arienne hatte kein Wort gesagt.

Wir stießen auf unseren Bach und führten die Pferde durch sein Bett. Es war nicht schwierig, einen geeigneten Ort zu finden, um eine falsche Fährte zu legen, indem wir im Bachbett ein Stück zurückgingen, unsere Spuren beim Verlassen ein paar hundert Schritte weit sorgfältig auslöschten und abseits der Niederung auf steinigem Grund weiterzogen. Ein guter Fährtensucher aus dem Norden würde dem

Manöver auf die Spur kommen, aber wenigstens würde er es nicht im Dunkeln tun können, und wir konnten bei Nacht reisen und unseren Vorsprung ausbauen. Auf einer Verfolgungsjagd wie dieser bestand das Problem für den Verfolgten darin, dass es keine Möglichkeit gibt, mit Pferden zu gehen, ohne Spuren zu hinterlassen, die ein guter Fährtensucher früher oder später finden musste. Aber auch der Verfolger hat ein Problem. Wenn er der Fährte nicht mindestens so schnell folgen kann wie der Verfolgte sich bewegt, fällt er weiter und weiter zurück und verliert schließlich die Fährte.

Also beschleunigten wir das Tempo. Grames stöhnte von Zeit zu Zeit, aber ich kümmerte mich nicht darum, während ich sein Pferd führte. Wenigstens konnte er sitzen. Aber Silvus band die drei anderen Pferde zusammen und reichte den Leitzügel Arienne. Dann hielten sie an, während ich vorbeiging. Arienne schloss sich mit den Tragtieren an, die offenbar gewohnt waren, hintereinander zu gehen.

Über uns kreiste der Sternhimmel. Nachtgeräusche – das Gurgeln des Baches, der Ruf einer Eule, der Wind in den Ginstersträuchern – verstärkten nur die Stille. Unter dem Sternenmeer hoben sich die schwarzen Umrisse der langgestreckten, niedrigen Heiderücken ab, an deren Flanken entlang wir wie in einem jener Träume, wo man geht aber nicht vorankommt, südwärts zogen. Arienne führte ihre drei Pferde und sprach von Zeit zu Zeit leise mit Silvus – zu leise, als dass ich Worte hätte verstehen können. Nach einiger Zeit kam Silvus nach vorn, um neben mir zu gehen, während ich das vierte Pferd führte, auf dem Grames zusammengesunken saß.

»Nun?«, fragte er Grames. Ich blieb still und konzentrierte mich darauf, den Weg zu bahnen und dabei möglichst wenige Spuren zurückzulassen. Der Mond war aufgegangen, und zwar beinahe halb, was hilfreich war.

Grames stöhnte wieder und wankte im Sattel, als er sich aufrichtete. »Ich entkam«, sagte er.

Silvus nickte. »Warum?«

»Früher oder später hätten sie entdeckt, dass ich keine eigene Kraft habe«, sagte er. »Und dann würde Leutnant de Barras… nun ja…«

»Unzufrieden mit Ihnen sein. Fürst Nathan zweifellos auch, wenn er davon erführe. Wie wir alle gesehen haben, neigen diese edlen Herren dazu, ihre Unzufriedenheit in unmissverständlicher Weise auszudrücken. Also suchten sie das Weite, solange es noch möglich war, wie?«

»Leutnant de Barras wollte, dass ich die gleiche… Technik wie zuvor gebrauchte, um Sie wiederzufinden. Er wurde ungeduldig mit meinem mangelnden Erfolg. Ich musste fort.«

»Hm. Aber wie fanden Sie uns dann?« Wenn Grames das fertiggebracht hatte, konnte Barras es erst recht. Die gleiche Frage hatte mich beunruhigt.

Aber Grames verzog das Gesicht in einem schwächlichen Lächeln. »Darf ich Sie daran erinnern, Ser de Castro, dass Sie es waren, der mich fand.«

Silvus blickte zu ihm auf. In seinen Augen lag ein harter Glanz. »Ich stelle Ihnen diese Frage noch einmal«, sagte er mit Betonung, »und wenn Sie nicht am eigenen Leibe erfahren wollen, was mein Knappe durchgemacht hat, werden Sie mich diesmal nicht wie einen Dummkopf behandeln. Wie kam es, dass Sie ungefähr wussten, wo wir sein würden?«

Grames befeuchtete sich die Lippen. Silvus starrte ihn an und wartete. »Ich wusste, dass Sie in die westlichen Marken gehen würden«, antwortete er schließlich. »Sie versuchten es letztes Mal. Und ich wusste, dass Sie vor nicht langer Zeit im Westen gewesen waren, also vermutete ich, dass Sie dorthin zurückkehren wollten. Das gab mir eine ungefähre Richtung. Und ich dachte mir, dass Sie zu den Kobolden gegangen sein mussten, weil ich wusste, was Arienne tun würde. Vorausgesetzt, Sie würden Hilfe von ihnen bekommen – die Kobolde verbünden sich immer mit den Mächten des Dunkels –, würden Sie so lange wie möglich dort verweilen, um Ihrem Knappen de Parkin Gelegenheit zur Wiederherstellung zu geben, aber die Reise antreten, bevor die Verstärkungen von Seiner Hoheit eintreffen konnten. Dass Sie diesen Zeitraum würden einschätzen können, war mir klar. Das gab mir einen ungefähren Hinweis auf den Zeitpunkt Ihrer Abreise, und daraus lies sich die Entfernung berechnen, die Sie zurückgelegt haben konnten. Eine ungefähre Schätzung der Richtung und Entfernung war daher möglich. Außerdem war ich überzeugt, dass mein Mündel Ihnen Kundschafterdienste leisten würde. Es genügte beinahe.«

Beim Sprechen hatte er trotz seines erschöpften Zustandes Zuversicht gewonnen, und ich musste zugeben, dass es eine elegante Kette logischer Überlegungen seinerseits gewesen war. Als ich mich nach Arienne umsah, bemerkte ich sofort ihre steife Haltung mit eingezogenen Schultern und gesenktem Kopf. Einem inneren Drängen folgend, gab ich den Zügel Silvus in die Hand und wartete, bis sie herankam. Er konnte den Weg bahnen und Grames gleichzeitig verhören; Silvus war vielseitig. Als Arienne herangekommen war, ging ich neben ihr und nahm ihre Hand.

Sie legte ihren Arm um meine Mitte und lehnte den Kopf an meine Schulter. Ihr Haar duftete nach wildem Thymian und dem Dunst des Abends. Wie von selbst wanderte mein Arm um ihre schmale Taille, und wir gingen im Mondschein weiter, als kämen wir von einem Dorftanz über die Felder nach Haus.

Silvus blieb im Gespräch mit Grames. Er konnte die ganze Nacht mit ihm reden, wenn er wollte, ich hörte nicht zu. Ich hatte genug, worauf ich mich konzentrieren konnte. Aufzupassen, dass meine Füße am Boden blieben, zum Beispiel.

»Sie verbünden sich immer mit dem Dunkel, sagt er«, bemerkte Arienne nach einer Weile. Sie sprach in ruhigem Ton, aber in den Worten lagen Zorn und Empörung. Dann seufzte sie. »Vielleicht sieht es für manchen so aus.«

»Das mag für einen Mann zutreffen, der blind ist gegen alles außer seinem eigenen Vorteil. Aber ich sagte dir, was es mit Barras auf sich hat, und nun hast du gesehen, was ich meinte. Und ich sagte dir, dass Grames dich nur ausnutzt, und so ist es auch.« Ich hob meinen Blick zu dem kleinen Mann, der schlaff vor uns im Sattel saß. »Er hat dein Talent als sein eigenes ausgegeben«, fügte ich hinzu.

Sie hatte einen letzten Einwand zu machen. »Du weißt, dass die Menschen das Dunkel nicht mögen. Vielleicht hat er mir nur das Risiko abnehmen wollen.«

Ich schnaubte. »Barras und Nathan sind das wirkliche Dunkel, und sie fühlen sich dabei überaus wohl. Grames lief keine Gefahr, gegen ihre Moralvorstellungen zu verstoßen – sie haben keine. Er nahm bloß das Verdienst für sich in Anspruch, genoss den Einfluss und steckte das Geld ein. Und so würde er es heute noch machen, wenn seine Lügen ihn nicht zu Fall gebracht hätten.«

Sie antwortete nicht, ging aber mit mir weiter, und ihr Kopf blieb an meiner Schulter. Ich wollte nicht noch etwas sagen, was ihr Anlass geben könnte, ihn wegzunehmen, also blieb ich danach still. Wie in einem Traum wanderten wir durch die Nacht.

Bei Sonnenaufgang hatten wir eine Stelle erreicht, wo der Bach in einer Talverengung über mehrere Stromschnellen rauschte. Bisher war er zwischen den niedrigen Höhenzügen genau nach Süden geflossen, ohne mehr als einen oder zwei Punkte abzuweichen, aber nach Westen zu schien das Gelände wieder anzusteigen und würde den Bach bald ostwärts zum Einzugsgebiet des Wydem abdrängen, in den er schließlich mündete. Wir waren gut vorangekommen, aber inzwischen war es auch heller Tag, und dies schien ein guter Rastplatz zu sein. Innerhalb weniger Schritte vom Ufer gab es ausreichend ebenen Raum, wo wir die Deckenrollen ausbreiten konnten, und es gab genug saftige Weide für die Pferde. Das Wasser strömte rasch über die niedrigen, glatten Felsstufen der Stromschnellen. Obwohl zu beiden Seiten steinige Anhöhen nahe herantraten, schätzten wir das Risiko einer Überschwemmung gering ein, weil das Bachbett tief eingeschnitten war. Und das war auch gut so, denn der Westhimmel sah unheilverkündend aus.

»Bald gibt's Regen. Gut«, sagte Silvus. Er pflockte das Pferd an und nahm ihm Sattel und Packtaschen ab.

Grames fiel mehr oder weniger herunter, dann stand er gebeugt da und massierte sich das Hinterteil. »Wir werden nass«, klagte er.

Silvus musterte ihn ohne Mitgefühl. »Das geschieht oft, wenn es regnet. Aber der Regen wird unsere Fährte auslöschen, und auch unsere Gerüche, wenn sie daran denken, Spürhunde einzusetzen.« Grames wankte eilig davon. »Wenn Sie ein Geschäft verrichten müssen, gehen sie stromabwärts.«

Ich sah ihn davonhumpeln. Gegen meinen eigenen Willen konnte ich seine Schmerzen nachfühlen, hatte ich sie doch selbst verspürt.

Unter dem Material, das uns zugefallen war, befand

sich eine Zeltbahn aus Öltuch. Mit ein paar Stützen aus abgestorbenen Zweigen und einer Seillänge konnte man eine Art Zelt daraus machen. Grames konnte es bewohnen, denn die Soldaten hatten keine wasserdichten Umhänge und ebensolches Bettzeug gehabt.

»Brauchen wir eine Wache?«, fragte ich Silvus.

»Hat keinen Sinn«, meinte er. »Wir brauchen den Schlaf. Die Pferde werden uns früh genug warnen, falls sich etwas oder jemand nähern sollte. Wir pflocken sie dort im Schutz der Sträucher an, wo man sie nicht sieht. Grünfutter gibt es genug, und wir geben ihnen etwas Hafer vom Vorrat. Wenn wir unter diesem Tarnstoff bleiben, wird eine Patrouille, die das Pech hat, hier vorbeizukommen, uns nicht sehen, bis sie auf uns tritt.«

»Das Pech!« Das gefiel mir. »Was ist mit Grames?«

Silvus blickte stirnrunzelnd bachabwärts. »Was soll mit ihm sein? Wir könnten hoffen, dass er vom Pferd fallen und sich den Hals brechen wird, wie dieser arme Bursche, den wir töteten. Ich sehe ihn nicht mit einem Messer an uns heranschleichen. Dazu ist er nicht imstande. Außerdem hat er keins.«

Ich sah Silvus an.

Er seufzte. »Natürlich habe ich ihn durchsucht. Er sagt, er habe ein Pferd gestohlen, aber gestern früh sei es ihm lahm geworden, und er habe es zurücklassen müssen. Er hat seine Kleider, eine volle Wasserflasche und seine Geldbörse. Die ist bloß ein weicher Beutel ohne Geheimfächer. Er dachte, ich wollte ihn berauben, als ich den Beutel aufmachte und die Münzen zählte.«

»Warum hast du das getan?«

»Um zu wissen, wie viel er hat, natürlich. Ich sagte ihm, ich würde es jeden Abend nachzählen, und falls etwas fehlen sollte …«

»Werden wir wissen, dass er unsere Fährte markiert hat.«

»Ja. Aber sein Geld besteht hauptsächlich aus tenabrischen Goldstücken zu fünf Kronen, dank Nathans Großzügigkeit. Ich kann mir nicht vorstellen, dass er sie wegwerfen würde. Für ihn wäre es so, als würde er seine Kinder ermorden. Nein, schlimmer.«

»Und die Wasserflasche?«

»Ist ein lederner Wasserschlauch an einem Gurt. Warum er glaubte, er würde ihn brauchen, wissen die Götter. War beinahe voll, aber ich schüttelte und drückte ihn und goss ein wenig aus. Nichts als Wasser.«

»Also brauchen wir ihn nicht zu bewachen?«

»Das habe ich nicht gesagt. Aber nicht für den Fall, dass er uns angreift. Er wird uns vielleicht verraten, wenn sich eine Gelegenheit ergibt.«

»Das will ich meinen. Aber wie es scheint, hat er Georghe nichts über unsere vermuteten Bewegungen erzählt.« Seine Folgerungen waren unangenehm scharfsinnig und genau. Barras wäre vielleicht in der Lage gewesen, uns abzufangen, wenn er gewusst hätte, wo er zu suchen hatte.

Silvus zuckte die Achseln. »Barras ist nicht auf den Kopf gefallen. Wenn Grames ihm das erzählt hätte, wäre er vielleicht misstrauisch geworden, und unser Freund hier hätte bekennen müssen, dass Arienne das Talent hat – und nicht er. Was mich mehr beunruhigt, ist die Frage, warum er diesen Weg einschlug.«

»Aus dem gleichen Grund. Er musste verduften, bevor Barras Lunte roch.«

»Gewiss, deshalb ist er davongelaufen. Aber warum zu uns?«

Gute Frage. »Hm.«

Grames kam vom Bach zurück, kroch in das behelfsmäßige Zelt, das wir für ihn errichtet hatten, und war in zwei Minuten eingeschlafen, ohne ein Wort zu sagen. Nun, jedenfalls brauchten wir ihn einstweilen nicht zu bewachen. Ich legte ihm etwas

Proviant unter das Öltuch, damit er etwas hätte, wenn er erwachte.

Ich sattelte die letzten Pferde ab, pflockte sie an und bearbeitete sie mit dem Striegel, bevor ich mein Bett ausrollte und die Schuhe auszog. Meine Füße bedurften der Überprüfung – ja, ich weiß, es ist sehr unromantisch, aber bei den Söldnern pflegte ich am Ende jedes Marschtages Blasen aufzustechen, bis die Druckstellen eine Hornhaut gebildet hatten. Diesmal aber nicht; nirgends eine wundgeriebene Stelle. Wundervoll, was gute Schuhe einem ersparen. Ich nahm auch sie genau in Augenschein. Sie waren bereits hart strapaziert worden, aber weder der Marsch noch das Wasser hatten Spuren an ihnen hinterlassen. Ich fragte mich, wie es möglich sei, dass die Unterirdischen so viel über das Schuhmacherhandwerk wussten. Sie selbst trugen kaum Schuhe. Ein weiteres Geheimnis. Vielleicht wusste Arienne die Antwort.

Die Schuhe in der Hand, wanderte ich hinüber zu ihr. Sie hatte einen Platz am anderen Bachufer gefunden, ihre Ration vom Proviant gegessen und ihr Bettzeug ausgerollt. Nun war sie dabei, den Tarnstoff darüber aufzuspannen, um den bevorstehenden Regen fernzuhalten. Sie richtete sich auf, als ich mit den Schuhen in der Hand zu ihr kam, und sah mich fragend an.

»Ein guter Platz«, sagte ich. Sie nickte und legte den Kopf auf die Seite. Plötzlich war etwas an ihr… eine Anspannung. »Ich dachte gerade, dass du vielleicht…« Ich hatte die Schuhe hochgehoben, doch im gleichen Augenblick verblüffte sie mich, indem sie näher trat und mir mit einer Hand den Mund zuhielt.

»Ach ja, Will. Eines Tages, das verspreche ich dir, Lieber. Aber nicht jetzt. Erst wenn wir dies hinter uns haben.«

Mein Gesichtsausdruck musste gezeigt haben, was

ich empfand, nämlich völlige Verwirrung. Sie lächelte wie eine Göttin, nahm mir die Hand vom Mund, legte sie in meinen Nacken, zog mein Gesicht zu sich und küsste mich. Dann schlüpfte sie davon und kroch in ihr Bett, bevor ich aufhören konnte, nach Luft zu schnappen.

»Gute Nacht, Lieber.« Sie lächelte, dann sagte sie mit einem Blick zur Sonne: »Vielmehr guten Morgen. Angenehme Träume.« Sie bettete sich zum Schlafen und schloss die Augen.

Ich wandte mich um. Irgendwie fanden meine Füße den Weg zurück zu meinem eigenen Lager, ohne dass ich merkte, wie sie es taten. Ich setzte mich, dann kroch ich in mein Bettzeug und fand zu meiner weiteren Verblüffung, dass ich müde genug war, um ohne einen weiteren Gedanken einzuschlafen. Gewöhnlich hat Verblüffung die gegenteilige Wirkung auf mich.

Im Regen brachen wir das Lager ab. Grames hatte sich soweit erholt, dass er helfen konnte, aber er verstand überhaupt nichts von Pferden, weshalb er dazu verurteilt wurde, die Hinweise auf ihre und unsere Anwesenheit zu begraben. Silvus hatte ihm versichert, dass er die Arbeit prüfen würde, sobald sie getan sei, und Grames könne sich auf etwas gefasst machen, wenn sie schlampig oder auffällig verrichtet würde.

Als er dies Grames solchermaßen verdeutlicht hatte, war Silvus in einer Stimmung grimmiger Bedrohlichkeit gewesen. Jetzt aber lachte er. Er hatte schon eine Weile gelacht, und mir begann es auf die Nerven zu gehen. »Du bist noch nie in Wendland gewesen, nicht?«, fragte er, noch immer glucksend.

»Nein«, antwortete ich und fragte mich, was das mit irgendetwas zu tun habe.

Ich hatte ihm von Ariennes verblüffenden Worten erzählt, als sie sich am Morgen schlafen gelegt hatte.

Sofort hatte er angefangen zu lachen. Diese Frage jetzt war die erste vernünftige Äußerung, die ich seitdem von ihm gehört hatte, und nach meiner Antwort fuhr er fort zu prusten und zu gackern.

»Gelächter«, bemerkte ich verdrießlich, »ist die letzte und beste Gabe der Götter. Außerdem ist Lachen gesund. Aber nicht, wenn es so lange andauert wie bei dir. Nein, ich bin nie dort gewesen. Was hat es damit zu tun?«

Er wischte sich die tränenden Augen. »In Wendland teilt ein junger Mann einer junge Dame mit, dass er geneigt sei, zu einem… Einverständnis mit ihr zu kommen, indem er ihr ein Paar von seinen Schuhen bringt, um es in ihrem Haus zu verwahren, und zwar unter ihrem Bett. Es ist eine Art Verlobung. Sie bejaht oder lehnt ab, und wenn sie die Verbindung zu lösen wünscht, stellt sie seine Schuhe draußen auf die Eingangsstufe.«

Meine Hände fuhren fort, die mechanischen Verrichtungen des Aufsattelns auszuführen. Sie mussten ohne meine Gedanken auskommen, denn in diesen Augenblicken war ich des Denkens unfähig.

Silvus klopfte mir auf die Schulter. Er lachte nicht mehr. »Und sie hat angenommen. Für eine künftige Zeit, natürlich, was vernünftig von ihr ist, aber sie hat angenommen. Du bist ein Glückspilz, und sie ist es ebenso. Ihr habt es beide gut getroffen.«

Er lächelte mich an wie ein liebevoller Onkel, während der Regen herabrauschte, und nach und nach wurde mir ein heller, sprudelnder kleiner Quell reiner Freude in meiner Brust bewusst. Regen? Welcher Regen?

Aber es war der Regen, der Arienne daran hinderte, das umliegende Gebiet für uns zu überwachen. Die Wolken hingen tief über der Erde, ließen ihre Regenvorhänge über das Land schleifen und deckten sogar die Rücken der höheren Hügel zu. Außer ein paar Krähen waren keine Vögel in Sicht. Wir folgten weiter dem Bach, dessen Stimme jetzt laut in unseren Ohren klang, und wurden von dem unangenehmen Bewusstsein geplagt, dass wir ebenso leicht in einen Hinterhalt geraten konnten, wie es Barras' Männern ergangen war.

»Ich muss das Tier sehen, dessen Sinne ich gebrauche«, erklärte Arienne. Das leicht gewellte Land erstreckte sich einförmig unter den grauen Wolken, Heide und Wacholder, Farn und Schilfrohr, Anhöhe und Talsenke. Eine Schärfe lag in der Luft, der Regen war kalt und unbarmherzig. Vielleicht war Barras nicht hinter uns her, aber der Winter mit Sicherheit.

»Ist es nicht möglich, ein Tier herbeizurufen?«, fragte Silvus. Sie hatte gesagt, dass sie keinen geeigneten Wirt finden könne, und er hatte es hingenommen und beim Aufbruch keine Zeit verloren. Doch sobald wir in Bewegung waren, wurde er wieder der Alte. Er wollte wissen, warum.

»Nein. Es ist nicht wie das Herbeirufen eines Dieners. Ich kann sehen, was das Tier sieht, aber alles ist durch die Sinne des Tieres gefiltert, durch die Art und Weise, wie es die Welt erfährt und sieht. Aber es ist nicht mein Körper. Ich kann nicht fliegen, oder auf einem Zweig sitzen, oder auf vier Beinen rennen. Und ich kann nur nahelegen, nicht zwingen.« Sie starrte auf den Regen, der von ihrem Tarnstoff rann. »Als ich das erste Mal… Ihre Spur verfolgte, wissen Sie…«

Silvus nickte. »Es ist schon gut«, sagte er freundlich.

»Da musste ich meine Beobachter miteinander verbinden. Wenn einer Ihnen nicht aus seinem Territorium folgen wollte – Tiere haben einen sehr starken Territorialinstinkt –, musste ich seine Sinne gebrauchen, um einen anderen zu finden. Und so weiter.«

»Aber – vergeben Sie mir – eine Person mit dem Talent kann die Unterirdischen in ihren Dienst zwingen.«

»Nicht ganz. Ein Meister der Schwarzen Magie kann ihre Gefühle beeinflussen, sie mit Liebe und Verehrung für sich selbst und Hass auf seine Gegner erfüllen. Dann dienen sie ihm bereitwillig. Aber wilde Tiere können Menschen weder lieben noch hassen. Sie sind durch ihre jeweilige Natur begrenzt. Gewiss, ein Zauberer kann Ungeheuer erschaffen, wenn er die Zeit dazu hat, und ihren Geist ebenso zerstören wie ihre Körper, beide nach seinem Willen. Das werde ich niemals tun, nicht um alles in der Welt. Das und die Toten wiedererwecken, und die Unterirdischen missbrauchen… denn das ist das Wesen des Dunkels. Ich habe mit dem, was ich in den Zaubervorstellungen tat, schon genug auf dem Gewissen. Mehr will ich nicht.«

Ihre Stimme war klar und leise, und sie sprach wie zu sich selbst. Grames regte sich in seinem Sattel und räusperte sich. »Es ist nichts Verwerfliches…« fing er in lehrhaftem Ton an.

Silvus blickte auf, Zorn in den Augen, aber sie winkte ihm ab. Sie ging neben Grames, blickte zu ihm auf, und in ihrem Ausdruck lag etwas, was ihn zum Schweigen brachte. »Lügen Sie nicht mehr«, sagte sie mit ruhiger Stimme. »Belügen Sie weder mich noch sich selbst. Es war ein großes Unrecht darin. Es war ein Missbrauch, aber der nächste Schritt hätte in die Abscheulichkeit des Dunkels geführt. Und Sie hätten ihn getan. Sie hätten von mir verlangt, Ungeheuer für Fürst Nathan zu schaffen, um seinen und Ihren eigenen Ehrgeiz zu befriedigen.«

»Ich bezweifle, dass es dazu gekommen wäre«, versetzte Grames ärgerlich, dann fügte er in väterlich-freundlichem Ton fort: »Aber in jedem Fall, liebe Arienne, wirst du sicherlich einsehen, dass alles dir zuliebe geschah.«

»Mir zuliebe?«, rief sie, und er sah sie erschrocken an. »Mir zuliebe haben Sie gelogen, mir zuliebe sind Sie gekrochen, mir zuliebe haben Sie eingeschüchtert und betrogen und gestohlen. Mir zuliebe ließen Sie Will beinahe totschlagen und Sie hätten beide foltern und töten lassen, wenn sie weiter Widerstand geleistet hätten. Und alles mir zuliebe? Dann erweisen Sie mir einen letzten Dienst, Meister Grames. Tun Sie nichts mehr mir zuliebe. Nie mehr!«

Ihre Stimme, die sich in der Erregung erhoben hatte, sank zu einem frostigen Flüstern herab. Der Regen rann ihr übers Gesicht und vom Tarnstoff ihres Umhangs, und ihr helles Haar klebte in dunklen und nassen Strähnen an Kopf und Schultern. Nur ihre Augen waren trocken und heiß. Er schrak vor ihrer nie gekannten Wut zurück, und sein Gesicht nahm im grauen Licht eine Farbe wie Molke an. Sie starrte ihn einen langen Augenblick in mühsam gezügelter Wut an, dann kehrte sie ihm den Rücken und schritt nach vorn, wo ich das Leitpferd führte. Als sie mich eingeholt hatte, ergriff sie meine Hand, als wäre es eine Streitaxt, und ging neben mir weiter. Ich sagte nichts.

Der Regen dauerte noch eine Stunde an, dann ließ er nach und ging in Schauer über. Der Himmel aber blieb bedeckt, Mond und Sterne erschienen nur in kurzzeitig aufreißenden Lücken und wir vermissten ihr Licht. Unter diesen Verhältnissen braucht man jedes bisschen Nachtsicht, das man aufbieten kann, und darum ging ich an der Spitze statt am Schluss; Silvus' Augen waren nicht mehr so gut wie in früheren Zeiten. Meine übrigens auch nicht, denn das Linke war noch immer ein wenig geschwollen und in seiner Leistung beeinträchtigt. Aber Ariennes Augen waren besser als unsere, und da wir den Bach als Richtungsweiser hatten, konnte uns nichts Schlimmeres passieren als auf einen mit losem Geröll bedeckten Hang zu geraten oder von einem Dickicht aufgehalten zu werden. Das Umgehen solcher Hindernisse war mühsam und zeitraubend, aber meistens kamen wir gut voran. Abgesehen von Zwergbirken, Krüppelkiefern und Wacholder gibt es in den Moor- und Heidegebieten der westlichen Marken nur wenige Bäume. Sie gediehen in trockenen, geschützten Tälern, wo sie in kleinen Gruppen anzutreffen waren. Aber trockene Talgründe sind selten. Die meisten sind moorig oder sogar versumpft.

Aber das Wandern im Dunkeln war ermüdend und langweilig. Von Schritt zu Schritt sah ich nicht viel mehr als die Stelle, wohin ich meinen Fuß als Nächstes setzen würde, und nach langen Stunden dieses Vorwärtsstapfens war meine Aufmerksamkeit einem müden, stumpfen Dahintrotten gewichen. Dann war jede Ablenkung willkommen. Arienne gelang es, ihre Wahrnehmung auf ein paar Tiere zu übertragen, die wir aufscheuchten. Eine Rohrdommel. Ein Iltis. Einmal eine Wildkatze, und sie konnte in der Dunkelheit viel besser sehen als wir. Aber meistens war es nur ein mechanisches Dahinstapfen. Als endlich der Morgen graute, dauerte es eine Weile, bis ich begriff, dass das in den Himmel einsickernde Licht von Osten kam, und Arienne war die ganze Strecke mit mir gegangen, still an meiner Seite.

Wir sahen es, als das Licht über die Landschaft kam. Ich winkte, um Silvus' Aufmerksamkeit zu finden, und streckte den Arm aus. Er blinzelte nach Süden, dann nickte er. Es war der Felsen, den Kaltief erwähnt hatte, ein vorgeschobener Klotz aus verwittertem braunem Gestein – wie eine Burg auf ihrem Hügel. Ein hervorragend zur Verteidigung geeigneter Platz, wenn es etwas zu verteidigen gegeben hätte.

Der Bach wurde zu seinen Füßen umgelenkt und floss in Schleifen weiter nach Osten. Der Felsen stand da wie ein Wachtposten, der den Weg nach Westen bewachte. Während das Licht in seinem zerfurchten Antlitz zunahm. Am Abend würden wir den Hügel ersteigen, dessen Ausläufer er war, und weiter nach Süden ziehen. Noch ein Nachtmarsch würde folgen, aber der Himmel klarte auf, und der Sonnenaufgang war nicht rot. Wir konnten auf Sterne hoffen, die uns auf dem Kurs hielten, und den Mond, der uns den Weg beleuchten würde. Und wenn Barras uns verfehlt hatte, konnten wir von da an tagsüber marschieren. Eine Wohltat.

Tageslicht und Schlaf. Wir schliefen lang, weil die nächste Etappe schwieriger sein würde, ein Marsch ohne einen Bachlauf, der die Orientierung erleichterte, obendrein in hügeligem Gelände, bis wir auf die alte Straße stoßen würden, von der Kaltief gesprochen hatte, und dann auf ihr weiter, so weit wir konnten, weil die Veränderung unserer Marschrichtung einen Fährtensucher verwirren würde, wenn wir die Spuren gut verwischten. Ich schlief gut genug, aber nicht tief, so wie es meine Gewohnheit im Biwak ist, und als ich gegen Abend hörte, wie Grames sich bewegte, war ich augenblicklich hellwach. Aber er ging nur hinunter zum Bach und kehrte nach der gewohnten Zeit zurück. Ich beobachtete ihn, bis er wieder in seine Decken gekrochen war, dann schlief ich selbst noch einmal ein.

Wir brachen auf, als der Tag über dem weiten Land verdämmerte, dunkle Schatten in die Täler krochen und es schwierig wurde, am Horizont Einzelheiten auszumachen. Diesmal mussten wir die Hochmoore überqueren, und das würde unser Vorankommen erschweren. Nachdem wir den Bach verlassen hatten, verwischten wir sorgfältig unsere Spuren und legten ein Stück weiter eine falsche Fährte auf weichem Boden, um den Eindruck zu erwecken, dass wir weiterhin dem Wasserlauf folgten. Dann den Hügel hinauf und weiter.

Wir wanderten schweigend, und dabei blieb es, während der Mond aufging. Er war jetzt mehr als halb voll, und die Wolken wurden zu einer feierlichen Prozession himmlischer Schafe vor seinem Angesicht. Um die Richtung zu halten, blickte ich wiederholt zurück, um den Felsen zu finden und unseren Kurs zu korrigieren. Der Wind hatte von Süd auf West gedreht und gab einen weiteren Richtungsweiser ab. Auf der Höhe des Rückens konnten wir im Mondlicht über die Hochmoore hinausblicken, die im Wechsel mit den langen Bodenwellen ein Muster erzeugten, wie Riffelwellen es im Sand des Flachwassers an einem Strand erzeugen.

Wie zuvor ging Arienne mit mir. Grames war keine große Last, nicht einmal für eines unserer struppigen kleinen Pferde, und die anderen trugen nur unser Gepäck. Im Schritt würden sie lange durchhalten, sogar bei schlechtem Futter. Silvus führte die Reihe der Pferde am Zügel des Leittieres, auf dem Grames mehr hing als saß. Wir gingen voraus, bahnten den Weg, suchten die leichteste Route und vermieden morastigen Boden. Es kam darauf an, statt eines ermüdenden Auf und Ab möglichst auf gleicher Ebene zu bleiben, selbst wenn es bedeutete, dass der Weg windungsreicher und länger war. Kaltief hatte gesagt, wir sollten uns Zeit lassen und auf den Weg Acht geben, und mir lag sehr daran, die Straße nach Westen in der Dunkelheit nicht zu übersehen, wenn wir sie kreuzten. Unsere Mitternachtsrast dauerte daher etwas länger, und danach zogen wir sehr vorsichtig weiter. Mit dem Tageslicht kam die Erleichterung. Unsere Route führte durch allmählich ansteigendes Gelände, und die Bachläufe, die wir durchquerten, flossen jetzt nach Osten. Wir bewegten uns im ersten Sonnenlicht noch immer langsam, als die schräg einfallenden Strahlen auf der Flanke des nächsten Höhenrückens etwas wie eine schwach ausgeprägte waagrechte Linie erkennen ließen. Ich glaube nicht, dass wir sie zur Mittagszeit gesehen hätten – es waren die langen Schatten, die Rinnen und Vorwölbungen des Hanges, Säume und Unterbrechungen der Buschvegetation plastisch hervorhoben.

Arienne sah es zuerst. Ich hatte nicht wirklich darüber nachgedacht, was ich sah. Fantasiebegabte Leute sind gut darin, Zeichen und Merkmale in einer Landschaft auszumachen, die in Wirklichkeit nicht da sind, und das war mir bekannt. Aber sie stieß mich an, und ich sah wieder hin – und diesmal sah ich es. Diese Linie, die die Straße markierte, war auch nicht wirklich da, jedenfalls nicht als eine durchgehende Linie am Hang des Höhenrückens. Es war eine von Schatten, Vegetation und Geländeformen immer wieder unterbrochene undeutliche Linie von einer grünlichbraunen Tönung, die sich nur wenig von ihrer Umgebung abhob. Beobachtete man sie jedoch genauer, konnte man sie als einen durchlaufenden Saum erkennen, der den Hang des Höhenrückens horizontal schnitt.

Ich wartete auf Silvus. Er kam heran und ich nickte hinüber. »Ich glaube, Arienne hat unsere Straße gefunden«, sagte ich.

Er kniff die Augen zusammen, und nach ein paar Augenblicken nickte auch er. »Richtig. Sieht ganz danach aus. Und da oben, rechts von uns, ist etwas, was nach einer zerfallenen alten Wasserleitung aussieht.«

Es sah wie ein Hang aus, an dem von den Kräften der Natur willkürlich durcheinander geworfene Steine lagen. Doch als wir hinaufstiegen, konnten wir deutliche Spuren von Steinmetzarbeit an den Unterseiten erkennen. Nicht an den Wind und Wetter ausgesetzten Oberflächen – sie waren zu stark verwittert. Und nun, da wir uns auf einer Höhe mit den Überresten befanden, konnten wir sehen, dass der Hang des Höhenzuges eine halbrunde Einkerbung trug, als wäre es einmal ein Steinbruch gewesen. Eine Terrasse war in den Hang geschnitten und dann aufgegeben und tausend Jahre den Kräften der Verwitterung preisgegeben worden. Oder zweitausend. Oder... wer konnte es sagen?

»Ja«, sagte Silvus, der wieder den Hang gegenüber beobachtete. »Und wenn du von hier genauer hinsiehst, wächst entlang der Linie weniger Gestrüpp und Buschwerk. Verdichteter, steiniger Boden mit dünnerer Humusschicht, vielleicht.« Er blickte zur Sonne. »In ein paar Stunden werden wir weit genug von unserem gegenwärtigen Kurs sein, um jeden Verfolger in Verwirrung zu stürzen. Übrigens, was Verfolger betrifft...«

Er warf Arienne einen Blick zu, und sie spähte suchend zum Himmel auf. Nach kurzer Zeit schloss sie die Augen. »Nein... nein.« Sie öffnete die Augen wieder. »Westlich von uns fliegt ein Rotmilan, und im Norden ein Wanderfalke. In ihrem Sichtbereich ist nichts. Die Adler werden erst am Himmel sein, wenn es wärmer wird. Sie brauchen die aufsteigende Thermik.«

Silvus nickte. »Na gut. Wir werden in der gleichen Richtung weitergehen, bis wir einen Bach finden. Ich denke, am Fuß des nächsten Rückens wird es einen geben. Dann biegen wir nach rechts, gehen ein Stück im Bach weiter, bis wir eine geeignete, steinige Stelle finden, wo wir ihn unauffällig verlassen können – und halten von dort auf die Straße zu.«

Grames ließ sich vom Pferd gleiten und eilte ins Gebüsch. Gewisse Geräusche unterrichteten uns von seinem Anliegen.

»Fehlt Ihnen was?«, fragte Silvus, als er zurückkehrte.

Der kleine Mann nahm seine Würde zusammen.

»Danke, ich fühle mich nicht ganz wohl, glaube aber, dass ich weitermachen kann.«

Silvus musterte ihn gleichmütig. »Um so besser. Sie sind es nicht wert, dass wir Ihretwegen aufgehalten werden. Brauchen Sie die Schaufel?«

»Ah… nein. Der Anlass war nicht…« Aber Silvus hatte sich wieder abgewandt. Er überprüfte die Stelle, kam zurück, zuckte die Achseln.

»Also gut. Vorwärts.«

Wir erreichten die Senke zwischen den beiden Höhenzügen, fanden den Bach, der abwechselnd sandig und steinig war, und arbeiteten uns in seinem Bett aufwärts, bis wir zu einer Serie gestaffelter Felsbänke kamen, über die das Wasser rieselte. Hier verließen wir den Bach, stiegen den Hang hinauf – sehr langsam und vorsichtig, um keinen Zweig zu brechen – und stießen ein Stück weiter oben auf die Reste der alten Straße. Als die Pferde oben waren, ging ich noch einmal auf unserer Fährte zurück und glättete und verwischte sie. Selbst ein Nordmann würde Mühe haben, sie aufzunehmen, und er würde am richtigen Ort suchen müssen. Für jeden Verfolger würde es den Anschein haben, dass wir ein Stück im Bach gewatet wären, um ihn abzuschütteln, und er würde anfangen, am jenseitigen Ufer nach dem Ausstieg zu suchen. Er würde Tage damit verbringen, bevor er seine Suche bis dorthin ausweitete, wo wir nach Westen abgebogen waren. So viel Zeit würde er nicht haben, weil unser Vorsprung inzwischen uneinholbar groß geworden wäre.

»Hast du Grames beobachtet?«, fragte ich Silvus, als ich die Arbeit beendet hatte.

»Wie einer von Ariennes Falken. Nichts. Er saß auf dem Pferd und scheute jede Berührung mit den Sträuchern und dem Boden, als ob sie mit Gift bestrichen wären.«

»Und als er vorhin austreten ging?«

»Der Boden war hart, und er kam gleich zurück. Hatte sogar seine Fußabdrücke verwischt. In einer Stunde würde nicht einmal ein Fährtenleser aus dem Norden etwas sehen. Und wir wissen, dass sie Stunden, wahrscheinlich aber Tage hinter uns sein müssen.«

»Dann ist er also kein Risiko.«

»Beobachte ihn trotzdem. Wenn ich daran denke, dass er unsere Fährte markiert haben könnte…«

»Er lief auch vor Barras davon«, meinte ich.

»Gewiss. Aber Grames mochte sich dabei gedacht haben, er könnte Arienne wieder umstimmen. Das mag sein Beweggrund gewesen sein, dass er uns folgte. Aber jetzt…«

»…weiß er, dass er es nicht kann«, vollendete ich den Satz, und es war die Wahrheit.

Silvus nickte zustimmend, und ich fühlte wieder diese kleine sprudelnde Quelle unter meinem Brustbein. »Nein, er kann es nicht. Aber es ist möglich, dass er einen Reserveplan hat, für alle Fälle. Zum Beispiel den, dass er Georghe zu uns führt und sich dadurch wieder bei ihm beliebt macht. Also müssen wir ihn weiter beobachten. Einstweilen kommt es darauf an, auf dieser Straße so weit von unserem alten Kurs wegzukommen wie möglich.«

»Mir soll es recht sein.«

Die Erbauer der alten Straße hatten ihr Handwerk verstanden. Sie führte in eine allgemein südwestliche Richtung, umging Hügel und sumpfige Talsenken, führte aber geradeaus, wo es möglich war. Sie war überwachsen und nicht viel ebener als das übrige Terrain, weil die Verwitterungsprozesse wie Auswaschungen und Hangabrutschungen auch vor ihr nicht Halt gemacht hatten. Doch war der Boden im Allgemeinen härter, und stets wählte sie die leichteste Steigung und das beste Durchkommen. Vor allem aber wussten wir, wohin sie führte: zum Orimentpass und weiter in die westlichen Küstenländer, wo der Orden herrschte. Und jeder Schritt entfernte uns jetzt weiter von Nathan. Wir beschleunigten das Tempo so weit wie wir und die Pferde es durchhalten konnten. So kamen wir gut voran.

Zur Mittagszeit hatten wir genug. Trotz der guten Schuhe, die im Bach allerdings gründlich durchnässt worden waren, hatte ich wunde Füße, und auch Arienne zeigte Anzeichen von Ermattung. Wir schlugen unser Lager auf – das letzte ohne ein Lagerfeuer, hoffte ich. Der Tag hatte schön und kühl begonnen, und nichts deutete auf mehr Regen hin, aber allzu lange würde es nicht vorhalten. Nicht im Herbst in den westlichen Marken. Ein Lagerfeuer hatte immer etwas Anheimelndes, Tröstliches, ob mit oder ohne Deckenrollen.

Trotzdem war der Schlaf wie das Fallen vom Rand der Welt.

Silvus erwachte, ächzte, reckte sich und blieb entspannt liegen. Er sah, dass ich ihn beobachtete; ich war seit einer guten halben Stunde wach. Grames und Arienne schliefen noch.

»Guten Abend«, sagte ich mit halblauter Stimme.

KAPITEL XI

»Das ist es, nicht? Jeder Abend, an dem du aufwachst und Barras nicht da ist, ist ein guter Abend.«

Ich lächelte ein wenig schief bei der Erinnerung an das letzte Mal, als ich erwacht war und Barras gesehen hatte. »Wollen wir versuchen, noch ein paar Meilen zu marschieren, bevor es dunkel wird?«, fragte ich. Die Gefahr, dass wir in der Dunkelheit die Straße verlieren würden, war zu groß, um einen Nachtmarsch zu riskieren.

Er rieb sich das Gesicht und überlegte. »Wir können uns einen verlängerten Abend zum Ausbessern unserer Sachen und einen guten Nachtschlaf leisten, bevor wir weitergehen«, sagte er. »Wir kennen jetzt den Weg und müssen die Pferde nach

Möglichkeit schonen. Hier herum gibt es gutes Gras für sie.«

Es war früher Abend, die Sonne noch nicht untergegangen. Bis zur Mittagsrast hatten wir ungefähr fünf Meilen zurückgelegt. Unser Lagerplatz befand sich auf einer kleinen Wiese in einer flachen Senke zwischen den Hügeln. Am Boden der Senke hatte sich ein sumpfiger Tümpel gebildet, der von einem kleinen Wasserlauf gespeist wurde. Ein Rinnsal führte auch wieder hinaus und durch eine selbstgegrabene Rinne talwärts. Die überwachsene alte Straße überquerte diesen Wasserlauf knapp unterhalb des Tümpels und zog in einem Bogen auf der anderen Seite weiter hinauf.

»Dann werde ich mich um die Tiere kümmern«, erbot ich mich.

»Keine Eile. Lass dir Zeit. Weck Arienne nicht – als wir Halt machten, war sie ziemlich erledigt.«

Ich widerstand meiner ersten Regung, statt ihrer Grames zu wecken. Die Pferde waren in ordentlichem Zustand. Ich gab ihnen den größten Teil des verbliebenen Hafers – sie würden hier genug Zeit zum Grasen haben, aber Blähungen bekommen, wenn sie nichts als Grünfutter fraßen. Außerdem wollte ich, dass sie mich mit Hafer in Verbindung brächten. Ich rieb sie mit trockenen Grasbüscheln ab und reinigte ihre Hufen, während ich ihnen begütigend zuredete. Eine ruhige Nacht, und sie würden am Morgen umso frischer sein.

Arienne wachte erst auf, als es dämmerte, und dann war es zu spät, um nach Adlern Ausschau zu halten. Sie würden irgendwo in der weiten Leere ihre Schlafplätze aufgesucht haben, denn der Himmel dunkelte, es war die Stunde der Nachtraubvögel. Sie fand ein paar Reiher, die südwärts zu ihren Schlafplätzen flogen, aber nichts in der Richtung, aus der wir gekommen waren. Eulen waren ausgezeichnete Beobachter innerhalb eines begrenzten Gesichtsfeldes, aber nicht interessiert an Flügen hoch über weiten Flächen offenen Landes. Im Tiefflug lautlos über die Heide zu segeln oder in einer Astgabel zu sitzen, die Umgebung zu beobachten und zu warten, bis die Mahlzeit vorbei kam, war mehr ihr Stil.

»Macht nichts, denke ich«, sagte Silvus. Er war zum Wasser heruntergekommen, während ich mein Möglichstes tat, einen Pferdeknecht nachzuahmen, und suchte das sumpfige Ufer des kleinen Tümpels ab. »Nach der Mühe, die wir uns gegeben haben, würde sogar Herne, der Jagdgott, Mühe haben, uns zu folgen. Wir werden uns am Morgen wieder vergewissern. Ah! Hier ist eine.«

Mit schmatzenden Füßen stieg er an den Rand des Gewässers, zog eine Wurzelknolle heraus und wusch die lehmige Erde ab. Sie war blassorange, knorrig, hatte zwei zugespitzte Enden und war in der Mitte etwa so dick wie der Kreis, den ich mit Zeigefinger und Daumen bilden konnte.

»Abendessen?«, fragte ich.

»Sozusagen. Aber versuch nicht, sie zu essen.«

»Hn? Ah – du meinst, es soll ein Abendessen sein, aber wir können es nicht essen?«

»Ja. Das ist genau, was ich meine.« Er wandte sich ab, blieb aber mit dem Fuß hängen und verlor für einen Augenblick das Gleichgewicht. Er musste nachtreten, blieb stehen, wandte sich zurück und bückte sich wieder, um den aufgeweichten Boden eingehender zu betrachten. Nach einem Augenblick zeigte er auf etwas. »Sieh dir dies an.«

Er schob mit der Hand Gras und nasse Erde beiseite und legte einen großen flachen Stein frei, gleich darauf einen weiteren. Mit einiger Anstrengung drehte er sie um, und wieder konnte man die Spuren von Meißelschlägen erkennen. Er streckte die Hand aus und fuhr den Verlauf der alten Straße nach. »Es gab einmal eine

Art Brücke über dieses Rinnsal«, sagte er. »Die Straße überquerte es hier, wo wir sind. Wahrscheinlich war sie für Zeiten der Schneeschmelze oder starker Regenfälle erbaut worden, wenn der Wasserlauf stark anschwoll und die Straße vielleicht unpassierbar gemacht hätte. Später wurde die Brücke wie die Straße vernachlässigt, fiel irgendwann ein oder wurde teilweise vom Wasser fortgerissen. Die Trümmer stauten den Tümpel an.«

Ich betrachtete die Steine und die Umgebung des Tümpels, wo das Wasser ablief. Ja, er hatte Recht. Man konnte es sehen.

»Ja. So muss es geschehen sein.« Ich stieß einen der Steine mit dem Fuß an. »Ich frage mich, wer Straße und Brücke erbaut hat?«

Es war eine müßige Frage. Irgendein untergegangenes Volk, vermutete ich, von dem man nichts wusste. Silvus zuckte die Achseln und blickte auf die lehmig verschmierten Überreste ihrer Arbeit. Er bückte sich wieder und streifte mit den Fingern etwas ab, dann schärfte sich sein Blick. Grunzend vor Anstrengung hob er einen der Steine, ließ ihn umgekehrt in den Wasserlauf fallen und spülte anhaftende Erde und Moos ab.

Ich fragte mich, warum er das tat. Der Stein war behauen, das war eindeutig; es wurde noch deutlicher, als mehr davon zum Vorschein kam. Aber wir wussten es bereits.

Die Antwort ließ nicht lange auf sich warten. Silvus trat von seinem Stein zurück und zeigte auf das, was er freigelegt hatte. Dort waren mit einem Meißel vier gerade Linien in die Oberfläche geschnitten, drei in Form einer nach unten weisenden Pfeilspitze und eine quer darüber. Wir standen da und starrten lange das Zeichen an, während ich das gleiche Zeichen befingerte, das in meine Schwertklinge geätzt war.

»Ich machte mir Gedanken, woher Kaltief gewusst haben konnte, dass es eine alte Straße durch die Moore der westlichen Marken gab«, bemerkte Silvus schließlich.

»Die Unterirdischen waren ihre Erbauer?«

»Ich vermute, dass sie damals nicht die Unterirdischen waren«, erwiderte Silvus trocken.

Silvus zeigte mir, wie man die Wurzelknolle verwendete, um zu einem Abendessen zu kommen. Zuerst machte er Einschnitte rund um die Wurzelknolle, dann erwärmte er sie in einem Kochgeschirr mit Wasser über einem Feuer zu Badetemperatur. Es war ein sehr kleines Feuer, das erste, das wir uns erlaubten. Saft sickerte aus der Knolle und färbte das Wasser allmählich blassbraun wie Rainfarntee. Danach stellte Silvus das Kochgeschirr für eine Stunde beiseite, bevor er schließlich die Knolle herausnahm und das Kochgeschirr zum Tümpel trug und die Flüssigkeit in den Zulauf schüttete. Darauf warteten wir wieder.

Bald erschienen Fische an der Oberfläche des Tümpels. Döbel, Weißfische, Barsche, ein oder zwei Gründlinge. Alle bewegten sich schwach und zittrig. Wir brauchten nur einen langen Zweig, um sie ans Ufer zu holen.

»Sind sie vergiftet?«, fragte ich Silvus.

»Nicht ganz«, antwortete er. »Gelähmt. Wenn wir sie in Ruhe lassen, verliert es sich bald, und sie können wieder schwimmen. Wir sollten sie jedoch gut kochen, weil Hitze den Saft zersetzt. Aber da haben wir unser Abendessen.«

Wir holten die größeren Fische heraus und kochten sie, bevor wir sie an Stecken über dem Feuer brieten. Die warme Mahlzeit schmeckte nach der langen Zeit wundervoll.

Früh am Morgen waren wir bereit aufzubrechen.

Die Rollen mit dem Bettzeug und das Essgeschirr waren rasch verstaut, und ich hatte bereits einige Zeit damit verbracht, die Spuren der Feuerstelle so weit wie möglich unsichtbar zu machen, indem ich die Asche mit Erde und verstreuten Zweigen und Blättern bedeckte. Feuer sind in mehr als einer Hinsicht zweischneidige Schwerter und bedeuten immer ein Risiko. Nicht so sehr wegen der Gefahr, gesehen zu werden, solange es brannte, da wir es erst nach dem Dunkelwerden anzündeten und gut abschirmten, sondern weil die Feuerstelle vor einem erfahrenen Fährtensucher unmöglich zu verbergen war, der sie auch noch nach Tagen ausfindig machen konnte. Bevor ich die Überreste mit Erde und Streu bedeckte, hatte ich die Asche mit Wassergüssen auseinander geschwemmt, um dem Entdecker keine Möglichkeit zu geben, das Alter festzustellen, dann hatte ich die Asche mit einem Zweig auseinander gefegt und verstreut. Dieses Verfahren hinterließ wiederum eigene Spuren, aber es war das Beste, das ich tun konnte.

Dann zogen wir in der alten Marschordnung weiter. Zum Frühstück hatte es wieder Fisch gegeben, diesmal kalt, und dazu vom waffelartigen Brot. Es schmeckte nicht so gut, aber die wertvolle Nahrung musste aufgebraucht werden. Jede Vergeudung wäre ein Verbrechen gewesen.

Mittlerweile hatten unsere Augen sich daran gewöhnt, und wir konnten den Verlauf der überwachsenen alten Straße im Morgenlicht ohne Mühe überblicken. Sie zog sich den nächsten Hang hinauf zu einem niedrigen Sattel, und da das Gelände insgesamt nach Westen zu allmählich anstieg, war das Gefälle jenseits des Sattels weniger lang, so dass wir nicht viel an Höhe verloren. Noch immer waren wir im menschenleeren Land der Hochmoore und heidebewachsenen Hügel, aber die Steigungsstrecken wurden länger und steiler. Ich war froh, dass wir ausgeruht waren und den Pferden Ruhe gegönnt hatten.

Zur Mittagszeit hielten wir auf dem breiten Rücken einer Erhebung. Der Tag hatte sich kühl und frisch angelassen, der Wind auf West gedreht und zugenommen. Ich schnüffelte die Luft und beobachtete den Westhorizont, und es sah so aus, als sollte unsere Schönwetterperiode zu Ende gehen. Bis zum Abend Regen, vielleicht ein Gewitter. Das Aussehen des Himmels gefiel mir nicht.

Wir kauten Dörrfleisch und Trockenbrot und starrten über die graugrüne und gelblichbraune Landschaft hinaus. »Kannst du Adler sehen?«, fragte ich Arienne.

Sie bejahte, ohne aufzublicken. »Aber ich brauche Mana. Seit Tagen hat es keine Gelegenheit gegeben, etwas zu finden; der letzte Bach floss über lehmigen Schlamm, und der andere, an der Stelle, wo wir die Richtung änderten, führte viel Ablaufwasser von Regenfällen und war sehr geschwächt. Es geht mir aus, und ich möchte etwas in Reserve haben, für alle Fälle.« Sie nickte nach vorn. »Ich spüre ein Vorkommen, wahrscheinlich eine Quelle, hinter der nächsten Anhöhe. Dort werde ich es versuchen.«

Ich nickte. Sie schien gedankenverloren, besorgt. »Wir werden Regen bekommen«, sagte ich, um das Thema zu wechseln. Sie blickte nach Westen, wo sich am diesigen Himmel etwas zusammenzog. Grames, der fünf Schritte entfernt saß, tat es ihr nach. Silvus kümmerte sich um die Pferde, und ich hatte Grames in der Nähe haben wollen, wo ich ihn im Auge behalten konnte. Ich traute ihm so wenig wie einem tollwütigen Schoßhund. Und tatsächlich begann er einem zu ähneln.

Noch immer trug er Geldbeutel und Wasserschlauch mit sich und war in seinen nüchternen Anzug und

Umhang gekleidet, aber seine Sachen waren jetzt schweißfleckig und von Dornsträuchern und Brombeeren eingerissen und zerfasert. Beim letzten Regen hatten wir ihm das Öltuch gegeben, doch war es nicht annähernd so wirkungsvoll wie der Tarnstoff, und er war schließlich nass geworden. Sein stets sorgfältig geschnittenes und gekämmtes Haar wirkte jetzt zottig, sein Bart ausgewachsen und unregelmäßig, und er hatte Gewicht verloren. Der runde kleine Bauch schien flach geschrumpft. Aber als er zum Westhorizont blickte, um das aufziehende Wetter zu sehen, bemerkte ich die gleiche tote Ausdruckslosigkeit in seinen Augen, die mir im Palast von Tenabra aufgefallen war. Damals hatte ich ihn für gefährlich gehalten. Und ich hielt ihn auch jetzt für gefährlich.

Wir wanderten weiter. Hinter der nächsten Anhöhe zog die Wegspur eine lange Kurve über die Flanke des Hügels nach links, bevor sie den nächsten Hang wieder nach rechts querte. Auf halber Höhe entsprang eine kräftige Quelle, deren Wasser über die Felsen und Steine sprudelte, über eine Felsbank rieselte und in einem von Gesträuch überwachsenen Bachbett verschwand. Silvus ließ die Pferde weiter unten saufen, während wir zur Quelle hinaufgingen. Arienne tauchte Hände und Arme in das frisch aus der Erde sprudelnde Nass, das voll von Mana war.

Während sie mit geschlossenen Augen an der Quelle kauerte, beobachtete Grames sie, und ich beobachtete beide. Natürlich zog ich es vor, Arienne zu betrachten, die vom Aufenthalt im Freien gebräunt war und deren Haar vom Sonnenlicht noch heller gebleicht schien, als es einmal gewesen war. Nun ringelte es sich in feuchten Locken um ihr Gesicht. Aber auch Grames gab ein reizvolles Bild ab. Er starrte sie an, hungrig wie ein Kater, der einen Vogel beobachtet – und ich machte mir Sorgen. Er kannte sie so viel länger als ich. Auch Eifersucht war mit im Spiel.

Doch je mehr ich ihn beobachtete, desto stärker wurde mir die Natur seines Blickes bewusst. Er starrte nicht wirklich Arienne an. Nein, er beobachtete, was sie tat. Beobachtete ihre Hände, nicht sie selbst. Ihre Hände schöpften Wasser aus der Quelle, die ihr über die Unterarme rann, und sie tauchte ihr Gesicht hinein, um Mana in sich aufzunehmen. Und er beobachtete ihre Hände wie ein verhungerter Bettler einem Koch bei der Arbeit zusieht. Sie hatte etwas, was er brauchte – Talent und Kraft. Der Hunger in seinen Zügen galt nicht ihr, sondern dem, was sie verkörperte. Der Kraft, die sie ausüben konnte, wenn sie es wollte, von der sie aber keinen Gebrauch machte, während er sie ausüben wollte, aber nicht konnte.

Sie öffnete die Augen. Ihre Hände lagen noch im fließenden Wasser, wo sie mit den Fingerspitzen über das vom Wasser geglättete Gestein strich. Dieser Stein war wie ausgehöhlt, aber das konnte auf natürliche Weise durch die abtragende Wirkung des Wassers entstanden sein.

Aber so war es nicht. Sie griff hinter sich, nahm meine Hand und führte sie über den Stein. Dass die Straße eine Krümmung beschrieb, um nahe diesem Quell vorbeizuführen, war kein Zufall. Der Stein war aus dem gewachsenen Fels geformt worden, um ein kleines Becken unter der Quelle zu bilden, offensichtlich so eingerichtet, um Reisenden die Möglichkeit der Erfrischung zu verschaffen. Ein erodierter Rest von gemeißelten Schnörkelornamenten, die einst den Rand des Beckens geziert hatten, war auf einer Seite noch zu erkennen, Hinterlassenschaft eines längst vergessenen Steinmetzen und Künstlers, der sich nicht damit zufrieden gegeben hatte, die Arbeit nüchtern und schmucklos zu gestalten.

Ich hob den Blick und ließ ihn über die Umrisse der alten Hügel wandern. Der Nachmittag war noch jung, aber es kühlte bereits ab, und der Westwind schien jetzt stark genug, um kleine Staubwirbel mit leisem Geraschel geisterhaft über die spärlich bewachsenen Hänge zu treiben. Die Landschaft lag wild und einsam unter dem weiten Himmel, als hätte sie nie eines Menschen Fuß berührt. Und doch befand sich hier in diesem Stein ein kleines Zeichen menschlicher Handwerkskunst, und auch wenn die Hand, die das Becken geformt hatte, kühl und glatt und von rötlicher Farbe gewesen war, so war es doch eine menschliche Hand gewesen. Ich hatte einen Augenblick, um des unbekannten Steinmetzen zu gedenken und dem an diesem einsamen Ort verweilenden Schatten seines Geistes zuzunicken. Wer immer er gewesen war, hatte gute Arbeit geleistet. Ich bückte mich, um etwas Wasser aus der Quelle zu schöpfen, aber dann hielt ich inne.

Arienne hatte den Kopf in den Nacken gelegt und beobachtete den Himmel. Sie nickte, und ihr Blick wurde starr, bevor sie die Augen schloss. Fern im Osten kreiste ein Punkt am Himmel.

»Für einen Adler ist die Erde wie ein gefliester Boden«, murmelte sie. »Aber die Fliesen sind von unterschiedlicher Form, und die Grenzen zwischen ihnen wirken unregelmäßig, denn manche der Fliesen erstrecken sich über Meilen. Dieser sieht keine Menschen oder Pferde außer uns in seinem Fliesenboden. Es ist seltsam, hinabzublicken und sich selbst zu sehen, noch seltsamer, sich um das Wiedererkennen bemühen zu müssen, denn Adler sehen uns nicht, wie wir uns selbst sehen. Der Nächste im Osten ist seine Partnerin.« Eine kleine Falte erschien zwischen ihren Brauen. »Auch sie kann sehen …«

Sie arbeitete sich nach Osten vor, verband einen Beobachter mit dem nächsten und wurde nach dem dritten schweigsam, biss sich auf die Unterlippe und sammelte sich. Silvus kam näher und strich sich den Schnurrbart, während sie untersuchte, was die Könige des Windes sahen, und während ich verwundert zusah. Offensichtlich wurde die Aufgabe mit der größeren Entfernung schwieriger. Es war, als versuchte sie weit entfernte Stimmen durch Wind und Regen zu hören.

Dann versteifte sie sich plötzlich. »Dort. Ich weiß nicht… doch. Reiter, sehr weit entfernt, nordöstlich, denke ich. Sehr, sehr weit. Sechs… acht sind es. Genauso viele Ersatzpferde.«

»Auf unserer Fährte?«

»Ich versuche… Der Adler kennt keine menschlichen Richtungen und kümmert sich nicht um Pferde, und ich kann nur…«

Wir warteten schweigend und beobachteten sie. Im Westen verdüsterte sich der Himmel.

»Nicht in Gelb und Schwarz«, murmelte sie. »Gelbbraune Umhänge. Aber einer ist rotbärtig…« Silvus schaute grimmig drein. »Ein Nordmann, bestimmt Fährtensucher.«

»…Und einer hat den Hut abgenommen. Er hat einen kahlen Kopf mit einem Haarkranz von der Farbe des Moores.«

Silvus und ich sahen einander an. »Barras«, sagten wir gleichzeitig.

Wir warteten. »Sie biegen ab«, rief sie plötzlich. »Rotbart stieg ab und stieg wieder auf und streckte den Arm aus. Sein Schatten war hinter ihm, also zeigte er nach Westen. Und nun biegen sie in diese Richtung. Auf unsere Fährte. Und sie reiten im Trab.« Ihr Gesicht verzog sich, dann öffnete sie die Augen. »Der Adler verlor das Interesse, sobald sie ihren Schritt beschleunigten – als es deutlich wurde, dass sie nicht Halt machen würden und es keine kranken Nachzügler gab. Nun lässt er sie ganz unbeachtet.«

Silvus sah sich um und erschrak. »Wo ist Grames? Er hat das getan. Ich weiß nicht wie…«

Grames war nirgends zu sehen, und Silvus beendete den Satz nicht mehr. Während wir wild umherblickten, hörten wir auf der Straße unter uns Hufgetrappel und Schnauben – und einen Ausruf. Wir rannten den Hang hinunter, kamen aber zu spät. Zwei der Tragtiere galoppierten in Panik querfeldein durch Gestrüpp und Dornsträucher. Die anderen zwei…

Auf einem saß Grames, klammerte sich aus Leibeskräften an und trieb es mit Fersenstößen in die Weichen zu schwerfälligem Galopp an; das andere war noch hinter ihm angebunden und lief mit. Er entfernte sich schnell, war schon fast um die Wegbiegung und vergrößerte den Abstand mit jeder Sekunde. Keine Aussicht, ihn zu Fuß einzufangen, nicht in Tagen. Und bis dahin würde er Barras erreicht haben; die Verfolger waren einen, höchstens eineinhalb Tage zurück, nicht mehr.

Dieser schleimige, hinterlistige kleine… Zorn und Verzweiflung überwältigten mich. Ich brüllte ihm eine unflätige Verwünschung nach, aber er gab nicht zu erkennen, dass er sie gehört hatte. Gleich darauf kam er außer Sicht. Eine rasende Wut überkam mich. Er hatte uns hereingelegt, trotz allem hatte er uns hereingelegt und gewonnen. Ich hätte mich bei dem Gedanken auf dem Boden wälzen und Stücke aus den Steinen beißen können.

»Können Sie das Pferd zum Stehen bringen?«, fragte Silvus Arienne. Sie nagte an ihrer Unterlippe und starrte hinüber, als es am weiter zurückliegenden Hang wieder erschien und die Steigung zum Höhenrücken nahm. Grames bearbeitete es noch immer mit den Fersen und einem Stock.

»Ich versuche es… wenn ich die Verbindung halten kann…« Sie schloss die Augen und ihr Gesicht verzog sich vor Anstrengung, als höbe sie ein Gewicht, und vor Schmerzen, als wäre sie diejenige, die den Stock zu fühlen bekam. Nach einigen Augenblicken äußerster Konzentration stieß sie seufzend den Atem aus. »Nein. Nein – ich kann es nicht! Das Tier ist zu verängstigt, ich kann es nicht an dem Versuch hindern, vor den Schmerzen und der Furcht davonzulaufen. Es ist voll Erschrecken und Angst und Wut, und Grames schlägt immer noch auf es ein…«

Silvus warf seinen Hut zu Boden und trampelte wütend darauf herum, und ich sah zu, grau und zitternd in meiner eigenen Wut…

Wut, hatte sie gesagt? Ich fuhr herum und nahm sie bei den Schultern. »Kannst du das Tier dann wilder machen?«, fragte ich sie. Sie starrte mich an. »Wilder, wütender, noch ängstlicher, dass es scheut, sich aufbäumt?«

Ihre Augen weiteten sich. Sie sah mich entgeistert an und ich starrte zurück, halb zornig, falls sie für unmöglich erklären sollte, was ich verlangte. Ich wollte Grames tot sehen, und dieses Verlangen war so unbedingt wie ein verzehrendes Feuer in meinem Gehirn. Sie starrte ihm nach, blickte zurück zu mir, dann nickte sie, und ihr Gesicht nahm jenen Ausdruck innerer Versenkung an, den ich schon kannte. Diesmal aber lag Wildheit darin, die gleiche Wildheit, die dem Adler eigentümlich war, dessen Augen sie gebrauchte, und Angst, die sie von den schnaubenden Pferden im Busch bezog. Ihre Augen zeigten das Weiße. Sie öffnete die Lippen und atmete in kurzen Stößen. Ihr blind starrendes Gesicht arbeitete, und sie zitterte, aber steif, wie in Trance.

Silvus sah mit offenem Mund zu, sein Blick ging von ihrem Gesicht zu meinem. Widerstreitende Empfindungen spiegelten sich dabei in seinen Zügen. Er wusste, dass Magie gewirkt wurde, und war genötigt, seine Hoffnungen darauf zu setzen. Doch war in seinem Denken immer eine tiefe innere Abneigung gegen den Gebrauch der Kraft bestimmend gewesen. Ich konnte nur hilflos zusehen, bestürzt über das, was ich getan hatte. Sie zitterte jetzt und schwankte auf den Füßen wie eine Person, die unter schwerer Schüttellähmung leidet. Dann legte sie den Kopf in den Nacken, ihr Körper verkrampfte sich, und sie stieß einen Schrei aus, bevor sie erschlafft zusammensank und gefallen wäre, wenn ich sie nicht aufgefangen und gehalten hätte. Sie sah mich einen Augenblick lang an, als kennte sie mich nicht. Dann weinte sie. Noch weinend, nickte sie. Silvus eilte davon.

Wir ließen die zwei anderen Pferde unbehelligt. Sie würden zum Wasser zurückkehren, sobald sie sich beruhigt hätten, und zweifellos konnte Arienne sie dort halten. Ich ging mit ihr, hielt sie bei der Hand, während sie weinte, und zusammen wanderten wir die Straße zurück, erstiegen den nächsten Rücken und begannen den Abstieg auf der anderen Seite.

Grames war ein kleiner dunkler Fleck im Geröll am Fuß des Hanges. Er musste über die Straßenböschung geraten und ein Stück den Hang hinabgerollt sein, bevor er auf dem Gesicht liegend, Arme und Beine von sich gestreckt, zur Ruhe gekommen war.

Silvus stand schon bei ihm. Er kauerte sich nieder und berührte ihn, dann ließ er sich auf die Fersen zurücksinken. Ein Stück weiter standen die missbrauchten Pferde keuchend und blasend im Gestrüpp, rollten ängstlich die Augen und zuckten schreckhaft bei jeder Bewegung. Schaum troff ihnen von den Mäulern. Wir stiegen langsam den Hang hinunter zu der Stelle, wo er lag.

Fragend blickte ich zu Silvus. Er verstand von diesen Dingen mehr als ich. Er schüttelte den Kopf und sagte nichts.

Grames röchelte, schaumiges Blut drang ihm aus Mund und Nase. Sein Rücken war verkrümmt, und mehr Blut verfärbte seine Seite, wo er offenbar durch einen Hufschlag verletzt worden war. Zwei Schritte über ihm lag sein Geldbeutel, aus dem mehrere Goldstücke auf den Boden geglitten waren. Dort, wohin er ging, würden sie ihm nichts nützen.

Arienne kniete nieder. Sie streckte vorsichtig die Hand aus, berührte seine Schulter und zog sie zurück. Wieder warf ich Silvus einen fragenden Blick zu, und wieder schüttelte er den Kopf, stand mit müden Bewegungen auf und kam an meine Seite. »Eine Rippe durchbohrte einen Lungenflügel, würde ich sagen«, murmelte er. »Rückgrat gebrochen. Das zweite Pferd muss ihn übel zugerichtet haben, als es versuchte, sich vom ersten loszureißen. Er ist ganz zertrampelt und blutet innerlich.« Er seufzte. »Wird nicht mehr lang dauern.«

»Kann sie ihm helfen?«, fragte ich.

»Nur um seine Schmerzen zu lindern. Die Verletzungen sind zu schwer.«

Grames hatte sich nicht gerührt. Arienne legte ihm sanft eine Hand auf den Kopf, und ihr Gesicht nahm wieder den in sich gekehrten Ausdruck an. Er röchelte lauter, versuchte sich zu bewegen und erzitterte.

»Schh«, sagte sie ruhig. »Lieg still.«

»Du… wirst es richten«, brachte er hervor. Er hustete Blut. »Deine Gabe. Ich… wusste immer… Wusste immer… dass du… eines Tages… meine Mühe belohnen… Alles für dich… was ich getan… alles für dich…«

Das Sprechen hatte ihn überanstrengt. Ein röchelnder Hustenanfall erstickte in schaumigem Blut, ein krampfhaftes Zittern durchlief seinen Körper – und er starb. Vielleicht erzählte er sich noch immer Lügen.

Arienne stand auf und blickte auf ihn nieder.

»Wir müssen ihn begraben«, meinte Silvus.

»Nein«, widersprach sie. »Wir haben keine Zeit, müssen fort. Überlassen wir ihn den Geiern und Krähen. Es ist nicht schlimmer als das, was er verdient.« Dann entgleisten ihre Züge und sie schluchzte. »Aber er hat mich aufgezogen und … er …« Ich konnte ihr nur den Arm um die Schultern legen und sie nutzlos tätscheln, als sie steif dastand und weinte. Sie lehnte sich nicht an mich.

Silvus kniete neben ihm nieder, wälzte ihn auf den Rücken und richtete seine Gliedmaßen gerade. »Es ist Zeit dafür«, sagte er. »Beruhigen Sie die Pferde, dann werden Will und ich tun, was notwendig und anständig ist. Wir können ihnen jetzt ohnehin nicht entkommen.«

Sie stellte keine Frage, sah ihn noch einen langen Augenblick an und wandte sich dann den Pferden zu. Ich überlegte, ob ich mit ihr gehen sollte, aber Silvus hatte gesagt *Will und ich,* also gab ich mich damit zufrieden, dass ich ihm half, Grames Leichnam in seinen Umhang zu hüllen, ihm Münzen auf die Augen zu legen und die kurzen Gebete zu sprechen, die gleichen, die ich für die Soldaten gesprochen hatte, die wir vor vier Tagen begraben hatten. War es noch nicht länger her?

»Was meintest du damit, dass wir ihnen jetzt nicht mehr entkommen können?«, fragte ich. Allerdings fürchtete ich, die Antwort bereits zu wissen.

»Wie ich sagte. Wenn sie im Trab reiten konnten und Ersatzpferde hatten, werden sie uns einholen, falls wir auf der Straße bleiben, und wenn wir es nicht tun, werden sie den Pass vor uns erreichen. Inzwischen müssen sie wissen, wohin wir wollen.«

Ja, ich wusste die Antwort bereits. »Wie hat Barras es geschafft?«

»Einfach genug, wenn du es rückwirkend betrachtest. ›Meine mystischen Kräfte sagen mir, dass sie nach Südwesten geflohen sind. Ich werde einen Trupp Leute mitnehmen und ihre Fährte finden‹, sagte Grames zu Georghe. ›Meine Gabe wirkt am besten, wenn die Fährte warm ist. Sie folgen mir, wenn Sie die Verstärkungen und Vorräte beisammen haben.‹ Also schickte Barras ihn mit den Leuten voraus, die er zu dem Zeitpunkt zusammenkratzen konnte.« Silvus blickte hinüber zu den zottigen kleinen Pferden, die wir uns angeeignet hatten. Arienne lockte sie näher, beruhigte sie und führte sie zu ihr. Sie schnaubten und bliesen noch immer, waren aber bereit, sie heranzulassen.

Er fuhr fort: »Barras wartete, bis er bessere Pferde und Ersatztiere hatte – Nathan würde sie ihm schicken, sobald er von den Ereignissen erfuhr –, beschaffte Vorräte und mietete einen Fährtenleser aus dem Nordland. Vielleicht opferte er sogar einen oder zwei Tage dafür, nur um sicherzugehen, falls Grames versagte. Dann brach er auf und folgte dem Voraustrupp in der Hoffnung, dass Grames uns gefunden haben würde. Aber für den Fall, dass er der Fährte eine lange Strecke würde folgen müssen, war er hinreichend ausgerüstet und verproviantiert. Und natürlich fand Grames uns nicht. Er wusste, dass er uns nicht finden konnte. Er würde uns locken müssen, ihn zu finden. Und zu diesem Zweck machte es ihm nichts aus, die Männer seines Voraustrupps zu opfern. Als er in die Gegend kam, wo wir nach seiner Rechnung sein mussten, lief er davon, und sie jagten ihn.«

»Das erforderte Mut.«

»Ganz sicher. Er hatte Mut, unser Meister Grames.

Und seine Rechnung ging auf. Wir kamen zu ihm, um ihn zu retten. Der verlässliche, gutmütige alte Silvus de Castro. Rettet die Lage. Wir überfielen seine Verfolger gerade zur rechten Zeit für ihn.«

»Aber Georghe war nur einen oder zwei Tage hinter ihm, und sein Fährtenleser fand den Ort des Überfalls.«

»Er hätte ihn kaum übersehen können. Wahrscheinlich war er schon am nächsten Morgen dort. Auf den ersten Blick muss es den Anschein gehabt haben, dass wir sie alle niedergemacht hätten, den ganzen Trupp. Aber die Öffnung des Grabes muss ihnen gezeigt haben, dass Grames fehlte, wahrscheinlich von uns fortgeschleppt, sei es als ein Gefangener, der bei Verhandlungen als Trumpfkarte dienen konnte, sei es, um ihn später zu töten. Das hätte Georghe jedenfalls an unserer Stelle getan. Dann folgte sein Fährtenleser uns bis hierher, ein tüchtiger Mann. Was ich nicht verstehen kann, ist…«

»Wie er auf unserer Fährte bleiben und so schnell vorankommen konnte. Wir haben sie ziemlich gut getarnt. Es hätte ihn zumindest verlangsamen müssen. Aber er kam so schnell voran wie wir. Wie?«

»Nun, da er auf der Straße ist, wird er noch schneller vorankommen. Für einen Nordmann ist der Verlauf klar wie der lichte Tag. Ja, ich weiß, wie er unserer Fährte folgen konnte. Es ist offensichtlich. Grames muss sie irgendwie markiert haben. Ich wusste das, sobald Arienne sagte, sie hätten die falsche Fährte, die zu legen wir so viel Zeit aufwendeten, nicht einmal angesehen. Aber wie ist Ihnen dieser Trick gelungen, Meister Grames? Wie haben Sie unsere Fährte für Barras markiert? Sie machten sich davon, bevor ich die Antwort aus Ihnen herausprügeln konnte. Schlau von Ihnen.«

Meister Grames sagte nichts. Ich nahm sein Geld

und seinen Wasserschlauch, um beides mit ihm zu begraben. Hier in der Einöde der westlichen Marken würde niemand etwas damit anfangen können. Der Wasserschlauch war noch voll. Das Schwappen darin erinnerte mich daran, dass ich durstig war, und ich hatte den Verschluss abgenommen und einen kräftigen Zug getan, bevor ich mir Gedanken darüber machte. Wahrscheinlich war es unanständig, wenn er tot zu unseren Füßen lag.

Unanständig vielleicht. Ganz sicher aber abscheulich. Das Wasser schmeckte unangenehm bitter und scharf und hatte einen widerlichen Beigeschmack, den ich von irgendwo kannte, aber nicht einordnen konnte. Ich prustete und spie es aus und wischte mir den Mund mit dem Ärmel, würgte und spie noch einmal. Und dann starrte ich den Wasserschlauch an und blickte verblüfft zu Silvus auf.

Er streckte die Hand aus, plötzlich wachsam, und ich gab ihm den Wasserschlauch. Er roch daran, goss klares Wasser heraus, nahm dann einen Tropfen auf die Zungenspitze. Er spuckte, wie ich es getan hatte. Dann nickte er bei sich, und nickte auch zu Meister Grames, der nicht zurücknickte.

»Verdammt schlauer Bursche… Weißt du, was dies ist, Will?«

»Gift?«

»Eigentlich nicht. Es würde dich nicht umbringen. Manche Leute geben es Kindern als Medizin. Die armen kleinen Würmchen.« Er grinste, aber das Grinsen wirkte bitter. »Es ist Salpeter. So viel wie sich im Wasser auflösen lässt. Mindestens vier bis fünf gute Hände voll. Wenn du dies auf harten, steinigen Boden schüttest, sieht es bloß wie Wasser aus und riecht schwach nach Salpeter, wie sich denken lässt. Wartest du aber ein paar Stunden, so verdunstet das Wasser – und siehe da, am Boden liegt ein Streifen weißer Kristalle, größer als Salzkörner, die im Sonnenschein glänzen. Genauso gut könnte man ein Schild mit einem Pfeil hinterlassen. Vielleicht fertigte er sogar eine Pfeilspitze daraus, um es eindeutiger zu machen, aber an sich genügt ein Strich, der die Richtung der Fährte anzeigt.«

Ich blickte nieder auf Grames' Gesicht, das ruhig, ernst und entspannt wirkte. In diesem Augenblick verdeckten die aufziehenden Wolken die Sonne. »Dieser verfluchte...«

Silvus blinzelte zum Himmel auf. »Das einzige Problem ist, dass die Kristalle sich wieder auflösen, wenn es regnet. Also gießt man das Salpeterwasser an einem geschützten Ort aus, wenn man einen finden kann. Trotzdem wurde die Markierung durch den Regen, den wir hatten, teilweise ausgewaschen, und sogar der Nordmann blieb zurück, als wir dem Bachlauf folgten. Dann hatte Grames ein wenig Glück – eine Trockenperiode, die anfing, als wir den Bach verließen. Sie dauerte beinahe drei Tage, bis jetzt, und die ganze Strecke über markierte er unsere Fährte. Und der Nordmann konnte wieder aufholen, übersah nicht die entscheidende Richtungsänderung und verlor keine Zeit mit der Verfolgung unserer präparierten falschen Fährte. Nein, wenn ich es recht bedenke, hatte Grames zweierlei Glück. Das zweite ist, dass ich den Verstand verliere, den ich zu besitzen pflegte.«

»Willkommen in der großen Gemeinde. Warum fragte ich nicht, warum...«

»*Ich* fragte nicht, warum er den Wasserschlauch mitführte.«

»Warum hättest du ihn danach fragen sollen? Ich nahm es bloß für ein Zeichen, dass er in solchen Dingen dumm und unerfahren ist. De Castros Gesetz, Will: *Erscheine stets dümmer, als du bist.* Obwohl das in meinem

Fall schwierig gewesen wäre.« Arienne kam zurück, und eines der Pferde, die sie führte, trug die Schaufel im Gepäck. Wir begruben Grames mit allem Respekt, den wir jemandem schuldeten, der uns hereingelegt, sehr wahrscheinlich sogar zerstört hatte und auf der anderen Seite vergnügt lachend auf uns wartete.

»Das war das Dunkel«, sagte Arienne. Ich widersprach ihr nicht. Wir hatten auf der Straße die größtmögliche Marschleistung vollbracht, aber es wurde wieder Abend, und wenn wir die Straße nicht im Dunkeln verlieren wollten, mussten wir bald Halt machen.

KAPITEL XII

»Ich fühlte es zum ersten Mal«, fuhr sie mit Bitterkeit fort. »Den Kitzel der Macht. Erregend, berauschend, prickelnd vor Stärke. Es war wundervoll, wie ein Traum wundervoll ist, aber gerade an dem Punkt, da er in den Alptraum umschlägt. Als ob die Welt ein Spielzeug wäre, ein Ding, das zu meinem Vergnügen gemacht ist. Ein Feuer, das Funkenschauer versprüht, und jeder Funke ist ein lebendiger Geist, und alle unterstehen meinem Befehl. Alles, was ich vorher getan hatte, war nichts, verglichen damit.« Sie schauderte. »Ich möchte das nie wieder fühlen, und doch… und doch will ich es. Ich werde mein Leben lang den Wunsch verspüren.« Ihre Stimme war tonlos geworden. Sie war müde, aber das war nicht der Grund. Sie war angewi-

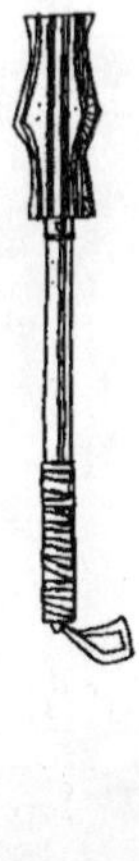

dert von sich selbst und von mir. Wir gingen zusammen, aber ohne uns zu berühren.

Die Nacht senkte sich herab, trostlos wie das Grab eines Bettlers. »Was haben wir getan?«, fragte sie mich in ihrer Angst, und ich hatte keine Antwort. Ich wagte sie kaum anzusehen. Auch ich war von Will Parkin angewidert. Und ich hatte den Ausdruck in Silvus Gesicht gesehen. Das machte es einhellig.

Und ich schämte mich. Inwieweit unterschieden sich die Anforderungen, die ich an sie gestellt hatte, von Grames'? Wütend und voll Vergeltungsdrang, sekundenlang völlig außer mir, hatte ich von ihr verlangt, dass sie ihr Talent gebrauche, um die Natur für meine – schädlichen – Zwecke zu verbiegen. Es war nichts anderes als das, was Grames von ihr gewollt hatte, und was das Wesen des Dunkels ist. »Nichts weiter als ein Kürzel für menschliche Schlechtigkeit«, hatte Silvus einmal gesagt.

Menschliche Schlechtigkeit? Ha! Hier bedurfte es einer genaueren Formulierung. Diese Schlechtigkeit war meine und niemandes sonst. Weshalb unterschied ich mich dann von Grames? Oder von Nathan, was das betraf?

Es war so einfach gewesen, so natürlich. Ich hatte Grames' Tod gewünscht, und nun war er tot. Es nützte nichts zu sagen, er habe den Tod verdient gehabt. Gewiss hatte er es in einer Weise. Oder vielleicht nicht? Mehr als diese armen Kerle, die wir aus dem Hinterhalt niedermachten? Wenigstens waren sie bewaffnet gewesen und hatten eine Chance gehabt. Wir hatten unser eigenes Leben riskiert, um sie zu überwältigen. Den Beruf eines Kriegers zu ergreifen, ist das Gleiche wie die Unterzeichnung des eigenen Todesurteils. Mit aufgeschobener Vollstreckung, hofft man, aber die Gnadenfrist wird früher oder später ablaufen.

Ich schnaubte. Na und? Man konnte das Gleiche

über das Leben selbst sagen. Jede Geburtsurkunde ist langfristig ein Todesurteil, und niemand hat es wirklich verdient.

Aber dieser Tod, dass Grames in dieser Weise umgekommen ist, dies war unnötig gewesen. Ich hätte ihn gehen lassen können. Was für einen Unterschied machte es für uns, wenn er triumphierend davonlief, um sich Barras anzuschließen? Die Lage schien kaum verändert. Barras würde uns trotzdem einholen oder unsere einzige Fluchtroute sperren. Wir hatten jetzt die gleiche Wahl, die wir gehabt hatten, bevor wir Grames umgebracht hatten: Weglaufen und gefangen werden; uns auf den Mooren und Heiden der westlichen Marken verlieren und verhungern oder erfrieren, wenn der Winter kam; stehen und kämpfen; kapitulieren. Das war es. Ich hatte ihn nicht töten müssen, er war wehrlos gewesen, und ich hatte nicht an Gerechtigkeit gedacht, als ich es getan hatte. Ich war in blinder Wut gewesen. Sein Blut klebte an meinen Händen.

Und es half auch nicht, wenn ich sagte, ich hätte eigentlich nicht gewollt, dass die Pferde ihn zu Tode trampelten; ich hätte ihn nur aufhalten wollen, damit wir ihn fangen könnten. Fangen und... was? Für seinen Verrat bestrafen. In meiner blinden Wut hatte ich Grames mit eigenen Händen in Stücke reißen wollen, und das war alles, woran ich gedacht hatte. Vergeltung für seine Perfidie. Welche Perfidie? Er war von Anfang an gegen uns gewesen, und seine Handlungsweise war zumindest mutig gewesen. Ich bezweifelte, dass ich den Verstand und die Nerven gehabt hätte, das zu versuchen, was er getan hatte. Und beinahe wäre er damit durchgekommen.

Tatsächlich war seine Strategie erfolgreich gewesen, wenn auch nicht für ihn. Wir waren erledigt, und er hatte uns erledigt. Barras kam mit jedem Tag näher.

Wir mussten Halt machen. Es war dunkel geworden. Alles war dunkel. Eine Tagereise weiter östlich war es noch dunkler; und sicherlich würde auch Georghe Halt gemacht haben müssen. Aber er konnte seine Reittiere pflegen, füttern und tränken und jeden Tag im ersten Licht aufsatteln und weiterreiten, bis der Abend zur Nacht wurde. Wir konnten es auch; aber unsere Pferde waren schlecht genährt und von geringerer Qualität. Wir verließen uns auf Grünfutter, was bedeutete, dass sie Zeit zum Grasen haben mussten. Wir hatten aber keine Zeit. Ich schätzte, dass Georghes gut genährte, leicht beladene Tiere unseren Vorsprung in einer Woche eingeholt haben würden. In dieser Zeit würden wir allenfalls die Hälfte der Strecke bis zum Pass zurücklegen. Und wenn wir die Pferde antrieben, bis sie zusammenbrachen, würde das Ergebnis das gleiche sein.

Silvus stapfte hinter uns her und führte zwei Pferde am Zügel. Eines der beiden, die Grames mitgenommen hatte, war in schlechtem Zustand, lahmte nach seinen Anstrengungen, und wir mussten es gehen lassen. Damit blieben uns drei. Barras hatte Ersatzpferde. Ein weiterer Grund, warum er uns einholen würde.

Wenigstens war er jetzt nicht in Bewegung. Inzwischen war es stockfinster. Auch wir würden im ersten Tageslicht aufbrechen und das Spiel bis zu seinem Ende weiter treiben. Es war das Beste, das wir tun konnten. Es war alles, was wir tun konnten.

Wir legten uns nieder. Ein Lagerfeuer hätte nicht geschadet und uns vielleicht aufgemuntert. Aber ich wollte nicht aufgemuntert sein. Ich wollte Arienne sagen, wie sehr ich bedauerte, was geschehen war, und sie um Vergebung bitten. Freilich hatte ich das ungute Gefühl, dass ich nicht zum zweiten Teil kommen würde, und so versuchte ich es nicht erst mit dem ersten. Ich machte auch kein Lagerfeuer. Offenbar war es mein Tag für schlechte Entscheidungen.

In der Nacht begann es zu regnen, und der Regen nahm an Stärke zu. Gewiss, das Bettzeug war wasserdicht, und wir konnten die Tarnstoffe über die Köpfe ziehen, sodass wir nicht nass wurden, aber es war trotzdem freudlos. Und meine Gedanken boten eine noch trübere Gesellschaft. Geradeso verhielt es sich mit meinen Träumen.

Der Morgen brach trüb, kalt und regnerisch an, aber wir waren mit dem ersten Morgengrauen auf und davon. Georghe natürlich auch, sobald sein Fährtenleser im ersten Licht die überwachsene Spur der alten Straße aufnehmen konnte.

Silvus führte die Pferde. Sie waren unwillig, aber wir konnten ihnen nicht mehr Zeit geben. Wir stapften im Regen dahin, ohne zu sprechen, jeder tief versunken in bitteren Gedanken. Ich fragte mich, was ich dem Gott der Gerechtigkeit sagen sollte, wenn ich Ihm begegnete. Angeblich verabscheute er Schwarze Magie und ihre Träger. Wie mochte er zu den Leuten stehen, die den beliebigen Magier in Versuchung gebracht hatten, sich dem Dunkel zuzuwenden. Nicht warm und positiv, vermutete ich.

Am regenverhangenen Osthorizont begann eben der Tag zu grauen. Die Nacht war noch nicht ganz vorbei, aber am vergangenen Abend hatte ich mir die nächste Anhöhe eingeprägt, auf die die Straße zugelaufen war, und wenn wir sie erreichten, würde es hell sein. So konnten wir den Tagesmarsch beginnen, bevor die Straße noch deutlich erkennbar war; natürlich würde Georghe es genauso einrichten können.

Der Regen machte es nicht leichter. Wir passierten einen Schichtenkopf, verwitterte Felsen, die den dünnen Boden eines Hanges durchbrachen. In einer Nische zwischen zwei geborstenen Felspfeilern saß eine Eule, ein kleines braunes Tier, das traurig und nass aussah. Es war gut, dachte ich, dass Barras keine Eulen verwenden konnte, um uns nachzuspionieren. Wir waren diejenigen mit dieser Fähigkeit. Nicht, dass es uns in unserer gegenwärtigen Lage nützte...

Ich beobachtete die Eule, die im kalten, nassen Morgengrauen zurückstarrte und mich als bedeutungslos aus ihrer Aufmerksamkeit entließ. Das Licht nahm allmählich zu, und dann fiel mir etwas ein, was mich beinahe zum Stillstand gebracht hätte. Das Blut unter meiner Haut, das so träge geflossen war wie das einer Eidechse im Winter, wurde auf einmal wieder schnell durch die Adern gepumpt.

Ich fiel zurück, um neben Silvus zu gehen. Er nickte mir zu, aber ich hatte keine Zeit für Umgangsformen. »Du sagtest mir einmal, dass ein Mann zu Fuß im weglosen Gelände auf lange Sicht beinahe so schnell vorankommen könne wie ein Reiter«, sagte ich. Es hörte sich fast wie eine Beschuldigung an.

Er blickte nicht auf. »Ja, das ist zu machen, wenn er in guter Verfassung ist. Natürlich kann er mit dem Schritt eines Pferdes nicht mithalten. Er schafft den Ausgleich, indem er jede wache Stunde und mehr marschiert, auch während der Stunden, die ein Pferd braucht, um gefüttert und gepflegt zu werden und auszuruhen. Das können wir nicht. Wir können im Dunkeln nicht marschieren, weil wir sonst Gefahr laufen, von der Straße abzukommen.«

»Weil wir sie nicht sehen können.«

»Ja.« Ich atmete ein und aus. »Also werden wir gegen Georghe keinen Vorsprung herausholen, weil wir nicht lang genug marschieren können.«

»Ja. Was?« Er hatte etwas in meinem Verhalten bemerkt. Plötzlich, wie von ungefähr, konnte ich mich bei ihm entschuldigen. Vielleicht lag es daran, dass ich dachte, es könnte eine Zukunft und eine Gelegenheit zu sühnen geben.

»Es tut mir Leid«, sagte ich. »Es war die Wut. Ich wollte es nicht. Grames hätte nicht sterben sollen.«

Er hob den Kopf und sah mich an. »Du entschuldigst dich bei mir? Will, Junge, der einzige Unterschied zwischen uns ist der, dass mir dieser Trick nicht einfiel. Wenn ich in jenen Augenblicken Grames' Hals in die Finger bekommen hätte…« Sein Gesicht verschloss sich. »Ich würde das Dunkel gebraucht haben, die Götter mögen mir helfen. Aber dank Ihnen dachte ich nicht daran, und wahrscheinlich hätte ich es ohnedies nicht machen können. Meine Kraft ist nicht annähernd so stark wie Ariennes.«

Ich nickte. Die nächste Frage musste sehr vorsichtig gestellt werden. »Du würdest niemals selbst vom Dunkel Gebrauch machen«, sagte ich. »Ich glaube nicht, dass du es in dir hast. Aber es könnte Zeiten geben, in denen du dein Talent gebrauchen würdest.«

Die Falten um seine Augen vertieften sich, und zehn Schritte lang beobachtete er den Hang neben uns. »Ja«, sagte er endlich, »ich nehme an, es gibt höhere Erwägungen der Ehre jenseits des strikten Buchstabens eines Gelübdes. Früher hätte ich es nicht gedacht; damals war ich überzeugt, dass der Gebrauch des Talents und das Dunkel untrennbar miteinander verbunden seien. Also schwur ich meinem Vater, dass ich es niemals gebrauchen würde. Aber ich werde nicht zulassen, dass mein Knappe verhungert oder ermordet wird, wenn der Gebrauch meiner Gabe es als letztes Mittel verhindern würde.« Er schnaufte. »Da hast du's. Die sophistische Weisheit des Silvus de Castro. Du bist mein Knappe. Es wird von mir erwartet, dass ich für deine Erziehung zu Ritterlichkeit und Höflichkeit verantwortlich bin. Betrachte dies als einen Teil des Prozesses. Aber ich schulde dir ein Dutzend Male mein Leben. Es gibt keine Ursache, dich bei mir zu entschuldigen.«

»Ich weiß. Es ist bloß ein Aufwärmen. Ich weiß, bei wem ich mich entschuldigen muss.«

Er blickte wieder zu Boden. »Dann geh und tu's. Ich nehme das Pferd. Es ist beinahe Tag.«

»Danke.«

Ich beschleunigte meine Schritte. Arienne war ein Stück voraus, und ich bezweifelte, dass sie mein Zurückbleiben bemerkt hatte, so eingehüllt war sie in den Mantel ihres Zornes und bitteren Schmerzes. Ich holte sie ein und ging neben ihr, versuchte einen Zugang zu finden.

»Du fragtest mich gestern Abend, was wir getan haben«, sagte ich schließlich. Sie hob kaum den Kopf. Wir erreichten den Rücken der Anhöhe. Die Lichtverhältnisse besserten sich vorübergehend, und bevor neue Regenvorhänge grau heraufzogen, konnten wir den Verlauf der Straße über eine lange Strecke klar erkennen. Kam man aber näher, schien sie in der Vegetation zu verschwinden. Arienne nickte abwesend.

»Ich habe etwas Schlimmes getan«, sagte ich. »Sogar eine ganze Reihe von Schlechtigkeiten.« Sie wollte etwas sagen. »Nein, lass mich sprechen.« Wir kamen auf die Gefällstrecke. Sie war nicht lang, bevor der Anstieg zum nächsten Höhenzug begann. »Ich log auch. Ein beinahe so schlaues Täuschungsmanöver wie Meister Grames', nur glückte es nicht. Dann trat ich einem Mann die Zähne ein, als er gerade aufwachte und hilflos war, und zerschmetterte einem anderen die Hand. Und ich stand dabei, während Silvus ein Kind ängstigte. Später tötete ich zwei Männer und verursachte den Tod eines weiteren, und das, wie sich herausstellte, für nichts und wieder nichts.«

Sie schüttelte den Kopf. »Diese Dinge...«, machte eine abwehrende Handbewegung.

»Gehörten zu dem, was Krieger tun. Nun, vielleicht will ich kein Krieger mehr sein. Aber wahr ist, was ich gestern tat, war schlimmer. Viel schlimmer. In meiner Wut, aus verletztem Stolz, weil ich überlistet worden war, verleitete ich dich, den Weg des Dunkels zu gehen. Dafür habe ich mich vor der Göttin zu verantworten. Sie sagte mir einmal, dass ich Ihren Garten sehen würde, aber wenn ich ihn von innen sehen möchte, werde ich gut daran tun, Sie um Vergebung zu bitten. Doch ich weiß, was die Göttin sagen wird – dass ich zuerst dich um Vergebung bitten sollte. Also will ich es tun. Es tut mir Leid, Arienne. Ich werde nie wieder zulassen, dass es mir oder dir noch einmal geschieht. Ich möchte sichergehen, dass es uns nie wieder passiert.«

Ihr Kopf blieb gebeugt, sie stapfte weiter gleichmäßig dahin. Der Regen kam herunter, in der Ferne grollte Donner, und der trübe Tag hüllte uns ein. Es war wie der Vorhang zum letzten Akt eines Stückes, und ich hatte gerade die einleitenden Worte gesprochen.

Dann strafften sich ihre Schultern, und sie schritt weiter aus.

So wanderten wir im Regen dahin.

Auf dem Marsch hält man zur Mittagszeit Rast, weil es so üblich ist und weil man anhalten muss, um etwas zu essen, was bedeutet, dass man die Rucksäcke ablädt und Proviant herausnimmt. Aber wir machten es kurz.

Wir waren recht gut vorangekommen, und ich hatte den Drang unterdrücken können, immer wieder über die Schulter zu spähen, um zu sehen, ob Barras schon in Sicht sei. Die Vernunft sagte mir, dass er noch sechs oder sieben Meilen hinter uns sein musste. Aber er holte auf. Und eines der drei Pferde, die wir noch besaßen, zeigte Anzeichen von Kurzatmigkeit.

Die tiefhängenden Wolken und der Regen hielten

die großen Raubvögel an ihren geschützten Ruheplätzen fest, was die Sache schwieriger machte. Was mich bewegte, war ein kniffliges Thema, aber ich spielte mit unser aller Leben, wenn ich es nicht zur Sprache brachte.

»Wenn du die Sinneswahrnehmungen eines Tieres teilst, macht ihm das nichts aus, nicht wahr?«, fragte ich sie. Arienne hatte missvergnügt einen Streifen Dörrfleisch betrachtet. Als Dauernahrung kann Dörrfleisch sehr rasch Überdruss erzeugen. Sie blickte auf, überrascht und etwas vorsichtig. Die Vorsicht schmerzte, aber ich musste fortfahren.

Sie überlegte. »Nein. Tatsächlich hat es keine Ahnung, dass ich da bin.«

»Und du verletzt es in keiner Weise, zwingst es auch nicht, gegen seine Natur zu handeln?«

Sie beobachtete mein Gesicht, ihre Augen wurden schmal. »Ich weiß nicht, ob ich jetzt darüber sprechen möchte, Will.«

Ich befeuchtete meine Lippen. Aber dies war wichtig. »Ich verstehe. Trotzdem muss ich diese Fragen stellen. Ich muss die Antworten wissen, bevor ich dir eine Idee auseinander setze.«

Auch Silvus beobachtete mich und zog eine Augenbraue hoch. »Arienne«, sagte er und brach dann ab. Sie blickte zu ihm hin. »Ich kenne ihn, seit ich ihm die Nase wischen musste. Wenn er so wird, lohnt es sich, zuzuhören. Und ich gebe dir mein Ehrenwort, dass wir beide lieber sterben würden, als noch einmal Gebrauch vom Dunkel zu machen.«

Sie nickte, enthielt sich des Urteils ein wenig länger. Nach kurzer Pause ging sie auf die Frage ein. »Nein, ich schade dem Tier nicht, wenn ich nur seine Sinneswahrnehmungen mit ihm teile. Aber ich werde nicht gegen seine Natur handeln. Ich werde es nicht zwingen, etwas zu tun, was es nicht will. Ich werde es nicht ängstigen oder in Zorn bringen oder täuschen oder gefährden, sei es um meinetwillen oder für andere. Nie wieder.« Sie erschauerte.

»Gut. Also ist es nicht Umgang mit dem Dunkel, nur ein Tier als Ausguck zu benutzen, wenn die Beobachtung des Geländes seiner Natur entspricht und das Tier es ohnehin tun würde?«

Sie dachte nach, suchte in meinen Worten nach einer Falle. Sie hatte ein Recht darauf, ein Recht, mir nicht zu trauen. Ich hatte sie verraten. Dann nickte sie zögernd. »Nein, ich glaube nicht. Was bezweckst du mit diesen Fragen?«

Ich sagte es ihr. Sie saß auf ihrem nassen Felsblock und starrte mich an. Silvus saß auf seinem und tat das Gleiche. Nach einer Weile starrten sie einander an.

Der Abend dämmerte. Der Nachmittag war düster und nass und kalt gewesen, und der Abend versprach noch schlimmer zu werden. Barras, der vom Sonnenuntergang weiter entfernt war, würde bereits Halt gemacht haben und absatteln, die Pferde abreiben und füttern.

Wir hatten unsere letzten Tragtiere freigelassen. Sie würden uns jetzt nur aufhalten und mussten mit dem Grün- und Raufutter der Heiden und Hochmoore Vorlieb nehmen. Da sie sich in der Freiheit ganz der Futtersuche widmen konnten, waren ihre Aussichten, den Winter zu überleben, nicht schlecht. Wir beschränkten unsere Traglasten auf das Nötigste: Lebensmittel, Bettzeug und unsere Waffen. Zur Nahrungssuche würde keine Zeit sein, abgesehen vielleicht von ein paar Beeren, die sich im Vorbeigehen von Sträuchern streifen ließen. Wir aßen im Gehen, als der Abend kam, und wanderten weiter in die Nacht hinein.

»Da ist eine«, rief Arienne mit gedämpfter Stimme. Es war eine Eule, die nicht weit vor uns in lautlosem

Flug zwischen einem Dickicht und einem von Blöcken und Gesteinsschutt übersäten Hang vorüberstrich. »Ah.«

Ich ging neben ihr und beobachtete sie, als sie das Bewusstsein des Tieres erreichte und an seinen Wahrnehmungen teilhatte. Sie lächelte und erfreute sich für ein paar Augenblicke der überragenden Nachtsicht des Eulenauges. Es war gut, sie wieder lächeln zu sehen.

»Die Nacht wird hell, aber nicht wie bei Tag. Sie scheint Licht zu sehen, das vom Himmel herabkommt und von der Erde herauf, beides zugleich«, sagte sie. »Und Eulen bevorzugen die offenen Flächen zwischen Sträuchern und Dickichten, wo sie Mäuse und Maulwürfe greifen können und auf der Jagd nicht zu vielen Hindernissen ausweichen müssen. Also haben sie ein sehr gut ausgebildetes Gespür für offene Flächen. Ich kann die Straße als einen wohlbekannten Jagdgrund betrachten.« Sie lächelte. »Die Eule sieht uns auch, natürlich, und wünscht, wir würden fortgehen. Anscheinend verscheuchen wir die Beute.«

»Dann wollen wir ihr den Gefallen tun«, erwiderte ich. Wir gingen weiter.

Wenn Barras hinter einem ist, und vor einem die Sicherheit, verlangt man sich viel ab. Von Zeit zu Zeit legten wir kurze Pausen ein, wenn Arienne die nächste Eule fand. Gewöhnlich jagten sie entlang der Straße, und ihr durchschnittliches Territorium hatte eine Ausdehnung von ungefähr einer halben Meile im Quadrat. Jede von ihnen wusste ungefähr, wo die nächste anzutreffen war, und Arienne meinte, es sei nicht schwierig, die Sinneswahrnehmungen der Eulen zu gebrauchen, um die nächste zu finden.

Nun waren Müdigkeit und Erschöpfung der einzige Feind. Aber Arienne schritt noch immer leicht und elastisch aus, Silvus war die Ausdauer selbst, und ich hatte mich gut erholt. Krieger sind das Marschieren gewohnt. Und wenn wir andere, weniger anständige Dinge tun, können wir die langen Abschnitte stumpfsinnigen Marschierens wenigstens dazu nutzen, unser Tun zu überdenken und im mechanischen Rhythmus unserer Schritte Gebete zu sprechen.

Wir machten erst Halt, als wir nicht mehr weitergehen konnten. Es musste beinahe Mitternacht gewesen sein, und noch immer rieselte leichter Regen. Wieder kein Feuer. Schlaf.

Wir brachen auf, bevor die Morgenröte den Osthimmel färbte. Georghe Barras tat das Gleiche, aber er war weiter entfernt als zuvor. Sechs Stunden Marsch in der Dunkelheit bei vielleicht eineinhalb Meilen in der Stunde, mit weniger Pausen. Ich schätzte, dass wir sieben Meilen zurückgelegt hatten, vielleicht etwas mehr. Er würde diese Strecke an einem Tag aufholen, aber dann liefen wir ihm bei Nacht wieder davon.

Arienne musste mit Mana haushalten. Der Tag trübte sich bald wieder ein, von Zeit zu Zeit regnete es, und die Bäche waren von den Niederschlägen angeschwollen. Die Hügelketten verliefen jetzt wieder in nordsüdlicher Richtung. Die Hügel waren nicht sehr hoch, weil das Land insgesamt höher lag als weiter östlich, aber die von Heide überwachsenen Höhenzüge bildeten nach wie vor lange Bollwerke, die den geraden Weg versperrten und die Straße zu weiten Umgehungen zwangen. Ihre Erbauer hatten stets die leichteste Route gewählt und starke Steigungen vermieden. So umging sie die steilen Hänge und den zutage tretenden Fels, und an diesem und dem nächsten Tag war keine Manaquelle zu finden.

»Wirst du heute Nacht noch auskommen?«, fragte ich sie besorgt.

»Wenigstens noch zwei Nächte. In der Quelle war ein guter Vorrat.« Ernüchtert beäugte sie den nächsten

Hang, dann blickte sie zu mir. »Obwohl ich ziemlich viel gebrauchte«, fügte sie hinzu.

Ich starrte auf den Boden, der unter meinen Füßen zurückblieb. *Gehen, gehen, gehen,* sagte ich mir. *Das ist alles, was du einstweilen tun kannst.*

Es war gut, dass Eulen im baumarmen Hügelland zahlreich vorkamen. Manchmal gebrauchte Arienne andere Beobachter – ein Wiesel, Wildkatzen, einmal einen Ziegenmelker, der im Zwielicht Insekten jagte. Einmal passierten wir in der Abenddämmerung eine Felshöhle, als ein Schwarm Fledermäuse wie eine lebendige Wolke herausströmte. Ich sah ihn in einem schwarzen Gittermuster an der unvollkommenen Scheibe des zunehmenden Mondes vorbeifliegen, und mir kam ein Gedanke. »Sie müssen gut zu gebrauchen sein, mit der Nachtsicht, die sie haben«, bemerkte ich, um etwas zu sagen.

Sie schüttelte abwesend den Kopf. Sie hatte Verbindung mit einer Eule aufgenommen, die eine halbe Meile voraus in einem dürren Baum saß. »Fledermäuse sind schlechte Übermittler. Ich glaube, sie fliegen mehr nach dem Gehör als nach der Sicht. Ich werde nie schlau daraus, wie sie die Welt sehen.«

»Weil es Geschöpfe des Dunkels sind, wie manche sagen?«, fragte ich. Ich konnte es mir gut vorstellen.

Ein weiteres Kopfschütteln, diesmal ungeduldiger. »Nein. Kein natürliches Wesen ist ein Geschöpf des Dunkels. Es liegt daran, dass für eine Fledermaus alles anders aussieht, so sehr, dass ich es die meiste Zeit nicht wiedererkennen kann. Alles scheint still und dunkel, nur im näheren Umkreis gibt es Leben und Licht, das wegen ihrer ständigen schnellen Richtungsänderungen ganz ungleichmäßig erscheint. Hinzu kommt, dass ihre ganze Aufmerksamkeit auf Nachtinsekten gerichtet ist. Ich kann ihren erratischen Bewegungen nicht folgen. Darum lasse ich Fledermäuse in Ruhe.«

Es war noch früh in der Nacht, in dem Zeitabschnitt nach der Essenspause und bevor wir zu müde wurden, um zu reden. Dieser Zeitabschnitt wurde von Tag zu Tag kürzer. Danach trotteten wir stumpf und mechanisch weiter, bis wir nach unserem Gefühl die fünf Meilen gutgemacht hatten, die Georghe tagsüber aufgeholt hatte. Bei den seltenen Gelegenheiten, wenn wir einen Adler gebrauchen konnten, um den Standort der Verfolger festzustellen, fanden wir diesen Bewegungsrhythmus bestätigt, und dabei blieb es.

Ich nehme an, dass wir in einer Weise Glück hatten. Barras konnte im allmählich ansteigenden Gelände kein allzu halsbrecherisches Tempo vorlegen. Abgesehen davon, dass er die Pferde erschöpfen und zuschanden reiten würde, musste er wissen, dass wir eine Armbrust hatten und dass es immer wieder gute Gelegenheiten für einen Hinterhalt gab. Er musste einen Mann als Vorhut vorausreiten lassen und Vorkehrungen gegen Überfälle treffen, was bedeutete, dass er sich gefährlichen Stellen vorsichtig nähern und Kundschafter aussenden musste. Er konnte das Tempo nur erhöhen, wo die alte Straße gerade und gut zu überblicken war.

Dennoch zermürbte uns der Marsch im Laufe der Tage. Es gab einen kurzen Triumph, als wir am Morgen bei klarem Himmel den Rücken eines Höhenzuges erreichten und weit im Westen eine ferne Kette scharf gezackter Gipfel sahen, rosig im Morgenlicht.

»Das Bruchfaltengebirge«, sagte ich und hob den Arm. Arienne blickte mit einer Anstrengung auf. Die wenigen Stunden Schlaf hatten ihre Erschöpfung nicht wettmachen können, und sie verfügte kaum noch über Mana. Ihr Gesicht war jetzt feiner geschnitten, und Schatten erschienen unter ihren Augen, die über den vortretenden Backenknochen größer schienen. Aber ich las darin ihre innere Stärke. Sie nickte und schenkte mir ein Lächeln. Die Berge schienen indessen sehr weit entfernt, und nach diesem kurzen Blick zog sie ihren Rucksack hoch und marschierte weiter. Obwohl sie die zusätzliche Last auf sich nahm, uns bei Nacht zu führen, wollte sie nichts von ihrem Gepäck abgeben, und die Gurte des Rucksacks zogen von früh bis spät an ihren Schultern. Noch eine Woche bis zum Pass, und vielleicht vier bis fünf Tage Marschproviant. Wir hatten uns vorgenommen, unterwegs Nahrung zu suchen, aber dafür war keine Zeit. Ich tröstete mich mit dem Gedanken, dass man nur mit Wasser drei Tage marschieren kann. Vielleicht mehr.

Auch Silvus wirkte hagerer, älter und grauer, aber im Laufe der letzten dreißig Jahre hatte er viel Zeit auf dem Marsch verbracht. Er würde durchhalten. Und es entging ihm nicht viel. So verfehlte er das Moorhuhn nicht, das wir ein paar Stunden später aufscheuchten. Er hatte die gespannte Armbrust in der Hand, wartete aber, bis der Vogel niederging und sich umwandte, um zu sehen, ob wir ihn verfolgten.

Arienne beobachtete ihn und den Schuss. Er war so genau und mit ruhiger Hand gezielt, dass das Moorhuhn tot war, bevor es etwas spürte. Sie seufzte.

»Er würde keine Magie gebrauchen, um das zu tun«, sagte ich, um etwaigen Vermutungen zuvorzukommen.

»Nein«, sagte sie, »er gebrauchte nichts von seiner Gabe. Er legte ein Gelübde ab, sagtest du.«

»Ja, seinem Vater, der damals auszog, gegen Nathans Vater zu kämpfen. De Castro Senior kam wie viele andere nie zurück. Also hielt Silvus sein Gelübde. Einmal sagte er zu mir, es sei der einzige Teil seines Erbes, der ihm geblieben sei.«

Sie nickte. Wir gingen langsamer weiter, während Silvus den Vogel holte und zur Straße zurückkehrte. Im Gehen rupfte er das Tier, und Federn trieben im immerwährenden Wind. In einem oder eineinhalb Tagen würde Georghes Fährtenleser-Nordmann sie sehen, und das war mir nur recht. Barras würde wissen, dass wir an diesem Tag eine gute Mahlzeit gehabt hatten.

Wir opferten ein wenig Vorsprung, um das Moorhuhn auszunehmen und an grünen Zweigen über einem kleinen Feuer zu braten. Für jeden ergab es zwei Mundvoll Fleisch, ergänzt durch gekochte Farnwurzeln und einen Hutvoll Heidelbeeren, die ich während der Zubereitungszeit eilig gesammelt hatte. Das war eine Mahlzeit mehr, und eine gute. Jetzt würde es uns vielleicht gelingen, die Rationen zu strecken, bis wir unser Ziel erreichten. Und es gab uns Mut für den letzten Teil des Tagesmarsches, die fünf Stunden Nachtmarsch, geleitet durch die Augen von Eulen.

Wenn man lang genug marschiert und ausreichend müde ist, kann man im Gehen schlafen. Die Nacht nimmt eine unwirkliche Qualität an, und die Landschaft unter dem gefleckten kalten Licht eines zwischen Wolken treibenden Mondes zeigt seltsame Muster. Die bewusste Steuerung der Schritte hört auf, und man bewegt sich mechanisch zum rhythmischen Protest von Muskeln und Gelenken, zum dumpfen Pochen des Pulsschlags in den Schläfen und dem Knarren der Rucksackträger. Ich habe Männer gekannt, die nach einem viertägigen Gewaltmarsch ins Lager kamen und nicht verstanden, dass sie aufhören können zu marschieren. Der Bewegungsablauf wird so sehr Teil ihres Wesens, dass ihnen die Möglichkeit von etwas anderem kaum noch bewusst ist. Sie müssen aufgehalten und zum Ruheplatz geführt werden. Aufgeweckt, im Grunde.

Als das Sternbild des Jägers am Himmel die richtige Stellung eingenommen hatte, die eine Stunde vor Mitternacht anzeigte, hielt Silvus uns an. Wir fanden eine

Stelle, wo der Boden eben und ohne Steine war, und entrollten wortlos unsere Betten.

Dann schlafen. Die Nächte wurden kälter, und sehr viel länger konnten wir nicht mit Beeren rechnen. Arienne hatte mich seit jenem Augenblick an der Quelle, wo ich sie verraten hatte, noch immer nicht berührt.

KAPITEL XIII

Wir marschierten. Wir marschierten. Wir marschierten.

Weite Flächen von Hochmooren wechselten mit Höhenrücken und Hügelketten, die allmählich in das höhere Gelände der Vorberge übergingen. Ich kann nicht genau sagen, wie viele Tage später es war, als wir den Pass sahen – sie schienen alle gleich zu sein. Es muss ein klarer Tag gewesen sein, und der Dunst, den ich erinnere, entsprach nur der Benebelung durch die Erschöpfung. Die meiste Zeit war es nass gewesen, und danach waren die Täler und Senken vom Morgennebel erfüllt. Die Straße umging die sumpfigen Talgründe, und das war ein Segen. Sogar eine Eule kann im Nebel nicht sehen. Der einzige Trost war, dass auch Barras durch schlechte Sicht aufgehalten wurde und die Pferde im Schritt gehen lassen musste, um nicht in einen Hinterhalt zu geraten oder von der Straße abzukommen. So würden wir imstande sein, sogar während der Tagesstunden den Vorsprung zu halten.

Gleichwohl gingen die Tage ineinander

über, verschmolzen in der Erinnerung, und nur einzelne Bilder blieben im Gedächtnis haften. Wir stapften weiter, meistens ohne zu sprechen. Ich erinnerte mich, wie ich letztes Mal diesen Weg gegangen war, endlose Steigungen hinauf, über eine Art Hochebene und dann auf einem Rücken über einem tief eingeschnittenen Tal zum Sattel der Passhöhe. Auch verdrängte Einzelheiten traten jetzt ins Licht der Erinnerung: der zermürbende Schmerz in den Oberschenkeln und die Anstrengung, die es kostete, den nächsten Atemzug zu tun, und wie ich auf den Boden vor meinen Füßen gestarrt hatte, um nicht zu sehen, wie unmenschlich lang die vor mir liegende Steigung war. Genauso war es jetzt.

Während unseres früheren Marsches mussten wir aus einer mehr südwestlichen Richtung gekommen sein, aber die beiden Zugänge liefen zusammen, desgleichen ein Weg aus nordöstlicher Richtung. Der Pass war der einzige Übergang durch das Hochgebirge, und hier bündelten sich die Wege. Plötzlich gingen wir auf einem ausgetretenen Weg, der dem Verlauf der alten Straße folgte, aber offensichtlich öfter begangen wurde. Ich hob den Kopf, als ich die Steigung hinter mich gebracht hatte, hielt Ausschau und blieb stehen.

»Der Pass«, sagte ich zu Arienne, die ein paar Schritte zurückgefallen und mir mit gesenktem Kopf gefolgt war. Sie blickte auf. Ich streckte den Arm aus.

Vor uns hatte etwas wie ein titanischer Schwerthieb die Bergkette gespalten, und der keilförmige Einschnitt entsprach dem Orimentpass; die Straße führte jetzt mehr oder weniger gezielt auf ihn zu. Arienne nahm das Bild mit ausdrucksloser Miene auf. Entfernung täuscht immer. Der Pass sah weiter entfernt aus, als er tatsächlich war – das redete ich mir jedenfalls ein.

Von unserem Standort ging es über eine steinige

Hochfläche zu einem Seitenkamm, der aus ihr emporwuchs, in einem langen, allmählichen Anstieg über dessen Flanke aufwärts und zum Sattel der Passhöhe; dann von dort abwärts durch eine schluchtartige Enge, die sich bei der Sperrfeste zum jenseitigen Tal öffnete, einer Burg, die von den Schwestern des Ordens zur Beherrschung des Passüberganges erbaut worden war. Dort würde es eine Garnison geben, und Essen und Gelegenheit zum Ausruhen.

In unserer Verfassung waren es zwei Tagesmärsche. Wir wurden jetzt langsamer, denn die Steigungen nahmen zu, die Tage schienen kälter und der Wind blies immer von vorn, schnitt wie eine Klinge durch den dünnen Tarnstoff, den wir als Umhang nutzten, und unsere Kleidung. Sogar die Schuhe der Unterirdischen sahen jetzt arg mitgenommen aus. Aber sie würden so lange durchhalten wie wir.

Der Trost war, dass unsere Traglasten jetzt sehr leicht waren. Im Gehen zog ich den Rucksack von einer Schulter, um darin zu kramen, obwohl ich bis zum letzten Krumen wusste, was darin war: zwei Päckchen Dauerbrot und ein Streifen Dörrfleisch, dazu eine Handvoll Blätter von einer Pflanze, die Silvus als Wildgemüse bezeichnet hatte. Sie waren roh in dem Sinne essbar, dass einem dabei nicht wirklich schlecht wurde. Und wenn man sie gut durchkaute, bis nichts übrig blieb als ein paar faserige, derbe Blattadern, hatte man vielleicht etwas Gutes davon, und der bittere Geschmack sagte einem wenigstens, dass man etwas im Mund hatte.

Die Straße verlief parallel zum Kamm, leicht ansteigend über den rechten Hang. Durch den Gebirgswall waren wir nun ein wenig gegen den scharfen Westwind geschützt, der uns erst auf dem Sattel der Passhöhe wieder mit voller Gewalt anfallen würde. Der Sonnenuntergang fand uns etwa auf halbem Weg entlang dieses langen, kahlen Kammes, und weit und breit war keine Eule zu finden.

»Sie sind Bewohner des offenen Buschlandes und der lichten Wälder«, sagte Arienne. »Ich hatte es schon befürchtet. Wir befinden uns hier über der Baumgrenze.«

So war es. Ich hatte mich am Vortag daran erinnert, als wir durch den dünnen Waldgürtel gestiegen waren, der sich die Gebirgshänge bis fast zur Felsregion hinaufzog. Die Wurzeln der Bäume hielten den Boden fest, der in größeren Höhen durch die Frühjahrsschneeschmelze fortgespült worden war, wo er nicht durch Krummholz, Rasenpolster und Zwergsträucher geschützt war. Vor und über uns ragten die grauen Schrofen und Wände der Gipfelregion. Die Sonne war längst hinter dem Gebirgswall untergegangen, und es wurde empfindlich kalt.

Silvus schnitt eine Grimasse. Es war eine unangenehme Entscheidung zu treffen. Als wir das letzte Mal diesen Anstieg gemacht hatten, war Schwester Winterridge unsere Führerin gewesen, und wir hatten die Strecke bei Tageslicht hinter uns gebracht. Ein paar Stunden vor uns gab es einen geeigneten Lagerplatz, wo der Seitenkamm mit dem Hauptkamm verwachsen war. Dort fiel das Gelände nach rechts steil in eine Rinne ab, durch die ein Gebirgsbach rauschte. Aber es war bereits dunkel. Ohne Licht oder einen ortskundigen Führer würde es schwierig sein, die Stelle zu finden.

»In ungefähr zwei Stunden wird der Mond aufgehen«, sagte ich. Er war im Abnehmen begriffen – drei Tage nach Vollmond. Mehr als zwei Wochen waren wir im Land der Moore und Heiden gewesen. »Solange der Himmel hell und der Kamm zur Linken so klar ist, sollten wir imstande sein, auf dem Weg zu bleiben.«

Silvus blickte hinab in den dunkelnden Abgrund zur Rechten. »Richtig. Aber Vorsicht ist geboten. Ein Fehltritt kann verhängnisvoll sein. Doch das bedeutet, dass wir heute Abend nur etwa zwei Stunden gehen können. Also wird Georghe aufholen. Trotzdem ist es wahrscheinlich das Beste, das wir machen können.« Er blickte auf. Der Himmel klarte auf. Wahrscheinlich würde uns der Mond nützen.

»Was meinst du?«, fragte ich Arienne.

Sie zuckte mit der Schulter, und selbst das fiel ihr offensichtlich schwer. »Ich denke, dass ich, wenn ich mich jetzt hinsetze, später vielleicht nicht hinunterfalle.«

Der Mond half uns schließlich weiter und verbreitete genug Licht, dass wir nicht vom Weg abkamen. Allerdings mussten wir auf ihn warten. Zwei Stunden in der Kälte, und die starke Neigung des Hanges machte es schwierig, ebenen Boden zum Ausstrecken und Ruhen zu finden, denn die Straße war stark erodiert und durch nachrutschendes Geröll vom oberen Hang beinahe ausgelöscht. Als endlich der Mond sein Licht verbreitete, war ich steifgefroren, und Silvus erging es nicht besser. Wir wankten weiter, und nach einer Weile ließ der Schmerz ein wenig nach, als das Gehen auf der Steigung uns wieder erwärmte.

Als wir sie schließlich erreichten, erinnerte ich mich an die Stelle. Dort gab es Wasser und genug ebenen Boden für unsere Lagerstätten. Silvus und ich hatten hier schon einmal kampiert, als wir zuletzt diesen Weg gekommen waren. Während der Nacht hatte ein Schneesturm eingesetzt, und wir waren beinahe umgekommen. Sollte es jetzt zu schneien beginnen, würden wir sterben. Wir hatten nichts mehr in Reserve.

Der Wind heulte durch den Pass wie tausend gequälte Seelen. Wir aßen die Reste unseres Proviants, lauschten dem Geheul und fühlten, wie er die Schichten unserer Kleidung durchschnitt, als bestünden sie aus Papier.

»Ein Feuer wäre gut«, meinte Silvus. Aber es war nichts Brennbares in Reichweite, und keiner von uns brachte die Kraft auf, im Mondlicht das steile Gelände nach Brennholz abzusuchen. Nach einer Weile gaben wir auf und krochen in unser Bettzeug. In dieser Nacht retteten uns die Unterirdischen das Leben. Allmählich baute die Körperwärme sich wieder auf und wir konnten schlafen.

Glücklicherweise schneite es nicht. Die Nacht blieb klar und trocken, und am Morgen schien die Sonne. Ich blinzelte in ihr Licht, als ich erwachte, und es lag warm und vergebend wie der Segen einer Göttin auf meinem Gesicht. Vielleicht war es so.

Aber wenn es so war, hatte Silvus nichts davon abbekommen. Er arbeitete sich Flüche murmelnd aus seinem Bettzeug. Arienne schlief noch. Er sah, dass ich mich bewegte.

»Auf!«, knurrte er. Ich schüttelte mich und kam in Bewegung. Er hatte Recht. Es war heller Tag. Wir hatten verschlafen. Georghe musste seit mindestens einer halben Stunde auf dem Weg sein.

Arienne ächzte und öffnete die Augen. Sie seufzte, blickte zum blauen Himmel auf und erschrak. Im nächsten Augenblick wälzte sie sich aus den Decken. Ich blickte immer wieder den Weg zurück, den wir über den Hang genommen hatten, und bildete mir ein, in der Ferne Hufgetrappel zu hören. So nahe vor dem Ziel…

Das Frühstück eines Fuchses besteht aus einem Trunk Wasser und einem aufmerksamen Blick in die Runde. Auch wir hielten es so und marschierten los. Natürlich wieder hinauf, um die Passhöhe zu gewinnen. Von der Straße war nicht mehr viel zu erkennen, die Wegspur führte durch steiniges Gelände, das Vorankommen war mühsam und der Wind blies uns entgegen. Immer wieder blickte ich prüfend zurück. Am Vormittag sah Arienne frischer aus. Vielleicht schmerzten sie die Muskeln und Gelenke weniger als mich. Oder vielleicht war es…

»Mana«, sagte sie in ruhigem Ton. »Es ist hier überall. Und ich bin sicher, wir könnten einen Zugang zu den Unterirdischen finden, wenn wir danach suchten.«

Silvus und ich tauschten einen Blick. »Wie viel Zeit würden wir brauchen und wie viel haben wir?«, fragte er.

»Ich bin nicht sicher, wie lang ich bräuchte. Ich würde Zeichen finden müssen, und sie würden wahrscheinlich anders als das Zeichen in den nördlichen Bergen sein.« Sie atmete schnaufend und ging ein paar Schritte weiter. »Und dann würde ich den Wächter am Eingang überzeugen müssen, dass wir Freunde sind.«

Ich schnitt ein Gesicht. »Wahrscheinlich würden sie uns ungern als Gäste aufnehmen. Wir haben ziemlich viel von ihrem Blut an unseren Händen. Der größte Teil von Ruanes Horde muss von hier gekommen sein.«

Sie dachte darüber nach und hob den Blick zum Himmel. »Wenigstens kann ich herausfinden, wie viel Zeit wir haben.« In der Höhe kreisten die kleinen Punkte der Bussarde und Adler in den Aufwinden um die Gipfel.

Sie blieb stehen, bis sie einen fand, der in die richtige Richtung zog. Und dann versteifte sich ihre Haltung in schreckhaftem Zusammenzucken.

»Er ist auf dem Weg am Kamm, den wir gestern Abend genommen haben«, sagte sie in ängstlichem Ton. Silvus fluchte und entschuldigte sich. »Schon auf der oberen Hälfte der Wegstrecke. Nur fünf Reiter, und fünf Ersatzpferde.«

Silvus fluchte wieder. »Götter… ungefähr zwei Stunden hinter uns, in diesem Tempo.«

»Wie ist es möglich?«

»Er hat Gepäck und Proviant stark beschränkt, seine besten Pferde und Reiter mit Ersatzpferden genommen und reitet so schnell er kann. Der Rest wird weiter zurück folgen und die Hauptmenge seiner Vorräte tragen.« Mit diesen Worten setzte Silvus sich wieder in Bewegung und beschleunigte seine Schritte trotz der Merkmale von Erschöpfung und Überanstrengung, die sein Gesicht zeichneten. Wir beeilten uns, mit ihm Schritt zu halten. »Man muss es Barras lassen. Er hat richtig kalkuliert, dass wir der Erschöpfung nahe sein müssen, und kann in diesem kahlen Gelände das Risiko eines Hinterhalts hinnehmen. Er weiß auch, dass er uns fangen muss, bevor wir die Sperrfeste des Ordens erreichen, und um das zu tun, setzt er alles auf eine Karte. Seine Taktik wird Erfolg haben, wenn wir nicht Tempo machen.«

Ich zog meinen Rucksack herum und durchsuchte ihn, während ich meinen Schritt beschleunigte. Jetzt war die Zeit gekommen, alles wegzuwerfen, was ich heute nicht brauchen würde. Das Kochgeschirr und alles andere, was ich bis jetzt behalten hatte, flog hinaus, ausgenommen das Bettzeug, der Tarnstoff, der als wasserdichter Umhang geeignet war, und der Rucksack selbst. Mein Feuerstein und Zunder wogen kaum etwas, und ein Feuer würden wir vielleicht noch brauchen. Ich holte Arienne ein und pflückte ihr den Rucksack vom Rücken, als sie die Arme in die Gurte stecken wollte, ohne ihre wütenden Proteste zu beachten. Ich hängte ihn über meinen eigenen, und für mich machte es kaum einen Unterschied.

Später nahm ich auch Silvus den Rucksack ab. Das war am Eingang zum Pass, kurz nachdem wir den letzten Aufschwung hinter uns gebracht hatten. Weiter vor uns lag die Engstelle, wo wir letztes Mal von einer unpassierbaren Schneemauer aufgehalten worden waren und beinahe umgekommen wären. Wir durchschritten die Passhöhe im Eilmarsch und wussten doch, dass Barras aufholte, so viel wir uns auch abverlangten.

»Hinterhalt?«, keuchte ich. »Oder verstecken und ihn vorbeilassen?«

Silvus schüttelte den Kopf mit einem Blick zu den kahlen Steilhängen um uns herum. »Wo verstecken? Der Tarnstoff ist gut im Moor. Nicht hier.« Keuchend verzog er das Gesicht. »Hinterhalt? Zu viele. Zu wachsam. Wir sind ermüdet. Keine Deckung.«

Ich nickte, wir marschierten weiter. Silvus hatte Reserven, war aber nahe daran, sie zu erschöpfen. Er würde marschieren, bis der Boden hochkäme und ihm ins Gesicht schlüge. Das Problem war, dass ich nicht wusste, wie bald das geschehen würde.

Und Arienne. So schmächtig sie war, hatte sie sich auf den Steigungen doch gut gehalten. Ihr Gesicht zeigte die Spuren von Anstrengung und Leiden, aber sie besaß noch Widerstandskraft und Ausdauer, und solange sie durchhielt, konnte ich es auch.

Endlich hatten wir den Pass durchschritten und der Abstieg begann. Die Straße führte in einer weiten Kehre abwärts und durch eine letzte Engstelle zwischen den Felspfeilern eines zerhackten Seitengrates. Wir eilten weiter die Straße hinab, und in dem Augenblick, als wir in der Engstelle hielten, um zum Pass zurückzublicken, trug mir eine Laune des Windes das Geräusch zu.

Entfernte Hufschläge. Ein leichter Handgalopp, denn nicht einmal Barras konnte ein Pferd nach all dieser Zeit zu schnellerer Gangart antreiben, wenn er es nicht verlieren wollte. Es war aber noch immer doppelt so schnell wie wir.

Auch Silvus hörte es. Er warf mir einen schnellen

Blick zu und in seinen hageren Zügen malte sich Erschrecken. Dann zeigte er nach Westen. Zu unseren Füßen öffnete sich ein Tal, zuerst schluchtartig schmal, bald aber sich weitend. Dort unten, vielleicht eine Meile entfernt, lag die Sperrfeste, auf deren Bergfried das Banner des Ordens wehte.

»Stehen oder laufen?«, fragte ich.

»Laufen«, antwortete er. »Barras würde uns schnappen, ob auf Ordensland oder nicht. Vorwärts.«

Wir eilten im Laufschritt weiter. Die Straße beschrieb eine weitere Kehre um den steilen Hang und erreichte die Baumgrenze, die hier von Krummholz und vereinzelten windzerzausten und knorrigen Nadelbäumen gebildet wurde. Und hier wurde die Straße zu einer richtigen Straße.

Nachdem wir so lange auf unbestimmten Spuren und obskuren Überresten einer längst vergessenen, überwachsenen Straße marschiert waren, hatten wir uns angewöhnt, darin alles zu sehen, was eine Straße ausmachen konnte. Als nun der Boden unter unseren Füßen fester und ebener wurde und das Buschwerk und Gestrüpp an die Seiten verbannt war, empfanden wir es wie den Übergang von einem Wildwechsel zu einer instand gehaltenen Landstraße. Und sie führte abwärts. Ein Bach gesellte sich zu uns und plätscherte neben der Straße talwärts. Nach Westen, zum Ozean, wo die Festung Ys gestanden hatte. Wir begrüßten die Erleichterung und marschierten, was unsere Beine hergaben.

Der Zustand der Straße verbesserte sich weiter. Zu beiden Seiten erschien ein Graben, und sie erhielt eine leicht gewölbte Straßendecke aus Kies und Lehm, die mit einer Walze befestigt worden war, sodass Regenwasser in die Gräben ablaufen konnte. Die Oberfläche war glatt und frei von Hindernissen, und wir gingen wieder in Laufschritt über.

Ich starrte nach vorn, konzentrierte meine Willenskraft auf die Füße und versuchte daran zu denken, was ich sah, um den Schmerz zurückzudrängen. Die Sperrfeste war das letzte Mal, als ich sie gesehen hatte, eine düstere Burg gewesen, doch da wir uns jetzt näherten, schien sie gewachsen zu sein. Es gab Anbauten und ein paar größere Hütten außerhalb der Befestigungsmauer – ich konnte sogar Leute umhergehen sehen, Pferde und Karren. Ein Jahrmarkt? Der Orden legte keinen Wert auf Jahrmärkte. Doch zweifellos wehte der Wind der Veränderung auch hier.

Die Sperrfeste erhob sich noch immer auf ihrem vorgeschobenen Felsen am Talhang, und die zinnenbewehrte Mauer umgab den grimmigen alten Bergfried und die Wohn- und Wirtschaftsgebäude. Die Feste beherrschte das schmale Tal, bevor es sich weitete, und jeder, der die Straße benutzte, musste unter ihr vorbei und konnte kontrolliert werden. Auch wir würden unter diesen Mauern vorüberziehen müssen, aber sie waren noch eine halbe Meile entfernt. Eine halbe Meile – ein Spaziergang von einer knappen halben Stunde – nach den ungezählten Meilen und Tagen unserer Flucht.

Aber näher würden wir nicht mehr kommen. Ich riskierte einen Blick zurück. Barras und sein Trupp hatten die Engstelle oben am Hang hinter sich gebracht, sahen uns und gaben ihren Pferden die Sporen. Fünf, höchstens zehn Minuten, und sie würden uns fangen.

Ich zog Silvus am Arm. Er hatte sich in sich selbst zurückgezogen, einen Albtraum von Schmerz und Erschöpfung, eine Trance des Marschierens, und zuerst reagierte er nicht. »Barras!«, rief ich, und das drang durch. Er blickte zurück, wankend, machte Halt und drehte sich um. Er trug noch immer die Armbrust und nestelte einen Bolzen aus seinem Gürtel, um ihn aufzulegen.

»Nein!«, sagte ich. »Schau hin. Da oben.«

Zwanzig Schritte neben der Straße durchbrach ein felsiger Schichtenkopf den Hang, von den Kräften der Verwitterung zerklüftet und in Blöcke zersprengt, die neben- und aufeinander lagen. Gestrüpp und Buschwerk umgab seinen Fuß. Ich half Silvus über den Graben und den steilen, schuttbedeckten Hang hinauf. Hier zwischen den Blöcken gab es brusthohe Deckung nach vorn und hinten; es war das Beste, das wir finden konnten.

»Rucksack«, keuchte Arienne, die sich hinter uns durch den losen Gesteinsschutt hinaufarbeitete. Es kam wie eine Explosion ihres Atems heraus. Rucksack? Ich starrte sie einfältig an. »Meinen Rucksack!«, keuchte sie wieder. »Schnell!«

Ich entledigte mich der Rucksäcke und warf sie von mir wie eine Schlange ihre Haut. Schnaufend wühlte sie in einem von ihnen, während ich mich den Verfolgern zuwandte.

Silvus lehnte an dem Block vor ihm und hatte die Armbrust aufgelegt. Seine Hände zitterten, und er zwang sich zu tiefen, langsamen Atemzügen, um nach dem Gewaltmarsch zur Ruhe zu kommen und seine Reserven zu mobilisieren wie ein General, dessen Truppen vor dem Feind gewichen sind und nun zum Stehen gebracht werden müssen. Er hatte den Degen gezogen und griffbereit gelegt, und auch die Bolzen. Mit Glück würde er Zeit für zwei Schüsse haben, wenn er die Kraft finden konnte, die Sehne wieder zu spannen. Selbst in seinem erschöpften Zustand war er ein besserer Armbrustschütze als ich. Ich konnte mit den Dingern nie zurechtkommen.

Ich zog meine Klinge. Sie verließ die Scheide mit einem leisen, beruhigenden Wispern, und ich sah mit

Staunen, dass der Stahl noch immer ohne Rostflecken war, rein und blank, die Schneide unverändert scharf. Dann stand ich hinter der natürlichen Brustwehr und verschnaufte eine Weile.

Barras hatte angehalten und seine Männer absitzen lassen. Ein Handzeichen, und zwei von ihnen schlugen sich von der Straße in die Büsche. Ich sah, dass sie Armbrüste und Satteltaschen trugen. Barras selbst blieb auf der Straße, einen langen Schuss entfernt. Die anderen zwei gingen im Graben neben der Straße in Deckung und arbeiteten sich außer Sicht im toten Winkel an uns heran. Inzwischen konnte ich sprechen, ohne zu keuchen. »Zwei, die uns umgehen, zwei, die uns niederhalten. Er wird angreifen, wenn du schießt, denn er weiß genau, wie lange du zum Nachladen und Spannen brauchst.«

Silvus nickte geistesabwesend. Der erste Bolzen schlug Funken aus dem Fels, hinter dem er lehnte, einen Fuß zu tief und ein wenig zu weit rechts. »Er weiß nicht, dass wir nur eine Armbrust hier oben haben«, bemerkte er, während er den Busch nach Bewegungen absuchte. »Wir waren zu weit entfernt, als wir hier in Stellung gingen. Er kann sich nicht leisten, zwei Männer zu verlieren, bevor es zum Nahkampf kommt.«

»Wir können uns überhaupt keinen Verlust leisten. Früher oder später wird er Glück haben, wenn er auf Abstand bleibt und schießt. Er weiß, wo wir sind. Die Deckung ist nicht vollkommen.«

Ein weiterer Bolzen pfiff und knallte über meinem Kopf in den Stein. Ich duckte mich unwillkürlich, dann blickte ich auf und sah Arienne, die über unsere behelfsmäßige Brustwehr zur Sperrfeste schaute.

»Geh in Deckung!«, rief ich ihr zu, aber sie kümmerte sich nicht darum. Ihre Hände waren außer Sicht, bewegten sich jedoch, und sie hatte die Ellbogen auf die Oberseite des Felsens gestützt. Ich fasste ihren Fuß, der sich ungefähr in Höhe meines Gürtels befand, als ein weiterer Bolzen neben ihr in den Stein klatschte.

»Geschafft!«, rief sie und ließ sich heruntergleiten. In ihrer Hand lag der Deckel eines Kochgeschirrs, ähnlich dem, das ich weggeworfen hatte. Er war blank und glänzend, wie beim Metall der Unterirdischen stets der Fall, und wirkte wie brüniert. Die Sonne stand hoch am Himmel. »Sie haben von den Mauern geantwortet«, sagte sie, als wollte sie sich entschuldigen. Wieder pfiff es und Eisen schlug Funken aus Stein. Dieser Bolzen war zwischen uns durchgegangen und hatte den Fels hinter uns getroffen.

»Gut. Es hätte dich das Leben kosten können. Komm herunter.« Silvus' Armbrust schwirrte zum ersten Mal und er grunzte. Ein Augenblick verging, dann schrie jemand. Es war aber mehr ein Fluch als ein Schmerzensschrei. Verletzt, doch nicht ausgeschaltet. Silvus mühte sich, die Armbrust wieder zu spannen. Barras stieß ein Brüllen aus und trieb sein Pferd weiter die Straße herunter, glitt aus dem Sattel, als er den Straßengraben erreichte, und sprang herüber. Er hatte das Schwert gezogen und feuerte seine Männer zum Angriff an.

Einer der im Graben vorgehenden Männer zeigte sich widerwillig; sein Kamerad verfluchte noch immer den Bolzen, der ihn getroffen hatte. Die beiden anderen kamen aus dem Busch zum Vorschein und griffen uns vom Hang her an. Sie kamen rasch näher, und Silvus war noch immer mit dem Nachspannen seiner Armbrust beschäftigt.

Natürlich würde er Barras aufs Korn nehmen, und das wusste dieser. Er wusste aber auch, wie lang das Nachspannen der Armbrust dauern würde, und gab Acht auf jede Bewegung. Als Silvus die Armbrust in

Anschlag brachte, warf er sich flach hinter einen Strauch. Er war jetzt kaum noch zehn Schritte vor unserer Stellung, und schon kamen die ersten seiner Leute…

Silvus fluchte. Er musste schießen – dies würde seine letzte Gelegenheit sein. Er schwang herum, nahm den nächsten Angreifer von der Hangseite aufs Korn und schoss ihm auf acht Schritte einen Bolzen in die Brust, dann griff er zum Degen. Barras stieß einen Triumphschrei aus und sprang aus seiner Deckung. Silvus begegnete ihm auf seinem Felsen, und ich hörte den hellen Klang von Stahl auf Stahl, der sich in meinen Ohren immer wie ein Kesselflicker beim Ausbessern von Töpfen ausnimmt. Zusehen konnte ich nicht, denn ich hatte meine eigenen Schwierigkeiten. Der zweite Angreifer von der Hangseite war kein Anfänger, und ich durfte nicht zu viel von mir zeigen, weil die Gefahr bestand, dass der Mann im Graben sein Leid lang genug vergessen würde, um nachzuspannen. Ich hoffte, auch Silvus würde daran denken.

Aber es war noch ein Mann übrig. Auch er versuchte an Silvus heranzukommen, doch Barras hielt den einzigen Zugang zur Stellung besetzt, weshalb er einen Bogen schlug und mich von der Seite angriff. Dies wirkte nicht sehr vielversprechend. Selbst für den besten Schwertkämpfer im Stromland – der ich ohnehin nicht war – konnte es sich nicht auszahlen, gegen zwei gute Gegner zugleich zu fechten.

Ich parierte und versuchte den Mann vor mir zu treffen und wich gleichzeitig einem Stoß des anderen aus. Der Erste wich ein wenig zurück – anscheinend mochte er nicht, wie seine Klinge schartig wurde. Aber der andere ließ seinem Stoß einen zweiten folgen, und seine Schwertspitze fuhr mir über die Rippen, weder tief noch lang, aber schmerzhaft. Es begann zu bluten, und ich biss die Zähne zusammen und wich zurück. Er stieß nach, und nun stand ich mit dem Rücken am Fels.

Einen Augenblick später traf ein Steinbrocken von der Größe zweier geballter Fäuste seine Stirn mit einem harten Schlag, dann prallte er fast zwei Schritte weit ab. Trotz seines Helms geriet er ins Wanken, als kleine Glocken in seinen Ohren läuteten und Sterne vor seinen Augen tanzten. Er war nicht ganz sicher, wo sich meine Klinge befand, bis er es auf schmerzhafte Weise erfuhr.

Damit blieben zweieinhalb übrig, Barras mit eingeschlossen. Wieder hörte ich ein Pfeifen, gefolgt von einem dumpfen Schlag. Der Mann im Graben hatte endlich nachgespannt. Ich war nicht getroffen. Silvus? Ich riskierte einen Blick. Nein.

O nein! Nein! Nein!

Sie hatte nicht aufgeschrien. Der Bolzen hatte sie in die Seite getroffen, als sie die Deckung verlassen hatte, um mich zu retten. Sie war bei dem Felsen zusammengesunken, auf den sie gestiegen war, und der Bolzen ragte mit der Spitze zum Rücken schräg aus ihrer Seite. Unter ihr war Blut am Boden. Ich konnte nicht sagen, ob sie noch atmete.

Ich sah sie dort liegen, und die Erschöpfung fiel von mir wie ein Umhang, als würde ich von einer mächtigen Woge emporgetragen. Ich sprang über den toten Mann vor mir, und der andere war lediglich ein Hindernis, das niedergehauen werden musste. Er stand zwischen mir und meiner Vergeltung. Ich hielt mich nicht mit Parieren oder Fechterhaltung oder Technik auf und hieb wie ein rasender Berserker auf Gesicht, Kopf und Körper ein, wieder und wieder, bis die wundervolle Klinge in meiner Hand zu einem blitzenden, verwischten Umriss wurde. Sein Gesicht erbleichte, er blockierte, duckte sich zurück und parierte. Ich drängte nach, und beim dritten

Ausfall gab es ein metallisches Kreischen und Bersten, und seine Klinge brach knapp unter der Parierstange ab. Er wich in Panik zurück, strauchelte über einen Steinbrocken und fiel auf den Rücken. Ich versetzte ihm einen Tritt, dann beachtete ich ihn nicht weiter. Er war nicht mehr im Weg. Ich wollte den Letzten, den mit der Armbrust.

Ein Kopf hob sich aus dem Graben, als ich über die Felsen hinabsprang. Der Mann hatte Silvus' Bolzen im Schenkel, was bedeutete, dass er nicht davonlaufen konnte. Umso besser. Er spannte hastig und mit Mühe die Armbrust, hatte aber keine Zeit mehr, den Bolzen einzulegen. Verspätet griff er zum Schwert, wusste aber, dass er ein toter Mann war, dass ich ihn für das, was er getan hatte, töten würde. Mein Schwert kam hoch und er krabbelte im Graben rückwärts und zog an seiner Klinge…

»Halt, im Namen der Göttin! Halt, alle miteinander! Wer nicht stillhält, stirbt!«

Ich hatte gelernt, diese Stimme zu beachten. Es war ein glockenheller Sopran, und ich hatte ihn auf dem Schlachtfeld von Ys und anderswo gehört und ihr gehorcht, und das hatte mich gerettet. Vielleicht war es das. Oder vielleicht war es tatsächlich so, dass die Göttin jenen, die in ihrem Namen Befehle erteilen, Autorität verleiht. Schwester Winterridge erteilte solche Befehle. Als Priorin des Ordens der Siegesgöttin war das ihre rechtmäßige Aufgabe. Auch die Schwestern, die in ihrem Gefolge ritten, anerkannten das, denn sie hatten Langbogen gespannt, um ihren Befehlen Nachdruck zu verleihen.

Mein Schwert hatte zum tödlichen Schlag ausgeholt, aber der Befehl drang durch, bevor es niedersausen konnte, und ich behielt meine Seele. Ich sah noch immer rot, aber dann blickte ich in entsetzte Augen, und die Wut verebbte. Ich trat zurück, und indem die

Spannung nachließ, überkam mich die Erschöpfung wie eine bleierne Last, die mich niederdrückte.

»Eine Heilkundige«, krächzte ich. Ich wusste, dass die Heilerinnen des Ordens die Besten waren. »Arienne, da oben. Sie ist verletzt.«

Priorin Winterridge spähte hinauf und sah die zwischen den Felsen liegende kleine Gestalt im Tarnumhang. Sie streckte den Arm aus. »Schnell«, sagte sie, und kein Wort mehr.

Zwei Schwestern ihrer Begleitung saßen ab, eine nahm einen Kasten von ihrem Sattel und sie eilten hinauf. Die anderen entspannten ihre Langbogen, mit denen sie auf uns gezielt hatten.

Barras stieß sein Schwert in die Scheide und schritt selbstbewusst näher. Silvus ließ den Degen sinken, setzte die Spitze zwischen die Steine und stützte sich auf die Waffe, um auf die Beine zu kommen, dann stand er wankend. Er war im Zweikampf in die Knie gezwungen worden, und ich hatte es nicht gesehen, geschweige denn etwas getan, um ihm zu helfen. Ein feiner Knappe.

Aber das war jetzt unwichtig. Die Heilkundige stand bei Arienne und schnitt vorsichtig Stoff auf, um an die Wunde zu kommen. Diese Mühe hätte sie sich ersparen können, wenn Arienne tot wäre, sagte ich mir. Die Erschöpfung hatte mich betäubt. Ich stand wankend.

»Will Parkin, bei allen… Wie kommen Sie hierher? Und Ser Silvus de Castro. Willkommen zurück.«

Schwester Winterridge hatte eine Stimme, die ich als natürlich kühl erinnerte, klar wie Quellwasser. Sie lächelte selten und lachte fast nie. Ihr schmales, entschlossenes Gesicht schien nicht für Heiterkeit gemacht. Auch jetzt lachte sie nicht, aber in der Begrüßung lag eine Wärme, die ich heraushörte und ermutigend fand. Ich konnte es hören und spüren, obwohl ich zu müde und zu verwirrt war, um darauf zu antworten.

Barras verbeugte sich vor ihr.

Sie nickte. »Und Fähnrich Barras. Ich freue mich, unsere Bekanntschaft zu erneuern, Ser.« Der kühle Abstand war wieder da, in ihrer Stimme wie in ihren grünen Augen. Die Bekanntschaft, auf die Priorin Winterridge sich bezog, rührte von dem Anlass her, als Barras sie im Beisein des Fürsten Nathan und Graf Ruanes in aller Öffentlichkeit beinahe ermordet hätte.

»Auch ich bin erfreut, verehrte Dame«, grollte seine tiefe Stimme. »Ihre Unterstützung in dieser Angelegenheit wird sehr geschätzt. Es wird mir eine Freude sein, meinem Herrn, dem Fürsten, Meldung davon machen zu können, sobald die Angelegenheit geregelt ist.«

Priorin Winterridge saß auf ihrem Pferd und blickte auf ihn nieder. Ihre Brauen hoben sich. »So? Um welche Angelegenheit handelt es sich, Fähnrich Barras.«

Ich bemerkte, dass sie weder seine Beförderung zum Leutnant noch den Adelstitel ›de‹ erwähnte; wahrscheinlich wusste sie nicht davon. Er überging es in weltläufiger Manier und lächelte wie ein Mann zu ihr auf, der sein Vertrauen in die Rechtschaffenheit der Götter vollauf gerechtfertigt sieht.

»Nun«, sagte er, »die Festnahme dieser Übeltäter, natürlich.«

Eine kurze Pause trat ein. Ihr Gesicht zeigte keine Veränderung; sie musterte ihn mit nüchterner Aufmerksamkeit.

Was Georghe zu sagen hatte, war mir völlig gleichgültig. Ich wusste, dass es nur schaden würde, wenn ich der Heilkundigen bei ihrer Arbeit über die Schulter sähe, aber ich hatte mich auf bleiernen Füßen umgewandt und blickte auf ihre Arbeit aus der Ferne. Sorge und Kummer – eine winselnde Trauerklage über den

Generalbass meiner Erschöpfung. Arienne lag jetzt ausgestreckt, und die Heilkundige betupfte etwas an ihrer Seite. Der Armbrustbolzen war nicht zu sehen. Hatte sie ihn herausgezogen? Ihre Helferin, eine Schwester des Ordens, nahm eine Röhre aus dem Kasten, aus der sie mit einer Zange Nadel und Faden zog, die von einer Flüssigkeit tropften. Die Heilkundige schüttete etwas aus eine Flasche über ihre Härıde, nahm die Nadel und zog sie mit dem Faden einige Male durch, bevor sie einen Knoten machte…

Ich blickte weg. Silvus war stolpernd herangekommen und stand neben mir. Wir lehnten aneinander, und die Erschöpfung lag wie Nebel über unserem Bewusstsein. Wir waren hungrig und wund und schmutzig. Übeltäter, dachte ich. Nun, vielleicht waren wir es. Wir sahen jedenfalls danach aus. Aber das war unwichtig, solange Arienne ihre Verwundung überstünde.

Priorin Winterridge nahm das Wort, und ihre Stimme klang wie Frühlingsregen, leise, kühl und durchdringend. »Fähnrich Barras, es bekümmert mich zu hören, dass Fürst Nathan diese Herren als Übeltäter betrachtet. Es bekümmert mich umso mehr, nachdem ich mit ihrem früheren Verhalten gegenteilige Erfahrung gemacht habe. Sagen Sie mir, von welcher Art die Anschuldigung ist, die der Fürst gegen sie vorbringt?«

Barras zuckte die Achseln. »Verrat natürlich, verehrte Dame.« Sie starrte ihn an, als warte sie auf eine Erläuterung, und er lächelte entwaffnend. »Und wenn das noch nicht genug sein sollte, Mord und Diebstahl. Jeder der beiden hat mehrere kaltblütige Morde auf dem Gewissen, und beide hatten Umgang mit dem Dunkel.«

Seine Miene war von eine farblosen Verbindlichkeit. »Mir ist bekannt, dass der Orden ebenso wie mein Herr Gegner des Dunkels sind. Jetzt ist es an der Zeit, dazu zu stehen. Der Fürst wird die Entscheidung und

Handlungsweise des Ordens mit großer Aufmerksamkeit verfolgen und bewerten.«

Priorin Winterridge nickte. »Nun denn. Sicherlich wird er interessiert sein, die Vorgangsweise unserer Justiz kennenzulernen. Wir werden sie ihm gern vor Augen führen. Ah.«

Die Heilerin kehrte zurück, eine kleine Frau in einem langen Kleid mit Übergewand, nicht dem Habit des Ordens. »Wir haben das Nötigste getan, und sie kann jetzt getragen werden. Verglichen mit den anderen Überlebenden, ist ihr Zustand der weitaus schlechteste. Ich werde mich jetzt um die anderen Verwundeten kümmern.« Ich erinnerte mich an die Stimme der Frau und an sie selbst, aber mein Gehirn war zu langsam und meine Sorgen zu viele.

Priorin Winterridge nickte. »Tun Sie es. Schwester Bartholme, wir werden ein paar Tragbahren mit durchgezogenen Stangen für Pferde brauchen.« Ihr Blick ging zu Silvus und mir. »So scheint es immer zu sein, wenn Sie zu Besuch kommen, meine Herren.«

KAPITEL XIV

Mit einer Aufstiegshilfe kam Silvus in den Sattel und konnte sich auf dem Pferd halten. Es war meines Wissens das erste Mal, dass er eine brauchte. Mir erging es wie ihm. Arienne lag unter ihrem Umhang auf der Bahre, klein und weiß und schrecklich still. Ich ritt neben ihr, blickte in ihr Gesicht, das kalt und starr wirkte, streng wie ich es nie gesehen hatte, nicht einmal unter den schwierigsten und anstrengendsten Bedingungen. Sie hatte sich weder bewegt noch gesprochen.

Natürlich war ich ein Idiot – gewesen. Wieder. Ich hätte mich auf Barras stürzen sollen, nicht auf diesen armen Teufel im Graben. Das war meine einfache Pflicht gewesen, und es hätte für Arienne keinen Unterschied bedeutet. Ich schuldete Silvus mein Leben und meine Unterstützung, und wieder hatte ich mich von blinder Wut überwältigen lassen. Das Einzige, das zu meinen Gunsten gesagt werden konnte, war, dass ich mich wenigstens enthalten hatte, einen hilflosen Mann niederzumachen. Die Stimme der Priorin Winterridge oder der Name der Göttin hatten mich vor der Untat bewahrt. Oder etwas anderes.

Langsam ritten wir hinauf zum Burgtor, und ich nahm die Geschäftigkeit und den Lärm um mich her wie durch einen Nebel und einen langen Tunnel wahr. Ich erinnerte mich nicht, dass die Sperrfeste so aussah. Bei meinem letzten Besuch war sie bloß eine Burg gewesen, der felsige Ausläufer, auf dem sie stand, kahl und öde, der Burghof sauber gefegt und leer, die zinnengekrönten Mauern und der düstere Bergfried drohend über dem Tal. Eine Festung, nicht mehr und nicht weniger.

Nun schien sie der beschützende Mittelpunkt eines belebten kleinen Marktes zu sein. Zelte waren außerhalb der Burgmauern aufgeschlagen, wo das Gelände es zuließ, und im Tal, wo die Schwestern ihren Übungsplatz gehabt hatten, waren Lagerschuppen und Hütten errichtet worden. Die alten Mauern überblickten eine Menge von Fuhrwerken und Karren, zwischen denen wir uns den Weg suchen mussten. Der Burghof war voll von jungen Männern und Frauen in Paaren und Gruppen, die Säcke trugen, Schubkarren beluden, Listen überprüften und über Werkzeugkisten verhandelten. Zurufe flogen hin und her. Warteschlangen hatten sich vor halb offenen Ständen gebildet, wo geplagte Schwestern Stoffe und Säcke mit Saatgut, Krämerwaren und Ausrüstungen aller Art ausgaben. Aus einer Schmiede drangen helle Hammerschläge. Außerhalb der Mauern wurden Pferde, Esel und Rinder in notdürftigen Einfriedungen von Stallknechten versorgt und vermischten ihre Stimmen mit dem allgemeinen Lärm.

»Morgen ist der Tag der Abreise«, sagte Priorin Winterridge. »Ich fürchte, meine Herren, dass Sie uns im Hemd überrascht haben.« Ihre Miene hatte sich nicht verändert, aber von der Seite sah ich das kaum wahrnehmbare Augenzwinkern, das verriet, dass Priorin Winterridge gerade einen Scherz gemacht hatte. Wie bei all ihren Scherzen fand sie es ausreichend, dass *sie* es wusste, wenn die anderen es schon nicht merkten. Aber die Schwestern waren ihren Humor offenbar gewohnt. Ich sah, wie zwei von ihnen einander zulächelten.

»Sie wollen jetzt aufbrechen, in dieser Jahreszeit?« Silvus musste es immer wissen.

Die Priorin lenkte ihr Pferd um einen Stapel von Fässern mit Nägeln. »Ja. Das gibt uns Zeit, Land aufzuteilen und Buschwerk und Gestrüpp zu roden, solange es schneefrei ist, und Häuser zu errichten und sturmfest zu machen, da wir wissen, welche Verhältnisse der Winter bringen wird. Das Konklave meinte – und ich stimme dem zu –, dass die Menschen diese Vorräte während des Winters so oder so verspeisen würden. Unter diesen Umständen können sie genauso gut ihre neuen Bauernstellen für den Pflug vorbereiten, um im Frühling mit der Bestellung und Aussaat zu beginnen.«

»Sie besiedeln die westlichen Marken?«, fragte Barras, der die Vorbereitungen mit Kennerblicken beobachtete.

Sie warf ihm einen Blick zu. »Schwerlich so viel, Messire. Hundert landlose junge Paare werden vom Orden unterstützt, leeres Land östlich des Gebirges in Besitz zu nehmen und zu bebauen. Ein paar Stücke Land, die in einer unermesslichen Wildnis urbar gemacht werden.«

Er neigte den Kopf in Anerkennung, aber es war kein Nicken. »Dennoch wäre es gut, sich zu vergewissern, dass das Land tatsächlich Eigentum des Ordens ist, bevor man darüber verfügt.«

»Niemand hat in den letzten tausend oder mehr Jahren Ansprüche auf dieses Land erhoben, Fähnrich Barras. Wir haben es jetzt getan.«

»Ich verstehe. Nun, ohne Zweifel wird seine Hoheit der Fürst der Erweiterung Ihres Grundbesitzes gnädig zustimmen.«

Sie runzelte die Brauen. »Der Fürst des Stromlandes hat nicht die Autorität über uns, zuzustimmen oder zu verweigern.«

Barras lächelte. »Darüber werden wir nicht streiten, Priorin.«

»Das sollte ich meinen.« Sie starrte ihn in offener Herausforderung an. Auch die Schwestern in ihrem Gefolge starrten ihn an, und die Atmosphäre kühlte merklich ab.

Als wir im Burghof hielten, brachte ich es fertig, nicht vom Pferd zu fallen, doch musste ich mich an das Tier lehnen, bevor ich mich an die Stufen zum Bergfried wagte. Sie waren hoch und gnadenlos steil, um einen Angreifer, der bis in den Burghof vorgedrungen war, zu entmutigen. Nun, mich entmutigte schon ihr Anblick. Auch Silvus. Er versuchte nicht einmal abzusteigen.

»Sie haben es wieder geschafft, wie ich sehe.« Nun, beim genaueren Hinhören erkannte ich die scharfe Stimme mit ihrem nördlichen Akzent. Sie gehörte der Heilkundigen, deren Namen ich mir nie gemerkt und die mich das letzte Mal zusammengeflickt hatte. Sie kam die Treppe von oben herunter, wo sie den Transport der Verletzten in die Krankenstation überwacht hatte. Ich hatte mich nach Ariennes Aufenthalt erkundigen und zu ihr gehen wollen, wenn es möglich wäre. Ich versuchte den Fuß auf die nächste Stufe zu setzen, konnte ihn aber nicht hoch genug heben. Die Heilerin sah es, schnalzte, wandte sich um und rief jemandem in der Türöffnung über sich zu: »Novizin! Ja, dich meine ich, Mädchen. Komm her, und ihr zwei helft dem anderen Patienten. Stemmt die Schulter in seine Achselhöhle, wie ich es tue. So ist's recht. Nun hilf mir heben. Er ist ein schwerer Brocken.« Dann zu mir: »Im Namen der Göttin, wann haben Sie sich zuletzt gewaschen?«

Sie schleppten uns in den unteren Saal, doch diente der als Lager für landwirtschaftliches Gerät, und es ging mühsam eine weitere Treppe hinauf. Die Ausdrucksweise der Heilerin war unhöflich, obwohl sie so vorsichtig war, das meiste davon auf nordisch zu sagen. Vermutlich wollte sie die Novizin nicht verderben, ein Mädchen von vierzehn oder fünfzehn Jahren. Ob sie es für möglich hielt, mich zu verderben, bezweifle ich.

Der Obere Saal war durch Vorhänge in kleine Alkoven unterteilt, in denen Betten standen. Sie schleppten mich in einen davon, legten mich aufs Bett, entkleideten mich mit klinischer Gründlichkeit – wenn sie sich in Ausdrücken des Abscheus ergingen, dann wegen meines Zustandes, nicht aus irgendeinem anderen Grund – und fanden den Schnitt über meinen Rippen. Die Heilkundige erneuerte ihre Flüche. Das Blut war durch das Oliv und Rostbraun des Tarnstoffes, den ich als Umhang trug, nicht zu sehen gewesen, und jetzt, da die verklebte Kleidung entfernt war, blutete die Wunde von neuem.

»Heißes Wasser, Seife, Tücher, Nähzeug und Verband«, befahl sie der Novizin. »Und sag der Schwester in der Krankenstation, dass ich hier einen Verletzten zu waschen habe. Sie soll zwei Schüsseln bringen. Oder drei…« Mehr hörte ich nicht. Es war warm, ich lag ausgestreckt, und schon schlief ich.

Einmal erwachte ich, als sie meine Seite nähte. Es schmerzte. Sobald sie damit fertig war, schlief ich wieder ein. Ich wachte nicht einmal auf, als sie mich wuschen. Das war am frühen Nachmittag. Als ich das nächste Mal aufwachte, war es Morgen.

Der Orden ist sehr… nun, ordentlich. Ihre Krankenstation war es womöglich noch mehr. Sauber wie ein Kieselstein in einem Bachbett. Ich lag in einer Kammer, in der gerade vier Betten und eine Truhe Platz fanden. Bis auf meines waren die Betten unbelegt – die Krankenschwester war so taktvoll gewesen, die beiden verwundeten Männer aus Georghes Trupp anderswo unterzubringen, und ich hörte nichts von ihnen.

Ich war lebendig und in einem Stück. Meine Seite schmerzte nur, wenn ich mich herumwälzte. Die Götter wissen, dass ich so viel Glück nicht verdient hatte. Wo war Silvus? Wo war Arienne? Wo waren meine Sachen?

Die Heilerin kam herein und blickte auf mich herab. »Sie sind also wach. Wurde auch Zeit. Ihr Herr ist es auch, und er verlangt nach Ihnen. Er sagte uns auch nicht, dass er verletzt war. Jetzt weiß ich, von wem Sie das haben. Na, ich habe ihm auch gesagt, was für eine dumme Vorstellung das ist.«

Verletzt? Sie gab mir ein Gewand zum Überziehen, ich erkundigte mich und fand den Weg zu Silvus' Kammer.

Er saß aufrecht im Bett, starrte an die Wand und streckte und bog langsam und vorsichtig den rechten Arm. Barras hatte ihn knapp über dem Ellbogen getroffen; offensichtlich wollte er vermeiden, dass das Narbengewebe sich versteifte. Als ich hereinkam, blickte er zu mir auf. Sein Gesicht war noch grau und abgespannt.

Ich setzte mich auf die Truhe, die auch in seiner Kammer stand. »Das ist noch mal glimpflich abgegangen«, stellte ich fest.

Er nickte und blickte auf den Arm. »Ja. Er stach glatt durch. Aber außen am Knochen vorbei, und nichts Wichtiges wurde durchschnitten. Reines Glück, dass es nicht schlimmer war. Meine Parade war schwach.«

»Du warst erschöpft. Barras hatte gegessen und nicht zu Fuß laufen müssen. Es war meine Pflicht, dir zu helfen, und ich tat es nicht.«

»Du hattest selbst Schwierigkeiten. Und überhaupt, es ist die Aufgabe eines Ritters, Frauen zu beschützen. Du hast es richtig gemacht.«

Ich schüttelte den Kopf. »Wo ist Arienne?« Mich über ihr Befinden zu unterrichten, war weitaus wichtiger, als mit Silvus über die Feinheiten der Ritterlichkeit zu streiten.

»Zwei Türen weiter. Sie ist auch wach. Man glaubt, dass sie über den Berg ist. Der Bolzen blieb zwischen den Rippen stecken… Danke für dein freundliches Interesse.« Das Letzte sagte er in einem Ton zwischen Lachen und Verdruss, und am Ende musste er die Lautstärke erhöhen, denn ich war schon draußen, bevor er fertig war.

Angetan mit einem Nachthemd, lag sie blass und abgehärmt und schrecklich dünn unter einer leichten Decke. Als sie den Kopf wandte, um zu sehen, wer hereingekommen war, spannte sich ihre Seite, und sie verzog vor Schmerz das Gesicht. Auch das Einatmen fiel ihr offenbar schwer. Aber sie war am Leben, und im Augenblick hatte ich keine Kraft, etwas anderes zu tun als den Göttern zu danken und mich für immer in ihre Schuld zu begeben.

Als ich die Augen öffnete, betrachtete sie mich. »Wir werden passende Narben behalten«, sagte sie ruhig.

Auch in ihrer Kammer gab es eine Truhe, und ich setzte mich darauf. »Genau passend werden sie nicht sein. Meine ist ein oberflächlicher Schnitt. Deine ist ein Loch halb durch den Körper, das du dir holtest, weil du es wichtiger fandest, diesem Strolch eine aufs Dach zu geben, als in Deckung zu bleiben. Ich bin derjenige, von dem erwartet wird, dass er als Retter auftritt, weißt du.«

»Wirklich? Dann muss ich die falschen Bücher gelesen haben. Und ich habe das Gefühl, dass niemand hier deine Meinung teilen würde.«

Richtig. Die Schwestern des Ordens hatten im Allgemeinen keinen Bedarf an Rettern. Wenn es etwas zu retten gab, taten sie es selbst.

Eine von ihnen kam herein und blieb stehen, als sie mich sah. Sie trug ein Tablett, von dem mich Düfte anwehten, die mir den Mund wässerig machten: Schinken und Bohnen und warmes Brot. Auf einmal wurde mir bewusst, dass in meinem Magen ein brunnentiefes Loch gähnte.

»Ah«, sagte die Schwester. »Sie werden Messire de Parkin sein. Die Krankenschwester sucht Sie. Sie hat Ihr Frühstück, und den Befehl, es zu essen.« Sie blickte von mir zu Arienne. »Vielleicht können Sie es auch hier essen. Ich werde es holen.«

Sie setzte das Tablett vorsichtig auf Ariennes Bett und schob ihr ein zweites Kissen unter. Arienne unterdrückte einen Schmerzenslaut. Ich war froh zu sehen, dass der Orden vernünftige Vorstellungen von einem Frühstück hatte. Und noch froher, als mein eigenes gebracht wurde.

Ich aß vom Tablett auf meinen Knien. Die Schwester zog den Vorhang von einem winzigen Fenster. Winzig, weil dies noch immer eine befestigte Burg und die Fenster nur schmale Schießscharten für Bogenschützen waren. Aber herbstgoldenes Licht strömte herein, und sie blickte hinab in den Burghof.

»Da ziehen sie hin«, bemerkte sie. Unten knallten Peitschen, Zurufe vermischten sich mit dem Rumpeln von Rädern. Die Siedler machten sich auf den Weg über den Pass nach Osten, um sich jenseits der Berge eine neue Grundlage zu schaffen.

Das erinnerte mich. Barras hatte…

»In der dritten Stunde tritt das Konklave zusammen«, bemerkte die Schwester, noch immer an der

Schießscharte. »Sie sollten daran teilnehmen, wenn die Heilerin glaubt, dass es zu verantworten sei.«

»Teilnehmen? Wir?«, fragte ich mit vollem Mund. Der letzte Gedanke war schon wieder vergessen.

Auch Arienne blickte auf. Die Schwester wandte sich vom Fenster weg. Sie war eine große, knochige Frau Ende vierzig. Wahrscheinlich konnte sie noch immer eine Hellebarde schwingen, hatte sich aber jetzt aus dem Dienst zurückgezogen und pflegte Kranke. Auch ihr Gesicht war knochig und nicht gerade ausdrucksvoll.

»Ja«, erwiderte sie gleichmütig. »Auch Ser Silvus. Es wird Ihre Gerichtsverhandlung sein, sozusagen. Es geht um Mord, Raub, Pferdediebstahl, Verrat, Körperverletzung und Landfriedensbruch. Und um Entführung, Betrug, Verschwörung zum Aufruhr, Anrichtung schweren Unheils und alles andere, was Gardeleutnant de Barras seit gestern Abend eingefallen ist.« Sie betrachtete mich mit einem leidenschaftslosen, aber durchbohrenden Blick. »Ist es wahr, dass er derjenige war, der letztes Jahr in Tenabra der Priorin die Kehle durchschneiden wollte?«

Ich schluckte meinen Bissen hinunter. »Nicht ganz. Er wollte ihr einen Dolch unters Kinn stoßen.«

Sie nickte wie jemand, dem der Unterschied vollkommen klar war. »Und so einer muss von Mord sprechen.«

»Georghe ist ein Fachmann auf dem Gebiet, wissen Sie.«

»Wirklich? Nun, er sieht danach aus. Aber es war ein großer Fehler, es bei der Priorin zu versuchen. Wir halten sehr viel von ihr.« Sie betrachtete mich noch einen Augenblick lang, dann hellte ein Lächeln ihre strengen Züge auf. Es war ein erstaunlich liebenswürdiges Lächeln. »Wir haben auf dem Gebiet auch einige Fachleute, Messire de Parkin.«

Sie hatten den unteren Saal für das Konklave freigemacht, und auf dem Podium gegenüber dem Eingang waren Stühle aufgestellt worden. Auf ihnen saß das Kollegium des Ordens – die Priorin in der Mitte, flankiert von ihren älteren Schwestern, die Amtsträgerinnen waren. Im rechten Winkel zu diesen saßen zu beiden Seiten die übrigen Schwestern, ungefähr fünfzig an der Zahl, alle in ihrem förmlichen Habit aus Kettenpanzer, weißem Übergewand, Kapuze. Alle anderen würden in der Stadt Ys oder in anderen Burgen oder über das Land verstreut sein. Dem Kollegium gegenüber standen die Laien, unter ihnen die Heilkundige, deren Namen ich noch immer nicht wusste, und Georghe Barras mit seinen Männern. Allen, denn früh am Morgen war das Gros seiner Truppe eingetroffen.

Silvus und ich kamen angekleidet, auf eigenen Füßen und aus eigener Kraft in den Saal. Zuerst wollten sie Arienne die Teilnahme verwehren, doch nachdem sie der Heilerin erklärt hatte, dass sie gehen würde, selbst wenn dies bedeutete, dass sie unterwegs sterben müsste, und angefangen hatte, die Decken von sich zu ziehen, hatte man eingelenkt. Nun wurde sie auf einer Bahre heruntergetragen, die Bahre im Saal auf zwei Schragen gestellt und Arienne mit Kissen gestützt, dass sie eine halb sitzende Haltung einnehmen konnte. Silvus und ich marschierten in den Saal und stellten uns zu beiden Seiten neben ihr auf.

Die Versammlung hatte andere Fragen behandelt, als sie uns hereinriefen. Wir standen dem Kollegium gegenüber in der Mitte des Saales, flankiert von den Ordensschwestern und Barras und seinen Leuten hinter uns. Aus zwanzig Schritten Entfernung blickte ich Priorin Winterridge in die kühlen grünen Augen.

»Leutnant de Barras«, sagte sie in geschäftsmäßigem Ton, »erläutern Sie Ihre Anklage gegen diese Leute.«

»Priorin, es fällt nicht in die Zuständigkeit dieses Gerichts, sie zu hören, sondern in die des Fürsten. Sie sind seine Untertanen, und ihre Verbrechen wurden unter Bruch des Landfriedens auf seinem Territorium verübt. Ich erbat lediglich Ihre Amtshilfe zur Festnahme der Angeklagten, sodass sie in Tenabra vor Gericht gestellt werden können.«

Barras? Das war Georghe Barras? Er redete wie ein Anwalt. Ich sah mich nach ihm um. Er schien nicht verändert.

Priorin Winterridge richtete ihren Blick auf Silvus. »Was haben Sie dazu zu sagen, Ser de Castro?«

Silvus richtete sich auf. »Dass wir keines der Verbrechen schuldig sind, die uns vorgeworfen werden und den Orden ersuchen, uns Freistatt zu gewähren.«

Sie nickte. »Das Ersuchen um Freistatt liegt uns vor. Es ist Sache des Konklaves zu bestimmen, ob unsere Gesetze es erlauben. Wir werden Ihre Anklagen prüfen, Leutnant de Barras, und wenn wir es für gerecht und angemessen halten, werden wir Ihnen diese Leute übergeben.«

»Priorin, es ist keine gut nachbarliche Haltung dem Fürsten gegenüber, seine Justiz so in Zweifel zu ziehen. In jedem Fall genießt sein Gesetz Vorrang vor rein lokalen Jurisdiktionen. Sie würden gut beraten sein, ihm zu gehorchen.«

Die Priorin hob das Kinn. »Der Orden ist eine souveräne Macht, die mit den Fürsten der Welt als Gleichgestellter spricht. Unsere Gesetze sind nach dem Willen der Göttin – wie wir sie uns gegeben haben – und es steht Fürst Nathan nicht an, von uns zu fordern, dass wir sie beiseite setzen oder sein Missfallen erregen, wenn wir es nicht tun.«

Ein Gemurmel der Zustimmung kam von den Bänken, wo die Schwestern saßen. »Darum bringen Sie

Ihre Anklage vor, Leutnant de Barras, und benennen Sie Ihre Zeugen.«

Es folgten zwei Stunden Fragen und Antworten, Anschuldigungen und Ableugnungen. Alles kam zur Sprache: Die vom Fürsten geplante Akademie für Zauberei, die erste Flucht, die Prügel, die wir bezogen hatten. Barras leugnete das, aber einer seiner Leute hatte ihm während dieser Verrichtung den Mantel gehalten und war gehört worden, als er mit der ›Abreibung‹ geprahlt hatte. Dann die zweite Flucht.

»Sie gingen zu den Kobolden!«, rief Barras triumphierend. »Sehen Sie sich ihre Waffen an, ihre Kleidung! Alles Arbeit der Kobolde!«

Die Priorin wandte den Blick zu einer der Schwestern neben sich. »Schwester Schatzmeisterin, wie viel haben wir den Unterirdischen in den vergangenen sechs Monaten für ihre Waren bezahlt?«

Die Schwester schaute auf eine Liste. »Einschließlich Warenaustausch zu Marktpreisen, Schwester Priorin?«

»Ja.«

»Sechstausendvierhundert und siebenundfünfzig Kronen, Schwester Priorin. Das schließt natürlich nicht mit ein, was die Bevölkerung auf eigene Rechnung ge- und verkauft hat.«

Die Priorin nickte. »Sie sehen, Leutnant, dass der Handel mit den Unterirdischen nach unseren Gesetzen kein Verbrechen ist. Jedenfalls ist er es nicht mehr. Wir wissen jetzt, dass sie nicht die Geschöpfe des Dunkels sind, sondern nur seine unwilligen Sklaven. Im vergangenen Winter wurde uns das auf dramatische Weise vor Augen geführt.«

Georghe blickte finster. »Dann töteten sie fünf von meinen Männern. Griffen sie aus dem Hinterhalt an und machten sie nieder, ohne ihnen eine Chance zu geben.«

»So? Fünf Männer. Und was taten diese, als sie überfallen wurden?«

»Sie waren auf Patrouille. Patrouillierten das Grenzgebiet.«

»Jagten Flüchtlinge, nehme ich an.«

»Ja. Nein! Was macht es aus, was meine Leute taten. Aber ihre Angreifer entführten und töteten später Meister Grames.«

»Der als Leiter von Fürst Nathans Akademie der Zauberei vorgesehen war.«

»Jedenfalls entführten sie ihn«, erwiderte Barras ärgerlich. »Wir fanden seinen Leichnam. Und sie stahlen die Pferde.«

Silvus räusperte sich. »Grames war unbewaffnet, erschöpft und auf der Flucht vor den Gardisten, weshalb wir ihm zu Hilfe kamen. Er kam freiwillig mit uns, um Barras zu entkommen. Wir bedauern, dass er später, weit draußen in den Vorbergen von seinen Pferden niedergetrampelt und getötet wurde. Er war kein Reiter und mit Pferden nicht vertraut.« Er warf mir einen Blick zu.

Arienne seufzte. Ich wandte den Kopf. Hinter Barras nickte ein großer Mann mit rotem Bart. Ich machte Silvus auf ihn aufmerksam und er wandte sich gleichfalls um, bevor er das Wort an die Priorin richtete. »Die Wahrheit dessen, was wir sagen, kann von diesem Mann dort bezeugt werden, der, wenn ich mich nicht täusche, ein Fährtensucher aus dem Norden ist.« Silvus zeigte auf ihn. »Sprechen Sie, Ser. Sie fanden das Grab?«

Barras warf dem Mann einen wütenden Blick zu, aber der Rotbärtige bestätigte es bereits. »So ist es. Ich fand das Grab.«

»Sie öffneten es?«

Ein weiteres Nicken, knapper diesmal. »Ja.« Die Aussage wurde von missbilligendem Gemurmel begleitet.

»Und der Tote? Wie war er gestorben?«

»Er war niedergetrampelt und getreten worden. Ich fand in der Nähe die Spuren eines Pferdes, das sich aufgebäumt hatte, und Blut auf den Steinen.«

Barras schüttelte den Kopf. »Er kann trotzdem von diesen – diesen Angeklagten totgeschlagen worden sein.«

»Nein, es war ein Pferd. Der Körper war innerlich ganz zerbrochen und gequetscht. Kein Mann kann so schlagen.«

»Halt's Maul, Dummkopf!« Barras verlor die Beherrschung. »Wer bezahlt dich?«

»Niemand, wie es scheint, Leutnant. Es gibt Menschen, die nicht gekauft werden können.« Die Stimme der Priorin klang eisig.

Silvus stieß nach. »Eine letzte Frage, Ser. Wie war der Tote begraben?«

Der Rotbart überlegte, dann nickte er, als er sah, worauf Silvus hinaus wollte. »Tief. Ausgestreckt und in einen Umhang gehüllt. Mit Münzen auf den Augen als Wegzehrung.«

»Anständig.«

»Ja. Ich wusste…« Der Nordmann brach ab und starrte vor sich hin. Georghe funkelte ihn an. »Was wussten Sie, Ser?«, fragte Silvus freundlich.

Stille.

»Wir würden eine Antwort zu schätzen wissen, Ser«, erklärte Priorin Winterridge. Der metallische Klang von Autorität lag wieder in ihrer Stimme.

Der Nordmann ließ seinen Blick Richtung Saal gehen. »Es half nicht«, sagte er schließlich. »Wir hätten ihn wieder begraben und ihm Ruhe gewähren sollen. Die Börse mit Goldmünzen, die er bei sich hatte – gut, die würde er nicht brauchen. Aber wir hätten ihm seine Wegzehrung lassen und vor den Krähen und Aasfressern schützen sollen. Wir rollten ihn den Hang hinunter in einen Sumpf. Nun wird sein Geist wandern.«

Das Konklave murmelte. Arienne begann leise zu weinen, beinahe ohne ein Geräusch zu machen. Ich hätte sie gern bei der Hand genommen und konnte es nicht.

Silvus wartete einen Augenblick. »Wer nahm das Geld?«, fragte er.

Der Nordmann antwortete nicht, aber sein Blick ging gerade zu Georghe Barras, und als dies geschah, fühlte ich, wie sich die Gewichte im Saal verschoben.

»Das Geld war meines Fürsten Geld und ich stellte es sicher. Ich werde es ihm zurückgeben, wie es meine Pflicht ist.« Barras war nur noch verdrießlich. Er wusste, dass er verloren hatte. »Und wie es scheint, war auch Grames ein Verräter. Er fand das Ende eines Verräters.«

Die Priorin blickte mit versteinertem Gesicht zu ihm hinab. »Dem jede Ehre verweigert wird, die nach altem Brauch den Toten zusteht. Ihr Fürst hat ein eigentümliches Verständnis von Gerechtigkeit. Es ist nicht das unsrige. Sogar die Verräterin Merceda erfuhr die Begräbnisriten unseres Ordens und wurde nach seiner Regel eingeäschert.« Zustimmendes Gemurmel ging durch den Saal.

Barras blickte zornig zu ihr auf. Der letzte Rest des Anscheins derber Jovialität und rechtschaffenen Pflichtbewusstseins gegen seinen Herrn fiel von ihm ab. »Sie haben die Anklage gehört«, erklärte er. »Sie betrifft Kapitalverbrechen und kann von einer Versammlung wie dieser nicht beiseite geschoben werden.« Er blickte in die Runde, sah ihre Gesichter, erkannte die Entscheidung und schlug alle Vorsicht in den Wind. Seine Stimme hob sich und er schlug einen Tonfall kalter Drohung an, die nicht mehr allein an die Priorin gerichtet war. »Sie sollten wissen, dass es bei aller Freiheit, die diesem Orden bisher gestattet wurde, nicht schicklich und angemessen ist, dass Länder von solch einer Körperschaft regiert werden, die allein aus Frauen besteht. Wenn Sie weiterhin eine lokale Herrschaft ausüben wollen, tun Sie gut daran, Ihrem Fürsten zu gehorchen, dessen Stimme ich bin. Wenn Sie sich weigern, werden Sie nicht die ersten sein, die die Erfahrung machen müssen, dass sein Gedächtnis und sein Arm beide lang sind.«

Darauf folgte Stille, dann ein langsam anschwellendes empörtes Gemurmel. Barras hielt ihm stand, wie er auch dem kalten Blick der Priorin standhielt. Sie nickte langsam, dann hob sie den Blick und ließ ihn in die Runde ihrer Schwestern gehen. Das Gemurmel verstummte.

»Ich verstehe. *Unser* Fürst. Und das ist Ihr letztes Wort?«

Barras nickte einmal. »Mehr habe ich dazu nicht zu sagen.«

Sie erhob sich von ihrem Platz. »Dann bleibt die Frage der Freistatt zu erwägen. Ich erinnere euch alle, Schwestern, dass Freistatt nicht missbräuchlich gewährt werden darf. Sie kann nicht gewährt werden, wenn Verbrechen gegen unsere Gesetze vorliegen, die die Gesetze der Göttin sind. Wenn es Grund zu der Annahme gibt, dass die Beklagten diese Gesetze ebenso verletzt haben wie ausländische Gesetze in anderen Ländern, dann dürfen wir ihnen keine Freiheit von Verfolgung bieten. Eine Freistatt kann nur im Falle ungerechter Verfolgung gewährt werden. Das ist unser Gesetz, wie es die Göttin verordnete.«

Ihr Blick ruhte auf uns. Die Schwestern warteten auf die Abstimmung, und ich wusste, wie diese ausfallen würde. Wir waren in Sicherheit. Ich blickte zu ihr auf und konnte mir nicht vorstellen, dass sie vor der unverhüllten Drohung klein beigeben würde.

Sie nickte Silvus zu. »Wir haben die Stimme des

Fürsten vom Stromland gehört. Haben Sie noch etwas zu ihrer Verteidigung zu sagen?«

Silvus blickte zu Boden. Er schüttelte den Kopf.

»Dann werden wir zur Abstimmung schreiten…«

Auch ich blickte jetzt zu Boden, aber wenn ich die Priorin auch nicht ansehen konnte, so konnte ich doch zu ihr sprechen. »Warten Sie«, sagte ich, und es kam so klar und durchdringend wie eine Florettklinge heraus, die ihr das Wort abschnitt.

Stille. Ich blickte auf. Die Priorin beobachtete mich. Es gab kein Zurück mehr.

»Sie haben noch etwas zu Ihrer Verteidigung zu sagen?«, fragte sie.

Ich nickte und schlug den Blick nieder. Die Worte wollten mir nicht über die Lippen kommen. Ich überlegte, wie ich es anfangen könnte. »Nicht zu unserer Verteidigung«, murmelte ich.

»Nein«, sagte Arienne mit klarer Stimme. »Im Gegenteil. Wir wünschen ein Geständnis abzulegen. Wir töteten einen Mann – Meister Grames –, und wir bedienten uns des Dunkels, um es zu tun. Er kam so ums Leben…«

Einer nach dem anderen berichteten wir alles, ohne etwas zu beschönigen oder zurückzuhalten. Wie Grames uns getäuscht und wir ihn dafür getötet hatten. Wie meine Wut und ihre Kraft sich zur Vergeltung verbanden und sich in verwerflicher Weise des Dunkels bedienten. Wir erzählten alles bis zum Ende, ohne etwas anderes als die Bodenfliesen zu sehen, ohne etwas anderes als die Stimmen der Erinnerung zu hören. Wir fühlten nichts als Trauer und Bedauern, und als Arienne sprach, hob sie die Hand zu mir, und wir sahen ihnen Hand in Hand in die Augen, als die elende Geschichte erzählt war.

Es war getan. Ich war außer Stande, Silvus anzusehen. Auch ihn hatte ich mit uns selbst verurteilt. Ich schloss einen Moment lang die Augen und lauschte in die Stille. Unser Geständnis hatte die Schwestern erschreckt.

Barras brach triumphierend das Schweigen. »Sie alle haben es gehört. Dies ist ein eindeutiger und schwerer Verstoß gegen Ihre kostbaren Gesetze, wenn überhaupt noch ein Gesetz zählt.«

Ich blickte auf. Priorin Winterridge sah mich an, wie jemand eine Wurst von zweifelhaftem Zustand betrachtet. Dann schien sie sich zu schütteln und verlagerte den kalten grünen Blick zu Barras. »Was sagten Sie eben, Leutnant de Barras?«, fragte sie, und ihre Stimme klang wie der Wind von den Gletschern des Nordens.

Er lächelte. »Sie haben es gehört, Priorin. Die Beklagten haben es gerade zugegeben. Sie bedienten sich des Dunkels, um einen Menschen zu töten. Sie müssen sie jetzt ausliefern.«

Priorin Winterridge sah zu ihren Kolleginnen vom Konklave. Es war das erste Mal, dass ich eine Unsicherheit an ihr bemerkte. Ihre Züge verrieten deutlich den inneren Kampf. Es blieb eine Weile still. Dann sagte eine der hochrangigen Schwestern, die mir alle unbekannt waren: »Dieser Mann hat ein Grab entweiht…«

»Einen Toten beraubt«, sagte eine andere.

»Eine Seele der Ruhe beraubt«, sagte eine dritte.«

Die Stimmen mehrten sich, kamen jetzt aus allen Richtungen.

»Schlug einen Mann zum Vergnügen halb tot…«

»Foltert Menschen und brüstet sich damit…«

»Schoss auf eine unbewaffnete Frau…«

»Versuchte die Priorin zu ermorden…«

»Was?«

»Ja. Noch dazu auf einem Hofball, wie ich hörte…«

»Und will eine Akademie des Dunkels errichten…«

Nun kam ein entrüsteter Aufschrei: »Er sagt uns, was wir zu tun haben?«

Und ein Tumult vieler Stimmen: »Nein!« – »Niemals!« – »Schwester Priorin, sag ihm…«

»Schwestern, Schwestern! Ruhe!« Die silberhelle Stimme übertönte den Lärm und unterdrückte ihn zugleich. Zornig funkelte sie in die Runde, und alle schwiegen still wie ein Klassenzimmer voll fehlgeleiteter Schulmädchen. »Das Gesetz, das Leutnant Barras so geringschätzig erwähnt, ist noch immer das Gesetz der Göttin. Wir schufen es mit Ihrer Hilfe. Und es ist in der Frage des Umgangs mit dem Dunkel eindeutig. Durch ihr eigenes Bekenntnis haben diese… jungen Leute es getan, und es hat zu Totschlag geführt. Sollen wir es unbeachtet lassen? Ich sage euch, dass wir in diesem Fall die Göttin selbst unbeachtet lassen würden.«

Es blieb still. Schließlich räusperte sich jemand hinter ihr. »Darf ich sprechen, Schwester Priorin?«

Es war eine weißhaarige Schwester, vielleicht ein wenig beleibter als die meisten. Sie erhob sich, auf einen Stock gestützt.

»Selbstverständlich, Schwester Magistra. Wer könnte uns besser beraten als diejenige, die der Laienschaft unsere Gesetze nahebringt?«

Die ältere Schwester nickte. Ihr Gesicht war kühl, streng. »In der Tat. Dies ist eine Deutungsfrage des Gesetzes, das, wie Schwester Priorin sagt, nicht unbeachtet bleiben darf. Nun haben wir gerade das Geständnis eines Verbrechens gehört. Es ist, wie ich glaube, das Einzige unserem Gesetz bekannte, das von diesen Leuten verübt wurde, aber es ist ein sehr ernstes Delikt. Totschlag ohne rechtfertigende Ursache – wie etwa der Schutz von Hilflosen – ist schlimm genug, selbst wenn keine Tötungsabsicht bestand. Aber der Gebrauch des Dunkels macht es schlimmer. Sehr viel schlimmer.« Sie machte eine Pause und schüttelte den Kopf, war aber offensichtlich noch nicht fertig. Als sie ihren Griff am Stock befestigte und sich schwerer darauf stützte, konnte ich sehen, dass sie drei Finger ihrer rechten Hand verloren hatte. Die geraden, weißen Narben, die über diese Hand liefen, waren nicht von der Art, wie man sie vielleicht vom Nägelkauen bekommt.

Stille im Konklave. Dann fuhr sie fort, sorgfältig ihre Worte wählend: »Gleichwohl kann ich nicht sehen, warum dies eine Angelegenheit des Fürsten vom Stromland sein sollte. Lassen wir seine Ansprüche und seine eigenen Übertretungen einmal beiseite, so bleibt festzuhalten, dass der Zwischenfall sich auf dem Gebiet des Ordens ereignete – einem Gebiet, das wir wieder zu besiedeln begonnen haben. Ferner hat der Fürst sie nicht dieses Verbrechens beschuldigt. Sie, die sich selbst anklagten, stehen als Büßer vor dem Konklave.«

Barras regte sich, öffnete den Mund, Einspruch zu erheben. Die Priorin streifte ihn mit einem Blick. »Schweigen Sie, Leutnant Barras. Sie haben Ihre Meinung gesagt.«

»Aber…«

»Schweigen Sie, sagte ich.«

Selbst Barras konnte diesen Ton nicht übergehen. Er blieb still.

Die Magistra schürzte die Lippen. »Darum, Schwester Priorin, bin ich der Meinung, dass es Sache dieses Konklaves ist, über das Verbrechen zu richten und es nach ihrem Geständnis zu beurteilen, nicht nach einer Anklage. Denn dies ist die alte Doktrin: dass ein Kläger, der zum Konklave kommt, selbst saubere Hände haben muss.« Sie warf Barras einen Blick zu, neigte den Kopf vor der Priorin und setzte sich.

Die Priorin nickte. »Danke, Schwester Magistra.

Schweigen Sie, Leutnant Barras; ich werde Sie nicht noch einmal verwarnen.« Sie wandte sich ihren Beisitzerinnen zu. »So sei es denn. Wir werden in der Beurteilung eines Büßers nach unserem Brauch verfahren. Willan de Parkin und Arienne Brook bezichtigen sich selbst des Totschlags unter Zuhilfenahme des Dunkels. Hat jemand etwas zu ihrer Verteidigung zu sagen?«

Silvus hob den Kopf. In seinen Augen war der Schmerz zu lesen. »Darf ich?« Sie nickte. »Will ist mein Knappe. Was immer hier geschieht, er bleibt es. Von mir wird erwartet, dass ich ihn die Tugenden des Rittertums lehre. Mut im Kampf, Bedürfnislosigkeit, Ausdauer, Geschicklichkeit im Umgang mit Waffen, Höflichkeit und Ritterlichkeit, Hilfsbereitschaft und Ehre.« Er lachte bitter. »Es muss mir bemerkenswert gut gelungen sein. Er hat gerade vorgeführt, dass er von Ehre mehr weiß, als ich jemals wusste.«

»Silvus, ich…«

»Sei ruhig, Will.« Er blickte zur Priorin. »Ich habe Ihnen hier keine Lügen aufgetischt. Wir waren der Verbrechen, deren Barras uns anklagte, nicht schuldig. Ich hatte zu unserer Verteidigung nichts hinzuzufügen. Und Grames wurde tatsächlich unter einem Pferd zu Tode getrampelt, wie ich sagte. Aber auch ich würde das Dunkel gebraucht haben, um ihn zu töten, wenn ich es gekonnt hätte. Und in diesem Fall würde ich niemals den Mut und die Ehre aufgebracht haben, so vor Ihnen zu sprechen. Ich gab mich damit zufrieden, das bloße Geschehen darzustellen und mich an den Buchstaben meines Eides zu halten. Will tat es nicht. Er und Arienne sagten die ganze Wahrheit. Sie haben mich beschämt, und so stehe ich vor Ihnen.«

Sie nickte. »Hat noch jemand etwas zu ihrer Verteidigung vorzubringen?«

Arienne drückte meine Hand.

»Dann werden wir über die Anklage des Totschlags durch Gebrauch des Dunkels abstimmen. Was sagt ihr, meine Schwestern? Schuldig oder nicht schuldig?«

Einzeln, dann in Gruppen und schließlich alle zusammen zogen die Schwestern die Kapuzen über ihre Köpfe. Ihre Gesichter verschwanden zum Zeichen, dass sie die Gerechtigkeit selbst symbolisierten: gesichtslos und blind. Wir waren schuldig. Priorin Winterridge sah zu und nickte.

»Es ist gut«, sagte sie mit leiser Stimme. »Und in der Frage, ob Ihnen die Freistatt gewährt werden soll, die sie alle drei beantragen – soll sie gewährt werden oder nicht?«

Diesmal ging es schneller. Die Kapuzen wurden auf die Schultern zurückgelegt, die Gesichter erschienen wieder. Manche lächelten.

Die Priorin wandte sich zu uns. Sie lächelte nicht. »Sehr gut. Hören Sie mein Urteil. Ser Silvus de Castro, der nach unserem Recht kein Verbrechen begangen hat, wird unter der Bedingung, dass er die Dienstbarkeit Willan de Parkins auf uns überträgt, Freistatt gewährt.«

Silvus neigte den Kopf. »Er ist mein Knappe, bis er es anders wünscht. Aber er übertrifft mich und schuldet mir nichts mehr. Wenn er will, ist er aus meinem Dienst entlassen.«

Sie nickte. »Willan de Parkin und Arienne Brook wird gleichfalls Freistatt gewährt. Doch weil sie des Totschlags mithilfe des Dunkels schuldig geworden sind, ist es an mir, das Urteil über sie zu sprechen. Das tue ich unter Berücksichtigung ihres freiwilligen Geständnisses und Bedauerns sowie ihrer früheren Verdienste um den Orden und des Blutes, das sie beide bereits vergossen haben, als mildernde Umstände.« Sie blickte mir ins Auge. »Willan de Parkin, Sie werden dem Orden für ein Jahr und einen Tag als Krieger dienen und ihm für diese Zeit den Treueid leisten. Ferner werden Sie jeden Tag dieser Periode die vollständigen Gebete zur Fürsprache für die Seele des unglücklichen Meister Grames sprechen. Nehmen Sie das Urteil an?«

Ich blickte zu ihr auf. »Darf ich zuvor Ariennes Urteil hören?«, fragte ich.

»Das ist Ihr Recht, da sie Ihre Mitangeklagte ist. Arienne Brook, nach Ihrer Wiederherstellung werden Sie ein Jahr und einen Tag zur Unterweisung in einer Schule des Ordens verbringen. Wir werden nicht versuchen, Ihre Gabe zu beeinflussen oder auszubilden, sondern uns darauf beschränken sicherzugehen, dass sie verstehen, was diese Gabe und was das Dunkel bedeutet, damit Sie nicht wieder straucheln. Und auch Sie werden jeden Tag dieser Zeit für die Seele Meister Grames' zur Göttin beten.« Ihr Blick umfasste uns beide. »Nehmen Sie alle beide mein Urteil an?«

Ich blickte zu Arienne. »Ich nehme es an«, murmelte ich.

»Ich auch«, sagte sie und lächelte. Und wieder drückte sie meine Hand.

Die Priorin nickte. »Es ist unser Brauch, dafür zu sorgen, dass eine auferlegte Buße vollständig und angemessen geleistet wird, indem wir eine geeignete Person ernennen, die über den Büßer wacht. Im Falle von Arienne Brook werde ich selbst diese Aufgabe übernehmen. Ser Silvus de Castro, es scheint, dass Sie einige Zeit bei uns verweilen werden. Sind Sie einverstanden, dieses Amt für Willan de Parkin auszuüben?«

Silvus zwinkerte überrascht. »Es muss einen anderen geben, der besser geeignet ist…«

Wenn sie lächelte, geschah es ohne die geringste Veränderung in ihren Zügen. Vielleicht war es nur in ihren Augen. »Das bezweifle ich sehr.«

Er blickte zu ihr auf wie ein Mann, der aus einem Albtraum erwacht. »Dann… nehme ich es an. Bei meinem Wort und Unterpfand.« Das war die alte Formel eines Edelmannes, der sich zum Dienst verpflichtet, und Silvus gebrauchte sie ohne Überlegung. Oder vielleicht im vollen Wissen ihrer Bedeutung.

Barras musste es so verstanden haben. »Bei deinem Wort und Unterpfand, Silvus?«, knurrte er ihn an. »Also bist du bereit, dein Handeln auf dem Feld der Ehre zu verteidigen. Das bedeutet es, nicht wahr?«

Silvus wandte sich zu ihm um, und ein unheiliges Licht spielte in seinen Augen. »Es bedeutet, dass ich getreulich dienen werde, wie das Gericht entschieden hat, auf meine Ehre.«

Georghe spuckte aus. »Ehre! *Das* für das Urteil und für deine Ehre! Komm heraus hinter diesen Röcken und…«

»Genug!«

Der Saal widerhallte vom gellenden Ruf. Mir klang es in den Ohren. Ich hatte keine Ahnung gehabt, dass äußerste Empörung und eine Sopranstimme einen so am Boden festnageln können. Ich hatte mich zum Gehen gewandt, und die Schwestern hatten angefangen, sich von ihren Plätzen zu erheben. Waffen wurden im Konklave nicht getragen, aber in einer Festung des Ordens waren sie nie außer Reichweite. Wäre es aufs Ganze gegangen, so hätten sie Georghe innerhalb einer Minute zu Hackfleisch verarbeiten können. Aber man musste ihm lassen, dass er ein völlig furchtloser Mann war.

Er wandte sich trotzig zu ihr. »Schreien Sie, so viel Sie wollen, Sie können mir dies nicht verweigern, Priorin. Auch nicht mit Ihren Anwaltskniffen. Ich bestreite Ihre Entscheidung kraft meines Rechts, Silvus Castro den Fehdehandschuh hinzuwerfen, wie er selbst es durch sein Wort und Unterpfand zugelassen hat. Lassen wir die Götter über das Recht entscheiden!«

Die Priorin war so zornig, wie ich sie nie gesehen hatte. Ihre Stimme bebte. »Noch ein Wort, Barras, und ich lasse Sie auspeitschen und mit Schimpf und Schande hinausjagen, ob Sie Abgesandter des Fürsten sind oder nicht. Denn es gibt kein Standesrecht auf Fehde mehr. Der Orden hat es vor mehr als einem Jahrhundert abgeschafft. Wie ich entschieden habe, so soll es sein. Niemand nimmt Ihre Herausforderung an!« Der letzte Satz war an Silvus gerichtet, der vor Zorn erbleicht war. Er presste die Lippen zusammen und schwieg. Georghe aber verschränkte die Arme auf der Brust und lächelte höhnisch. Im Saal wurde es still, die Spannung wuchs.

In dieser atemlosen Stille meldete sich eine Stimme zu Wort. »Ah… Schwester Priorin?«

Ich glaube, es erforderte mehr Mut, als ich hatte, dass Schwester Magistra sich in diesem Augenblick zu Wort meldete. Aber sie tat es und stand auf ihren Stock gestützt, und als die Priorin sich überrascht umwandte, blickte die alte Frau ihr ins Auge, wie ich es nicht fertiggebracht hatte.

Die Priorin starrte sie an. Die alte Frau stand da, unerbittlich wie das Gesetz selbst. »Schwester Magistra«, brachte die Priorin endlich hervor.

Die andere nickte. »Schwester Priorin, du hast bestimmt, dass niemand hier die Herausforderung des Leutnant de Barras annehmen darf. Du magst so über uns Schwestern bestimmen, weil wir unter dem Gelöbnis stehen, zu gehorchen und Waffen nur zur Selbstverteidigung oder zur Verteidigung des Ordens oder gegen das Dunkel zu erheben. Das Gleiche gilt für die Laien unseres Herrschaftsbereiches, denn sie haben die Gesetze des Ordens vertraglich anerkannt. Aber es ist eine Tatsache, dass das Grundgesetz noch immer das Standesrecht auf Fehde durch Herausforderung erlaubt…«

»Nein!« Priorin Winterridge bäumte sich auf wie ein scheuendes Pferd. »Diese Barbarei wurde vor einem Jahrhundert von unseren Gerichten verbannt.«

Das Gesicht der Magistra zeigte nur hartnäckige Gewissheit. »Mit Verlaub, Schwester Priorin, das ist nicht ganz richtig. Frühere Priorinnen haben entschieden, dass das Standesrecht auf Fehde zur Beilegung von Streitigkeiten unter uns dem Bruch unserer Gelübde gleichkäme, und dadurch ist die Praxis außer Gebrauch gekommen. Aber…« sie wandte den Kopf und fasste Silvus ins Auge »…weder Leutnant de Barras noch Ser Silvus de Castro sind auf unsere Ordensregel eingeschworen, noch sind sie unsere Vasallen. Und das Gesetz selbst ist nicht geändert worden. Es ist noch immer das Gesetz.«

Silvus' Züge nahmen einen Ausdruck wilder Genugtuung an. Ich wusste, was er sagen würde, und mir war klar, dass ich ihn davon abhalten musste. Er war mit seinem verletzten Ellbogen und der noch nicht überwundenen Erschöpfung einem Zweikampf mit Barras nicht gewachsen. Er räusperte sich. »Dann kann ich…«

Ich kam ihm zuvor: »Ich nehme die Herausforderung im Namen des Konklaves an!«

Silvus fuhr herum. »Will! Du darfst nicht, ich verbiete es!«

Ich schüttelte den Kopf. »Tut mir Leid, Silvus. Du hast mich gerade aus deinem Dienst entlassen. Und ich habe niemandem sonst Gehorsam geschworen, noch nicht. Ich bin imstande, die Herausforderung anzunehmen.« Er starrte mich schmerzerfüllt an. »Es ist nur gerecht«, sagte ich halblaut zu ihm. »Barras schuldet mir mehr als dir. Und du bist verwundet.«

»Und du bist es auch!« Das war Arienne und sie sah mich mit großen Augen vorwurfsvoll an.

»Mein Schwertarm ist es nicht. Ein Kratzer über die Rippen, nicht mehr. Bitte, Liebes. Silvus wird kämpfen, wenn ich es nicht tue.«

Sie sah zu Silvus, als er dastand, noch ausgemergelt und geschwächt von Entbehrung und Müdigkeit, grau im Gesicht und steif im Arm. Mit fünfundvierzig erholt man sich nicht so rasch wie mit zwanzig, daran gibt es nichts zu rütteln.

Zögernd nickte sie. »Du hast Recht.« Ihre Hand blieb in meiner.

Silvus aber gab nicht nach. »Barras spuckte auf meine Ehre!«

Barras grinste. »Ich werde es wieder tun, wenn du willst.«

Ich wandte mich zu ihm und musterte ihn. »Hast du nicht schon genug Schwierigkeiten, Georghe?«, fragte ich.

Er schnaubte.

»Wie ich mich entsinne, Schwester Priorin«, sagte Magistra, »beleidigte er zuerst deine Entscheidung. Ser Silvus kann ihn haben, nachdem wir mit ihm fertig sind.«

Schwester Winterridge starrte mit finsterer Miene zuerst sie und dann mich an. Dann Barras, wofür ich dankbar war. Diesem Blick zu begegnen war wie lebendig geröstet zu werden. »Mir scheint, dass ich wie ein Schaf getrieben werde, vom Gesetz auf einer Seite und einem Schurken auf der anderen«, stieß sie hervor. Ich war nicht sicher, wen sie einen Schurken nannte.

Alle starrten sie an. Zuletzt seufzte sie. »Nun gut, wenn es sein muss, so sei es. Ich benenne Ser Willan de Parkin als Vertreter des Ordens, um seine Ehre und meine Entscheidung gegen die Herausforderung zu verteidigen. Und möge die Göttin dem Recht beistehen.«

Barras zeigte mir sein Grinsen. »Dein Wunsch geht in Erfüllung, Junge.«

»Wie ich dir schon vor langer Zeit sagte, Georghe. Eines Tages werden wir zwei zusammen den Reigen tanzen.« Und ich lächelte zurück.

KAPITEL XV

Es stellte sich heraus, dass der Orden über eine Rüstkammer für Männer verfügte. Sie reden nicht gern darüber, aber sie haben männliche Krieger aus der Bevölkerung des Landes rekrutiert, und das bedeutet natürlich, dass sie Ausrüstungen für sie haben müssen. Und ich bin nicht von sehr ungewöhnlicher Größe. Es gab dort eine Rüstung, die mir passte, und noch am gleichen Nachmittag hatten wir eine Ausrüstung beisammen.

Natürlich kein Harnisch. Harnische aus geschmiedeten Platten biegen sich nicht, also müssen sie nach Maß wie ein Anzug geschnitten und geformt und Stück für Stück dem Träger angepasst werden, was erklärt, dass sie so erschreckend teuer sind. Aber ein gefüttertes Unterziehwams und ein Kettenhemd, und ein Topfhelm mit Backenstücken mit einer zum Kettenhemd passenden Haube waren kein Problem für eine Rüstkammer von der Größe, wie der Orden sie besaß. Auch an Panzerhandschuhen und den anderen kleineren Ausrüstungsteilen bestand kein Mangel.

Die vollständige Rüstung war ziemlich altmodisch, wohlgemerkt. Und für die Verhältnisse des Adels nicht ganz standesgemäß. Aber ich habe immer Kettenhemden bevorzugt, wenn es die Umstände erlaubten. Es ist leichter und passt sich elastisch den Bewegungen an. Und gegen alles bis auf Armbrustbolzen oder stumpfe Hiebwaffen ist solch eine Rüstung annähernd so gut wie ein Harnisch. Natürlich kann ein Kettenhemd auch einer wirklich scharfen Spitze wie der einer Reiterlanze mit viel Wucht dahinter nicht widerstehen.

Silvus aber konnte keinen Gefallen daran finden. Ihm gefiel nichts von allem, einschließlich des Umstandes, dass ich und nicht er zum Zweikampf antreten sollte. »Sie hätten dir Beinröhren geben sollen«, klagte er. »Gegen Angriffe auf der unteren Linie warst du immer verwundbar.«

»Danke für die Zuversicht«, sagte ich. »Beinröhren mit Gelenkschutz würden eine Woche Herstellungszeit benötigen. Dies ist für morgen. Das Kettenhemd reicht bis zum Knie, und ich trete mit einem Langschild an.«

»Dann gib Acht auf Durchzieher in der unteren Linie. Und er wird auf deinen Schwertarm gehen.«

»Klar. Darum trage ich eine Unterarmröhre, und das Kettenhemd deckt mich bis zum Ellbogen.«

»Nicht bei voller Streckung.« Silvus fuhr sich mit der Hand durchs Haar und überprüfte mich noch einmal. »Auf ein Neues. Hohe Lage, tiefe Lage, mittlere Lage und Hieb. Ich bin sicher, dass ich letztes Mal beim Hieb die Schulter gezerrt sah. Vielleicht müssen wir die Schnalle verlegen…«

Eine halbe Stunde später war er noch immer nicht zufrieden. »Aber es ist das Beste, das wir tun können. Wenigstens hast du ein feines Schwert. Scheue dich nicht, im rechten Winkel zu parieren. Du könntest seine Klinge brechen.«

»Was dann?«

Sein Gesicht verhärtete sich. »Entweder bittet er um Schonung, in welchem Fall er verliert, aber überlebt. Oder er tut es nicht, in welchem Fall du ihn tötest.« Er fasste mich scharf ins Auge. »Dies ist kein Ehrenhandel, oder ein Wettstreit um die Gunst eine Dame. Einem geschlagenem Krieger muss Pardon gegeben werden, wenn er darum bittet oder wenn er sich nicht verteidigen kann, aber das ist alles. Andere Regeln gibt es nicht. Du kannst ihn überall treffen und alle Mittel gebrauchen, die dir vorteilhaft erscheinen. Du kannst ihn schlagen, wenn er zu Boden geht. Du kannst jede Waffe bis auf Bogen oder Schlinge gebrauchen. Du kannst ihm Staub in die Augen werfen, du kannst mit ihm ringen, ihn treten, stechen und beißen. Du kannst deinen Gegner verwunden, um ihn durch Blutverlust zu schwächen, und dann einfach vor ihm davonlaufen, bis er ermattet. Alles. Und Barras hat zwanzig Jahre Erfahrung in dieser Art von Kampf.«

»Ich verstehe.«

»Ich weiß nicht, ob du verstehst. Du hast einige Male im Kampf gestanden und kannst dich in einer Wirtshausschlägerei behaupten, aber ich fürchte, du denkst immer, dass es Regeln gibt. Es gibt keine. In Zweikämpfen wie diesem gilt alles, was Wirkung zeigt.«

»Ich hoffe, du hast diese Argumente nicht Arienne vorgetragen.«

»Natürlich nicht. Das Dumme ist, dass sie mit anderen Leuten gesprochen hat. Und sie hat einen guten Verstand, dieses Mädchen. Ich glaube, sie ist von selbst darauf gekommen.«

»Dann sollte ich zu ihr gehen und sie beruhigen.«

»Richtig.«

»Aber zuerst möchte ich mit dir ins Reine kommen.«

Er blickte mir noch eine Weile ins Auge, und ich sah, dass er unter der Oberfläche noch ärgerlich war. Dann schlug er den Blick nieder, und der angespannte Zug um seinen Mund löste sich. Er schüttelte den Kopf und drückte den Nasenrücken zwischen Daumen und Zeigefinger.

»Du hast natürlich Recht«, seufzte er. »Ich ärgere mich über dich, dass du dies tust, und einen Augenblick später denke ich: *Er wird morgen in besserer Form als Barras sein.* Und doch ist Barras wenigstens fünf Jahre jünger als ich. Wenn ich daran denke, meinen Verstand zu gebrauchen, ist es klar, dass du für diese Aufgabe der bessere Mann bist, Will. Es hängt so viel davon ab, dass ich verrückt sein müsste, es jemand anderen tun zu lassen. Aber deswegen muss es mir nicht gefallen.«

»Wenn ich verliere…«

»Dann verlieren wir. Wenn du verlierst, bedeutet es, dass die Göttin die Entscheidung des Konklaves rückgängig gemacht hat. Die Freistatt wird nicht gewährt. Wir werden Barras ausgeliefert.«

»Dann sollte ich lieber nicht verlieren.«

Das Gleiche sagte ich einige Zeit später zu Arienne. Sie lag noch in der Krankenstation, noch immer schmal und blass. Blass war gut. Es bedeutete, dass sie Blut verloren hatte, aber das war besser als die hektische Röte des Fiebers. Die Wunde musste sauber ausheilen.

Sie nickte. »Die meisten Leute scheinen der Meinung zu sein, dass du nicht verlieren wirst. Die Heilerin sagt, dass deine Chancen gegen Barras drei zu eins stehen.« Sie schloss für eine Weile die Augen. »Natürlich sind sie voreingenommen. Aber ich hoffe, sie haben Recht.«

»Gut. Ich auch. Hast du gewettet?«

»Ich dachte, ich hätte mit dieser Geschichte schon genug Sorgen.«

Sie klang müde, und natürlich hatte sie in ihrem Zustand auch ein Recht, es zu sein. Ich sollte aufhören, sie zu ermüden, aber es fiel mir noch etwas ein, was ich fragen musste. »Ah«, murmelte ich, bewegte unbehaglich die Schultern. »Hm… ich glaube, es ist Tradition…« Wieder wusste ich nicht weiter.

»Was?«, fragte sie nach einer Weile.

»Ach, ich dachte, ob du vielleicht… einen Schal oder ein Tuch hast, irgendetwas von der Art…«

»Wofür?«

»Ich – ich dachte, ich könnte es tragen. Um den Arm, weißt du. Als ein, ah, Andenken oder Talisman.«

Sie beobachtete mich ein paar Augenblicke lang durch verengte Augenlider, dann stieß sie den Atem aus, was ihr Schmerzen machte. »Du tust so, als wäre es ein Spiel!«, rief sie mit schwacher Stimme. »Es ist kein Spiel. Kein Turnier.« Ich schüttelte den Kopf und blickte zu Boden. »Hör zu, Will, ich kann hinnehmen, dass dies getan werden muss, es gibt keine Wahl, und dass du am besten geeignet bist, es zu tun. Aber wenn du getötet wirst…«

»Das wird nicht sein. Ich verspreche dir, dass ich um Schonung bitten werde, wenn…«

»Du meinst, Barras würde darauf hören? Es gibt keine Regeln, hörte ich. Er würde dich umbringen, ohne sich um die möglichen Folgen zu kümmern. Ah!« Der Ausruf wurde vom Schmerz in ihrer Seite verursacht. Sie hatte sich auf einen Ellbogen gestützt.

Ich sprang auf und hielt sie bei den Schultern und ließ sie vorsichtig zurücksinken, drückte das Kissen zurecht und blieb dann bei ihr stehen, als ihr Gesicht sich entspannte und sie die Augen wieder öffnete. »Ich weiß. Aber wenn ich gegen Barras anzutreten habe, möchte ich deinen Talisman tragen, falls du ihn mir gibst. Er kann es ruhig wissen. Und ich möchte es auch wissen. Bitte, Liebes. Die Göttin bemerkt solche Dinge. Es wird mir Glück bringen.«

Sie wandte den Blick von mir und schüttelte den Kopf, dann schnaubte sie. Vielleicht wäre ein Lachen daraus geworden, wenn ihre Seite nicht geschmerzt hätte. »Gut, ja, Glück. Mit dem Glück oder der Göttin will ich nicht streiten. Schau in der Truhe nach«, sagte sie. Ich tat es. »Da ist mein altes Übergewand, das ich trug, als ich dich in die Schlammpfütze stieß – und danach auf dem ganzen Weg durch die westlichen Marken.«

Ich reichte es ihr, ein verblasstes, fleckiges Gewand aus grob gewebtem Fries. »Ich weiß, diese Dinge sollten eher kleine Tüchlein aus Seide sein, zierlich bestickt von meinen eigenen zarten Händen«, sagte sie und zog an dem Stoff. »Wenn ich sticken könnte, was ich nicht kann. Und ich bringe die Kraft nicht auf, einen Streifen abzureißen.« Sie klang enttäuscht.

Ich nahm ihr das Gewand aus den Händen und riss einen Streifen wie ein Band vom unteren Saum, stumpfblau und braun gefleckt. Ich gab ihr den Streifen und sie streckte die Arme aus, verzog ein wenig das Gesicht und band den Streifen um meinen rechten Oberarm, wo die losen Enden sich in der leichten Brise vom Fenster bewegten.

Wir saßen und betrachteten es für eine Weile, dann stand ich auf und ging zum Eingang. »Ein gerechter Tausch«, sagte ich und brachte die Schuhe herein, die ich eine halbe Stunde lang geputzt hatte. »Ich frage mich, ob du einen Platz dafür finden kannst.«

Endlich lächelte sie. »Sie können gut unter dem Bett stehen.« Und dann saßen wir eine Stunde lang einfach da.

An diesem Abend und während der Nacht gab es natürlich Dutzende von Gerüchten. Barras würde mit einem Bihänder antreten, mit einer Streitaxt, einem Streithammer, einem Morgenstern. Barras habe eine von den Hellebarden des Ordens ausprobiert. Einer seiner Männer sei beobachtet worden, wie er Öl gekauft hatte, um den Boden schlüpfrig zu machen. Barras besitze ein Fläschchen mit Säure. Auf einem seiner Pferde befinde sich ein vollständiger Harnisch. Er würde in einer Hand Sand tragen, um ihn mir in die Augen zu schleudern, wenn wir aufeinander zugingen.

Aber er sah so gewöhnlich wie jeder beliebige Söldner aus dem Fußvolk aus, als er am nächsten Morgen bei Sonnenaufgang über die Barriere auf den Fechtplatz stieg. Ein Kettenhemd wie meins, dazu Helm und Schild – seiner war rund, aber ansonsten nicht verschieden von meiner eigenen Ausrüstung. Seine Waffe war ein einfaches gerades Schwert mit Parierstange, etwas kürzer als meines. Ich würde den Vorteil größerer Reichweite haben, da ich ohnedies größer war, doch um den Vorteil zu nutzen, würde ich ihn auf Abstand halten müssen. Er schritt auf den Platz, um den Vertreterinnen des Ordens eine knappe Reverenz zu erweisen, wie ich es getan hatte, dann stand er vier Schritte von mir entfernt und lächelte.

Ich hatte eine leidlich gute Nacht verbracht, ein anständiges Frühstück gegessen und fühlte mich erfrischt. Meine Seite war noch wund, aber es war ein glatter, sauberer Schnitt, genäht und bandagiert, und wenn ich den Arm bewegte, konnte ich das leichte Ziehen in der Seite unbeachtet lassen. Ariennes Talisman war über dem Ärmel des Kettenhemdes um meinen Arm gebunden.

Draußen sah es nach Regen aus, also hatten sie den Fechtplatz in den Palas der Burg verlegt und dort eine Einfriedung errichtet, die ihn vom Publikum trennte. Der Raum war annähernd vierzig Schritte lang und zwanzig breit, mit Deckenbalken, die drei reichliche Manneslängen über dem Steinboden hingen. Der mit Seilen abgesperrte Fechtplatz in der Mitte ließ Platz für ein Podium am hinteren Ende, einen größeren freien Raum bei der Tür und zu beiden Seiten Durchgänge. Der Fechtplatz selbst glich einer Viehhürde.

Auf dem Podium saß das Kollegium der Ordensschwestern auf Stühlen, und hinter ihnen und an den Seiten drängten sich die übrigen Schwestern, die stehen mussten. Ihnen gegenüber, auf der Seite des Eingangs, standen die Laien und alle anderen, die sich das Schauspiel nicht entgehen lassen wollten, bis vor die Tür hinaus, reckten die Hälse und versuchten mit diskretem Ellbogeneinsatz günstige Stehplätze mit freier Sicht zu bekommen.

Ich hatte im ganzen Raum die beste Sicht. Unter dem Stuhl der Priorin stand Silvus, und neben ihm Arienne in ihrer am Kopfende leicht angehobenen Bahre. Ich verbeugte mich in der Richtung des Podiums, und sie warf mir eine Kusshand zu, und kurz darauf stand Priorin Winterridge auf. Sie hielt eine Pergamentrolle in einer Hand, von der sie sichtlich den Staub schüttelte, bevor sie sie entrollte.

Sie blickte auf, und das allgemeine Gemurmel verstummte allmählich. Ihre Stimme, als sie von der Pergamentrolle las, klang staubtrocken und monoton: »Da Georghe de Barras die Entscheidung des Konklaves bestreitet und von seinem Recht Gebrauch macht, dem durch Ser Silvus de Castro vertretenen Orden die Fehde anzusagen, haben Ser Silvus de Castro und das Konklave die Herausforderung angenommen und Will de Parkin zum Verfechter ihres Rechts bestimmt. Möge er mit dem Beistand der Göttin das Recht verteidigen.«

Sie ließ das Pergament fallen. Es fiel zu Boden und rollte sich ein. Sie schenkte ihm keinen weiteren Blick;

es war nützlich gewesen, um der Form Genüge zu tun, aber mehr wollte sie damit nicht zu schaffen haben. Ihre Stimme war völlig ausdruckslos, als sie fortfuhr: »Geraume Zeit ist vergangen, seit unsere Gerichte sich mit dem Standesrecht der Fehde auseinander zu setzen hatten.« Nein, nicht ausdruckslos, ich hörte die Geringschätzung deutlich heraus. »Darum erinnere ich alle Anwesenden an die Bestimmungen des ritterlichen Zweikampfes. Dieser wird auf mein Zeichen beginnen und fortgesetzt, bis einer der beiden Gegner um Schonung gebeten hat oder den Kampf nicht fortsetzen kann. Niemand darf durch Worte oder Taten in den Kampf eingreifen. Das Versagen oder der Bruch von Waffen und Ausrüstung ist ebenso die Entscheidung der Götter wie jede Tat der Kämpfer; es wird keinen Ersatz geben, keine Pausen, keine Erfrischung oder Hilfe. Haben Sie beide verstanden?«

Ich nickte. Ich konnte Georghe nicht sehen, ohne den Kopf zu drehen. Sie nickte zurück. »Dann mögen Sie anfangen«, sagte sie in wegwerfendem Ton und wandte sich ab.

Beinahe hätte er mich auf der Stelle getötet. Unbemerkt hatte er den Abstand zwischen uns verringert, und seine Schwertspitze zielte auf mein Gesicht, bevor ich mich umgewandt hatte. Nur dass ich den Kopf in einem instinktiven Reflex zur Seite riss, rettete mich. Der Stoß schrammte am Helm vorbei. Aber Barras hatte noch andere Kniffe.

Er drängte sofort nach, rammte seinen Schild gegen meinen, während ich aus dem Gleichgewicht gekommen war, und stellte mir ein Bein, indem er einen Fuß hinter meine Ferse setzte. Ich versuchte gar nicht erst Widerstand zu leisten; ich wankte, und er drängte mit seinem ganzen Gewicht vorwärts – ich würde ohnehin fallen und ihm Gelegenheit zum Gnadenstoß bieten, bevor der Zweikampf richtig begonnen hatte. Ich zog den Kopf ein, und ließ mich rückwärts abrollen, um aus der Bewegung heraus wieder aufzuspringen. Mein plötzliches Zurückweichen überraschte ihn und er stolperte vorwärts und brachte nur einen eiligen, schlecht gezielten Hieb an, der meinen Schildrand traf. Der ausholende Sensenschnitt, den ich im Aufspringen noch in geduckter Haltung gegen seine Knöchel führte, zwang ihn zurückzuspringen, und der Abstand war wiederhergestellt.

Das Abrollen rückwärts hatte in meiner Seite Schmerzen wiederbelebt, doch fühlte es sich nicht so an, als würde es erneut bluten. Zum ersten Mal nahmen wir in Fechterhaltung einander gegenüber Aufstellung.

Barras' Überrumpelungsmanöver hatte unter den Zuschauern da und dort ein »Oh!« ausgelöst, aber jetzt waren sie still geworden. Ich nahm sie ohnehin nur undeutlich am Rande meines Gesichtsfeldes war, und alle miteinander – Silvus, Arienne, Priorin Winterridge – waren nicht mehr als ein undeutlicher Nebengedanke. Ich blickte in die Augen von Georghe Barras, eines Totschlägers von Natur und aus Berufung, und es waren wissende, kühle und durch und durch professionelle Augen eines alten Kriegers. Er würde mich töten, wenn er es konnte, und er glaubte, dass er es konnte.

So musste es sein. Er hielt mich noch immer für Will Parkin, Silvus' jungen Zögling und Kumpan, der von Hoppelinmoor zurückgekehrt und bei der Stadtwache untergekrochen war. Einen Neuling, einen Anfänger, einen Jungen. Der bei Silvus Castro, der ein gescheiterter Edelmann war, ein wenig Fechten gelernt hatte. Der nicht wusste, wie es wirklich war, wenn es hart auf hart ging. Barras dachte, er könnte mich erledigen, ohne dass es zu einem regelrechten Kampf käme. Beinahe hätte er Recht behalten.

Aber ich konterte seinen nächsten Stoß mit einer gleitenden Parade, wartete auf die Bewegung, die er mit seinem Schild machte, und hieb nach dem Gelenk seiner Schwerthand. Er zog sie eilig zurück, und die Parierstange seiner Waffe ächzte und gab unter meiner Klinge nach. Sie prellte seine Hand und er ging zurück.

Auch er beobachtete meine Augen. Ich ging vorsichtig mit kurzen, schlurfenden Schritten auf ihn zu und er kam mir entgegen und rammte mit Wucht meinen Schild, dann versuchte er sein Glück mit einem Stoß in das Knie, das er getroffen hatte, als wir damals vor langer Zeit am Flussufer gefochten hatten. Aber mein Knie war nicht da; es war sicher hinter der Schildkante, und mein Gegenschlag, aus der Rückhand geführt, biss knapp über dem Ellbogen in den Ärmel seines Kettenhemdes. Das Geflecht brach unter diesem wunderbaren Stahl, und einen Augenblick später, als ich wieder abwehrbereit stand, rann ein Faden hellen Blutes an seinem Schwertarm herab.

Die Zuschauer flüsterten, aber ich hörte es nur am Rand meiner Wahrnehmung. Er schnaubte und versuchte es wieder, diesmal mit einer Finte, gefolgt von zwei schnellen Hieben. Die Finte sah ernsthaft genug aus, wie es sich für eine Finte gehört, aber der nachfolgende Angriff kam ein wenig aus der tiefen Lage. Ich schlug ihn nieder und konterte mit einem Stoß nach dem vorgestellten Knie. Er wurde durch den Schild blockiert, und ich machte meinen wirklichen Versuch, einen Stoß in mittlerer Lage über den Rand seines Schildes. Er traf ihn über der linken Brustseite, und nur sein Kettenpanzer rettete ihn. Aber eine Prellung musste es gegeben haben. Ein Stoß wie dieser drückte einen Kettenpanzer ein.

Er atmete jetzt schwer, und ich sah, dass er schwitzte. Auch ich schwitzte, aber mein Atem ging warm und leicht. Das Blut rann ihm am Arm herab. In seinen Augen sah ich jetzt Wachsamkeit.

Nicht so einfach, wie du dachtest, Georghe? Ich beschrieb einen Bogen um ihn, und er drehte sich mit mir. Ich tat einen Schritt nach links und kam mit einer Finte, aber er ließ sich nicht täuschen. Sein Schild blieb zwischen uns. Also ging ich einfach auf ihn los. Ein Hieb zum Kopf, noch einen, dann auf den Schild. Ich schlug seinen Gegenstoß hoch und rammte meinen Schild in seine Klinge, als er sie zurückzog, stieß dann seinen eigenen Schild damit zurück. Ein Trick, den ich von Silvus gelernt hatte. Es ließ meine eigene Klinge frei, und ich nutzte diesen Augenblick, um wieder auf den Helm zu schlagen. Das musste weh getan haben. Er rollte den Kopf, wich zurück und schüttelte ihn.

Sachte, sachte. Das musste er gespürt haben und vielleicht war er verletzt, aber Barras blieb ein gerissener alter Kämpe. Wenn er konnte, würde er die lahme Ente spielen, um mich in Sicherheit zu wiegen. Ich folgte ihm, und schon griff er an und versuchte meinen Schild mit seinem aus dem Weg zu stoßen und einen ausholenden Hieb ins Ziel zu bringen.

Aber ich wich seitwärts aus, konnte meinen Schild nicht mit seinem halten, und sein Hieb glitt von der Schildkante ab. Nun stand er ungedeckt, den Schild aus der Stellung haltend. Ich hieb nach dem vorderen Bein und traf es. Nun stolperte er wirklich zurück.

Mein Hieb war in einem schrägen Winkel gekommen und hatte eine tiefe, blutende Schnittwunde unter dem Knie zurückgelassen. Das Blut rann zu Boden und er hinkte unter Schmerzen rückwärts. Mit jedem Schritt wurde mehr Blut herausgepumpt. Ich hielt mich zurück. Ich hatte alles getan, was getan werden musste.

Ich hatte gewonnen. Niemand kann kämpfen, wenn er in der Minute einen halben Liter Blut verliert. Er würde diesen Schnitt sehr rasch verbinden lassen müssen, wenn er nicht verbluten wollte. Das Bein gab unter ihm nach, er sackte zu Boden und ich stand da und beobachte ihn. Sein Helm fiel ihm vom Kopf, als er zurücksank, er zog den Arm aus den Schlaufen seines Schildes und ließ das Schwert los, um die Wunde zuzuhalten. Blut rann noch immer heraus. Sein blassbrauner Haarkranz umgab den kahlen Schädel, wo die Farbe kam und ging, und er blickte zu mir auf. In seinen Augen lag ein Flehen; sie blickten nicht mehr kühl und selbstsicher. Zum ersten Mal fielen mir die Falten in seinen Augenwinkeln auf. Ich beobachtete ihn, als er über seine Wunde gekrümmt kauerte, und er kam mir wie ein alter Mann auf einer Wirtshausbank vor, gebeugt, verkrüppelt, der zu jedem, der ihm zuhören mochte, von alten Schlachten faselte, um ein Glas Bier oder Wein zu schnorren.

Die Leute seufzten. Es war vorbei. Ich trat zurück und blickte zur Priorin, und in diesem Augenblick griff er hinter seinen Kopf, zog ein Messer aus der Rückenscheide und warf es.

Er hatte nach meinem Hals gezielt, doch seine Kräfte oder sein Auge versagten. Nicht aber seine Geschicklichkeit. Die Spitze traf meinen Schwertarm unter dem Ärmel des Kettenhemdes, und ich gaffte einen Augenblick lang verständnislos auf das Heft des Messers, das aus meinem Arm ragte, bevor der Schmerz einsetzte. Schon floss das Blut.

Meine Hand öffnete sich, das Schwert entglitt den kraftlosen Fingern. Ich wollte nichts als den Arm an mich drücken und versuchen, die Blutung zu stillen. Meine Gedanken rasten in Panik – und da kam Barras, zog sich näher, schnellte wie ein Fisch am Boden entlang, eine breite Blutspur nachziehend. Das Schwert war wieder in seiner Hand.

Ich ließ den Schild an den Armschlaufen hängen

und zog mit der linken Hand am Messer. Die Spitze kratzte auf Knochen, und ich war nahe daran, ohnmächtig zu werden. Meine Knie gaben nach, als er sich zu mir schleppte – und ich fiel auf ihn, mit dem Schild voran. Mein rechter Arm gehorchte mir nicht, und die grauen Schatten drängten in mein Bewusstsein, doch ich prallte mit der Schildkante unter mir hart auf seinen kahlen Kopf. Er stöhnte und hob die Hand, um die Schildkante abwärts zu stoßen, und während er dies tat, zog ich meinen linken Arm aus den Schlaufen und das Messer mit der linken Hand heraus. Der Schmerz der Operation hielt mich wach. Und der Anblick von Ariennes Talisman, der nass war von meinem Blut. Noch immer lag ich auf ihm. Er fuchtelte schwächlich mit dem Schwert, aber ich drückte mein ganzes Gewicht auf den Schild, der sich noch zwischen uns befand.

Er machte seltsame Geräusche, und erst jetzt bemerkte ich, dass die Schildkante auf seinem Gesicht lag. Ich presste sie mit meinem ganzen Gewicht nieder. Er hatte jedoch zwei gesunde Hände und stieß und rüttelte an dem Schild, nachdem er sein Schwert losgelassen hatte.

Vielleicht hätte er die Last von sich stoßen können, aber dazu benötigte er Kraft, und seine Kraft strömte aus ihm auf den Boden. Ich brauchte nur Gewicht. Mit der Linken veränderte ich den Griff am Messer, setzte die Spitze gegen seinen Bauch und stieß zu. Dazu musste ich mein Gewicht vom Schild verlagern, und er dachte zuerst, dass er gewinnen würde, weil er nichts sehen konnte, und stieß den Schild von seinem Gesicht fort. Aber das erlaubte mir, mein volles Gewicht auf die Messerspitze zu verlagern. Die Klinge war aus besserem Stahl als das Kettenhemd und scharf zugespitzt. Es verfing sich in einer Masche des Stahlgeflechts, vergrößerte die Öffnung und glitt mit schrecklicher Bedächtigkeit durch Kettenhemd und Unterhemd in seine Gedärme.

Ich habe Schlimmeres getan. Feuer ist eine furchtbare Waffe, und das Verbrennen ein grausamer Tod, und in Ys verwendeten wir Feuer, das nicht gelöscht werden konnte. Ich sah die Unterirdischen, möge die Göttin mir vergeben, brennend von den Sturmleitern fallen, um am Boden zwischen den Steinen zerschmettert zu werden oder in die brandende See zu stürzen und gleichzeitig zu brennen und zu ertrinken. Aber wenn ich alt bin, falls ich so lange verschont bleiben sollte, werde ich noch immer meine schlimmsten Nächte haben, falls ich aus dem Albtraum erwache, in dem ich wieder Georghe Barras Gesicht aus einer Handspanne Entfernung sah, als der Stahl sich in seinen Leib bohrte.

Schließlich starb er. Ich war der Einzige, der es merkte. Er machte kein Geräusch.

»Es steht Ihnen frei, zu gehen. Sie brauchen keine Erlaubnis von uns.«

Es war zwei Tage später. Priorin Winterridge richtete das Wort an die Gardisten, die in einer Reihe vor ihr im Konklave standen. In letzter Zeit schien es viele Kon-

KAPITEL XVI

klavesitzungen gegeben zu haben, und wenn man die Priorin gut kannte, sah man ihr an, wie sehr es sie ermüdete. Sie hatte stets das Handeln dem Reden vorgezogen, solange es einwandfrei war.

Sie rückte auf ihrem Stuhl und ließ sich zur Behandlung praktischer Fragen herab. »Sie haben Pferde, reichlich Ersatzpferde und Vorräte. Trotzdem rate ich Ihnen, nicht unnötig zu verweilen. Der Pass ist zwar nicht weit von hier und wird erst in einem Monat geschlossen sein, aber oft kommt der Wintereinbruch früher, und im Gebiet der östlichen Vorberge und Ausläufer sind harte und frühe Winter die Regel. Doch wenn Sie sich nicht aufhalten, können Sie mit dem ersten Schnee in Tenabra sein.«

Die Gardisten sahen einander an. Winterridge richtete ihren Blick auf den Nordmann, der ein wenig abseits stand. »Und Sie, Ser. Sie wären gut beraten, Ihren wohlverdienten Lohn zu nehmen und auf direktem Weg in Ihre Heimat zurückzukehren. Ich würde nicht vorschlagen, dass Sie sich in die Gewalt des Fürsten des Stromlandes begeben. Wie an dieser Stelle schon gesagt worden ist, sind sein Arm und sein Gedächtnis beide lang.«

Keiner sagte etwas. Sie blickte zu den hohen, schmalen Fenstern des Palas hinaus, wo noch immer schwacher Rauch in den sonnigen Himmel stieg. Er stammte von dem Scheiterhaufen, auf dem der Leichnam Georghe de Barras' eingeäschert worden war, des Ritters vom Orden des Goldenen Speeres und getreuen Dieners seines Herrn. Dann hob sie ein zusammengefaltetes und versiegeltes Papier von dem niedrigen Tisch vor sich und richtete das Wort an den Ältesten von ihnen:

»Und noch etwas. Sie werden mir den Gefallen tun, diese Botschaft Ihrem Fürsten zu überbringen. Sie macht ihn – wenn er sich dessen noch nicht bewusst war – mit der Tatsache bekannt, dass der Orden nicht sein Vasall ist und es niemals war, und dass unsere Länder unser eigen sind. Und sie erklärt unsere ernste Besorgnis über sein Vorhaben, ein Kollegium oder eine Akademie der Magie zu gründen. So etwas wäre Blasphemie, eine Herausforderung und Beleidigung der Göttin und eine Bedrohung seiner Nachbarn. Es kann nicht gestattet sein.« Sie hielt dem Mann das Papier hin.

Wieder sahen sie einander an. Ich merkte, dass keiner es wirklich wollte, aber ihr gebieterischer Blick duldete keine Weigerung und der Mann vor ihr streckte die Hand aus, um das gesiegelte Papier an einer Ecke zu nehmen.

Sie nickte. »Dann sichere Heimkehr«, sagte sie und nickte. Die Gardisten waren entlassen.

Aus Gewohnheit nahmen sie Haltung an, machten dann kehrt und marschierten im Gänsemarsch hinaus. Der Nordmann neigte einen Augenblick lang unschlüssig den Kopf, schien zu überlegen und folgte ihnen dann.

Sie sah ihnen nach, und die Mitglieder des Konklaves gaben ein leises Seufzen von sich, das sich am Rande der Hörbarkeit befand; ich musste an den Seufzer eines Spielers denken, der seinen Wurf gemacht hat und nun wartet, dass die rollenden Würfel zur Ruhe kommen. Ich hielt Ariennes Hand mit meiner gesunden und wartete.

Priorin Winterridge hörte die Flügeltür hinter ihnen zufallen, dann veränderten sich ihr Gesichtsausdruck und ihre Haltung. Sie hatte als die Erste unter Gleichen zu Außenseitern gesprochen. Nun sprach sie als eine Befehlshaberin von Soldaten, hart und entschieden. »Schwester Schatzmeisterin.«

»Schwester Priorin.«

»Du hattest die häufigsten Kontakte mit den Unterirdischen. Nimm diese junge Dame namens Arienne Brook mit dir und unterrichte sie von den Ereignissen. Vielleicht sind sie bereit zu helfen, obwohl ich es ihnen nicht im Mindesten verübeln würde, wenn sie es nicht sein sollten, und sie sollen in keiner Weise gezwungen werden. Zumindest können sie sich tief in ihrem Bau verbergen, sollte es zu einem Angriff aus dem Osten kommen.«

»Ja, Schwester.«

»Schwester Waffenmeisterin.«

»Ja, Schwester Priorin.«

»Die Stundenzahl der Waffenübungen wird ab sofort verdoppelt. Ich selbst werde die fortgeschrittene Gruppe der Novizinnen übernehmen. Lege mir den überarbeiteten Dienstplan für die Waffenübungen vor, sobald er fertig ist.«

»Ja, Schwester.«

»Schwester Kastellan.«

»Schwester Priorin.«

»Wir haben sechs Monate. Wahrscheinlich mehr. Bis Mai, denke ich. In dieser Zeit wird die Sperrfeste in den Verteidigungszustand gebracht. Bring herein, was du an Vorräten bekommen kannst. Du solltest Ser Silvus und Willan de Parkin konsultieren, um zu sehen, was wir zur Verstärkung der Mauern und weiterer Verteidigungsanlagen oben am Pass tun können. Die beiden kennen Nathans Streitkräfte.«

»Ja, Schwester.«

»Das Kollegium wird in einer Stunde wieder zusammentreten. Wir haben Pläne zu besprechen.« Ihr Blick wanderte zu mir. »Sie auch.« Ich nickte und blickte Arienne an, die auf ihre Kissen gestützt lag, blass und schwach. Und einstweilen in Sicherheit.

Vielleicht kam eine etwas mildere Note in ihre Stimme, als sie nach einer Pause hinzusetzte: »Für uns alle wird es viel Arbeit geben.« Wenn sie auch einen etwas milderen Ton anschlug, trug ihre Stimme doch noch immer durch den ganzen Saal. »Und die Göttin sei mit uns.«

GLOSSAR

Achterdeck	Schiffsdeck hinter den Aufbauten
Akoluth	Messdiener, Altargehilfe
Armbrust	Mittelalterliche Fernwaffe aus Bogen, Schaft, Sehne und Abzugsvorrichtung. Spannung mittels Spannhaken oder Winde
Bossen	Quader-Werksteine mit unbehauener Vorderseite
Fehdehandschuh	Das Hinwerfen des F. galt als Herausforderung unter Rittern = Kriegserklärung. Mit dem Aufnehmen wurde sie angenommen
Fries	Flauschiger Wollstoff
Hasel	Kleiner Süßwasserfisch, Art Weißfisch
Hellebarde	Stangenwaffe des Mittelalters; Kombination von Speer und Streitaxt
Hinterzwiesel	Gebogene Rückseite eines Sattels
Karavelle	Zwei- bis dreimastiges Segelschiff (14.–17. Jhdt.) mit Vorderkastell
Kastellan	Schlossvogt
Knauf	Verdickung am Ende des Schwertgriffs als Gegengewicht
Lanze	Stoßwaffe der Ritter, im Gegensatz zum Spieß des Fußvolkes
Leage	Meile
Mana	Wirkmächtige Kraft aus dem Erdinneren, verleiht Zauberern Energie zur Ausübung der Magie
Marketender	Gemischtwarenhändler im Gefolge von Truppen
Merlon	Mauerzinne
Paladin	Fürstenberater, Beschützer von Damen
Parierstange	Handschutz am Schwert
Plastron	Brustleder der Fechter; Brustharnisch

Prahm	Großes, flaches Boot, in Häfen zum Leichtern von Schiffsladungen verwendet
Riposte	Nachhieb beim Fechten
Sandasti	Konsumenten der suchterzeugenden Droge Sandast, als gemietete Meuchelmörder bekannt
Sattelbogen	Vorderteil eines Sattels
Schurf	Waagerechter Eingang in ein Bergwerk
Schwanzriemen	Ledergurt vom Sattel zum Pferdeschwanz, um ein Verrutschen des Sattels nach vorn zu verhindern
Soutane	Langer, eng anschließender Priesterrock
Stilett	Schmaler Dolch
Troll	Altnordischer Name für Kobolde und Unholde
Vasall	Mittelalterlicher Träger eines Lehens, seinem Oberherrn zur Heerfolge verpflichtet